T0277928

El faro de la sirena

Lucía Lago

El faro de la sirena

SUMA
de letras

Papel certificado por el Forest Stewardship Council®

Primera edición: septiembre de 2024

Printed in Spain – Impreso en España

ISBN: 978-84-9129-708-6
Depósito legal: B-11.272-2024

Compuesto en Punktokomo, S. L.

Impreso en Rotoprint by Domingo, S. L.
Castellar del Vallès (Barcelona)

SL 97086

Para Carmen Marzoa Gómez,
Carmiña, mi abuela Carmiña

Aunque el resplandor que
en otro tiempo fue tan brillante
hoy esté por siempre oculto a mis miradas.

Aunque mis ojos ya no
puedan ver ese puro destello
que en mi juventud me deslumbraba.

Aunque nada pueda hacer
volver la hora del esplendor en la hierba,
de la gloria en las flores,
no debemos afligirnos,
porque la belleza subsiste siempre en el recuerdo.

WILLIAM WORDSWORTH, «Oda a la inmortalidad»

¡Ai! quen fora paxariño
de leves alas lixeiras
¡Ai! con que prisa voara
toliña de tan contenta,
para cantar á alborada
nos campos da miña terra!
Agora mesmo partira,
partira como unha frecha,
sin medo as sombras da noite,
sin medo a noite negra;
e que chovera ou ventara,
e que ventara ou chovera,
voaría, voaría
hasta que alcansase a vela.
Pero non son paxariño
e irei morrendo de pena,
xa en lagrimas convertida,
xa en sospiriños desfeita.
[...]
Non permitas que aquí morra,
airiños da miña terra,
que inda penso que de morta
hei de sospirar por ela.

ROSALÍA DE CASTRO, «Airiños, airiños aires»

Preámbulo

Magia y leyendas

En algunos lugares la magia existe.

En Galicia, la magia existe y las leyendas cobran vida.

Uno cree en lo increíble al contemplar cómo la niebla suspende sus paisajes en una atmósfera de irrealidad. El mar rompe contra las rocas y crea formas caprichosas en las que una imaginación fértil puede descubrir todo tipo de criaturas. En las noches sin luna, los bosques proyectan sombras y sonidos que te hacen sentir que no estás solo, que la Santa Compaña puede forzarte a que formes parte de su procesión eterna si no te proteges dibujando un círculo en el suelo y permaneces en su interior hasta que hayan desaparecido.

El presente y el pasado se entremezclan en una suerte de memoria colectiva. Y las tradiciones y supersticiones se arraigan en la tierra. Sus gentes las transmiten generación tras generación y las enriquecen con detalles sobrenaturales y escalofriantes, especialmente para disfrute de los más pequeños. Son esas historias las que alimentan los lazos familiares en las oscuras y lluviosas noches de invierno.

Suelen estar narradas casi siempre por mujeres. De abuelas a nietas, de madres a hijas se traspasan advertencias, consejos y rituales de protección o buena suerte. Y, así como las leyendas lo hacen, también las energías trascienden el tiempo y el espacio, conectando a las personas entre sí, en lugares determinados. Las historias de unas vienen marcadas por las vivencias de las que las precedieron. Los emplazamientos que han sido testigos de la belleza y del horror se impregnan de estas emociones. Quedando para siempre adheridas a sus paredes.

Es por eso por lo que las casas recuerdan y atraen a quienes puedan descifrar sus secretos. Así se rompen maldiciones y se sanan heridas. Las casas y la tierra tienen memoria. Y en Galicia, más que en ningún otro lugar de la tierra, las almas destinadas a encontrarse lo hacen.

Introducción

La casa

Clara observó la mansión a lo lejos. Su silueta se alzaba poderosa en lo alto de las rocas. Sintió un escalofrío y agarró con más fuerza la mano de su madre.

La fachada con desconchones se ocultaba tras la hiedra y la galería que la coronaba ejercía un efecto hipnótico sobre ella.

La niña tenía miedo y, al mismo tiempo, era incapaz de apartar la mirada de los cristales rotos, la cortina hecha jirones y el interior lóbrego que se adivinaba tras ellas. La casa era como un ente vivo, que la llamaba cada día, retándola a entrar y descubrir sus secretos.

¿Qué misterios ocultaba aquel lugar?

1988

CLARA

Las dos siluetas subían trabajosamente la cuesta de la playa. El sol caía a plomo sobre sus cabezas aquel día húmedo e inusualmente caluroso en Galicia. Las nubes oscuras se acercaban en el horizonte presagiando una tormenta de verano.

—Vamos, Clara, no te quedes atrás, que ya es tarde y empezará a llover en cualquier momento. ¿Tienes hambre? Ya verás qué tortilla tan rica nos ha preparado la abuela.

—Sí, mamá, ya voy. Es que estoy mirando la casa. Hoy no está la silueta de la ventana. Siempre aparece justo cuando apartas la mirada. Pero esta vez verás que no se me escapa y te la enseño

Miró con esa intensidad y fijeza que solo se da cuando se espera que suceda algo extraordinario y emocionante. Algo de lo que solo tú serás testigo.

Esa clase de mirada que solo existe en los niños durante la breve tregua que es la infancia. Antes de que la rutina, el cansancio y las obligaciones de la vida adulta adormezcan los sentidos para siempre. Bajo ella, todo es posible.

Sintió un escalofrío como le sucedía siempre que contemplaba la mansión. Esperaba ansiosa encontrar algo especial, pero también tenía miedo. No sabía qué haría si se topase con un fantasma. Su madre decía que esas cosas no existían, pero su abuela le contaba historias de aparecidos y meigas. Leyendas de marineros, barcos hundidos y *feitizos*. Y a ella le obsesionaban. Deseaba fervientemente descubrir tantos misterios como los protagonistas de los libros de Los Cinco, culpables de muchas noches en vela, mientras se sumergía en sus aventuras a escondidas, con la tenue luz de su linterna como cómplice y testigo.

Aquel verano, Clara había descubierto una saga de novelas de aventuras que la tenía especialmente intrigada. Había sucedido en una de sus visitas a la biblioteca junto a su madre en busca de lecturas para sus vacaciones. En aquella ocasión, una joven y entusiasta bibliotecaria le había sugerido el primero de sus títulos. La niña nunca había escuchado aquel nombre. Las portadas algo pasadas de moda no parecían demasiado tentadoras, pero algo en el título y la pareja de hermanas dibujadas en la portada había despertado su curiosidad. Y, desde la primera página, su imaginación se había disparado. Las aventuras de sus intrépidas protagonistas, las hermanas Barton, Mary y Jane, habían transportado a Clara a otro mundo. Uno fascinante y desconocido.

Por algo, M. Silva, su enigmática autora, se había catapultado a la categoría de ídolo de miles de niñas y jóvenes de todo el mundo, y sus libros arrasaban entre los más vendidos generación tras generación. Clara ansiaba vivir y escribir aventuras tan maravillosas como las suyas, por eso aquel verano acudía a todas partes con un cuaderno apuntando cada pequeño detalle e investigando cada posible misterio como una verdadera detective. Como harían las perspicaces hermanas Barton.

A pesar de todas las historias sobre el pueblo que su abuela le narraba con paciencia infinita y multitud de detalles legendarios, aquella casa era su principal obsesión.

La sombra que la niña sentía que la observaba tras las cortinas la hacía imaginar innumerables escenarios llenos de secretos que ansiaba descubrir.

Quizá, esas mismas ganas por entrar y desentrañar lo que ocultaba aquel lugar le hacían imaginar cosas que no estaban ahí.

—Clara, ya te lo he dicho. Esta casa lleva abandonada muchos años. No hay nada en su interior. No existen los fantasmas ni los hechizos. Cariño, eso son cosas que solo pasan en los libros.

—Pero es que yo sé que hay algo ahí, mami. Te prometo que no me lo invento. La casa quiere que yo lo descubra. Que descubra su secreto.

La niña bajó la cabeza y alcanzó a su madre. Compungida, lanzó una última mirada a la galería. Por un breve instante, observó el movimiento de las cortinas. Sintió como si alguien la observase. Tampoco en aquella ocasión pudo ver su rostro. No le dijo nada a su madre, pero se aferró a su mano con un escalofrío. Clara procuró no mirarla más. Iba a tratar de disfrutar de ese verano, de los infinitos días de playa, de los libros que le quedaban por leer y de la compañía de su adorada abuela.

Pero esa casa…

… y esa sombra en la ventana poblarían los sueños de la niña durante años.

1920

Mairi

Desde que alcanzaba a recordar tan solo eran su padre y ella. Su madre se le aparecía como un recuerdo lejano y brumoso; la suavidad de su piel, blanca como la espuma. Sus ojos grandes y risueños, a veces grises, a veces verdes. Tan cambiantes como el color del agua los días de tormenta. Su pelo larguísimo y rojo como el fuego. Siempre suelto y alborotado.

A ratos, los pocos recuerdos que todavía conservaba se entremezclaban con las historias que su padre le contaba sobre ella. Eran descripciones minuciosas, de enamorado devoto. Incorruptibles a su ausencia y al paso del tiempo.

De modo que ya no diferenciaba entre sus propios recuerdos y los de él. Pero le enternecía tanto el modo en que le preguntaba si recordaba esto o aquello, queriendo parecer casual pero tan profundamente preocupado por el olvi-

21

do que los devoraba a ambos, que siempre respondía que sí. Le aterraba reconocer, ante él y ante sí misma, que casi no la recordaba. A veces, se miraba al espejo buscándola, pero su reflejo era solo una versión pálida y tosca de sus colores y su belleza.

El nombre de su madre era Mariña. En realidad, se lo puso su padre cuando la encontró. Apareció un día en la playa, junto al faro, y durante años no pronunció ni una sola palabra. Su padre decía que era una sirena. Que el mar se la trajo y el mismo mar la había reclamado de vuelta.

Cuando era más pequeña y lloraba, llamándola, su padre la cogía en el *colo* y le repetía, meciéndola, que no debían estar tristes. Que tenían suerte de que los hubiese escogido a ellos para quedarse. Siempre pensó que lo decía para consolarla.

Aprendió a mirar al mar con respeto y con un poco de celos por habérsela arrebatado tan pronto. Y los domingos en misa, mientras fingía rezarle a la cruz como las demás niñas, ella lanzaba sus plegarias al océano. Para que se la trajese de vuelta.

En el pueblo la llamaban *a filla da serea* y no lo pronunciaban con el mismo amor y devoción que su padre. Por eso aprendió pronto que las palabras no siempre significaban lo mismo, igual que un conjuro que variaba según la entonación y el desprecio de quien las pronunciase.

Desde que alcanzaba a recordar, todos la miraban con desconfianza, ya fuese en el mercado, en la escuela o en la iglesia. Todos callaban cuando llegaba. Y al girarse el cuchicheo continuaba, como una letanía o el rumor sordo de las abejas en su colmena. Ellos vivían fuera de esa colmena. Tan solo los toleraban, con una desconfianza mal disimulada. Y lo cierto es que nunca le había importado. Agradecía no tener que comportarse como las demás niñas.

Su padre, el farero, era un hombre silencioso y solitario. Imponente por su aspecto y altura. Su madre siempre había sido un misterio. Un elemento discordante y sobrenatural sobre el que hacer conjeturas al calor de la *lareira* en las largas noches de invierno, pero causaba tanta fascinación y tanto respeto que todos agachaban la cabeza a su paso y la miraban de reojo cuando se sentían a salvo de su influjo.

A ella, solo la despreciaban.

Era libre. Pero su libertad tenía un precio.

No tenía ningún amigo en el mundo.

1

A filla da serea

1920

Mairi bajó las escaleras de dos en dos, saltando como cada
día, y agarró una manzana de la pequeña y desvencijada cocina del faro. Sin detenerse un solo instante, corrió hacia
la playa. Podía escuchar el sonido de las olas llamándola.
Siempre había sentido su llamada imperiosa. El mar era lo
único que le quedaba de su madre y, cuando flotaba en el
agua helada, casi sentía su abrazo.

Su padre, *pai*, le contaba que aprendió a nadar antes que
a caminar, que su madre la metió en el agua nada más nacer
y solo el susurro de las olas la calmaba cuando lloraba desconsolada.

Cada mañana cuando despertaba, fuese verano o invierno,
bajaba por el estrecho y sinuoso camino que bordeaba el acantilado y desembocaba en una playa pequeña, apenas una lengua
de arena escondida entre la entrecortada costa coruñesa. Abierta al océano Atlántico, el agua rompía inmensa y tempera-
mental contra la arena, blanca y tan fina como si fuese *fariña*.

25

Mairi descendió con la agilidad de un trasgo, incluso los tramos más escarpados. Le gustaba nadar un rato antes de ir a la escuela. Algunas veces se quedaba inmóvil contemplando en la línea del horizonte el amanecer. Permanecía muy quieta y concentrada e imaginaba que *a serea do faro* aparecía a su lado sonriendo.

Otras, le parecía atisbar su pelo con el rabillo del ojo, sobre todo cuando giraba la cabeza deprisa. Pensaba que quizá no podía dejarse ver, pero le reconfortaba sentir que la observaba desde algún lugar, cuidándola desde las profundidades. Algunos niños le decían que estaba muerta. Otros, que se ahogó porque estaba loca y se bañaba los días de tormenta. Pero ella sentía que todas esas historias no eran verdad. Y que, algún día, su madre, la sirena, vendría a buscarla.

El faro en el que vivían *pai* y Mairi se encontraba suspendido sobre el acantilado. Su planta circular le permitía alzarse imponente con la linterna coronando su cima, como un guardián solitario que se sentaba a vigilar los mares. Su fachada pintada de blanco relucía como la espuma de las olas que rompían contra las rocas situadas a sus pies. A su alrededor, el paisaje era escarpado y sinuoso. En primavera se llenaba de flores silvestres, que suavizaban el aspecto indómito de los acantilados en la costa atlántica: *toxos* de flores amarillas, como pequeños soles resplandecientes; *breixo*, de un rosa purpúreo encendido y retama dorada. El viento soplaba con furia casi todos los días del año, azotando contra sus sólidos muros sin tregua. Desde su ubicación privilegiada se divisaban las bocanas de las rías de A Coruña, Betanzos y Ares.

Junto a él se encontraba su hogar. La casa del farero. Una pequeña construcción anexa al faro, de una sola planta, humilde pero elegante y robusta. Las ventanas, con sus marcos azul verdoso, le recordaban al color del agua en los días claros del verano. Sus cristales, amplios y resistentes, los separaban de los lamentos incesantes de la tormenta en las noches de temporal.

Algo que sabían las personas del mar era que la sal y la humedad lo corroían todo. Por eso, cada año, *pai* y ella pintaban los marcos y las puertas, siempre con colores acuáticos, que escogían en la tienda de ultramarinos del pueblo. Reparaban las pequeñas grietas y los destrozos variopintos con los que las inclemencias del clima los habían agasajado ese invierno. Y, pese a que podría parecer una tarea pesada y tediosa, no lo era en absoluto. Algunos de sus mejores recuerdos tenían de fondo a su padre pintando en silencio. El sonido del mar como una melodía incesante que los rodeaba. Y en ocasiones preciosas, que atesoraba con esmero, sus historias. Porque *pai* era un gran narrador, pese a estar casi siempre en silencio. Él decía que, para contar bien una historia, primero era necesario aprender a escuchar.

De pequeña, ella creía en cada detalle de su narración, sin el menor atisbo de duda. Pero ya casi alcanzaba a su padre por las costillas, y eso que él era el hombre más alto del pueblo. Por eso Mairi, que ya no era tan crédula como antes, tenía la certeza de que en ocasiones su padre adornaba sus historias para ella. Cuando decía, por ejemplo, que la piel de su madre estaba hecha del nácar de las conchas más delicadas o que sus ojos claros mutaban según el ánimo de la mar, pasando del aguamarina, alegre y plácido, a un color oscuro y furibundo, casi negro, como el Atlántico cuando se encabritaba, en realidad, estaba dramatizando un poco. O bastante. No mentía, porque él la veía así en sus recuerdos. Ella sabía que nadie podía estar hecho de nácar ni de algas y arena, pero sí le gustaba creer en sus ojos de agua. *Ollos de auga*, pronunciaba *pai* con su acento dulce y melódico, que contrarrestaba con su voz grave de gigante del norte.

—¿Sabes, *anduriña*? Tú tienes la misma mirada. A veces, me parece que, cuando te miro, la veo a ella. Lleváis el océano en los ojos.

Pai siempre la llamaba *anduriña*, como el pajarillo, porque revoloteaba a su alrededor jugando y riendo. Pero por muy lejos que fuese, nadando o explorando, siempre regresaba a su hogar. A su nido, igual que ellas.

—De eso nada, *pai* —contestaba seria.

Sabía que era desgarbada y diferente, pero su aspecto le daba absolutamente igual siempre y cuando su cuerpo le permitiese nadar o correr más rápido y aguantar al máximo la respiración mientras buceaba como un *golfiño*. La belleza no le preocupaba, porque siempre traía problemas. No tenía más que contemplar lo que le ocurría a Pura, juzgada como una pecadora por ser *curandeira* y tan bella que atraía las miradas de todos. O el rechazo que sufrió su madre, la sirena de cuyo embrujo todos parecían querer huir. Solo lamentaba no parecerse a ella para poder contemplarla en el espejo y así recordarla con precisión. Temía que el paso del tiempo evaporase sus contados y escasos recuerdos como la marea destruía los castillos que la niña modelaba con la arena húmeda de la orilla.

Su recuerdo favorito era el de su llegada. Y el de la primera vez que *pai* que la vio. Él contaba que la sintió mucho antes de encontrarla en la playa, la noche de la gran tormenta. Le decía que llevaba su cara grabada en la memoria desde hacía muchos años. Desde una tarde, en la que siendo muy joven, apenas un mozo que comenzaba a faenar en la pesca, en una jornada de mar encabritado cerca de A Marola, una ola traicionera lo tiró de la cubierta del barco. Explicaba que fue entonces, mientras la corriente lo arrastraba al fondo, hacia una muerte segura, cuando la vio nadar hacia él, mitad humana, mitad leyenda, y sintió sus manos de agua acariciar su rostro agonizante.

—Me salvó la vida, *anduriña*. Cuando mis compañeros me sacaron del agua, intenté tirarme por la borda para verla otra vez. Pensaron que había *entolecido* del miedo. Esos ojos se me clavaron en las entrañas. Nunca la olvidé. Soñaba con ella a veces, casi siempre antes de los temporales. Como una señal para que estuviese preparado. Para evitar desgracias. Para mí fue como una de esas apariciones de las que hablaban en los sermones del domingo. Como si viese a la Virgen del Carmen. Nunca volví a salir a la mar, Mairi. Aquello no era para mí. Era una vida muy esclava. Pero me convertí en farero para estar cerca de ella y del mar, por si quería encontrarme algún día.

—Pero, *pai*, doña Mercedes, la maestra, dice que las sirenas son leyendas, cuentos que pasan de generación en generación para explicar lo que no entendemos, igual que el de la Maruxaina que salvó a Xosé o Rianxeiro —replicaba la niña.

—En esta vida, *anduriña*, todos nos contamos cuentos para explicar lo inexplicable, para seguir vivos y creer que todo saldrá bien, que alguien nos cuida, aunque no esté presente, o que hay algo más ahí fuera que lo que ven nuestros ojos. ¿Y quién nos dice que no lo hay? ¿No es acaso eso la fe? Creer en lo increíble. La religión también es un cuento contado de generación en generación, aunque sus protagonistas sean diferentes. Y, a pesar de todo, elegimos creer. Y rezamos cuando tenemos miedo y para dar las gracias cuando todo sale bien. Yo no sé qué es real y qué no, pero, sea lo que sea en lo que tú decidas creer, espero que siempre vivas tu vida con fe, *anduriña*. Con fe en las personas y en la vida. En lo visible y en aquello que escape de nuestra comprensión. Y que esa fe te dé esperanza en lo que está por venir. En que los malos tiempos pasarán y llegará la alegría de nuevo. Como en la mar. Tempestad y calma, en una sucesión infinita, una a continuación de la otra, desde que el mundo es mundo. Recuerda mis palabras, *anduriña*. Todo lo que necesitamos para afrontar esta vida es fe y esperanza.

Pai siempre decía cosas que la hacían pensar. Le gustaba lo que contaba, porque nunca imponía sus ideas, sino que plantaba semillas sobre temas para que ella llegase a sus propias conclusiones.

—La noche antes de que apareciese en la playa, lo supe, *anduriña* —proseguía—. Sentí que ella vendría. La vi salir de entre las olas, como un espíritu del agua, y desplomarse en la orilla. Llegó muy débil y estuvo inconsciente durante días, pese a los cuidados de Pura, que entonces era muy joven, y Cándida, ya sabes que son las mejores *curandeiras* de la parroquia y hasta ellas temieron por su vida. Yo la velaba día y noche. No me apartaba ni un segundo. Le ponía los emplastes y le daba los tónicos que Cándida preparaba en su cabaña. Pasaron siete días sin que despertase. En el pueblo decían que parecía la estatua de una *santiña*, tan blanca y tan serena. Venían todos en procesión a verla. Esperaban un milagro o ver alguna escama. Tenía que vigilarlos para que no le cortasen mechones de pelo por si traían enredados la buena fortuna para los marineros. Las habladurías corrían como la pólvora en esos días.

Don Evaristo, el antiguo cura, quería llamar al arzobispo de Santiago de Compostela, porque pensaba que había algo maligno en ella y solo Cándida lo impidió. No supe nunca qué le dijo, pero se marchó pálido y no volvió a pisar el faro jamás. Fue la séptima noche, con luna llena y el mar en calma, ya pasada la tempestad, cuando abrió los ojos y pude ver la inmensidad del océano en ellos.

A Mairi, le sorprendía la reacción de la gente. A su corta edad ya sabía lo que era la crueldad humana. Que algunas personas se divertían burlándose de los que eran diferentes, que tiraban piedras a los pájaros o ataban latas en los rabos de los perros para enloquecerlos. Eran supersticiosos, pero juzgaban con severidad a aquellos que no vivían como ellos. Olfateaban como lobos las debilidades de los otros para atacar a los que creían vulnerables.

Al principio se enfrentaba llena de furia e intentaba defender a los indefensos. Regresaba a casa con heridas de las peleas. Tiempo después solo los observaba en silencio, casi sin pestañear. Eso los ponía nerviosos. Los aterraba que pudiese intuir lo que trataban de esconder con sus actos. Se daba cuenta de cómo se morían de miedo cuando los miraba y cómo terminaban corriendo y gritando *criatura do demo* cuando pensaban que los estaba maldiciendo. La única maldición era la cárcel de prejuicios y crueldad en la que se escondían por miedo. No hacía falta que ella hiciese nada. Afortunadamente, no todo el mundo en el pueblo era malo. La señora Cándida ayudó a salvar a su madre cuando apareció en la playa. Ella y su hermana Pura vivían en una casita en la linde del bosque y todos en el pueblo afirmaban que eran meigas. Mairi no sabía qué eran o qué dejaban de ser, pero tenía claro que las dos mujeres eran buenas personas. Siempre le sonreían y su sonrisa era de las que alcanzaba la mirada. No había en ella atisbo de falsedad ni enmascaraban una crueldad apenas contenida…, como la de doña Elvira, la mujer más rica pero también más mezquina del pueblo.

Las hermanas ayudaban a todos aquellos que se acercaban a su cabaña, especialmente a las mujeres. Casi siempre magulladas o en situaciones precarias. Nunca cerraban la puerta a nadie y sabían más que nadie sobre plantas y remedios naturales. A Mairi ambas le habían enseñado muchas cosas; por ejemplo, a buscar hierbas y a diferenciar sus propiedades: el laurel como tónico estomacal, la malva para ablandar la tos o la ortiga para aliviar el dolor de las articulaciones. También a encontrar y a distinguir en el monte las hierbas para el solsticio de verano: romero para purificar, malva silvestre para ablandar el corazón, *fento* macho para proteger el hogar, hierba de San Xoán o *espantademos, xesta* y *fiuncho* para el mal de ojo y hierbaluisa para proteger de los engaños y el mal de amor. Cada año recogían el agua de siete fuentes y dejaban las hierbas a remojo bajo la luz de la luna para que el *orballo* las bendijese. A la mañana siguiente la niña acudía corriendo a su casa para lavarse la cara con esa agua mágica, siempre mirando al sol del verano, que traía consigo la promesa de días eternos al aire libre.

Tampoco ellas se libraban de las murmuraciones en el pueblo. Las malas lenguas decían que no eran hermanas, sino que Pura era la hija de soltera de doña Cándida. Que por las noches hacían rituales para invocar al demonio y que Pura con su belleza volvía locos a los hombres «de bien». A ella le parecía que la gente les tenía miedo y un poco de envidia. Porque sabían los secretos de casi todo el pueblo y vivían a su manera, sin pedirle permiso a nadie. Su padre siempre decía que la gente que más hablaba de la decencia de los demás solía ser la que menos decentemente se comportaba cuando creía que nadie la veía.

A Mairi le gustaba visitarlas porque sabían muchas cosas, aunque casi no supiesen leer ni escribir. Estaban muy orgullosas de que la niña sí lo hiciese y le repetían lo mucho que les hubiese gustado ir a la escuela, pero que en su época «no se estilaba» en mujeres de su condición. Le pedían que aprendiese todo lo que pudiera y, por eso, Mairi leía todo lo que caía en sus manos y hacía la tarea de la maestra cada día, sin faltar ni una sola vez a sus lecciones. Aprendía por las tres. Cándida y Pura salvaron a su madre. Y, en cierto modo, a Mairi también.

—Al principio —proseguía *pai*—, no creas, *anduriña*, tu madre me miraba como un *animaliño* asustado. Mantenía la distancia y evaluaba los riesgos. Si me acercaba demasiado, enseñaba los dientes y bufaba como un gato. Pero no me importaba, sabía que al final se daría cuenta de que yo solo intentaba ayudarla. Con las personas, como con los animales, Mairi, hay que tener paciencia, respetar sus tiempos para que puedan percibir las intenciones de tu corazón. Estaba seguro de que, poco a poco, me ganaría su confianza y, en lo más hondo, mantenía la esperanza de que llegaría a quererme.

»Los primeros días estaba muy confundida. La escuchaba llorar por las noches. Tenía pesadillas. El mar se enfureció por haberla perdido. Se quedó con su voz y sus recuerdos. No sabía quién era ni dónde había estado antes de llegar a nuestra playa. En el pueblo dijeron que esa noche naufragó un barco escocés, pero ella no aparecía en la lista de pasajeros. Nadie pudo explicar de dónde venía. Quién era ella antes de llegar al faro. Pero lo importante es que no quiso marcharse. Se quedó conmigo. *A miña serea.* Ella me encontró, *anduriña.* —Y, al pronunciar estas palabras, sus ojos se empañaban con la emoción de un chiquillo pese a su envergadura de gigante.

Mairi le rogaba entonces que le contase más detalles.

—*Pai,* ¿cómo conseguiste que confiase en ti? ¿Cómo podías quererla sin haber hablado nunca con ella?

Pero él callaba. Solo contaba lo que quería contar. El resto eran silencios. Casi siempre repetía la misma parte de la historia. Y ella tenía un sinfín de espacios en blanco por rellenar. Una curiosidad insaciable por saber. Las historias de su padre le parecían cuentos llenos de misterios. Ansiaba resolver las piezas, conocer los detalles. Pero sabía que no podía forzarlo a hablar. Y cada pequeño recuerdo, cada nueva información calaba en ella con la intensidad de quien necesitaba obtener respuestas para recomponer su pasado y construir su propia identidad.

Tras su zambullida diaria, una vez seca y con su pizarra bajo el brazo, Mairi se encaminó a la escuela. El camino a la escuela desde el faro atravesaba el monte, la ermita y también las casetas de los pescadores. De pequeña le daba un poco de miedo recorrer esa parte del trayecto, sobre todo en la oscuridad del invierno. Los árboles negros le parecían gigantes esperando un descuido para abalanzarse sobre ella. Tenía miedo de que escondiesen ánimas y a los diantres de las historias. Pero, con el tiempo, se acostumbró a su presencia silenciosa y ahora le parecían más guardianes que malvados gigantes. En su tierra, había cientos de leyendas y supersticiones a las que temer. Algunas criaturas advertían a los caminantes de los peligros y otras intentaban arrastrarlos a sus trampas. Sus historias le aterraban y fascinaban a partes iguales. Se contaban casi siempre a la luz de la *lareira* en las largas noches de invierno mientras se comían castañas al calor del hogar. A ella, como *pai* no era muy hablador y no tenían *lareira* en casa, se las contaba Xosé o Rianxeiro, un marinero retirado de Rianxo que conocía todas las historias y que, cuando visitaba la taberna, afirmaba a voz en grito, para todo el que quisiese escucharlo, que una sirena lo salvó de morir ahogado. Explicaba con vehemencia que fue la Maruxaina de San Cibrao. Le encantaba escuchar su historia porque le hacía pensar en su madre como una heroína y no como un monstruo marino.

—Xosé, déjate de cuentos *para a cativa. Neniña, non fagas caso.* Tu madre fue la única superviviente de un naufragio de un barco del norte. *De moitísimo máis ao norte ca nós.* Inglés, pienso yo. Por eso la pobre no hablaba al principio. A la gente le gusta mucho inventar —replicaba Sabela la Redeira, cuando escuchaba al viejo pescador hablarle de sirenas.

—No era inglés, era escocés, Sabela. Por eso tenía el pelo rojo, pero no sabemos que viniese del barco. Eso son habladurías. *¿Acordaste* cómo nadaba? Y cantaba como si no fuese de este mundo. Cuando ella cantaba, picaban más los peces. *Digocho eu que ben me acordo*. El barco naufragó a mucha distancia. Es imposible que con esa mar llegase al faro. *Era una serea*. Pero una buena *neniña*, tranquila, como mi Maruxaina.

—*Moito che gusta inventar, Xosé*. ¡Ay, Dios mío, *o que hai que escoitar!* Tu Maruxaina rubia era un tablón de madera del barco. Y por los pelos salvaste la vida, que *chegaches xa medio morto*. Mis plegarias a la Virgen del Carmen, esas sí que te salvaron —replicaba Sabela sin parar ni un instante de arreglar los aparejos de pesca con sus manos diestras y curtidas.

Xosé le guiñaba el ojo.

—Hazme caso a mí, *neniña*, eres *filla dunha serea* —susurraba. Y seguía fumando en su banqueta de madera frente al mar.

A Mairi le gustaba mucho escucharlos discutir cariñosamente, cuidando el uno del otro sin demostraciones evidentes de cariño, pero siempre juntos. Con sus pieles ajadas y la dureza de una vida entera a merced de las mareas. Una vida marcada por las ausencias y la necesidad. Pero feliz a pesar de todo.

Le costaba dejarlos y continuar su camino a la escuela, pues se sentía cómoda en su compañía. Sin embargo, las ganas de aprender eran muchas, y siempre pesaban más.

Pese a sus esfuerzos por llegar a tiempo, no siempre lo conseguía. Algunas veces, cuando llovía mucho, el camino estaba tan embarrado que ni las zuecas conseguían salvarla del lodo que se arremolinaba en sus faldas. Le daba vergüenza llegar tarde y con la ropa mojada. Pero ni siquiera eso la frenaba.

La maestra, doña Mercedes, era estricta pero justa. Y nunca toleró burlas entre compañeros. Pero a sus espaldas no podía evitar ser un blanco fácil para los más abusones. Muchos callaban por miedo a situarse ellos en el punto de mira. El peor de todos era Toñito, el hijo de doña Elvira.

Siempre que podía, le ponía la zancadilla o le tiraba de las trenzas. La llamaba endemoniada y buscaba cualquier excusa para humillarla. Ella respondía a sus ataques casi siempre con la fiereza del monstruo que él creía que era. La odiaba porque sabía que no podía asustarla. Quería verla sometida y temerosa. Hacerla llorar como a los demás. Pero nunca lo conseguía y eso lo devoraba por dentro. De *pai* aprendió que el desprecio había que encajarlo con dignidad. Así, les robabas a los demás la satisfacción de ver cómo su maldad te hería.

Algunas veces, doña Mercedes regañaba a Mairi por responder a sus ataques con mordiscos y arañazos. O con maldiciones, como si fuese una bruja. Le decía que debía mantener la calma y no reaccionar como una salvaje. Pero no podía evitarlo. Eso es lo que era.

En su interior ardía un instinto indómito que le gritaba que se sumergiese en las olas, que nadase más rápido, que explorase cada rincón del bosque, que trepase a los árboles más altos y se tumbase en la tierra para sentir su latido.

Se sentía más cómoda entre los animales que con las personas y solo las ganas de aprender la impulsaban a no abandonar la escuela. Le partía el corazón lo terriblemente diferente que se sentía rodeada de los demás niños.

Tras la escuela, Mairi regresaba a su playa secreta. Allí buscaba «tesoros» en la arena. Encontraba tantos cristales de colores que se imaginaba dentro de un reino mágico. Fantaseaba con la idea de que su madre los escondía para ella. Para que pudiese encontrarlos cuando el mar se retiraba.

También le gustaba trepar por las rocas. En ellas se formaban pequeñas pozas en las que buscaba cangrejos. Los observaba y veía cómo se escondían en la arena.

A veces imaginaba que ella podía hacer lo mismo.

En Galicia los inviernos eran largos y duros. La gente se refugiaba de la lluvia y el viento que azotaba la costa, pero Mairi estaba tan acostumbrada que podía bañarse casi todos los días del año y no enfermaba jamás. En eso también se parecía a su madre.

Pai le contaba que podía bañarse hasta con las peores tormentas. Cada día, como un ritual, entraba en las aguas batidas del Atlántico, sin importar la dureza del clima. Nadaba muy adentro, hasta donde las aguas se volvían oscuras y misteriosas. En el pueblo murmuraban que tenía las escamas escondidas bajo la piel y que por eso no notaba el frío. *Pai* narraba, como si fuese el mejor de los cuentos, que la veía flotar en la lejanía, observando el cielo, con sus largos cabellos rojizos ingrávidos, mecidos por las aguas, como una ninfa marina, y daba gracias por tenerla. Rezaba al océano para que la dejase permanecer a su lado un poco más. Para que no se la arrebatase de nuevo.

Mairi la imitaba nadando hasta muy lejos, hasta donde la costa y los humanos se desdibujaban, y tan solo el faro de *pai* se erigía imponente y vigilante. Se dejaba mecer como ella y observaba su hogar desde allí, como lo hubiese visto ella.

Otras veces, se sumergía en las profundidades, como las aves cuando buscaban peces. Y entonces braceaba hacia lo más hondo. Tocaba la arena, contaba mentalmente el tiempo que podía aguantar sin respirar y subía con premura hacia la luz que se filtraba a través del agua, justo cuando sentía que sus pulmones no podían aguantar ni un instante más sin oxígeno.

Sabía que tenía un don. Y se esforzaba por mejorar cada día. Desde que tenía recuerdos, había entrenado imponiéndose pequeñas metas diarias. Podía aguantar debajo del agua más que nadie. Buceaba con la fluidez de los *golfiños* y sus ojos se habían acostumbrado al salitre. Era capaz de permanecer inmóvil bajo el agua el tiempo suficiente para que los peces más precavidos se acercaran a curiosear entre sus cabellos confundiéndolos con algas. Solo entonces se sentía libre, como una criatura marina más.

Las nubes plomizas se acercaron por el horizonte aquella tarde tras la escuela, anunciando una lluvia abundante, que no los abandonaría durante semanas. Como casi todos los días, realizó el mismo recorrido. Avanzó mar adentro, bordeando el acantilado, hasta que divisó el pueblo a lo lejos. Nunca se acercaba, no quería buscarse más problemas, pese a que todos rumoreaban sobre sus zambullidas diarias. Tenía que hacerlo con cuidado y alejarse lo suficiente para que los niños del pueblo, liderados por Toño, no viniesen a molestarla. Algunos afirmaban que al entrar en contacto con el agua salada su piel se llenaba de escamas como su madre, otros aseguraban haber visto una cola de pez. Decían que la sirena del faro venía a buscarla para llevársela al fondo del mar con las demás criaturas del agua. Nada de eso era cierto. Aunque habría dado cualquier cosa por que lo fuese. La triste verdad era que siempre nadaba sola, con un traje de baño rudimentario que ella misma se había cosido para ser lo más liviana y rápida posible.

Mairi nadó con furia, deslizándose sobre el agua, ligera y veloz. Desafiando a las mareas y leyendo en ellas los posibles peligros. El mar le hablaba tan claro como una madre y le advertía cuándo la corriente era propicia y cuándo debía evitarla. Le encantaba ver los contornos de las rocas, con las pequeñas playas dibujándose a lo largo de la costa. Cuando comenzaba a sentir los brazos cansados por el esfuerzo y la piel tersa por el frío, se tumbaba bocarriba, flotando. Sentía el picor de la sal en las heridas y arañazos, como los recordatorios de sus batallas. Y, después, paz.

La invadía una sensación de plácida ingravidez. Su pelo rojizo habría podido confundirse con las algas que las mareas *lagarteiras* arrastraban hasta la playa al final del verano, pero su tacto sedoso bajo el agua le hacía pensar más bien en las *lumias* de las *cantigas*. Se sentía mecida, arropada por el flujo ondulante del océano. Podía escuchar los latidos de su corazón, galopando furioso por el esfuerzo y acompasándose lentamente con el vaivén de ese gigante de agua que era el Atlántico.

Mairi flotaba como cualquier otra tarde frente a la cala de O Espiño cuando oyó los gritos y el trajín de personas transportando bultos en el promontorio de rocas que separaba la cala del pueblo. Observó con más detenimiento y se acercó nadando, sigilosa. Tenía buena vista y mejor oído. Podía diferenciar el canto de un *peizoque* del de un mirlo con la misma claridad que distinguía las voces de las personas. Imitaba sus cantos con destreza. Era capaz de rastrear las huellas de los animales del bosque con la precisión del mejor de los cazadores. Conocía los nombres de los árboles y arbustos como si fuesen sus mejores amigos, capaces de ofrecer sombra, refugio y protección; también de las plantas que curaban o las que podían provocar que una persona enfermase hasta la muerte. Podía decirse que era más una criatura de la naturaleza que una niña normal y corriente.

Y, sin embargo, a pesar de toda la sabiduría que poseía y todos los talentos que la hacían fuerte y autosuficiente en lo salvaje, de poco le servía para descifrar qué significaba el trajín de aquellos hombres... Descargaban materiales de construcción, de eso estaba segura. Pero ¿allí? ¿En lo alto de las rocas? A Mairi le pareció una verdadera osadía desafiar tan presuntuosamente al mar. ¿Acaso sería una iglesia? Eso sí podía ser. Para pedir por los marineros. Doña Mercedes les había hablado en la escuela de una ermita hecha entera de conchas en la isla de *A Toxa*. La imaginaba tan bonita. Reluciendo al sol engalanada con las conchas nacaradas y planas de las vieiras. Le ponía contenta que a la Virgen del Carmen también le gustasen las conchas. A ella le encantaban. Las recogía y clasificaba en la orilla cada día. Algunas tenían agujeros y, si les pasabas un cordel, parecían valiosas joyas, como las de las señoras de los pazos nobles o de la ciudad. No es que hubiese visto a muchas señoras elegantes, pero Pura había ido a vender sus remedios, dulces y miel en A Coruña y le había contado cómo eran las señoras finas. Las telas delicadísimas de la mejor calidad: terciopelos, sedas y encajes. La piel blanca como la espuma y rosada en las mejillas, los peinados elaborados, las manos finas. Manos que no habían labrado la tierra, criado ganado, tejido redes ni limpiado pescado.

Perdida en sus pensamientos, intentando descifrar el misterio de la construcción en las rocas, Mairi bajó la guardia y se acercó demasiado. La curiosidad venció a la prudencia. Fue entonces cuando un hombre se asomó, tal vez evaluando la altura o el modo en que las olas rompían contra la base de las rocas, y la vio. Ella fue rápida y se zambulló de nuevo en el agua. Tan solo pudo atisbarla unos segundos. Mairi buceó todo el tiempo que le permitieron sus pulmones y braceó con furia para emerger a lo lejos, donde no pudiesen distinguirla. Pero el grito del hombre la persiguió incluso debajo del agua.

—*Serea!* ¡Aquí! *Vinde rápido!* —vociferó con toda la fuerza de sus entrañas—. Está maldito, este lugar está maldito —continuó chillando presa de la superstición.

Otras cabezas se asomaron buscando un movimiento, una cola de pez que delatase a la criatura. Cada ondulación les parecía una confirmación de las palabras del hombre. Estaban construyendo sobre la morada de una sirena. Aquel lugar estaba maldito. Y a todo el que se acercase le sucederían cosas terribles...

Mairi ya no pudo ver cómo los hombres se santiguarían y tocarían las cabezas de ajo de sus bolsillos. Cómo regresarían a sus casas afirmando haber visto una sirena con rasgos de otro mundo. Cómo contarían a sus familias que tenía el cuerpo lleno de escamas, que les enseñó los colmillos antes de sumergirse, maldiciendo para siempre aquel lugar y a sus habitantes. Todo eso ya no pudo verlo ni escucharlo y ni siquiera pudo imaginarlo mientras se alejaba nadando con el corazón desbocado hacia su playa.

A la mañana siguiente los rumores circularon como semillas esparcidas por el viento durante la primavera. A medida que se transmitían, se distorsionaban y se enriquecían con nuevos detalles cada vez más fantasiosos.

Solo otro sentimiento más fuerte y primario, la curiosidad, pudo finalmente imponerse sobre la maldición de la sirena. Al fin y al cabo, las gentes del pueblo habían vivido con una durante años, hasta que volvió a la mar. Podía ser la misma, la sirena del faro, *a nai da nena salvaxe*, u otra nueva. No era una novedad. Las leyendas estaban tan enraizadas en su impronta nacional como el acento ligeramente cantarín y los cielos grises. Lo que les pareció extraño e intrigante fue otra cosa: ¿para quién y qué era esa misteriosa construcción *enmeigada* desde sus cimientos? Habían traído para ella una cuadrilla de albañiles desde A Coruña, un maestro de obra y hasta un reputado arquitecto compostelano. Estaba claro que el dinero no era un problema. ¿Y aquel lugar tan raro para construir lo que quiera que fuese? Apartada de las demás casas, en la cima de una roca. Tan cerca del mar. Aquella obra era lo más revolucionario que había sucedido en el pueblo desde la aparición de la sirena sin nombre, en la cala del faro, tras la tormenta. Y así fue como un rumor venció al otro, y el pueblo entero caviló sobre el misterio de las obras que habían comenzado en las rocas y sobre *o feitizo* que las criaturas marinas habían lanzado sobre ellas.

A pesar del susto y el descubrimiento de la misteriosa construcción, los días transcurrieron para Mairi con sus rutinas y costumbres habituales. La niña disfrutaba especialmente de las tardes, en las que, tras la escuela y sus zambullidas en la playa secreta, en las que comprobaba la evolución de las obras, visitaba al nuevo cura, don Ignacio. A Mairi no le gustaba ir al pueblo, pero tenía un poderosísimo aliciente para hacer una excepción: los libros.

Don Ignacio había llegado de Santiago de Compostela hacía apenas un año y no se parecía en nada al anterior párroco.

Don Evaristo, su predecesor, siempre había hablado sobre el temor a Dios y sobre cómo el mal acechaba tras cada esquina. Sus sermones incluían castigos divinos, vergüenza y arrepentimiento por los pecados cometidos. Mairi tenía miedo de ese Dios vengativo al que el anciano cura aludía. La niña siempre había sabido que en sus sermones dirigía muchas de sus acusaciones y condenas hacia su familia y otras personas buenas, que como doña Cándida y Pura vivían de un modo distinto a lo que la sociedad exigía de ellas. Y que ese era el motivo por el que las hermanas jamás iban a la iglesia y apenas pisaban el pueblo.

Don Ignacio, en cambio, era joven, alto y delgado, con unas gafitas redondas que a Mairi le hacían mucha gracia y que demostraban que había estudiado tanto que sus ojos se habían cansado de leer por sí mismos, por eso necesitaban ayuda.

Tenía mucha paciencia explicando las cosas y cuando iba a visitarlo hablaba de filosofía, de teología o de historia, de todo lo que aprendió en la universidad. Y lo explicaba con palabras fáciles para que todo el mundo pudiese entenderlo. Sus favoritas eran las historias de los santos y sus milagros.

Don Ignacio nunca hablaba de condena, sino de esperanza, redención y bondad. Siempre insistía en que había que aprender todo lo posible para crearse una opinión sobre el mundo y no convertirse en marionetas en manos de otros. A la niña el cura le caía muy bien. Él prestaba sus libros a los pocos que querían o sabían leerlos.

Don Ignacio también era de origen humilde, pero, como siempre fue muy aplicado, pudo estudiar en el seminario a cambio de servir a Dios. Ese Dios, el de don Ignacio, a Mairi le gustaba mucho más que el de don Evaristo, pues parecía que también quería y cuidaba de las endemoniadas como ella.

El nuevo cura siempre le recomendaba libros para que se los leyese a doña Cándida y a Pura y siempre adivinaba los que más podrían gustarles. Emilia Pardo Bazán casi siempre iba a la cabeza. Aunque a veces preferían a Rosalía. A Cándida se le humedecían los ojos cuando le recitaba *unha vez tiven un cravo cravado no corazón* y, aunque hacía esfuerzos para que no se le notase, no lo lograba. Cándida también arrastraba una pena en el corazón de la que no hablaba, pero que la acompañaba siempre como una sombra silenciosa, en el velo de su mirada.

Cada vez que Mairi iba a visitarlo, don Ignacio le preguntaba por su padre, y también por las hermanas, muy educadamente. Pero la niña notaba cómo le temblaba la voz cuando pronunciaba el nombre de Pura con forzada indiferencia y cómo se sonrojaba un poco cuando la veía en las romerías vendiendo sus tónicos y ungüentos. Evitaba mirarla casi siempre, pero casi nunca lo conseguía del todo.

La niña recordaba en especial un día en que las cosas se pusieron bastante feas. Era un 16 de julio, en plena romería de la Virgen del Carmen. Hacía un calor pesado y se anunciaba tormenta. Todo el mundo estaba feliz porque eran *xente do mar* y la Virgen era la patrona de los marineros, aquella a la que rezaban para que los barcos no desapareciesen en las tempestades. Las cofradías engalanaban los navíos con banderas y cintas de colores. La música sonaba en las calles y se hacían ofrendas florales en agradecimiento.

En las calles se vendían rosquillas, melindres y fruslerías para atraer a los niños. *Pai* le había comprado unas rosquillas de anís y Mairi pensó que era lo más delicioso que había probado jamás. En medio del gentío, divisaron a doña Cándida, que vestía de negro riguroso, con una pañoleta en la cabeza como casi todas las mujeres mayores. Junto a ella iba Pura, con su larguísima melena dorada suelta y adornada con flores. Tenía unos ojos de un azul casi transparente que llamaban la atención de los transeúntes. La joven sonreía y mostraba sus ungüentos y remedios caseros a los que estaban disfrutando de la fiesta. Las miradas de suspicacia y los cuchicheos se fueron incrementando cuando doña Elvira le increpó por llevar el pelo suelto como «una fulana».

—*Filla do pecado, tiñas que ser. Bruxa do demo.* No compréis sus ponzoñas si no queréis condenaros y atraer la desgracia sobre vuestras familias —repitió a voz en grito con los ojos desorbitados y apuntándola con un dedo acusador.

El gentío se arremolinó a su alrededor, arengados por la furia de doña Elvira. Justo cuando parecía que iba a suceder lo inevitable, don Ignacio, que pasaba por ahí, templó los ánimos. Y, tan rápido como se formó el tumulto, se disolvió…

Aquel día la niña comprendió que las personas no eran mejores que los lobos que se cernían sobre sus presas en grupos, dirigidos por los aullidos del líder. Las palabras eran tan poderosas que bastaba tan solo una chispa de odio para ocasionar un incendio.

En ocasiones la masa, compuesta por espectadores impávidos y verdugos, contempla el horror sin atreverse a alzar la voz para frenar la injusticia. Mairi aprendió también aquel día cómo todas las partes de las mujeres podían ser usadas en su contra para acusarlas de provocar a los demás, de pecar o infringir costumbres absurdas. Cómo un pelo sin trenzar o sin recoger podía ser un agravio para la moral y la decencia. Tal vez por eso su madre regresó a la mar, para huir de esas miradas reprobatorias y de las convenciones restrictivas. Quizá quiso ser libre. No podía culparla, pero ojalá la hubiese llevado con ella. Lo que más le sorprendió aquel día fue la dignidad con que Pura aguantó los insultos, con un rostro sereno y una pizca de osadía en la expresión. Mientras la increpaban, no bajó ni una sola vez la mirada. A la niña le impresionó su valentía, probablemente a don Ignacio también.

Uno de esos días en los que Mairi tenía por costumbre visitar a don Ignacio, tras el descubrimiento de la misteriosa construcción, la niña atravesó el camino hacia el pueblo como una exhalación. Llegó a la pequeña casa junto a la iglesia y golpeó la puerta con los nudillos blancos por la tensión.

—Buenas tardes, Mairi —le dijo don Ignacio sonriendo despeinado y con las gafas en la punta de la nariz—. Pensé que hoy ya no vendrías, pero ¡pasa, no te quedes en la puerta! ¿De dónde vienes? Pareces un *parruliño mollado*. Ven junto a la *lareira* a calentarte. —Señaló el hogar cálido rodeado por un banquito de madera típico de las casas gallegas—. Toma un vaso de leche con miel de mis colmenas, un día de estos vas a enfriarte de verdad, *rapariga.*

—Buenas tardes tenga usted, don Ignacio —respondió Mairi acercándose al fuego y agarrando entre sus manos heladas el vaso caliente que el cura le ofrecía—. Muchas gracias y perdone. Es que vengo de la playa, ya sabe que no me enfrío, pero me he entretenido nadando y no me ha dado tiempo a secarme del todo. Venía a buscar algún libro que pueda prestarme si es tan amable…

—Justo lo tengo preparado aquí, Mairi. Yo creo que va a gustarte mucho, es de un poeta de Celanova, Manuel Curros Enríquez. El libro se titula *A Virxe do cristal.* Cuando lo termines, puedes venir para que comentemos lo que te ha parecido.

Al principio, Mairi sentía mucha vergüenza al explicar lo que sentía o interpretaba de las lecturas que don Ignacio le prestaba. Se sentía ignorante y estúpida, pero con el tiempo fue ganando seguridad. Él siempre le decía que cualquier interpretación o sentimiento que despertase una creación artística era válido, que no había pensamientos incorrectos y, por eso, nadie debía sentirse inferior o indigno. Decía que la cultura pertenecía al pueblo y, por tanto, todo el mundo tenía derecho a disfrutarla.

—Verás, tengo otra cosa para ti —le dijo don Ignacio agarrando un paquete envuelto en papel de estraza que reposaba sobre el chinero—. Aquí dentro hay un cuaderno y todo lo necesario para que puedas escribir lo que sientas o pienses. Puedes escribir tus propios libros. Creo que tienes talento y sensibilidad. —Su voz transmitía orgullo—. Eres la lectora más voraz del pueblo y, algún día, podrás convertirte en nuestra propia Rosalía de Castro, Mairiña.

La niña cogió el paquete con emoción y un poco de vértigo. Un cuaderno para ella, con sus páginas limpias esperando ser escritas. ¿Qué podría escribir en ellas? Nada de lo que sentía y pensaba le parecía suficiente ni digno de ser contado.

—No sé cómo darle las gracias, don Ignacio, nunca me han regalado nada tan bonito y tan importante en mi vida. Todavía no sé qué escribir. Pero lo guardaré como un tesoro hasta que sienta que tengo algo importante que contar.

—No es nada, Mairi, pero, por favor, no pienses eso jamás porque todos tenemos historias que contar. Desde la persona más humilde a la más sabia. Todos guardamos anhelos y amores, secretos y tristezas. Lo importante es tener el deseo de plasmarlo en un papel, de desnudar tu alma en las palabras. Mairi, yo sé que vivirás una vida digna de ser contada. Tengo fe en lo que Dios tiene reservado para ti.

La niña regresó a casa, a su faro en mitad de la negrura con una nueva ilusión.

Y con la esperanza de que el párroco tuviese razón.

Una vida digna de ser contada…

Desde el incidente de la sirena y el comienzo de las obras misteriosas, transcurrió lo que a Mairi se le antojó una eternidad. Las estaciones avanzaban veloces, mudando su piel como una serpiente que se movía sinuosa hasta alcanzar su nueva forma. El final del frío invierno dio paso a una exuberante y lluviosa primavera, seguida de la suave calidez y luz infinita del verano. Finalmente mientras el dorado de los bosques se desprendía de su manto de hojas en aquel otoño singularmente seco, lo que tenía que ocurrir sucedió. Era 31 de octubre, Mairi sabía que era una fecha mágica, Samaín. La noche en que la frontera entre vivos y muertos se desdibujaba. La niña sintió el presagio nada más despertarse. Esa emoción en la boca del estómago que a veces la avisaba de que algo iba a suceder y le hacía permanecer alerta y nerviosa como una lagartija inquieta.

Acudió a su cita como cada día. Desde su roca-puesto de vigilancia, observaba religiosamente el avance imparable de las obras de la mansión. Se cuidaba mucho de que nadie la viese. Los contornos de una mansión elegante se iban dibujando y, poco a poco, desde sus cimientos, aquella arquitectura majestuosa y desconocida hasta entonces tomó forma ante sus ojos. Le fascinaba la galería y el embarcadero de la construcción.

Mairi los vio asomarse al mirador con sus ropas claras. Tan distintas a todas aquellas que conocía y vestían las gentes del pueblo. Primero, la pareja. La dama de piel pálida y delicados rasgos. Labios finos, pómulos altos y ojos claros, tan claros que parecían translúcidos. Gélidos. Llevaba un peinado de pulcras ondas doradas que le hizo pensar en la superficie del agua cuando parecía en calma, pero la corriente era fuerte y peligrosa bajo su apariencia serena. Envolvía su delgadísima silueta con una estola de armiño de un blanco níveo. Se preguntó si aquella mujer sería una artista de la capital. No es que conociera ninguna, pero se las imaginaba igual de refinadas y esculturales. El hombre junto a ella era casi tan alto como *pai*, pero mucho más espigado. Aquella espalda no parecía haber cargado un peso en toda su vida. Las manos blancas y finas, con dedos largos de pianista, distaban mucho de aquellas curtidas, fuertes y toscas que tan bien conocía. Miró las suyas con aprensión, todavía no se habían embrutecido del todo, pero pronto lo harían. Nada delataba tanto el origen y la vida de alguien, sus pesares y desvelos, como las manos. El hombre agarró a la mujer de cristal por el brazo. Este llevaba un traje de buen tejido y corte impecable, que se ajustaba a sus anchos hombros, marcando su silueta de triángulo invertido. Sus ojos oscuros parecían soñar con algo lejano cuando observaba el Atlántico que se abría frente a la casa. Parecía tener el alma vacía, seca como la cáscara de una nuez.

Pura le había dicho una vez, siendo muy pequeña, que ella también tenía el don. Que podía descubrir los pesares de las personas con una mirada, con la misma facilidad con la que intuía cuándo se avecinaba una tormenta o si el peligro acechaba en el bosque. La misma con la que atraía y calmaba a los animales. Podía notar en sus entrañas aquello que los demás se esforzaban por ocultar. Por eso, Mairi sabía con total certeza que el hombre elegante no amaba a la mujer de cristal, podía percibirlo por el modo en que sus cuerpos parecían querer alejarse a pesar de su proximidad. Sus almas se encontraban muy lejos, aunque sus brazos estuviesen entrelazados. Sintió pena por ellos. La belleza no garantizaba el amor. Tampoco la riqueza ni el compromiso. No se podía luchar contra los lazos invisibles. De eso también estaba segura.

Por ejemplo, Pura y don Ignacio no eran, ni probablemente serían nunca, marido y mujer. Y, sin embargo, sus corazones se pertenecían de un modo en que solo Dios o el universo podrían haber trazado de antemano. Se podía sentir en sus miradas y en sus silencios, tan elocuentes como la más bella carta de amor. La electricidad contenida cada vez que sus manos se topaban accidentalmente. La tensión en los hombros de don Ignacio cuando divisaba la silueta grácil de Pura a lo lejos. La manera deliberada en la que intentaban esquivarse el uno al otro sin conseguirlo. Como si el destino, caprichoso, se divirtiese entrecruzando sus caminos, pese a estar condenados a anhelarse desde la lejanía. Sin embargo, aquellos dos seres, que parecían sacados de otro mundo, hermosos y delicados, en su casita de muñecas frente al mar, del color del más exquisito merengue, con su cristalera elegantísima, no podían transmitir una mayor infelicidad. La frialdad de su postura revelaba el muro de distancia que existía entre ambos.

Y, de pronto, Mairi reparó en los niños. El que parecía mayor, de unos once o doce años, era una réplica en miniatura del hombre, pero tenía los ojos y los colores de la mujer. Se situó despreocupadamente entre ambos, con la seguridad de quien se siente el sol alrededor del cual gravita el afecto incondicional de todos. Tras él, con una postura que transmitía un desamparo desgarrador, había una niña que parecía de su edad. Tenía el cabello lacio y de un negro brillante, fuerte como las crines de los caballos. De complexión menuda pero fuerte, con los ojos almendrados y tez morena. Parecía provenir de otro mundo, uno muy diferente al de la pareja estilizada y el niño dorado.

Como un paisaje en que uno de los elementos es discordante. La niña sombría parecía notarlo con cada átomo de su ser. Su postura y la forma en que los observaba, ligeramente alejada, sabiendo que no terminaba de encontrar su lugar en aquel conjunto. A Mairi le sobrevino una oleada instantánea de compasión y empatía. Ella se sentía exactamente igual. Eran dos piezas sueltas. Dos animales que no encajaban con la manada. Deseó con fuerza hablar con ella. Ser su amiga. Y en ese instante, como si hubiese sentido su llamada, la desconocida levantó la cabeza hacia las rocas y la vio. En otra circunstancia se habría zambullido tan deprisa que tan solo habría atisbado a ver la espuma revuelta tras de sí. La muchacha habría dudado de su vista. Incluso imaginado que se trataba de alguna clase de pez o una ola traicionera. Y, sin embargo, se quedó quieta, devolviéndole la mirada. Por alguna razón, supo que no gritaría. Que algo en su sangre también estaba conectado con la naturaleza, con lo ancestral y misterioso. Aunque las raíces de aquella niña tuviesen su fuerza en algún lugar lejano y no en sus bosques brumosos y en ese océano que sentía como su refugio. Se sostuvieron la mirada con intensidad. Ninguna sonrió y, sin embargo, Mairi no detectó hostilidad ni temor, más bien una suerte de interés y hasta una cierta admiración. Algo en su ropa elegante e incómoda le dijo que habría preferido en ese instante estar nadando con ella. Libre y salvaje. La percibió como un ser magnífico en esencia, obligado a encorsetarse en unas normas en las que nunca podía encajar y que la convertían en una sombra de lo que podría haber sido, opacando el brillo que parecía ocultar en su interior.

¿Y si fuese ella la amiga con la que había soñado? El sentimiento era tan intenso y anhelante que podía sentir cómo se formaba y crecía en su estómago. La niña avanzó con pasos ligeros y silenciosos hacia el borde, sin que los demás se percatasen, como la sombra que parecía estar acostumbrada a ser. Mientras el niño dorado arrancaba una carcajada a la pareja con un comentario al que no prestó atención, Mairi nadó muy suavemente hacia las rocas procurando no hacer ruido. Se observaron más de cerca. De pronto, la desconocida sonrió y su sonrisa transformó por completo su rostro, iluminando su piel color ámbar y dotándola de una luz inesperada. Pudo sentir cómo esa luz alcanzaba su mirada y disipaba un poco el aura de tristeza que irradiaba. Mairi le devolvió la sonrisa, con una mezcla de miedo y esperanza.

— ¡Julia, Julia! ¡Ya llegan! —vociferó el niño dorado.

Fueron apenas unos segundos, pero bastaron para que supiese que debía esconderse. Se alejó con rapidez. Con el corazón bombeando con fuerza. Y la ilusión por volver a ver a la niña de ámbar prendiendo, como una vela, en el fondo de su alma.

Aquella noche le contó a *pai* que había visto a los habitantes de la mansión. Y *pai* le explicó que eran unos indianos ricos llegados de las Américas. Los cuatro miembros de esa familia vivirían desde ese día en el pueblo. Ellos eran los dueños de la elegantísima casa que se había construido sobre las rocas, entre las dos playas.

Mairi se durmió pensando en aquellos hermanos dispares, el niño sol y la niña sombra, llegados de tierras lejanas y exóticas. Tal vez soñó con las aventuras que podrían vivir juntos. O tal vez cerró los ojos y se abandonó a la placidez del sueño, con la esperanza de tener amigos por una vez en la vida.

2

Las palabras silenciadas

2007

CLARA

Aquel día había comenzado como cualquier otro. El despertador había aullado arrastrándola lejos de la quietud del sueño. La melodía estridente e incansable la había apartado abruptamente de la placidez de la inconsciencia. Clara se frotó los ojos adormilada y sintió el vacío inmenso que desde hacía algún tiempo la acompañaba. El peso de afrontar un día más, las obligaciones de una vida que no sentía como propia. Una vida en la que se dejaba llevar por una inercia tan cómoda como insatisfactoria. Fantaseó, como cada mañana, con no moverse. Rebelarse. Apagar el despertador y continuar durmiendo. Pero, también como cada mañana, se incorporó. Apagó el incesante bip-bip de un manotazo. Y acalló en su mente esa molesta vocecilla que le repetía incansable: «Clara, ¿qué estás haciendo con tu vida?».

A sus casi treinta años estaba cansada. Apática. Seca. Por primera vez en su vida, no podía escribir. Su voz se había apagado, sepultada por la rueda inmensa de las responsabilidades diarias. Se sentía como una malabarista exhausta, a la espera de que todo se derrumbase. Deseándolo incluso, pero sin atreverse a dar un solo paso.

El pequeño piso, si es que se podía denominar como tal a aquel estudio abuhardillado, diminuto y sin ascensor en el que había vivido los últimos cinco años —a cambio de un alquiler a todas luces abusivo—, la devolvió a la realidad. Se incorporó, con el cuerpo dolorido por la mala postura, y posó los pies sobre la alfombra. Desde allí podía contemplar su casa en su totalidad: el gastado sofá de cuero, la pared llena de libros —que la habían acompañado desde la casa de su madre hasta aquella nueva vida que, por aquel entonces, parecía desplegarse ante ella—, una mesa blanca y redonda con un jarrón de Sargadelos, adornado con siemprevivas de colores, en la que apenas cabrían dos personas y la diminuta cocina escondida dentro de un armario. Aquellos treinta metros cuadrados se habían convertido, con el paso de los años, en su refugio y su prisión.

Su estudio estaba situado en el corazón del madrileño barrio de las Letras, una zona bulliciosa y llena de pequeñas librerías en la que, durante el Siglo de Oro, vivieron escritores de la talla de Cervantes, Lope de Vega o Luis de Góngora. Clara recordó el momento en el que cruzó el umbral de su casa por primera vez, llena de sueños y esperanzas, con su título universitario bajo el brazo y preparada para comenzar unas cotizadísimas prácticas en una conocida empresa de consultoría. Lo que la había enamorado de aquel apartamento, además del encanto y romanticismo del barrio, había sido el balcón y la pequeña terraza en la que el ardiente sol de Madrid parecía refulgir con fuerza casi los trescientos sesenta y cinco días del año.

La había llenado de plantas y flores, pero, poco a poco, se habían ido secando junto con su creatividad y entusiasmo. Se había imaginado escribiendo en ella con tanta claridad... Justo enfrente del ventanal, protegido por unas contraventanas de madera, viejas pero elegantes, que Clara había pintado de verde provenzal al mudarse, había montado un pequeño rincón para escribir. Quizá aquella era una descripción demasiado generosa para aquel espacio, compuesto por una mesa plegable diminuta y una silla bastante decente que alguien había abandonado a su suerte junto a un contenedor y que ella había restaurado con mimo.

Aquella mañana, Clara reparó en aquel mismo escritorio sobre el que se apilaba una montaña de ropa, facturas, revistas y todo tipo de objetos inservibles, acumulados con dejadez, y que cubrían casi por completo lo que antaño había sido un espacio de trabajo y la llave para alcanzar sus sueños...

Se acercó despacio y acarició con el dedo índice la superficie de su cuaderno de ideas preferido. La fina capa de polvo que manchó su yema la hizo percatarse de lo abandonado que se encontraba aquel espacio, que había sido creado con tanta ilusión, y cuán lejos parecía aquel sueño de escribir su primera novela mientras daba sus primeros pasos en el mundo corporativo.

Desayunó, sin hambre, una tostada de pan de semillas con tomate y un café con leche de tamaño industrial mientras observaba cómo Madrid amanecía y los transeúntes comenzaban a recorrer las calles. Los cadáveres de sus plantas parecían mirarla con resentimiento mientras la joven contemplaba con resignación el estado lamentable en el que se encontraban. Miró el reloj y vio que marcaba las siete y siete de la mañana.

Se estiró como un gato perezoso y comenzó a realizar por orden, como una autómata, las pequeñas rutinas que precedían su llegada a la oficina. Lavó la taza y el plato, pues su microscópica cocina carecía de lavavajillas y odiaba encontrar los restos sucios a su regreso. Se dirigió al baño y, tras una ducha de agua hirviendo que hizo enrojecer su blanquísima piel, se colocó la cadenita de oro con la *figa* de la que nunca se desprendía. Era su talismán y su objeto más preciado. Le hacía sentir protegida y le recordaba a su abuela. Clara se dispuso a vestirse y maquillarse con su discreción habitual: blusa blanca, pantalón de traje y americana. Máscara de pestañas y un tono suave en los labios. Jamás llevaba tacones, estampados ni colores vivos. Clara intentaba por todos los medios no destacar. Que nadie reparase en su presencia. Ansiaba ser invisible.

Y quizás habría podido lograrlo si no fuese por su pelo. Una melena indómita y flamígera, que consideraba una pequeña tortura personal. De pequeña, la habían molestado con todo tipo de motes y bromas sobre ella y había llegado a odiarla de un modo visceral. Pero justo entonces se cruzó en su vida aquel libro sobre una niña pelirroja y desgarbada que vivía en una casita llamada Tejas Verdes. Estaba situada en un lugar etéreo y lejano, la isla del Príncipe Eduardo, poblada por personas encantadoras y bondadosas, siempre dispuestas a dar una segunda oportunidad, con Matthew y Marilla a la cabeza. A través de sus aventuras y desventuras, Clara había encontrado un espíritu afín. Hermanadas para siempre por su mente fantasiosa y aquel pantone capilar tan poco discreto. Desde hacía algún tiempo se había reconciliado con aquella característica suya, que parecía pasar, de generación en generación, en las mujeres de su familia, junto a una inusitada mala suerte en el amor. Lo cepilló con brío mientras su cara pecosa se contorsionaba en muecas de dolor por los nudos que se le habían formado la noche anterior. Cuando el resultado le pareció aceptable —o más bien se dio por vencida—, trató de contener su abundante melena en una trenza gruesa, sin conseguir del todo que pequeños mechones rebeldes se escapasen aquí y allá.

Agarró su bolso de trabajo antes de salir, sin olvidarse de meter en él una edición, algo gastada pero bien conservada, de *Fortunata y Jacinta* que había encontrado curioseando en una librería de viejo situada en la cuesta de Moyano.

Porque sí, Clara amaba los libros. Por eso había elegido aquel estudio y por eso en cada lugar en el que un visitante posase la vista podía contemplar pequeñas pilas de libros diseminadas aquí y allá y estanterías a rebosar de tomos nuevos y viejos. Los libros la habían salvado desde siempre e incluso ahora, a sus casi treinta años, la hacían sentir comprendida y acompañada. Los adoraba con la devoción y el respeto de quien valoraba hasta el último detalle de cada uno de ellos. En todos sus sentidos. Y con toda su esencia. No solo por las historias que escondían bajo sus cubiertas multicolores, sino por el mero acto de tener un libro en las manos, de escogerlo cuidadosamente en la biblioteca o la librería. Clara dejaba que el título la atrapase. Que su magnetismo la eligiese como lectora. Y su olor, ¿qué decir de su olor? El de los nuevos, con las esperanzas y los anhelos aún palpables de quienes los habían escrito. El de los viejos, con instantes de las vidas de sus lectores impregnados para siempre entre sus páginas gastadas...

Uno de sus planes favoritos era recorrer los silenciosos pasillos de las bibliotecas. Ojear los ejemplares expuestos en las estanterías y dejar que su vista vagase por las filas perfectamente ordenadas. Le gustaba permitir que los lomos la tentasen con promesas de aventuras, amor y misterio. Finalmente, un libro llamaba su atención. Su voz gritaba más fuerte que la de sus compañeros de estantería. Entonces lo tomaba entre sus manos dispuesta a descubrir los secretos que escondía en su interior. Así había ocurrido siempre desde que era capaz de recordar. Y ese era el juego con el que se deleitaba desde que aprendió a juntar las sílabas. Tan simple como dejar que los libros la escogiesen a ella. Observarlos sin prisa hasta que un título la reclamaba como lectora. Abría el ejemplar por la primera página. Leía el primer párrafo. Sentía un pellizco inexplicable en el estómago. Y el flechazo se había consumado.

Clara deseaba que tomar decisiones en la vida fuese tan fácil como encontrar una buena lectura. Eso jamás le había costado. Todo lo demás sí.

Lo único aceptable de la cantidad ingente de tiempo que pasaba en el metro era que podía leer y evadirse durante casi una hora de la realidad. Aquella semana su acompañante en los trayectos subterráneos por las entrañas de Madrid había sido don Benito Pérez Galdós.

«¿Qué estás haciendo con tus sueños?», repitió una molesta voz mientras salía por la puerta de su casa. «No eres feliz». Resonó todavía al tiempo que se apretujaba en el vagón en hora punta junto al resto de las almas que se hacinaban intentando llegar a sus trabajos. Un hombre de rostro hastiado y que olía a sudor la empujó en su afán por abrirse camino.

—Perdona —le dijo mientras continuaba su camino hacia la salida, sin mirarla siquiera.

Clara cerró los ojos e imaginó que estaba junto al mar. Casi pudo sentir la brisa en su rostro y no el calor pegajoso que impregnaba cada centímetro de aquel tren que los conducía hacia la periferia de la ciudad. Lo echaba de menos, aunque a veces tratase de ignorar ese sentimiento. Anhelaba regresar a esa Galicia de sus recuerdos, la tierra de la abuela. Creía que había roto con ese anhelo, pero nunca se disipaba de su corazón. Cada día soñaba con otra vida. Cada día se repetía que el siguiente sería diferente. Pero lo cierto era que nada cambiaba. La rueda continuaba girando y ella no conseguía romper los hilos invisibles que cada mañana guiaban sus pasos hasta la oficina. A menudo, se preguntaba con qué soñarían aquellas personas que viajaban junto a ella. La mujer de mediana edad enfrascada en su libro electrónico, el universitario con sus cascos, el hombre dormido contra el cristal... Tantas almas. Tantos sueños. Personajes secundarios, protagonistas de su propia trama. De su propia vida. Antes fantaseaba con su identidad, inventaba nombres e historias para ellos. Al principio. Antes de que el cansancio y la monotonía se instalasen en su interior como una hiedra que poco a poco lo cubría todo. Devorándolo sin piedad a su paso. La creatividad, la luz...

¿Era ella la protagonista de su vida? La noche anterior, había visto por millonésima vez aquella película romántica en la que un nonagenario adorable le decía a una atribulada Kate Winslet: «En las películas están la protagonista y las amigas de la chica. Tú eres la protagonista, pero no sé por qué te empeñas en ser la amiga de la chica». En ese momento, ante ese recuerdo, Clara reflexionó: «¿Acaso no merecemos todos ser protagonistas de nuestra vida? ¿En qué momento dejamos de soñar y nos convertimos en meros figurantes de una vida que no nos llena?».

En el fondo, Clara sabía que carecía del arrojo de las protagonistas a las que admiraba. Y eso la torturaba. Deseaba tener esa capacidad de encontrar la frase perfecta para decir en cada momento, sobre todo durante las confrontaciones; y, pese a saberse poseedora de la razón, se limitaba a balbucear o se quedaba callada, justo en el momento de la verdad, cuando sabía que debía decir una frase estelar y abandonar la estancia como una heroína decimonónica.

Continuaba inmersa en sus reflexiones cuando reparó en la mujer sentada frente a ella. La miraba fijamente. Sus ojos, de un azul vibrante, la observaban con curiosidad. El pelo plateado, pulcramente sujeto en un moño. La cara surcada de arrugas adornada con una sonrisa afable y pícara.

—No te preocupes, *neniña*, todo saldrá bien —dijo extendiendo su mano y alcanzando la suya—. Eres más fuerte de lo que crees. No temas. Todo está en marcha —añadió con una intensidad casi insoportable.

Clara retiró la mano, sorprendida por aquella voz tan familiar y esa expresión, *neniña*, que su abuela solía usar. Por un momento, había pensado que le diría algo coherente. Pero tantos viajes en metro la habían curtido frente a la excentricidad y los ardides de los pícaros del siglo XXI. Un estruendo de voces resonó al final del vagón. Imaginó otra discusión por el espacio efímero de aquel vagón. Dirigió la mirada hacia el lugar del que procedía el revuelo. La poderosa curiosidad. Por un instante olvidó a la mujer extraña. Cuando se quiso dar cuenta, la mujer había desaparecido. Giró la cabeza en todas direcciones, sorprendida. Comprobó el bolso y la cartera, pero seguían allí, intactos. Por un segundo, pensó que aquello se parecía al comienzo de una novela de las que le gustaban. Reparó entonces en la mujer, que se alejaba por el pasillo, esquivando a los pasajeros de un modo sorprendentemente ágil. Sonrió. El misterio había durado un segundo… Pero había despertado algo en su interior.

Sacó el ejemplar de su bolso y lo abrió en el lugar señalado por el marcapáginas de lino, adornado con su nombre y una flor de mimosa que su abuela había bordado para ella mucho tiempo atrás. Acarició las puntadas hechas con esmero y precisión. En su mente resonó de nuevo ese *neniña* que la desconocida había pronunciado con una voz sorprendentemente similar a la de su abuela.

Los avatares de *Fortunata y Jacinta* consiguieron acallar la extraña sensación que crecía en su interior, y mientras sufría y reía con los personajes que poblaban el Madrid más acaudalado, y también popular, del siglo XIX —a los que sentía ya como miembros de su familia— pensó en que lo peor que le pudo pasar a Fortunata, frente al número 11 de la Cava de San Miguel, fue conocer a Juanito Santa Cruz.

Juanito era el hombre más inmaduro, egoísta y mujeriego de todos cuantos se hayan podido retratar en la literatura española. Estaba tan maravillada ante la prosa de don Benito que a punto estuvo de saltarse su parada.

Para cuando regresó a la realidad, una vez roto el hechizo provocado por la lectura, la sensación de que algo iba a suceder seguía aleteando como una mariposa en su garganta. Las palabras de aquella anciana todavía resonaban en su cabeza cuando Clara se dirigió a la torre en la que se encontraba su oficina, mientras esperaba el ascensor e incluso cuando entró en su planta.

El día que todo cambió había comenzado como cualquier otro. O quizá no.

Clara apenas había llegado a su mesa y dejado el bolso cuando comenzó el revuelo.

Los correos electrónicos fueron llegando como pájaros de mal agüero, portadores de un terremoto vital para sus destinatarios. El murmullo de voces y la tensión acumulada había ido aumentando gradualmente mientras Clara y sus compañeros encendían los ordenadores con el temor de encontrar el mensaje fatal.

El e-mail la esperaba con la paciencia de lo inexorable en la bandeja de entrada. Lo abrió pulsando el ratón con manos temblorosas y leyó aquel texto, aséptico e impersonal, que le comunicaba su despido tras casi cinco años en la empresa. Contra todo pronóstico no sintió tristeza, tan solo una sensación de sorpresa y una profunda liberación.

—¿Dónde me van a contratar ahora? A mi edad... —dijo Germán, un veterano de mediana edad que llevaba casi toda su vida en la empresa, con la mirada desorbitada.

—Mi hijo, el mayor, quería estudiar un máster... y el pequeño, el año que viene, ya empieza la universidad...

—murmuró, más para sí que para el resto, Rosa, otra de sus compañeras que se había dejado la piel durante más de diez años entre aquellas paredes.

—Al menos nos van a indemnizar bien —exclamó Jorge intentando animar el ambiente—. Puede ser una buena oportunidad para dar un giro a nuestras carreras —concluyó, optimista.

—Eso lo dices porque no tienes hijos ni hipotecas que pagar —respondió con cierta acritud Azucena, otra de las veteranas que habían recibido el e-mail condenatorio.

Clara apenas habló, y más adelante recordaría aquella mañana extraña como una nebulosa de abrazos y palabras de ánimo por parte de aquellos que se habían salvado de la criba.

Cuando le tocó el turno de que la llamasen al despacho, escuchó las palabras de agradecimiento por los servicios prestados de sus jefes y ante ella se desplegó el protocolo frío y carente de humanidad que se activa a continuación de un cese laboral. Finalmente había pasado y, aunque no había sido como imaginaba, saliendo victoriosa para zambullirse en un futuro brillante y lleno de nuevas oportunidades, al menos todo había terminado. Clara se marchaba de aquel trabajo corporativo que había sido su fuente de estabilidad financiera pero también de apatía vital.

La joven firmó, murmuró algunas palabras de educada cordialidad y se marchó del despacho sin sentir nada, excepto confusión y algo de vértigo. Recogió las escasísimas pertenencias personales que había guardado en su mesa durante esos años y, en apenas cinco minutos, pareció que ella jamás había existido ni ocupado ese lugar. Todo rastro de Clara y de sus compañeros había sido extirpado con la precisión de un cirujano. Todos se despidieron con abrazos y alguna lágrima prometiendo verse a pesar de todo, pero sabían, en el fondo, que eso no iba a suceder jamás. Que todos continuarían sus caminos por separado y lucharían por encontrar otro lugar en el competitivo y exigente mundo de la consultoría. Nuevas caras y nuevos nombres sustituirían a los anteriores y, con un poco de suerte, esas personas poblarían sus rutinas de camaradería, anécdotas y efímeros momentos de felicidad que harían más soportable el estrés del día a día.

Clara se sintió profundamente afortunada por no tener nadie a su cargo ni grandes responsabilidades que asumir tras ese revés laboral…, pero al mismo tiempo también se percató de que estaba terriblemente sola. No tenía pareja ni mascota ni casa propia. Tampoco demasiados amigos. Era una solitaria desde el *incidente*; es decir, casi desde siempre. Sus compañeros habían cubierto sus necesidades —mínimas— de socialización y su empleo había ocupado casi todo su tiempo. Clara había trabajado hasta horas intempestivas y los fines de semana había estado tan cansada que casi no había salido de casa. Por esa razón, apenas se había percatado de su aislamiento, pero, ahora que aquello iba a desaparecer de su rutina, reparó en su soledad. Miró el móvil y pensó que solo tenía en realidad dos personas a las que contarle lo que le había sucedido: su madre y su mejor amiga de la universidad, Nora.

Nora llevaba varios años casada y tenía un bebé recién nacido, una niña preciosa y sonriente, a la par que agotadora. En ocasiones tardaban varios meses en hablar, pero, cuando lo hacían, era como si nada hubiese cambiado entre ellas y siguiesen siendo las chicas inseparables que lo hacían todo juntas desde el primer día de clase. Pensó que, en realidad, contarle su pequeño drama personal no era urgente ni parecía muy apropiado en ese momento. La joven decidió regresar a casa caminando.

Madrid era una ciudad bulliciosa y alegre. La gente se agolpaba en las terrazas fuese verano o invierno hasta altas horas de la madrugada. Era un lugar en el que resultaba fácil hacer amigos, integrarse, apuntarse a millones de planes... y, sin embargo, Clara se había aislado. Como un iceberg a la deriva, flotaba por la vida manteniendo a las personas a cierta distancia. Era cordial, pero resultaba inaccesible. Le costaba confiar en la gente y dejarles entrar en su vida, la hacía sentir vulnerable. No permitía que nadie accediese a sus miedos, pero tampoco a su mejor parte. Un aura de fragilidad y melancolía parecía rodearla de manera permanente.

Habían transcurrido muchos años, pero el *incidente* la había marcado para siempre.

Desde entonces se había refugiado en la lectura, en su abuela y en su madre. Solo cuando conoció a Nora, en su primer día en la facultad, encontró a alguien con quien poder ser sin esfuerzo. Cuando estaban juntas, el ruido de su mente parecía acallarse y las emociones no le resultaban tan abrumadoras. Ella era fuerte, extrovertida y resuelta. Se enamoraba con facilidad, reía con facilidad y disfrutaba de la vida con una pasión arrolladora. Nora había pintado aquellos años de estudio de brillantes colores y recuerdos. Para Clara, su amiga había sido un escudo protector. Nora se sentía cómoda con sus silencios y la animaba a florecer, pero respetando sus tiempos. Cuando la universidad llegó a su fin y cada una siguió su propio camino, Clara se sintió de nuevo a la deriva, sin planes, sin una vocación definida ni su mejor amiga cerca para arrojar luz en su oscuridad.

Nora encontró trabajo en Barcelona, se enamoró y se instaló definitivamente en la Ciudad Condal. Clara había sido testigo de su boda y años después del nacimiento de su preciosa hija, Sofía. Pero, aunque la amistad y el cariño habían permanecido incorruptibles, las llamadas se habían espaciado, en gran parte por su culpa y su aversión al teléfono, y la realidad es que eran cada vez menos frecuentes. Lograr cuadrar las agendas se convirtió en una misión casi imposible.

Clara se había refugiado en el trabajo y los años transcurrieron en una suerte de anestesia, hasta cierto punto reconfortante para alguien tan extremadamente sensible. Había acallado las voces y los murmullos de su mente y se había refugiado en la certeza de los números, aislada en una burbuja de rutinas y quehaceres diarios.

De trabajo, libros y soledad. Solo que, con ello, también había apagado su don. Su capacidad para expresarse mediante las palabras. Su talento para transmitir por escrito todo aquello que le resultaba tan abrumador verbalizar. Solo Nora había leído sus historias y poemas más personales. Había sido la única. Clara siempre escribía bajo un pseudónimo, porque le resultaba desgarrador imaginar que alguien pudiese acceder a su alma de un modo tan profundo e íntimo.

Mientras recorría las calles de Madrid retrocedió en el tiempo y volvió a tener veintidós años y una vida entera de posibilidades ante ella.

—Clara, lánzate ya, por favor. —Había reído en aquella ocasión, abrazándola, tras leer el poemario con el que había ganado un concurso de la facultad.

—No sé de qué me hablas —le respondió ella, colorada como un tomate, haciéndose la loca ante las insinuaciones de su amiga.

—Soy tu mejor amiga, tu espíritu afín, como diría tu querida Ana de las Tejas Verdes, yo te cuento cada detalle, por más ínfimo que sea, cada vez que me enamoro... ¿y no me vas a confesar que el destinatario de todos estos tristes poemas de amor es Gael? —dijo mirándola con picardía.

—Tú te enamoras cada cinco minutos de alguien distinto, Nora —desvió el tema Clara sin poder evitar una carcajada avergonzada.

—Esa no es la cuestión —respondió la joven de rasgos perfectos y belleza deslumbrante riéndose sin parar—. La cuestión es que estás enamorada de él desde primero y no has hecho absolutamente nada al respecto. Os miráis de lejos, como dos personajes decimonónicos, sin atreveros a dar el primer paso. Y las escasas ocasiones en las que él ha reunido valor para hablarte apenas le has contestado con tres frases secas antes de buscar una excusa para escaparte. Me da rabia pensar lo fácil que sería que os comunicaseis como personas normales y lo mucho que sufres sin necesidad, Clara. Por lo menos, me consuela pensar que haces de tu sufrimiento algo bonito. Tienes un talento extraordinario para escribir... No sé por qué te empeñas en estudiar Economía, la verdad —concluyó recogiendo su abundante pelo castaño en una coleta.

—Para ti es todo fácil, Nora, mírate. Eres segura, preciosa y brillante. Siempre sabes qué decir... Pero yo me siento diferente y rara. No encuentro las palabras adecuadas y me siento torpe siempre que lo veo. Como si ser tan alta no fuese ya suficiente castigo, encima he tenido que nacer patosa —respondió con gesto resignado—. No estoy hecha para el amor real, Nora. Solo para escribir o leer sobre el amor. Soy como Jane Austen. Ojalá me pareciese también en el talento… Y deja ya lo de que estudie otra cosa, que sin esta carrera no nos habríamos conocido, ¿eh? —dijo fingiendo sentirse ofendida—. Economía es una carrera con salidas, me lo dijo el orientador escolar. Luego ya estudiaré por placer lo que me guste de verdad —concluyó.

—¡Ay, Clara! Tan artista para unas cosas y tan cuadriculada para otras… Pero me alegro de haberte conocido. Doy las gracias a tu ascendente Virgo y a tu orientador escolar por la pésima elección de esta carrera horrible que nos ha unido para siempre. —Se rio despreocupada—. Y sí, tienes talento, solo necesitas ganar confianza. Por cierto…, Jane Austen sí se enamoró, listilla…, y fue correspondida —dijo cruzándose de brazos con gesto burlón—. Además, ahora no hace falta tener dote ni fortuna para casarse, ¿sabes? ¡Imagínate qué mundo de posibilidades te abre eso! —exclamó con ironía—. Solo tienes que relajarte, Clara. Conoceros sin presión, poco a poco.

—Me gustaría poder hacerlo, de verdad. Pero me he imaginado tantas conversaciones y situaciones en mi mente… que me quedo paralizada al verlo. Si no me gustase tanto sería más fácil. Además, las mujeres de mi familia tenemos una maldición para el amor. O nos rompen el corazón o se mueren nuestros hombres. Mi abuela se quedó viuda muy joven, estando embarazada de mi madre. Mi abuelo se ahogó en el mar. Él era pescador y no regresó de una de sus campañas en el Gran Sol. Mi padre abandonó a mi madre siendo yo un bebé y no sé nada de él excepto su nombre, así que ya me dirás...

—¡Aleluya! Por lo menos lo has reconocido. Muy bien. Ese es el primer paso —dijo cogiéndola por los hombros y mirándola fijamente—. Clara, confía en ti. Tú serás la que rompa la mala racha amorosa en tu familia. Hazme caso. Mira lo bonito que escribes sobre el amor, a pesar de no haberlo vivido... Alguien que siente tanto como tú no puede evadirse de una sensación tan indescriptible como es amar y ser amado.

Clara había querido creerla entonces. Que un futuro distinto era posible para ella, que habría alguien dispuesto a sortear los muros tras los que se refugiaba y la conocería y querría de verdad. Pero había tenido su oportunidad con Gael y la había desperdiciado. Él había reunido el coraje suficiente y ella no había huido. Y, por un instante, pareció que todo iría bien. Tantos años después, no recordaba exactamente cómo, pero sabía que el silencio había sido su condena. No había sido capaz de pronunciar las palabras adecuadas en el momento correcto. Y después fue demasiado tarde.

Mantuvo la esperanza hasta el último día de universidad, hasta la fiesta de su graduación. Nora le había preguntado insistentemente, y ella siempre había afirmado con convicción que todo aquello era un asunto del pasado. Algo superado y olvidado. Por supuesto, era mentira. Por eso, evitó deliberadamente despedirse. No se sentía capaz de decirle adiós. A él no. Prefirió desaparecer sin ser vista mientras Nora bailaba con su ligue de la noche. Se alejó de la fiesta discretamente, con la esperanza muda de que él la siguiese. Se imaginó su voz grave, llamándola:

—Clara, espera —diría él, como en una novela romántica, en la que todo parece perdido hasta el último capítulo.

Pero no sucedió. Gael no la siguió. Y no volvió a verlo nunca más.

Su última imagen de él había sido riendo con sus amigos, completamente ajeno a la debacle emocional que azotaba a Clara por dentro. Por fuera, claro, ella continuaba impasible. Nadie habría sospechado lo que estaba sintiendo. Su alma se escondía tras esa membrana de frialdad que no conseguía traspasar. Clara languidecía atrapada dentro de sí misma, sin poder expresar sus emociones. Ni siquiera podía odiarlo porque, en realidad, nunca le había confesado la verdad.

Cuando llegó a la casa que compartía con su madre, situada en el madrileño barrio de la Concepción, tras la fiesta, abrió una novela de Stefan Zweig, *Carta de una desconocida*.

El sol comenzaba a asomarse tímidamente por la ventana de su cuarto, pero Clara no se sentía cansada. Empezó a leer la misiva con la que aquella mujer sin identidad comenzaba a narrar su triste historia:

… a ti, amor mío, que nunca me conociste.

Solo quiero hablar contigo, decírtelo todo por primera vez. Tendrías que conocer toda mi vida, que siempre fue la tuya aunque nunca lo supiste. Pero sólo tú conocerás mi secreto, cuando esté muerta y ya no tengas que darme una respuesta; cuando esto que ahora me sacude con escalofríos sea de verdad el final. En el caso de que siguiera viviendo, rompería esta carta y continuaría en silencio, igual que siempre. Si sostienes esta carta en tus manos, sabrás que una muerta te está explicando aquí su vida, una vida que siempre fue la tuya desde la primera hasta la última hora.

Solo entonces, en aquel espacio seguro, lejos de todas las miradas, pudo comenzar a llorar y liberar aquel desamor que la ahogaba por dentro.

El paseo desde su antigua oficina tras el despido estaba siendo un viaje emocional que había hecho aflorar recuerdos de su pasado que creía olvidados.

Durante mucho tiempo, cuando algún conocido en común nombraba a Gael, todavía sentía una punzada en el estómago. Pero con el tiempo, como una vieja herida, el dolor había cicatrizado casi por completo. Aunque, incluso tantos años después, el sonido de una carcajada, el olor de su perfume o una canción antigua traían a su memoria el brevísimo tiempo que habían compartido juntos.

Clara no había vuelto a sentir esa atracción magnética por nadie. La certeza, incluso de espaldas y sin necesidad de verlo, de que él había entrado en una habitación llena de gente por el cambio en la energía de la sala. La irresistible necesidad de buscar su rostro entre otros cientos, más o menos agraciados, anhelando tan solo encontrar el suyo. Las miradas, como imanes, incapaces de mantenerse alejadas. La electricidad de sus pieles al rozarse. La explosión de sus cuerpos al completarse. La joven lo había intentado con otras personas, pero había sido un fracaso estrepitoso y, tras varios amagos de noviazgos desastrosos, se resignó a la soledad.

Clara sabía que, pese a los años de terapia, sus traumas no estaban resueltos. Le costaba intimar con las personas, sobre todo emocionalmente.

En ocasiones, tras una semana de trabajo rodeada de gente, se recluía en su pequeño estudio. Y se pasaba allí el fin de semana al completo, sin salir ni al supermercado. Permanecía completamente sola con sus libros. Necesitaba recuperarse y recargarse para poder afrontar de nuevo el regreso al caos del mundo.

Las personas emanaban una energía tan llena de emociones que se sentía abrumada. Como si ella fuese una esponja humana que las absorbiese todas, las buenas y, por desgracia, también las malas. El amor no era para ella. Y probablemente acabaría siendo una anciana solitaria y excéntrica, que viviría rodeada de gatos. Pero su sueño de convertirse en escritora y desentrañar misterios, vivir miles de aventuras y romances a través de sus historias todavía sobrevivía en su interior. Con o sin gatos.

Clara había fantaseado muchas veces con ese momento y por fin había llegado el nuevo comienzo que tanto había anhelado. Pero ahora no sabía cómo sentirse. Lo que sí tenía claro es que esta vez no quería rendirse.

Estaba a punto de llegar a su casa, tras casi dos horas deambulando por las calles de Madrid sumida en mil y un recuerdos y pensamientos, cuando decidió parar en un supermercado y comprar una botella de Godello para «celebrar» el final de aquella etapa. Se decidió a brindar por el inicio de una nueva época, en la que se prometió a sí misma que se escucharía y retomaría todas las cosas que le hacían feliz.

—¿Señora, quiere una bolsa? —preguntó una joven sonriente sentada tras la caja registradora.

—Mmm, no, gracias —respondió Clara, algo sorprendida por la palabra «señora» dirigida hacia ella.

Fueron apenas unos segundos los que marcaron la diferencia. Si esa pregunta no se hubiese formulado, si Clara no se hubiese quedado aturdida pensando la respuesta, con toda seguridad se habría topado de bruces al salir a la calle. Con ÉL.

Gael empujaba un carrito de bebé y una mujer de rostro afable llevaba a una niña de unos cuatro años de la mano. La niña brincaba feliz junto a sus padres mientras un bebé recién nacido dormía plácidamente mecido por el movimiento del paseo familiar. Gael llevaba gafas de pasta y estaba algo distinto, pero habría podido reconocerlo en cualquier parte, entre millones de personas. Sin embargo, una vez más, como la protagonista desconocida de Zweig, la joven permaneció invisible a los ojos del hombre que más había amado. El único que había amado en realidad.

Clara no daba crédito a lo que le estaba ocurriendo. No había vuelto a verlo desde el día de su graduación y encontrarlo de nuevo, años más tarde, acompañado de su familia, le causó el mismo impacto que si algo la hubiese partido por la mitad. Le sorprendió descubrir que no era tanto encontrarse a Gael, el mismo día en que la habían despedido de su trabajo, lo que había hecho que se tambaleasen sus cimientos, sino más bien lo que él representaba. El paso del tiempo y lo estancada que había permanecido su vida la aplastó con la certeza de las revelaciones.

Clara se encontraba perdida y sin rumbo. Ella, que siempre había tenido un plan B en la vida, una red de seguridad por si la cosa se torcía, contemplaba el futuro con la más absoluta de las incertidumbres. «¿Qué voy a hacer ahora?». Nada la retenía ya en Madrid.

Su madre se había mudado a Segovia, en busca de tranquilidad, y se había prejubilado tras una vida entera de trabajo, como auxiliar primero y, finalmente, como administrativa. Su madre había estudiado sin descanso, siendo ella un bebé, para obtener una plaza en la Administración, después de que el padre de Clara se desentendiese de ambas.

Su primer destino había sido una oficina de prestaciones en Madrid y hasta la capital se habían trasladado madre e hija desde Galicia, buscando un futuro mejor. La joven la recordaba siempre rodeada de apuntes, para lograr promocionar y ofrecerle la mejor vida posible. Pero, ahora que su vida laboral había llegado a su fin, su madre había dejado atrás el bullicio de la ciudad y construido la casa de sus sueños en un pueblecito de la provincia castellana.

Por otra parte, su piso encantador pero diminuto y carísimo no parecía un motivo de peso para quedarse. Lo cierto es que no sabía por dónde empezar. En realidad, Clara nunca había buscado trabajo. Al terminar la carrera, le habían ofrecido aquellas prácticas como becaria y los contratos en la que había sido su empresa se habían ido sucediendo desde entonces de manera natural. Nunca había sido su verdadera vocación, pero le garantizaba una estabilidad que la mantenía anestesiada. A menudo había fantaseado con dejarlo todo y regresar a Galicia, la tierra de su abuela, y escribir las historias que se agolpaban en su cabeza. Pero… le había faltado valor para dar un salto al vacío. ¿Sería capaz de apostar todos sus ahorros en su sueño? ¿De verdad tenía talento o era una pretenciosa por soñar siquiera con compartir profesión con sus ídolos: Jane Austen, las hermanas Brontë, Agatha Christie o M. Silva…? Solo de pensarlo le daban mareos. No era lo bastante buena. Desde hacía un tiempo sentía que las palabras ya no fluían como antes. Sin embargo, las historias continuaban ahí, en su mente y en sus sueños.

En ocasiones durante años nada cambia en absoluto. Los días transcurren en una sucesión idéntica de rituales monótonos. Y en el curso de un solo día la vida gira ciento ochenta grados hasta quedar completa y absolutamente patas arriba. Y eso es lo que le sucedió a Clara entre un lunes y un martes del mes de septiembre. La joven recordó entonces las palabras de la extraña mujer del metro: «Todo saldrá bien». El consuelo anticipado de sus palabras, con aquel apelativo cariñoso que su abuela empleaba tan a menudo, *neniña*. Menudo giro de guion había tomado su vida. La embriagaron las posibilidades que se abrían ante ella. Nada la retenía ya. ¿Tendría valor, por fin, para intentarlo de veras?

3

Los recién llegados

1920

Julia estaba mareada por los baches de la carretera. Sentía que su estómago subía y bajaba sin control, amenazando con expulsar el chocolate con churros que les habían dejado desayunar aquella mañana en una céntrica cafetería de la ciudad. Era un día especial. Por fin conocerían la casa nueva que había obsesionado a su padre. Había supervisado las obras personalmente y escogido el pueblo en el que se asentarían.

—¿Sobre las rocas? —había exclamado su madre con incredulidad y un deje de amargura en la voz. Ese poso agrio, que tan bien conocía Julia, había acabado inundando cada una de sus palabras. Excepto cuando estaban dirigidas a su hermano Alfonso. Él era el único que podía endulzar el rictus contraído de su elegantísima y siempre distante madre. Su padre iba a alejarla nuevamente de la ciudad y de la vida social en la que se sentía tan cómoda. No haber escogido Barcelona para instalarse había sido su primera decepción. La estocada final había sido enterarse de que tampoco lo harían en los elegantes edificios de la ciudad de cristal. Pero ese día, tras las discusiones y palabras airadas de los meses anteriores, todos parecían felices y expectantes.

El viaje hasta llegar a esa carretera había sido largo y aterrador. El vaivén del barco la seguía acompañando después de varios días, incluso ahí sentada en ese elegante vehículo que los conducía a su nuevo hogar. No obstante, sentía en las entrañas el aleteo de la emoción y la aventura. El cielo gris y la humedad parecían absorber la luz de aquella mañana de octubre. Los bosques se sucedían infinitos y espesos. Con sus altísimos árboles oscuros flanqueando cada lado del camino. Se sentía observada e inquieta. Pero había algo mágico en la frondosidad de aquella naturaleza que le recordaba a su casa en Brasil. Aquellos bosques parecían el reverso lúgubre de aquellos que poblaban sus recuerdos, tan coloridos y exuberantes. Parecían más oscuros y melancólicos, pero igualmente salvajes. Repletos de criaturas y misterios. Intentaba en vano identificar los sonidos que de él provenían, sin conseguirlo realmente. Todo era diferente a lo que le resultaba familiar y querido.

Sintió una punzada de miedo y buscó el tacto de su madre. Dudó unos instantes, pero, finalmente, estiró su pequeña mano hasta alcanzar la suya, que reposaba inerte, envuelta en un finísimo guante. Su madre retiró la mano, como si algo le impidiese el contacto. Imaginó dos marionetas en un teatrillo. Ella, Julia, siempre anhelante. Teresa, su madre, distante y fría, como si no soportase tocar a su hija, como si su mera presencia le causase aversión. De pronto, su madre acarició con ternura la cabeza dorada de su hijo mayor.

Julia sintió cómo caía en un abismo de tristeza, tan lóbrega como aquellas nubes grises que reflejaban el estado de su alma. Estaban a miles de kilómetros de los cafetales, pero nada había cambiado.

Incluso un observador poco avispado habría percibido las profundas grietas que recorrían aquella estampa familiar de apariencia idílica, amenazando con destruirla al menor golpe del destino. Finalmente, y tras una curva pronunciada, Julia observó perpleja aquel color turquesa que lo inundaba todo. Y en la cima de las rocas, refulgiendo como una perla contra el océano, la mansión.

El coche atravesó la impresionante verja. Grandes vasijas ornamentales, damas vestidas con túnicas y bustos con la mirada vacía salpicaban aquí y allá los jardines. Estas se vislumbraban en los márgenes del camino que ascendía por la ladera del promontorio. Julia acertó a ver, en la parte inferior de la casa, un embarcadero que permitía el acceso al mar. Del otro lado, los árboles dotaban de sombra e intimidad a la inmensa extensión de césped pulcramente cortado. Este lindaba en la lejanía con el comienzo de un bosque denso e inquietante. Julia sintió cientos de ojos que los acechaban desde la negrura. Un escalofrío le subió por la espalda y el vello de sus brazos se erizó. No sabía si era un buen o un mal presagio.

Cuando bajaron del coche, se sintió embriagada por el intenso olor a salitre del aire y la niña pensó emocionada que sería casi como vivir en un barco sobre el mar. A lo lejos, en la cima del acantilado, divisó un faro. Se podía trazar una línea recta entre ambas edificaciones a través del mar, separadas por una pequeña cala. Aunque el faro estaba aún más elevado que la casa, como un gigante luminoso. Se sintió inmediatamente atraída por él y se prometió a sí misma explorarlo en cuanto tuviese la oportunidad.

—¡Julia! —chilló Alfonso despertándola de sus ensoñaciones—, deprisa, vamos a ver nuestras habitaciones.

—Niños, por favor, comportaos —replicó la madre—. No es necesario formar tanto alboroto —protestó mientras se colocaba los guantes de cabritilla.

—Vamos, Julia —repitió Alfonso en un tono menos impetuoso agarrándola de la mano y echando a correr hacia la entrada principal.

Los niños contemplaron de cerca la mansión por primera vez. Subieron las escaleras que se alzaban hacia el patio frontal. Bajo sus pies, un elaborado mosaico de pequeñas teselas decoraba el suelo que flanqueaba la espectacular entrada a la casa. Dos bancos ocupaban el primer nivel e invitaban a contemplar el Atlántico que se extendía ante esta. En el centro, entre ambos bancos, la imagen de una Virgen sostenía a un niño en brazos. A Julia le llamó la atención que la Virgen tuviese la piel tan morena. Tenía los ojos rasgados y el cabello negro y lacio. Con una media sonrisa sostenía a un niño en brazos. Sus rasgos le recordaron vagamente a los suyos. Aunque infinitamente más bella.

Desde ambos laterales de la pequeña plaza de la Virgen, surgían dos escaleras laterales. En lo alto, se alzaba la nívea arcada, que enmarcaba el balcón de la casa y recibía a los visitantes. En el segundo nivel, otro mirador saludaba a los espectadores con coquetería. La fachada principal coronaba su esplendor con una elegante torre. Los niños miraban todo, expectantes. A Julia, el ojo de buey en lo alto del tejado de la torre le recordó a un submarino. El frente y los laterales de la edificación contaban con las típicas galerías que habían otorgado el apodo de «Ciudad de Cristal» a A Coruña y multiplicaban la luz y el calor del clima atlántico. La casa refulgía como una perla, rodeada del verde intenso de los jardines. Los parterres de lo que en primavera serían glicinas de flor púrpura flanqueaban el acceso a la vivienda y sus troncos trepaban por la fachada de la casa como si de una estampa de cuento se tratase.

Los niños atravesaron la inmensa puerta de entrada maravillados e intrigados a partes iguales por los secretos que la mansión escondía. Dentro de la casa, el recibidor elegante y con los muebles a la última moda los hizo sentir como si recorriesen por primera vez un museo. La decoración no tenía nada que ver con su hogar en Brasil, pero algunos sutiles guiños revelaban su procedencia indiana. Avanzaron hacia un lateral y se toparon con una sala para las reuniones de negocios de su padre. Curiosearon las distintas habitaciones y hallaron una inmensa biblioteca. Julia no había visto tantos libros juntos en toda su vida. Las estanterías eran tan altas que una escalera se deslizaba entre las baldas para acceder a los niveles superiores. Tocó con su pequeña mano los tomos, algunos viejos conocidos y otros tantos por descubrir, y sintió una emoción indescriptible.

Su padre y ella eran los únicos lectores de la familia. A su madre le daba jaqueca y Alfonso prefería estar al aire libre, corriendo y practicando cualquier clase de deporte. O hablando y conquistando a cualquiera que se cruzase en su camino con su encanto natural. Así que aquella biblioteca era para ella.

Su padre apareció a su espalda y rodeó con el brazo los hombros de la niña.

—¿Te gusta, Julia? La he mandado construir pensando en ti. —Con una emoción nada habitual en su carácter reservado y esquivo, su padre comenzó a narrar una historia desconocida para ella—. Hace muchos años conocí a alguien que también adoraba los libros. No sabía leer y yo le enseñé. Cada tarde, hasta que crecimos y me marché al internado, leíamos juntos muchos de estos libros. La vi por primera vez acariciando los tomos igual que tú ahora, los miraba fijamente e intentaba descifrar los títulos. Tenía más o menos tu edad cuando nos conocimos.

—¿Y quién era, padre? ¿Cómo se llamaba? —preguntó Julia con avidez aprovechando ese instante de conexión único y preciado con su padre, con el que apenas tenía contacto, pues se pasaba los días trabajando y viajando sin parar.

A veces la niña sabía más cosas de él por las anécdotas que le contaba en Brasil su querida aya Mami.

—Emilio… —resonó la voz gélida de su madre a sus espaldas—, ¿qué haces llenando la cabeza de Julia con chismes de otra vida? Dijimos que aquí empezaríamos de cero. Julia, deja de molestar a tu padre con tus preguntas. A nadie le gustan las niñas preguntonas. Vete arriba con tu hermano a ver tu habitación.

Su cara no mostraba emoción alguna, pero sentía su enfado agolpándose en la vena de su frente. Julia salió de la biblioteca dando grandes zancadas. ¿Qué ocurría con su madre? ¿Por qué tenía que estar siempre tan molesta? Sintió que un nudo se formaba en su garganta. Sabía que ella era una decepción constante para Teresa, su madre, pero, si no la quería, ¿por qué tampoco dejaba que su padre lo hiciese? Parecía querer mantenerlos alejados. Y Julia se sentía muy sola y frágil. Allá, en Brasil, solo había sentido la compañía de Mami y de Alfonso. Pero ahora tampoco tenía a Mami.

Solo contaba con Alfonso.

Apenas había alcanzado las primeras escaleras cuando los murmullos airados se convirtieron en gritos. Acertó a escuchar un par de frases sueltas:

—¿Acaso te creías que no me daría cuenta? —murmuraba su madre tratando de contener el desprecio que impregnaba cada palabra—. Es una humillación insoportable, Emilio. La he reconocido nada más verla, le has puesto su rostro… ¿Cómo has podido insultarme de esta manera? No te lo perdonaré jamás.

Julia no escuchó la respuesta de su padre. Imaginó que, como siempre, se habría ido a otra estancia a leer algún libro o la prensa hasta que su madre retornase a la educada indiferencia en sus modales.

La casa era nueva y perfecta. Pero comenzar de cero era imposible. La sombra que cubría a sus padres y por extensión a ella les había seguido desde los cafetales, había cruzado el océano con ellos y se había apoderado de la mansión apenas unos minutos después de que la familia Andrade Puig i Serra la pisase por primera vez. Aquella presencia oscura y silenciosa podía sentirse entre sus padres como una maldición que les mantenía separados y sumidos en la más profunda infelicidad.

Julia continuó subiendo las escaleras despacio, acariciando con su manita el pasamanos delicadamente tallado. El piso era amplio y de planta cuadrada. En él se situaban las habitaciones que acogerían a los habitantes de la casa y a sus invitados. Asomó la cabeza en todas ellas. Elegantes tocadores, camas amplias con dosel y secreteres color crema con su correspondiente silla tapizada a juego. Todas las habitaciones tenían amplias galerías que permitían el paso de los escasos rayos de sol que se aventuraban en aquel oscuro 31 de octubre.

Continuó explorando las distintas estancias hasta que llegó a la que intuyó que sería el ala de los niños en la que estaría su habitación. Encontró a Alfonso en la habitación que haría las veces de sala de juegos y aula para sus tutores. El niño intentaba ajustar el telescopio apuntando hacia un gran balcón desde el cual podía verse el mar.

—¡Julia, mira! Desde aquí podremos ver las estrellas. ¿No es impresionante? Me encanta esta casa, Ju. Vamos a vivir muchísimas aventuras aquí.

—No sé, Alfonso. La casa es muy bonita, pero echo de menos a la aya Mami y los cafetales. Los olores y colores. Aquí todo es extraño. El verde es distinto y tantas nubes me hacen sentir triste. ¿Tú crees que seremos felices? —respondió la niña con los ojos vidriosos.

—Claro que sí, Ju, ya lo verás. Está vez saldrá bien. Te lo prometo. Vamos, te enseño tu cuarto. Está al lado del mío y tiene una galería desde la que se ve el mar. Te encantará, estoy seguro.

Los niños avanzaron hasta la siguiente estancia y Julia entró a su dormitorio. Estaba decorado con delicadeza, en tonos claros. La colcha que cubría la cama tenía pequeñas flores rosadas y le recordó a un jardín en primavera. Había muñecas de porcelana y una estantería con algunos libros. Un escritorio lacado en blanco miraba hacia la galería, que contaba además con un pequeño banco acolchado perfecto para leer mirando al mar. Había un paquete con una lazada de organza blanca colocado en el escritorio. Julia se acercó a él y lo acarició despacio. En la nota junto a él reconoció la letra de su padre:

Para Julia, algún día tus recuerdos serán tu mayor tesoro. De tu padre que te quiere.

Rasgó el papel y encontró un diario con las cubiertas de piel. El papel color crema parecía rogar que lo llenase de historias y aventuras. Sintió una profunda emoción al imaginarse a su padre escribiendo ese mensaje. Era un hombre distante y en ocasiones parecía ausente, como si su alma hubiese abandonado su cuerpo. No era cruel pero tampoco afectuoso. Viajaba con asiduidad y trabajaba tanto que Alfonso y Julia apenas lo veían. Pero en ocasiones la miraba de un modo que no lograba descifrar. Como si verla le resultase doloroso. Bajo su apariencia de hombre de negocios calculador y poco dado a sentimentalismos, Julia intuía una tristeza largamente reprimida, casi resignada.

—Qué cuaderno tan elegante, Julia. Parece de una escritora de verdad —replicó Alfonso fascinado—. Ahora podrás escribir todas esas historias que me cuentas. Nadie se inventa historias tan bien como tú. Eres la mejor cuentista del mundo —dijo estallando en una carcajada y abrazando afectuosamente a su hermana—. Y, ahora, ¡vamos!, queda mucho por explorar de la casa.

—Gracias, hermano —respondió Julia con la sonrisa tímida de quien no está acostumbrada a sentirse especial ni a recibir halagos—. Vamos a explorar. ¿Has descubierto algún cuarto secreto? Ojalá tuviésemos algún rincón así —dijo la niña mientras se le escapaba una carcajada genuina.

Ambos niños exploraron a fondo la casa y sus inmediaciones. La cocina inmensa y el sótano lóbrego, con olor a sal y humedad. El palomar en el que palomas blancas, como pequeños espectros del inframundo, miraban indolentes a los nuevos habitantes de la casa. Entraron en la caseta en la que aperos de jardinería y madera recién cortada esperaban a ser empleados por los trabajadores de la mansión. En la parte inferior del jardín, descendiendo por unas escaleras excavadas directamente, se accedía a una pequeña cala de arena blanquísima. Y, en un extremo de esta, otra construcción más pequeña contenía en su interior varias barcas de remos recién pintadas.

—¿Has visto esto, Alfonso? ¿Crees que podremos salir a remar? —preguntó Julia entusiasmada por la idea de ir a pescar o remar hasta el pueblo en los días tranquilos de verano.

—Claro que sí, yo convenceré a mamá y papá ni se dará cuenta —respondió Alfonso con pillería—. Ya sabes que puedo convencer a cualquiera con mi legendario encanto. —Rio el niño.

Ese comentario en cualquier otra persona sonaría arrogante y presuntuoso, pero en él resultaba encantador. Así era Alfonso. Capaz de ganarse el corazón de cualquiera sin proponérselo.

—Nos dejarán y podremos jugar a los piratas y descubrir cuevas secretas en los acantilados —continuó el niño—. Como en la historia aquella de contrabandistas que te inventaste en el barco de camino a España. Quizá hasta descubramos un tesoro de los piratas. Papá me contó que los corsarios ingleses atacaron varias veces la ciudad, quién sabe si habrán escondido algo de su botín en esas cuevas.

—Y luego yo soy la que se inventa historias —contestó Julia estallando en carcajadas—. Parece que la imaginación es cosa de familia. —Y revolvió con afecto el pelo dorado del muchacho.

—Tú eres la de las historias, Ju, y yo soy el hombre de acción. —Rio el niño encogiéndose de hombros.

—No eres un hombre, ¡ya te gustaría! Eres un niño. ¿Y sabes? Yo no quiero que crezcamos nunca. Me gusta como somos ahora. Ya me cuesta estar sin ti cuando estás en el internado, ¿qué haré cuando vayas a la universidad? Yo no podré ir. Mamá no me dejará, sabrás mucho más que yo de todo y te odiaré un poco por ello. Te parecerás a papá. Serás serio, fumarás y tendrás bigote. Y yo ya no podré reconocerte. No hablaremos como lo hacemos ahora. No de verdad, sino como lo hacen los adultos, de cosas banales y no de lo que les preocupa e importa en realidad. No soportaría hacer ese teatrillo. No contigo.

La voz de su madre, resonando en la lejanía, rompió la conversación de los niños. Subieron las escaleras de dos en dos con agilidad y destreza, dejando la pequeña cala atrás y respondiendo a la llamada de Teresa como dos cachorrillos ansiosos. El hermano mayor abrió camino, jugando a ser el hombre fuerte que imaginaba que sería algún día, y la hermana pequeña le siguió con algo más de esfuerzo para sus pequeñas piernas, intentando no quedarse rezagada, desesperada por imitar e impresionar a su modelo.

—Niños, venid aquí, por favor —gritó su madre desde la entrada de la casa.

Y los hermanos corrieron hasta allí con las caritas sonrojadas por el esfuerzo en sus rostros sonrientes.

—Bueno, queridos, el servicio está a punto de llegar y quiero que estéis presentables y os comportéis como personas civilizadas. Alfonso, nada de corretear, que eres casi un hombrecito. Prohibido encorvarse o mostrar una actitud poco sociable. Julia, esto último lo digo por ti. Intenta ocultar ese carácter sombrío que tienes y causar una buena impresión. Que se diga de ti que eres una dama refinada y no una salvaje criada en los cafetales. ¡Vaya! Mira qué morena te has puesto ya, ¿cómo es posible? ¿Dónde has dejado tu sombrero? Ya te dije que tienes que cuidar tu tez, basta un rayo de sol para que parezcas una campesina.

—Sí, madre —contestó la niña perdiendo la sonrisa y encogiéndose un poco más.

—Sí, madre —contestó el niño con una sonrisa arrebatadora—. Sabes que les vamos a encantar —continuó zalamero.

Su pelo rubio y su piel dorada parecieron brillar un poco más, consiguiendo arrancar una mirada de afecto que iluminó la cara adusta de la madre. Don Emilio permanecía con la mirada perdida en el horizonte. A su lado Alfonso abrazaba zalamero a su esposa. Julia apartó la mirada, dolida por el comentario, sintiéndose excluida una vez más y mortificándose por continuar permitiendo que los comentarios mordaces le afectasen. Ya debería de estar acostumbrada. Pero por algún motivo siempre mantenía la esperanza de sentir el cariño de su madre. De ganarse su afecto pasando desapercibida, no causando problemas. Pero, cada vez que fracasaba, regresaba esa sensación de ardor en la boca del estómago. Las lágrimas estaban a punto de saltar de sus ojos. Para distraerse y serenarse, comenzó a estudiar las rocas que se situaban bajo la balconada.

En una de ellas, algo más plana que las demás, pudo ver lo que en un primer momento le pareció un amasijo de algas rojizas. Pero al fijar la vista reparó en las facciones pequeñas y delicadas que se escondían bajo ellas. Era un rostro enmarcado por un pelo de color bermellón oscuro, con una nariz respingona y pecosa y dos ojos de un verde sobrenatural. Parecía una niña, pero reposaba contra una roca con la mitad del cuerpo sumergido en el océano salvaje que se abría ante la casa. Los observaba con atención, como si no fuese la primera vez que se paraba a contemplar la casa desde su atalaya marina. Algo en su postura y su aura la hacían parecer un ser de otro mundo. Una niña sirena. La observó fascinada, como si se tratase de un sueño. Primero, alerta y sin hacer movimientos bruscos. Después, al ver que la niña pez la observaba con la misma curiosidad genuina, se acercó despacio. Deseó que fuese real. ¿Quién era ella? ¿Qué hacía allí? La criatura nadó suavemente hacia ella entre la espuma blanca que removía la superficie del mar.

Se fijó en sus brazos delgados y sus ojos rasgados. Sintió una conexión inexplicable y una sonrisa genuina se dibujó en su rostro. Deseó con fuerza volver a verla, hablar con ella y hacerse su amiga. No quería asustarla ni romper la magia del momento. No se atrevía a moverse más y delatarla ante su familia.

Oyó que su hermano se acercaba a buscarla. Se sobresaltó. Temió que Alfonso con su ímpetu y bravuconería la asustase para siempre. Quería que la niña pez fuese su descubrimiento. Su secreto. Algo para ella sola. No quería compartirla con él ni con nadie. Sintió una oleada de miedo a que ese momento se esfumase entre sus dedos y no volviese a repetirse jamás. Julia se giró, tan solo un instante, a mirar a su hermano. Corría veloz, brincando eufórico con sus piernas de potrillo. Largas, delgadas y siempre en movimiento. Estaba creciendo muy deprisa, pero su cara dulce y su sonrisa juguetona seguían siendo las de un niño pequeño. Era imposible no girarse hacia él. Siempre impetuoso y exigente con la atención de quienes lo rodeaban. Acostumbrado a ser el centro. El sol. Ella lo adoraba sin reservas, pero a veces una punzada de celos y un sentimiento oscuro y viscoso que la asustaba empañaba su afecto y, por un instante, deseaba que Alfonso sufriese tanto como ella. Sin embargo, Julia no recordaba la vida sin aquella mano guiando sus pasos, supliendo el cariño de su distante madre.

Recordaba con dolorosa claridad aquella noche, que escondidos tras los densos cortinajes, en el hueco que se formaba entre estos y los ventanales, su madre dijo aquellas palabras. Lo que siempre había sospechado en el fondo de su corazón. Teresa había verbalizado aquello que Julia intuía y su corazón se había roto en mil pedazos.

—Ver a Julia cada día es un castigo insoportable. No he sido yo quien ha pecado y, sin embargo, tu egoísmo me ha convertido en un ser sin alma. En alguien que no puede querer a su propia hija. Te aborrezco. A ti y a ella. Solo en Alfonso encuentro la expiación. Solo por él soporto esta vida, respiro y me levanto cada día —había dicho con la voz entrecortada y la mirada inyectada en sangre. Arrastraba un poco las palabras como si acabase de levantarse de un sueño pesado. Tenía una copa en la mano que lanzó con furia contra padre. Falló y, al estrellarse contra la pared, los cristales volaron por doquier.

Alfonso le había cogido entonces la mano con fuerza. Había mirado a Julia con una tristeza infinita mientras las lágrimas nublaban la vista de la niña. Cuando los gritos alcanzaron la cúspide, mientras los reproches volaban de un lado a otro de la habitación como dagas emponzoñadas, Alfonso la abrazó y susurró en su oído:

—Tú nunca estarás sola, Julia. Lo mío siempre será tuyo. Nuestro. Y tu felicidad será mi motor. Donde quiera que esté, yo velaré por ti. Y sé que tú lo harás por mí. Más lejos o más cerca, más allá del tiempo y del espacio, estamos unidos por un lazo irrompible. Somos hermanos. Y lo que nos depare la vida lo afrontaremos juntos. Yo seré tu hogar. Julia, no llores.

En aquel momento de desolación, Julia no pudo expresar ni una sola palabra, pero se sintió menos rota por dentro. Su hermano se convirtió en su mejor confidente, en el guardián de sus secretos y sus miedos. En su escudo frente a cualquier mal. Se sentía portadora de un vínculo irrompible. Algo incondicional, sincero y eterno.

Y, a cambio, ella siempre estaba preparada para reflejar su luz. En un discreto segundo plano. A veces, Julia se sentía a merced de su energía inacabable y voluble. Otras, las menos, su orgullo lo volvía un poco cruel y la castigaba con su indiferencia.

El giro solo fue un instante y, sin embargo, cuando volteó la cabeza de nuevo la niña del agua ya no estaba. Se preguntó si quizá se lo había imaginado todo. Si había sido una ensoñación por el cansancio acumulado tras el largo viaje. Deseó con todas sus fuerzas verla de nuevo. Sin su familia alrededor para asustarla. La decepción la recorrió por dentro al sentir que quizá no volviese a verla jamás. Siempre la acompañaba un sentimiento de pérdida. Esa sensación de abandono que no lograba explicarse. Ya nunca sabría si había sido real o no. Pero, ¡demonios!, sí que había sido algo real, tan real como que si le pellizcaban el brazo le dolía. Se propuso encontrarla y hablar con ella. Tenía mucho tiempo por delante y una barca. Convencería a Alfonso de que fuesen juntos a explorar las cuevas y quizá encontrase su escondrijo. Podría documentar la búsqueda en su diario. Una nueva esperanza recorrió el corazón de Julia. Quizá, después de todo, aquel lugar tan diferente de la que había sido su casa sí era una buena idea. Quizá allí podría ser feliz y hacerse amiga de la criatura marina.

Aquella noche, Julia se fue a la cama emocionada por el descubrimiento de la niña pez. No estaba muy segura de si era una criatura mágica. Ni de si se la volvería a encontrar algún día, pero se sentía fascinada por aquel nuevo hogar en el que existían niñas acuáticas de largos cabellos pelirrojos y ojos tan verdes como las esmeraldas de su madre…

4

Lo que nadie te cuenta

Clara

Lo que nadie te cuenta cuando te despiden es que existe una mañana siguiente. En la que, una vez nivelados los flujos de adrenalina, te preguntas qué demonios vas a hacer con tu vida. Clara se había sentido liberada, sí. Pero, una vez consultado el saldo de su cuenta corriente, el pánico había regresado. Vivir en Madrid era extraordinariamente caro y gastar los ahorros que con tanto esfuerzo había conseguido reunir a lo largo de esos años, para dedicarse a escribir a tiempo completo, se le antojaba una insensatez.

—Tu ascendente Virgo te suplica otra vez que traces un plan seguro —habría dicho Nora, fanática de la astrología y muy poco entusiasta de los signos de tierra.

—Ojalá supiese cómo trazarlo —le habría respondido ella.

«Qué voy a hacer ahora», pensó Clara por millonésima vez mientras removía el té absorta, bajo el cielo azul que esa mañana pintaba Madrid como un lienzo. La noche anterior había supuesto un frenesí de emociones. Ebria de libertad y posibilidades había sentido que el destino le había hecho un favor inmenso. Había comprado una botella de Godello. Se había reencontrado, contra todo pronóstico en aquella ciudad inmensa, con su amor imposible de la universidad. En aquel momento había sido consciente del paso del tiempo y de su vida gris. Después, en su diminuto salón, había llorado sola mientras veía de nuevo *Bajo el sol de la Toscana*. En un momento de euforia causada por el vino, incluso había buscado vuelos a Florencia, idea que había desechado inmediatamente tras ver los precios de las villas e incluso de los apartamentos más miserables. Reencontrarse a sí misma en Italia y restaurar una villa en ruinas solo resultaba factible si eras una fabulosa Diane Lane en pleno proceso de transformación y no una joven madrileña con escasas aptitudes sociales y exiguos ahorros en el banco, que no tenía ni un mísero taladro y pedía ayuda al portero para cambiar una bombilla.

Clara había decidido darse una tregua de una noche antes de compartir la noticia y afrontar sus consecuencias. Pero la mañana siguiente había llegado y la joven, que había amanecido en una posición imposible, junto a un charquito de baba en su sofá de dos plazas, se sentía igual de perdida que la noche anterior.

Clara continuó sumida en sus cavilaciones con sus larguísimas piernas apoyadas sobre la barandilla de forja mientras el té se enfriaba en su taza favorita de porcelana y el suave sol de la mañana acariciaba su rostro. Había escogido la de la Royal Albert porque se sentía como la mismísima reina de Inglaterra cuando bebía en ella. Y, dadas las circunstancias de su vida, necesitaba subirse la moral como fuese. La joven sintió que el móvil vibraba en el bolsillo de su chaqueta de punto y leyó en la pantalla la palabra más tranquilizadora que existía en el mundo: «Mamá». No quería preocuparla, pero tenía que contárselo. Pedirle consejo. O más bien implorar un «tranquila, todo se arreglará» con los que solía consolarla cuando era una niña. Después de dar su primer sorbo a su PG Tips, descolgó el teléfono:

—Buenos días, mamá —dijo Clara intentando fingir un aplomo que no sentía.

—Hola, cariño, ¿qué tal todo? No quiero molestarte, sé que es una hora rara..., pero tenía la sensación de que debía llamarte. ¿Va todo bien?

Ahí estaba, el sexto sentido de las mujeres de su familia. Su madre. Su abuela. Un radar que siempre detectaba cuándo un ser querido necesitaba consejo o unas palabras de aliento. Ante esa voz querida y familiar, las lágrimas se agolparon en sus ojos tan rápido que se sorprendió a sí misma.

—No, mamá, todo se ha complicado un poco, la verdad —dijo Clara con la voz temblorosa—. Me han despedido —pronunció ya entre sollozos—. No sé qué voy a hacer ahora. No quiero seguir trabajando en esto, pero tampoco tengo un plan B y no sé ni por dónde empezar... Me siento muy perdida —concluyó mientras unas gruesas lágrimas caían por sus mejillas empapando su rostro surcado de pecas.

—¡Ay, mi niña! Siento mucho el disgusto que te habrá supuesto la sorpresa y la incertidumbre que sigue a estos cambios. Pero, si te digo la verdad, me alegro un poco —exclamó su madre con aquel tono enérgico y resolutivo que la caracterizaba—. Ese no era tu lugar, cariño. Y estabas ahí estancada sin atreverte a dejarlo... Ha sido una etapa de tu vida y te ha enseñado muchas cosas buenas, pero ahora vendrán otras mejores. Estoy segura. Confía en mí, todo saldrá bien —concluyó.

—Gracias, mamá... ¿Sabes qué? Ayer una mujer en el metro, antes de que esto pasase..., me dijo lo mismo, con una voz que me recordó tanto a la de la abuela... Usó esa expresión tan suya para consolarme: «*Neniña*, todo saldrá bien. Eres más fuerte de lo que crees».

—Bueno, cariño, ya sabes cómo te quería la abuela. Si ella puede, intentará consolarte y protegerte desde donde quiera que esté —dijo la mujer con dulzura—. ¿Quién sabe...?, igual ella susurró esas palabras a esa mujer para ti, para que estuvieses tranquila ante este momento. Los cambios siempre asustan, Clara. Por eso a veces nos quedamos en lugares que no nos hacen felices. Pero, más allá del miedo, pueden suceder cosas maravillosas. Hay que ser valiente para afrontar lo desconocido —continuó—. Lo que está claro es que las dos tienen razón: la mujer del metro y tu abuela —añadió con firmeza—. Clara, tú siempre has sido valiente. Ser una persona sensible no es una debilidad, es más bien un don extraordinario que te hace percibir el mundo de un modo diferente, hija. Ese es tu talento: sentir más que el resto, percatarte de lo que otros ignoran...

—Pues vaya talento, mamá. —Clara se rio amargamente y sintió las lágrimas saladas en los labios—. Por favor, qué alegría, ser rara y sufrir por todo —concluyó la joven.

—No eres rara, eres especial y deberías aprender a valorarlo —continuó su madre incansable en sus argumentos de consuelo—. Y tu talento es sentir… y plasmarlo en palabras. Todavía me acuerdo de aquellos poemas que escribías en la universidad…

—¡Mamá! ¿Los leíste? —exclamó Clara con un falso enfado avergonzado limpiándose las lágrimas con la manga de la chaqueta.

—Pero ¡si los dejabas por todas partes! —Rio su madre—. Te dio fuerte con aquel chico. ¿Se llamaba Gael, no?

—No me puedo creer que los leyeses —siguió Clara riendo también, sorprendida ante todas las cosas que las madres sabían de sus hijos, pero que callaban durante años—. ¿Sabes que lo vi ayer? Él no me vio… Iba con su familia por la calle. Nos cruzamos justo cuando regresaba a casa de la oficina tras la noticia del despido. Su recuerdo me había venido a la mente mientras paseaba… Me puse a pensar en Nora, en él… En aquella época y lo mucho que disfrutaba escribiendo por aquel entonces… En los grandes sueños y esperanzas que teníamos… —suspiró la joven.

—Siempre has sido un poco *meiga*, hija. Esa intuición la heredaste de nosotras —dijo su madre con cierto orgullo en la voz—. Y ¿qué sentiste al verlo?

—Nostalgia, sobre todo —respondió Clara—. Por aquellos tiempos y todas las oportunidades que he desperdiciado desde entonces. Sentí que el mundo había continuado girando mientras yo me escondía en mi lugar seguro… He vivido a medias desde entonces, sin grandes dramas pero tampoco grandes alegrías.

—A veces, necesitas que todo se derrumbe para volver a construir desde sus cimientos aquello que sí te hará sentir realizada. Una no puede vivir a medias. No se puede huir del amor ni del sufrimiento —continuó—. ¿Recuerdas aquella frase? La que te gustaba tanto de Rilke, la tenías escrita en todas partes de adolescente: «Deja que todo te suceda: la belleza y el terror. Solo sigue adelante. Ningún sentimiento es definitivo».

—Claro que sí... —dijo Clara con añoranza—. Todo parecía complicado entonces... por las pesadillas después del *incidente*... Esa idea me reconfortaba. Ningún estado es permanente, tanto lo bueno como lo malo... Todo llega a su fin y se transforma en recuerdos.

Su madre guardó silencio en cuanto su hija mencionó el *incidente*. Pero optó por no ahondar en aquella etapa tan difícil para ambas. Para Clara por las pesadillas y visiones que la aislaron por completo y para ella como madre, al ser testigo del deterioro de su hija y de cómo su brillo y alegría natural se marchitaban sin saber cómo ayudarla.

—Esto también será un recuerdo, Clara. De cuando cambiaste el rumbo de tu vida y perseguiste la felicidad en el lugar adecuado y con las personas correctas —alentó a su hija—. Dime algo —prosiguió—. Responde sin pensar: ¿qué es lo que siempre has querido hacer de verdad, Clara?

—Escribir —respondió con rotundidad, sorprendida de su propia seguridad.

—Pues ya está, hija, tómate un par de meses para descansar y retomar la escritura. Sabes que puedes venir conmigo. En esta casa estarás tranquila y podrás aclarar tus ideas. Además, yo estaría encantada de tenerte por aquí...

Clara sopesó el ofrecimiento. Su primer instinto había sido rechazarlo. Le rompía el corazón asimilar que las decisiones que había tomado la habían conducido a esa encrucijada vital. Le dolía dejar aquel estudio que adoraba y aborrecía a partes iguales. La joven pensó que echaría de menos su independencia y sus rutinas. Llevaba mucho tiempo viviendo sola. Quizá demasiado. Se había refugiado entre esas paredes y en esa vida predecible. A Clara le resultaba duro reconocer que, una vez más, había permanecido callada y sumisa mientras otros decidían su destino. No había dejado el trabajo. No había dado un portazo liberador, sino que habían reducido la plantilla y la habían despedido. Esa era la diferencia, no tenía otro lugar al que ir. Tan solo un sueño infantil que temía no tener el talento necesario para alcanzar.

—Creo que es buena idea, mamá. Es cierto que necesito un cambio de aires. Y ahorrarme el alquiler no me vendrá mal —expresó Clara con resignación—. Mañana avisaré a la casera... —Suspiró ante la idea de otra etapa que cerraría tras de sí—. Esta semana tengo cita en la oficina de empleo y, en cuanto arregle mi prestación y organice la mudanza…, me iré contigo. Gracias por no juzgarme y estar siempre ahí para mí —murmuró con un hilo de voz.

—Siempre lo estaré, hija. Cuando quieras, aquí estaré esperándote. Tómate el tiempo que necesites, las cosas irán encajando poco a poco, ya lo verás.

Desde aquella conversación, la semana transcurrió para Clara en un frenesí de trámites que la dejaron exhausta. Su casera lamentó su partida, pues la joven había cuidado el piso y había pagado puntualmente los últimos cinco años. Acordaron que ella le compraría todos los muebles por una cantidad más o menos justa. Era un buen acuerdo para ambas. Clara se deshacía de un solo golpe de todo su pasado y la mujer alquilaría el piso amueblado —con bastante buen gusto— a cambio de una suma todavía más desorbitada que la anterior, teniendo en cuenta sus dimensiones. Y, a pesar de ello, la joven tenía la certeza de que no duraría desocupado ni veinticuatro horas en el salvaje mercado inmobiliario de la capital.

Los días fueron evaporándose para Clara entre cajas de mudanza, papeleo por las mañanas y paseos por sus rincones favoritos de Madrid por las tardes. Se despidió con afecto de cada librería, tienda y café de su barrio. También paseó por el jardín de El Capricho y por El Retiro deleitándose con la belleza de ambos. Releyó *La metamorfosis* de Kafka apoyada junto a las acacias de la Quinta de los Molinos, cuyas mimosas ya no vería florecer en febrero, y recorrió por última vez las librerías de viejo de la cuesta de Moyano, donde compró una edición impecable de *Cien años de soledad,* que guardaría como recuerdo de aquella despedida.

El último día llegó, como lo hacen todos los finales, de manera inexorable. Clara se sintió sorprendentemente serena y agradecida cuando se despidió del que había sido su hogar. Lo observó por última vez, como si se tratase de la primera: la luz entró por el balcón e iluminó la estancia, tiñendo la atmósfera de un tono dorado, cálido y vibrante. Aquel lugar formaría, ya para siempre, parte de sus recuerdos y de su historia. Dejaba en él un pedacito de su alma y se llevaba a cambio aprendizajes y errores que esperaba no volver a cometer.

—Hasta que volvamos a encontrarnos —susurró mientras cerraba la puerta.

En el lapso de una semana la vida de Clara había dado un giro completo. El lunes anterior, tenía un trabajo estable, un piso y una rutina férrea e inamovible. Pero aquel, solo siete días después, se dirigía a la nueva casa de su madre en un pueblecito de Segovia... sin trabajo, casa propia ni rutina alguna.

Cuando el tren llegó a su destino, ella ya la estaba esperando en la estación con su pequeño Fiat 500 blanco. La abrazó con fuerza nada más verla.

—Hija, qué alegría verte —dijo su madre con los ojos empañados en lágrimas—. *Las chicas Gilmore* reunidas de nuevo.

—¿Podremos verla entera otra vez? —Rio Clara recordando lo mucho que les gustaba ver esa serie juntas—. Echo de menos las aventuras de Rory y Lorelai.

Abrazó a su madre y respiró ese olor tan querido y familiar.

—Claro que sí, empezaremos esta misma noche. —Rio su madre—. Te he preparado *filloas* como las de la abuela para cenar. Tienes que comer, hija, que parece que vas a partirte en dos... Menos mal que vas a estar conmigo una temporada —dijo regañándola con cariño.

—¡Ay, mamá! Ya empiezas como la abuela... Esa obsesión por que todo el mundo coma... Te estás volviendo como ella —exclamó riendo con afecto.

—Supongo que lo llevamos en los genes... Algún día tú harás lo mismo. Mira que yo odiaba cocinar, ¿te acuerdas?

Pues ahora hasta me he apuntado a un curso en el centro cívico del pueblo. La jubilación me ha transformado —dijo con una mueca de incredulidad—. Quién me lo iba a decir hace unos años —concluyó encogiéndose de hombros.

Madre e hija no podían negar el parentesco que las unía: ambas de silueta esbelta y piel pálida, con sendas melenas pelirrojas y onduladas, parecían más dos escocesas en unas vacaciones por España que verdaderas autóctonas. En eso, las tres habían sido iguales. Su abuela, su madre y ella. Tres calcos idénticos y exóticos. Cada una, un poco más alta que su progenitora. Aunque Clara, con sus casi 1,80 centímetros de estatura, sin duda se llevaba la palma. Desde niña, en un intento por hacerse más pequeña, se había acostumbrado a caminar ligeramente encorvada, como pidiendo disculpas por ocupar tanto espacio vital. Su madre, por el contrario, caminaba con seguridad y coquetería, con la certeza de saberse siempre el centro de atención y plenamente cómoda con ello. En eso no podían ser más distintas. A Clara le habría gustado heredar su seguridad y estilo en lugar de las pecas y ese pelo rojo e indomable.

Cuando llegaron a la casa, Clara se maravilló de nuevo por aquel sueño que su madre había cumplido tras su jubilación. Después de toda una vida viviendo de alquiler, por fin había podido construir la casa que siempre había deseado. Lamentó no haberla visitado más a menudo, pues casi siempre era ella la que se desplazaba a Madrid para verla, pese a que ello implicase compartir la única cama de su minúsculo estudio.

A Clara le había costado comprender por qué había vendido la casa de su abuela en Galicia tras el fallecimiento de esta, cuando Clara acababa de comenzar la universidad, y también por qué su madre había tomado la decisión de instalarse, años más tarde, en aquel pueblecito castellano. Sabía que los precios de Madrid eran desorbitados, sobre todo para construir una casa con jardín como aquella. Lo cierto era que Segovia estaba a tiro de piedra de la capital para visitarla cada poco tiempo. Pero no comprendía el motivo por el que su madre no había sentido nunca aquella vinculación con Galicia. Vinculación que Clara sí había sentido desde que era una niña.

Su madre había aprobado las oposiciones y, tras obtener su plaza en Madrid, había iniciado una nueva vida en la capital junto a su hija. Nunca había querido regresar, a excepción de las vacaciones escolares y festividades, pese a las súplicas de Clara, que siempre había sentido Galicia como «su lugar en el mundo».

Hacía apenas dos años que había terminado de construir aquel hogar y Clara solo lo había visitado en contadas ocasiones. Aquel anhelo de raíces la hacía rechazar inconscientemente ese nuevo hogar. Sabía que era egoísta por su parte sentirse así, pero no podía evitar pensar que podrían haber estado en la casita del bosque de su abuela. En cambio, las dos estaban en un pequeño pueblo de Segovia. Bonito, sí, pero con el cual no sentía ninguna conexión en absoluto.

—A veces las raíces son demasiado profundas, Clara, y, para que no nos asfixien, debemos volar y encontrar nuestro propio hogar lejos de ellas. Los recuerdos son un tesoro, pero también duelen demasiado. En la casa de la abuela, su ausencia me pesaba mucho más. A ti te reconfortaba, pero a mí me desgarraba —le intentó explicar su madre en una ocasión en la que Clara se atrevió a sacar el tema.

Sin embargo, aquella casita de piedra de una planta, con vigas de madera y una galería acristalada, más apropiada para el clima gallego que para el calurosísimo verano segoviano, a Clara le recordó a la casa de su abuela en Galicia. A su modo, su madre la buscaba también. Solo que ella había trasladado sus raíces a otro lugar. La decoración que había elegido era bonita, acogedora y transmitía la misma energía vibrante y positiva que ella.

—Tu cuarto está igual que el de nuestro antiguo piso de Madrid —dijo alegre—. Ya sabes que, cuando lo dejé, pedí que lo trajesen todo tal cual, pero puedes cambiar todo aquello que ya no te guste. Muchas cosas te las llevaste a tu apartamento al acabar la universidad y mudarte al barrio de las Letras, pero muchas otras seguían en tu antiguo cuarto. Nunca me atreví a tirar ni cambiar nada en él. He conservado todo idéntico para que, cuando tú quieras, lo organices y decores a tu manera. Quiero que estés cómoda aquí. Esta es ahora nuestra casa, tu casa, Clara. Y lo será siempre —dijo la mujer acariciando el pelo a su hija—. Por cierto, ¿te has fijado? Hasta los sanandresiños de la abuela se han venido conmigo hasta aquí. —Sonrió a su hija con afecto.

Aquella noche, la joven durmió sin sueños, sumida en un estado de absoluto agotamiento. Cuando despertó, era tarde y se sintió algo desorientada. Clara se dirigió a la cocina y encontró un plato a rebosar de napolitanas de chocolate y café recién hecho junto a una nota en la que decía:

Me voy a clase de pilates, dormilona. Descansa y DE-
SAYUNA BIEN.

Te quiere,

Mamá

La joven destinó el resto de la mañana a preparar su espacio de trabajo. Colocó su portátil en un escritorio de madera color nogal frente a un gran ventanal a través del cual
podía ver el bonito jardín que su madre había plantado con
esmero.

Su madre había trasladado todos los muebles y recuerdos
de su antigua habitación y varias cajas todavía continuaban
apiladas esperando pacientemente a su legítima propietaria.
Abrió con curiosidad la que ponía «Cuadernos de Clara» en
grandes letras negras y cotilleó su interior. Allí reposaban
en cuadernos de distintos tamaños y colores todas las ideas,
proyectos inacabados, poemas y borradores que había tenido
desde que era una niña. Uno de ellos llamó inmediatamente
su atención. Era de 1988. Estaba muy gastado porque lo había llevado consigo a todas partes. Lo recordaba bien. Ese
había sido el verano del *incidente*.

Clara lo abrió con delicadeza y echó un vistazo a las leyendas, remedios naturales y cuentos que, con su letra infantil, había transcrito ese verano, casi todos narrados por
su abuela. Pasó las páginas con cierto temor hasta llegar al
momento en que todo había cambiado. Desde ese instante,
podía apreciarse la oscuridad y los terrores nocturnos que
aquel suceso le había acarreado. Los cuentos se habían
transformado en inquietantes fragmentos de pesadillas y los

dibujos de seres sombríos habían comenzado a poblar aquí y allá el cuaderno. Clara encontró la descripción de la casa casi al final, junto a una fotografía algo borrosa, probablemente sacada con una cámara desechable, con una anotación en el dorso: «La casa de los indianos. A Valexa».

Tuvo la inmediata certeza de haber soñado con esa casa muchas veces, demasiadas.

El recuerdo de una presencia en la ventana, observándola, se disipó en la bruma de su memoria. Ejercía una fuerza hipnótica sobre ella. Aquella casa la había obsesionado y ahora lo recordaba con claridad. Su madre pensaba que era su imaginación desbordante cuando le contaba que la veía junto a la galería, incluso antes del *incidente*. Sin embargo, su abuela la miraba con intensidad y le contaba leyendas que la hacían sentir comprendida.

—Yo nunca la he visto, pero siempre he sentido que algo malo tuvo que pasar allí —explicaba su abuela sentada junto a la *lareira* de su hogar—. Siempre ha habido *faladurías* en el pueblo y mis padres no querían hablar de ello...

—¿Qué *faladurías*, abuela? —preguntaba la niña imitando sus expresiones.

—Cuentan que sobre ellos cayó una maldición. Algunos decían que por enfadar a la sirena del faro y otros que traían ya la mala sombra desde Brasil. De un modo u otro, todos murieron de manera prematura y trágica...

Echando un vistazo a las páginas de ese cuaderno y recordando las historias de su abuela, Clara se sintió inspirada por primera vez. Aquel relato podía ser un buen comienzo para retomar el hábito de escribir. Continuó avanzando y llegó a la leyenda de la sirena del faro, Mariña. Su abuela le había contado muchas veces esa historia para que concilia-se el sueño tras el *incidente*. Era su historia preferida y se la sabía de memoria. Tanto que había decidido escribirla en aquel cuaderno para no olvidarla. Se dispuso a disfrutarla de nuevo y en esos quehaceres se hallaba la joven cuando su madre irrumpió en la habitación con sigilo y Clara se so-bresaltó al verla tras ella.

—¡Mamá! ¡Qué susto me has dado! —exclamó la joven dando un brinco y llevándose la mano al pecho.

—Perdona, hija. —Rio su madre—. Es que me gusta ver-te tan concentrada y con esa expresión de miss Marple que se te pone cuando encuentras un misterio que desentrañar.

—He descubierto todos mis cuadernos antiguos... Hacía muchos años que no los releía... y he encontrado algo que me ha hecho recordar a la abuela y aquellos veranos en Galicia —añadió con cierta nostalgia en la voz—. ¿Te acuer-das de aquella casa? ¿La de los indianos? He encontrado muchos fragmentos que describen la casa y esa presencia misteriosa que me obsesionaba... También he encontrado una leyenda que la abuela me contaba sobre la sirena Mari-ña, que apareció misteriosamente en el faro de A Valexa una noche de tormenta.

—¡Cómo no voy a acordarme! Te encantaban esas his-torias de misterio. Yo creo que de tanto leer a Los Cinco —rio la mujer— o esas aventuras que te gustaban tanto, las de las hermanas esas que no paraban de descubrir misterios. Tenías una imaginación desbordante y tu abuela la avivaba incluso más con esas leyendas de *meigas*, sirenas y apareci-dos —continuó—. Pero es cierto que ese faro es un poco enigmático. Tu abuela Carmiña conoció, siendo niña al volver de Suiza, al farero, ¿sabes? El marido de la supuesta sirena Mariña... Tengo una cajita que él le regaló y tiene tallada una sirena en la tapa. También fue él quien le regaló la acuarela esa que tanto te gustaba, la del salón de la abuela, la de esa mujer vestida de blanco de espaldas al faro. Yo la he colgado en el comedor. Fue el farero quien le contó todas esas leyendas. Mi madre lo quiso como a un abuelo.

En Clara comenzaron a brotar retazos de emociones y sueños repetitivos, casi olvidados.

—No lo recordaba, pero necesito que me cuentes todo al detalle. Creo que empezaré a escribir una historia sobre todo esto... Todavía no tengo muy claro cómo, pero iré encontrando el modo de darle forma...

—Claro que sí, Clara, tenemos tiempo de sobra para repasar los álbumes viejos y que te cuente todo lo que recuerdo sobre la casa, el pueblo y el faro. Galicia es una tierra mágica, ¿verdad? Esconde tantos secretos y tanto folclore... Yo nunca he sentido esa conexión tan profunda, pero tú sí, igual que la abuela. Es una lástima que desde que la abuela nos dejó no hayamos regresado excepto en un par de ocasiones... —reflexionó la mujer—. Por cierto, ¿te acuerdas de que tus bisabuelos sirvieron en la casa de los indianos, verdad? Antes de marcharse a trabajar a Suiza. —Clara se sorprendió, pues no se acordaba para nada de ese dato y le resultó sumamente atractivo para la historia que comenzaba a esbozarse en su mente—. Quizá por ahí te viene la fascinación por esa casa. Lo llevas en la sangre. La verdad es que fueron siempre muy discretos y no sabemos mucho de su estancia allá ni de la familia para la que trabajaron. Tu abuela tampoco me contó apenas —continuó pensativa—.

Hace algún tiempo que no hablo con Remedios, pero puedo preguntarle. Ella es la farmacéutica del pueblo y sabe todo de todos. Es un poco excéntrica y dice que más que farmacéutica es una *curandeira* con título universitario. —Rio su madre—. Es única, pero tiene un corazón inmenso. Su familia y la de la abuela emigraron casi a la vez a Suiza y allí se convirtieron prácticamente en familia. Mis abuelos regresaron en cuanto pudieron, pero ellos echaron allá raíces. Ella ha sido la única que ha vuelto al pueblo. Es una cosa complicada la emigración... divides tu corazón en dos lugares y al mismo tiempo no terminas de pertenecer a ninguno de ellos —concluyó la mujer—. Si quieres, la llamo ahora mismo.

—Por favor, pregúntale —suplicó Clara—. Quizá entre los recuerdos de las tres y lo que consiga investigar por mi cuenta pueda reconstruir la historia de la casa. También me interesa la del faro...

Su madre salió de la habitación corriendo para hacer la llamada. Justo entonces el teléfono de Clara vibró e interrumpió la chispa que surge cuando una historia comienza a gestarse en la mente de una escritora. Le costó reconectar con la realidad cuando leyó en la pantalla aquel nombre tan querido y familiar: el de su mejor amiga Nora. Descolgó el teléfono y el sonido de una voz con fingido enfado pareció acortar la distancia entre Segovia y Barcelona.

—Pero ¿será posible que no me llames nunca, Clara? —preguntó su amiga con un tono de cariñoso reproche.

—Nora, no imaginas las ganas que tenía de escuchar tu voz.

—Pues, chica..., cualquiera lo diría. No solo no me llamas, sino que ni siquiera me envías un mísero SMS... —Nora se ablandó ante el tono ligeramente emocionado de su amiga.

—He pensado en llamarte justo esta semana, pero sé que estás muy ocupada y no quería agobiarte más... ¿Cómo está Sofi? —preguntó Clara.

—Enorme y con muchísimo carácter —respondió Nora con voz de orgullo.

—No imagino a quién habrá podido salir, la verdad, con lo tranquila que eres tú. —Rio Clara pensando en lo calcadas que eran madre e hija, tanto físicamente como, por lo visto, en ese temperamento fuerte y decidido de ambas.

Nora soltó una carcajada sonora que hizo sentir a Clara que volvían a tener dieciocho años e inundó su corazón de un sentimiento cálido y familiar.

—¿Sabes que nunca me doy cuenta de lo mucho que te echo de menos hasta que hablo contigo?

—Lo sé, y porque eres mi mejor amiga te perdono que seas un desastre dando señales de vida —respondió Nora con afecto—. ¿Qué tal estás?

—Me han despedido, Nora —soltó Clara sin preámbulos—. Me he mudado temporalmente a casa de mi madre y he dejado mi piso de Madrid. Voy a dedicarme a escribir una temporada a ver adónde me lleva eso... ¿Es una locura, no?

—Guau. Pues sí que hay novedades, sí. Y, antes de nada, no, no es una locura. Me alegro de que te hayan despedido, porque odiabas ese trabajo y estabas anclada a él, no te permitías a ti misma avanzar. Hay miles de alternativas que puedes encontrar para ganarte la vida y siempre has querido escribir. Yo creo que es el momento de hacerlo —continuó con firmeza—. Y, si eso no sale, ¿qué? Pues buscas otro trabajo. Existe vida más allá de las *Big Four*, Clara. Tienes derecho a cambiar. Hay miles de caminos esperando ser explorados. En la vida y en el mundo laboral también. Todo irá bien.

—Mi madre también se ha alegrado y también me ha dicho que todo irá bien. Me lo dicen mucho últimamente, incluso una mujer en el metro. Empieza a parecerme una mala señal tanta insistencia. —Rio la joven con retranca.

—Eso es porque es la verdad, necesitabas un empujoncito y el universo te lo ha dado —afirmó Nora.

—Ya estás tú con esas cosas del universo...

—Dijo la que recita unas palabras de protección en cada nuevo lugar en el que duerme —contraatacó, divertida, Nora.

—¡Oye! Eso es un golpe bajo. Ya sabes lo mal que lo he pasado con ese tema... Es una superstición tonta e infantil, pero me hace sentir segura —se defendió Clara.

—Perdona, me he pasado. Ya sabes que mi ascendente Aries me hace querer ganar siempre. —Nora no pudo evitar una carcajada.

—Eres incorregible y una friki de la astrología..., pero tengo muchas ganas de verte, Nora. Y a la pequeña Sofía más todavía.

—Sabes que aquí tienes tu casa cuando quieras, ¿verdad? Podrías buscar trabajo en Barcelona... Así te tendría más cerca.

—Me temo que mi experiencia en las grandes ciudades ha llegado a su fin por el momento... Pero ¿sabes dónde sí querría vivir?

—En Galicia —la interrumpió su amiga sin esperar a que terminase la frase—. Siempre has querido regresar allí. ¿Te acuerdas de que fantaseabas con comprar de nuevo la casita de tu abuela? Cuando hicimos el Camino de Santiago me obligaste a desviarnos para ir a verla... Parecía sacada de una postal. Aunque, como he nacido en Vallecas, tanto verde ej que se me hace demasiado. —Sacó ese acento madrileño que le otorgaba un encanto irresistible.

—Claro que me acuerdo —dijo Clara—. Me enfadé mucho cuando mi madre la vendió tras su muerte... Pero ahora la entiendo, una madre soltera con un sueldo de administrativa en Madrid..., no sé ni cómo lo hacía. Me alegro tanto de verla tan feliz ahora... Se lo merece. Y si está en mi destino... quizá tenga la oportunidad de vivir en ella algún día.

—¡Uy!, mira quién habla del destino ahora...

—Hablando del destino... ¿Sabes que me encontré a Gael justo cuando volvía a casa el día que me despidieron? —dijo intentando fingir indiferencia en su voz, pero sin conseguirlo del todo—. Está casado y tiene dos hijas. Él no me vio, pero parecía feliz. Me alegro por él.

—Gael no era tu destino, Clara, pero habrá alguien que sí lo sea —dijo Nora con súbita dulzura leyendo entre líneas las emociones contenidas de Clara

—No lo tengo tan claro, Nora. No soy de las que se enamoran fácil, quizás estoy mal hecha, como esos tornillos de Ikea que sobran porque no parecen encajar en ninguna parte del mueble... Pero no me importa, de verdad. Si puedo dedicarme a escribir y consigo ahorrar lo suficiente para vivir en Galicia, me doy por satisfecha.

—Clara, todos los tornillos de Ikea tienen una función. Recuérdame que no te deje jamás montar ningún mueble de Sofía, por favor.

Ambas estallaron en una carcajada con la complicidad de la amistad verdadera.

—Solo te digo que, si una chica de Vallecas ha encontrado el amor verdadero con un catalán nacido en lo más profundo de Sabadell, tu alma gemela puede estar en cualquier parte, te lo aseguro —dijo Nora entre risas.

—¡Ay, Nora! Nadie me hace reír tanto como tú. Y tienes razón, ¿quién sabe? Igual me está esperando en algún pueblecito de Galicia… Pero ahora me interesa más descubrir si soy capaz de escribir una novela, encontrarme a mí misma y ganar algo de confianza —continuó Clara—. ¿Te acuerdas de lo que siempre te decía sobre *Mujercitas*? Yo me identificaba con Beth, aunque en el fondo anhelase ser fuerte y valiente como Jo…, o como tú. Siempre me he sentido incapaz de vivir en el mundo real. Por eso, me resultó tan duro acabar la universidad. Me limitaba a seguir el camino que se me había marcado desde el colegio, pero luego tuve que emprender el vuelo yo sola. Sin tu amparo ni el de mi madre. Nunca me he imaginado siendo adulta, casándome ni teniendo hijos… Durante un tiempo pensé que habría sido mejor que me hubiese muerto como ella, como Beth…

—Ni se te ocurra decir eso, Clara. Tú no eres Beth, eres Jo March y serás la gran escritora que sueñas desde niña. Vivirás en una casita en la linde del bosque y Sofía se sentirá muy orgullosa de que seas su tía. Y, cuando te canses de la lluvia de Galicia, nos iremos las tres a recorrer la Costa Brava y me dejarás que te descubra la belleza del Mediterráneo que te niegas a conocer. La vida es maravillosa y encontrarás tu camino —dijo con más energía en la voz de la que pretendía—. ¿Recuerdas aquel poema, «Palabras para Julia», de Goytisolo, que nos aprendimos en segundo de carrera al borde de una crisis nerviosa por el examen final de Contabilidad? —Suavizó la voz y comenzó a recitar de memoria los versos. Nora finalizó con aquella parte que a Clara le emocionaba especialmente y que decía que «a pesar de los pesares, tendrás amigos, tendrás amor».

—Gracias, Nora —respondió Clara con un nudo en la garganta y los ojos al borde de las lágrimas—. Recuerdo bien aquel día... y cómo te agarraste al brazo del profesor para que no nos suspendiese con un 4,5. Pensó que estabas loca de atar —recordó para aliviar la carga emocional del momento.

—Y no le faltaba razón al pobre hombre —respondió Nora con convicción—, pero el caso es que aprobamos. Tuvimos miedo y lo vencimos.

—Eso es porque eres una aries invencible y cabezota —dijo Clara con cariño.

—Y tú eres igual de invencible e igual de cabezota, solo que lo expresas de un modo más sutil, cosa que admiro. Escúchame bien, Clara, has superado cada uno de los obstáculos que te ha puesto la vida. Y superarás este también, ten fe en ti misma. Yo la tengo en ti y tu madre también. Intenta ser tan considerada contigo misma como eres con los demás. No te machaques tanto.

—¿Sabes, Nora? Sé que no te lo digo muy a menudo, pero te quiero mucho. Eres una amiga increíble y hablar contigo me arma de valor.

—Y yo a ti, Clara. No eres una amiga tan genial como yo, porque me ignoras completamente, pero también tienes tus virtudes —dijo regresando al tono sarcástico que las caracterizaba—. ¿Me llamarás para contarme tus avances?

—No te prometo nada —respondió con sinceridad.

—Eres incorregible. Me doy por vencida contigo. —Rio Nora.

El mundo parecía un poco más luminoso cuando Clara colgó el teléfono. Casi simultáneamente, su madre entró como una exhalación en su cuarto.

—Hija, no te vas a creer lo que me ha contado Remedios. Se nos ha ocurrido una idea. Escucha... —Y sonrió enigmática.

Clara la miraba expectante. No sabía qué era aquello que tenía que decirle. Sentía, sin embargo, que su vida iba a dar un giro inesperado.

—Tengo una buena noticia, Clara. —Su madre estaba excitada por todo lo que tenía que contarle—. Verás, le he dicho a Remedios que estabas comenzando a recopilar datos sobre la casa de los indianos en la que trabajaron tus bisabuelos, sobre el faro y el pueblo de A Valexa para ambientar tu novela —siguió hablando con rapidez—. Y me ha contado que la casa está habitada de nuevo desde hace por lo menos cinco años, aunque sigue en un estado bastante lamentable. ¿Y a que no adivinas quién es la propietaria? Una anciana nonagenaria que ha dedicado su vida a viajar y a escribir. Remedios conoce bastante bien a la mujer que vive con ella. Esta última hace las veces de ama de llaves, asistente y tristemente, ahora que anda algo delicada de salud, de cuidadora. Por lo visto, ambas son reservadas pero buenas personas. Se nos ha ocurrido que esta mujer le hable de ti y de tu investigación a la propietaria, por si pueden ayudarte e incluso hospedarte con ellas un tiempo a cambio de un precio razonable..., si es lo que quieres.

Esa mera posibilidad llenó a Clara de ilusión y esperanza. Regresar a Galicia, al pueblo de su abuela y a aquella casa... Vivir en ella una temporada le parecía un plan perfecto para ordenar sus ideas y comenzar a escribir la historia.

Pero la cosa mejoró aún más, si es que aquello era posible. Apenas dos días después de esa conversación con su madre, se enteraron de que la anciana escritora, doña Hilda, se había ofrecido a ayudarla en la investigación de su novela. Permitiría que Clara viviese en la casa el tiempo que necesitase a cambio de que la ayudase como asistente y mecanógrafa.

—Es muy anciana y está muy sola —explicó su madre—. Necesita a una persona de confianza para que esté allí acompañándola. Solo está Josefina, la mujer que conoce Remedios, y una enfermera que las visita cada día. Remedios dice que la pobre Josefina ya no puede sola con todo el trabajo, pues también es bastante mayor, pero doña Hilda era reticente a que nadie más la asistiese. Josefina le habló de ti y le explicó que eras la nieta de Carmiña, «la de los suizos». Como eras una persona conocida, aceptó sin poner ni una sola pega —prosiguió su madre que estaba cada vez más emocionada—. Tendrías que leerle y tratarla con la paciencia y dulzura que te caracteriza. La pobre comienza a padecer algunos signos de demencia..., pero ha sido una gran escritora y puedes aprender mucho de ella. Te ofrece un sueldo bastante aceptable y así podrás escribir en el escenario donde transcurre tu novela sin mermar tus ahorros... Sé que eso te preocupa, hija. —Le apretó la mano—. Por supuesto es tu decisión. También puedes quedarte aquí y que Remedios la entreviste por ti o incluso tú misma por teléfono...

—Nada de eso, por supuesto que aceptaré —dijo Clara con una seguridad inusitada. La historia de esplendor y decadencia de aquella casa la había obsesionado durante toda su infancia. Vivir allí se le antojó como el mayor de los privilegios. La suerte esquiva le había abierto los brazos de nuevo—. Mamá, creo que es la mejor noticia que me han dado jamás. Gracias por vuestra ayuda. Que Remedios les diga, por favor, que deseo muchísimo ese trabajo. Seré la mejor y más feliz asistente y lectora que esa buena mujer podría imaginar —replicó Clara con un deje de euforia en la voz—. ¡No me lo puedo creer! Es una señal, mamá. Y justo ahora, cuando más lo necesito.

El hado del destino había desplegado sus cartas. Casualidad, profecía o destino. Clara regresaría a la tierra de sus ancestros. A la casa de sus sueños. Y de sus pesadillas.

5

El primer encuentro

1920

Mairi trotaba frente a Pura, ansiosa por llegar a su destino. Estaba nerviosa por el ritmo pausado de la joven. Avanzaba y retrocedía como un cervatillo a su alrededor. Llevaban las cestas cargadas con huevos, queso, miel y hierbas aromáticas. Al fondo, más discretamente colocados, reposaban los pequeños frascos con los remedios naturales que elaboraban las *curandeiras* en su casita del bosque.

—Cuéntame otra vez cómo ha sido, Pura, por favor —suplicó la niña con emoción contenida en la voz—. Es que quiero conocer todos los detalles.

La joven soltó una carcajada que sonó limpia y cristalina como las aguas de un manantial.

—Pero, Mairiña, con tanto trote *vas caer, muller* —respondió negando con la cabeza y mirando a la niña con ternura—. Si ya te lo he contado mil veces y no sé mucho más... —contestó con dulzura.

—Por favor, por favor, Pura... Sé que me lo has contado..., pero me muero por escucharlo otra vez... —replicó la niña con sus enormes ojos iluminándole el rostro.

—Pues verás... —comenzó Pura con una pausa dramática, dotando a la narración de más intriga de la que en realidad tenía—, en verdad, ha sido gracias a don Ignacio. Su familia es vecina de toda la vida del matrimonio que trabajará en la casa de los indianos, Juan y Carmela. Son buenas personas y les hemos intentado ayudar alguna que otra vez... La cosa es que le pidieron miel de sus colmenas y le preguntaron por alguien que pudiese llevarles cada semana algunos productos caseros. Él se ha acordado de nosotras para los quesos y los huevos y también para las hierbas y remedios que puedan necesitar. Mi hermana y yo le estamos muy agradecidas. Es un buen hombre... —dijo sonrojándose ligeramente.

—Sí que lo es —respondió Mairi con su sinceridad infantil—. Me cae muy bien porque es bueno con todos. No solo cuando lo observan, también es bueno cuando nadie lo ve. Y es bastante guapo, ¿verdad? Me da pena que sea cura.

—¡Mairiña, *qué cosas tes*! —Rio Pura ante la ocurrencia de la niña—. Es bueno que sea cura, porque puede hacer mucho bien a los necesitados. Todos tenemos un destino, una vocación..., y esa es la suya. A veces elegimos nosotros y otras... nuestro destino nos elige, sobre todo cuando eres pobre... Y, en ese caso, solo podemos *facelo o mellor que podamos* con las cartas que nos han tocado.

—¿Y cuál es tu vocación, Pura? ¿Qué elegirías si pudieses decidir? Me encantaría saber cuál será la mía... Me gus-

taría explorar tierras lejanas y contar historias a la gente
—respondió, soñadora.

—Si pudiese elegir... Mi vocación es ayudar a los necesitados..., pero de otra manera, con mis remedios. Si hubiese podido elegir, habría estudiado Medicina para aprender cómo curar enfermedades, pero hay que aceptar la vida como viene... Así que lo intento con la ayuda de la tierra. Procuro investigar observando lo que me rodea y así consigo mejorar los remedios que había antiguamente. —Pura sonrió y dejó ver unos dientes blancos y perfectamente alineados—. Pero tú puedes ser lo que quieras, Mairiña, ¡si sabes leer! Y, además de lista, también eres aplicada, *quen sabe?* Podrías ser maestra, como doña Mercedes. Y también viajar a Madrid o a Barcelona, ¿te imaginas? Pero tendrías que volver para contarnos cómo es aquello.

—Creo que me gustaría ser maestra. Doña Mercedes es muy buena, aunque a veces parece cansada de luchar. Los niños pueden ser crueles... Eso me daría miedo —contestó la niña recordando las burlas y la brutalidad de algunos de sus compañeros.

—Pero por eso mismo, Mairi, tú podrías enseñarles a sentir, a que se pongan en la piel de los demás. Podrías educarlos para que sean mejores y no caigan en la trampa de la crueldad y la ignorancia. A veces, doña Mercedes viene a comprar remedios para el dolor de garganta de tanto gritar..., pero lo intenta cada día. Ella trata de educar *aos pequechos*, y eso es lo más importante. No rendirse ni perder la esperanza en que los que vendrán lo harán mejor que nosotros.

Mairi contempló a Pura y le pareció la mujer más bondadosa del mundo. Podría ser protagonista de uno de esos cuentos de hadas que tanto le gustaban, con aquella piel dorada y el pelo castaño y ondulado, que emitía reflejos rubios cuando el sol lo iluminaba. El color de su mirada parecía creado a partir de las gotas de miel, que las abejas de don Ignacio se afanaban en producir. Tenía unos rasgos pequeños y armoniosos enmarcados en un óvalo perfecto, en los que destacaban unos labios carnosos y rosados. No era muy alta, pero sí esbelta, con una figura de reloj de arena que parecía esculpida por un artista benévolo.

—Tú podrías haber sido artista, Pura. No habría nadie tan guapa como tú en toda la capital. —La niña la contemplaba embelesada—. Y allí te tratarían mucho mejor que aquí.

—¡Qué ocurrencias, Mairiña! —Rio Pura—. Eso lo dices porque me quieres. Tú me ves con los ojos del corazón, y esos no son nada objetivos, pero son los que más debemos valorar. Así que gracias por el cumplido. —Acarició la cabeza de la niña pelirroja—. Tienes que aprender que no siempre nos tratan como merecemos, Mairi, pero eso no ha de impedirnos hacerlo lo mejor que podamos y ayudar a los que nos rodean. No para que nos lo agradezcan, sino por el mero hecho de hacer lo que creemos correcto. Tener la conciencia tranquila es la mayor riqueza que podemos poseer, te lo aseguro.

Mairi miró las ropas gastadas de ambas y pensó en Cándida; en su aspecto de anciana prematura, delgada y huesuda, con algún que otro diente de menos y el pelo surcado de hebras grisáceas, por la dureza de la vida. Después recordó a Doña Elvira y su hijo Toño, rosados y mantecosos, bien alimentados, con su casa cómoda y sus ropas de la mejor calidad compradas en la ciudad. No estuvo muy de acuerdo con esa afirmación, porque eran las peores personas que conocía y no parecían muy preocupados por dormir con la conciencia remendada. No quiso disgustarla y se mordió la lengua.

—Bueno, Pura, sigue *co conto*. ¿Qué más te dijo de ellos don Ignacio? —preguntó Mairi volviendo a la carga con el tema principal—. Que más se sabe de los niños...

—Pues verás —prosiguió Pura—. Carmela le comentó a don Ignacio que el matrimonio es muy elegante, pero algo distantes. Han estado viviendo hasta ahora en Brasil. La señora es de Barcelona, hija de una familia rica de allá. El señor es hijo de un emigrante gallego que hizo fortuna en las Américas. Tienen dos hijos, un niño algo mayor y una niña que será más o menos de tu edad. Carmela le ha contado que parecen muy buenos chicos, alegres y educados.

—¿Y te ha contado cómo se llaman? —preguntó Mairi con una nota de excitación en la voz.

—Pues sí. —A Pura le conmovieron los nervios de la pequeña—. La niña se llama Julia y el chico Alfonso.

—Julia, J-U-L-I-A... —repitió Mairi deletreando el nombre en voz alta.

Era un nombre bonito, le gustaba su sonido al pronunciarlo. Tenía tantas ganas de conocerla que el escaso trayecto hasta la casona se le estaba haciendo eterno.

—Pura..., ¿tú crees que querrá ser mi amiga? —preguntó la niña esperanzada.

La *curandeira* la miró con ternura y una pizca de inquietud por si Julia resultaba ser una cría consentida y cruel. Mairi había sufrido demasiado en su corta vida. Ella sabía bien lo que eran la soledad y el señalamiento. Su hermana y ella sufrían las miradas reprobatorias y suspicaces de las gentes del pueblo. Y, desde que se había convertido en mujer, también tenía que aguantar otra clase de miradas y cuchicheos. Más oscuras y peligrosas. De deseo y también de odio. Una combinación que no deseaba que nadie sufriese jamás. Y que temía que Mairi comenzase a despertar más pronto que tarde.

—Tendría mucha suerte de tener una amiga como tú —respondió propinándole un fuerte abrazo—. Y, si no quiere ser tu amiga, ella se lo pierde. Sabes que siempre nos tendrás a nosotras, Mairiña.

La niña sintió una oleada de afecto…, pero se abstuvo de decirle que ansiaba tener a una amiga de su edad. Otra niña con la que jugar y divertirse. Una cómplice de aventuras. Por mucho que disfrutase de la compañía de Pura y Cándida, y de todo lo que le habían enseñado sobre plantas, remedios naturales, los ciclos de la luna y el lenguaje de la naturaleza, se moría por estar con otros niños. Quería estar con ellos sin tener que esconderse ni sentirse diferente. Sin sentir temor o miedo. Recordó la mirada de la niña junto a la casa. Ella no había gritado ni se había asustado, no había delatado su presencia. Le había sonreído sin temor. Algo en su interior le decía que era la compañera con la que tanto había soñado. Su amiga del alma.

—¿Podré acompañarte siempre que les lleves los encargos? Te prometo que no molestaré, estaré callada y seré tu sombra. Puedo ir a recoger la miel de don Ignacio para que no tengas que ir tú, así te ahorro el viaje —replicó Mairi con voz implorante—. Te ayudaré en todo lo que me pidas si me dejas ir contigo…

—No…, no te preocupes —comentó apurada la joven—. Don Ignacio se ha ofrecido a traerme la miel cada semana… para que yo se la lleve a Carmela junto con todo lo demás a la casa. —Se sonrojó e intentó aparentar una indiferencia que en realidad no sentía—. Pero claro que podrás acompañarme…, aunque no sé si veremos *aos cativos*, Mairi, la gente de posibles… no suele mezclarse con las personas como nosotras… Imagino que solo trataremos con Carmela…

Mairi sintió cómo su esperanza se desvanecía un poco.

—¿Quién sabe, Pura? Igual algún día los vemos de casualidad. Así al menos tendré una oportunidad de conocerlos. *Ainda que sexa pequeniña…* —dijo la niña aferrada a su fe infantil inquebrantable.

—*Ogallá* —respondió la joven sonriendo a la niña—, rezaremos para que así sea.

—Pura, ¿vosotras rezáis? —preguntó Mairi sorprendida—. Si nunca vais a la iglesia los domingos… Ni tampoco *pai*, pero a mí sí me obliga a ir. No me gusta, porque todos me miran con miedo. Pero los sermones de don Ignacio son bastante bonitos. A veces le hablo a la Virgen como si fuese *miña nai*.

—Sí, rezamos, pero preferimos no ir a misa… Cándida cree que lo más seguro es mantenernos alejadas y pasar desapercibidas. Ella es mayor, me lleva dieciséis años… Recuerda cómo era todo antes, ya sabes…, con don Evaristo…, y tiene mucho miedo. No era un buen hombre, aunque fuese cura… Nuestra madre era viuda y limpiaba la parroquia y su casa. Era muy devota y quería que Cándida continuase con esas labores. Pero, bueno, eso son *contos vellos* que es mejor no remover —dijo Pura mientras alejaba con la mano el fantasma de la sospecha velada que siempre había intuido.

Mairi conocía los rumores. Cándida llevaba marcado el sufrimiento en las arrugas del rostro. Este debió de haber sido, en otros tiempos, tan bello como el de Pura, pero se había secado como la corteza de un árbol marchito. Desde que tenía memoria, Cándida vivía prácticamente recluida en la casita del bosque, guardando un luto eterno por su madre a la que Mairi no había llegado a conocer.

—¿Y tú crees que sirve de algo, Pura? Me refiero a rezar. A la gente buena le pasan cosas malas y a la gente mala no. ¿Por qué permitiría Dios algo así?

—Mairiña, eso te lo contestaría mejor don Ignacio. Sabes que yo no tengo idea de estas cosas... Pero sí puedo decirte que me gusta rezar por las noches y creer que hay algo más grande que nosotras que nos escucha y nos protege. Y que, al final de todo, el bien siempre triunfa. La bondad misma, a pesar de las dificultades de la vida, es el triunfo.

Mairi continuó caminando a su lado, rumiando en su cabeza las palabras de Pura, sin estar convencida del todo.

—Creo que yo no soy tan buena como tú, Pura —dijo finalmente la niña—. Si me hiciesen daño, no creo que pudiese perdonar. Por eso me riñe doña Mercedes. Me sale defenderme como una endemoniada. La gente mala se aprovecha de la gente buena y la gente buena no se defiende. Yo quiero defenderlos a todos. Me niego a dejarlos ganar. ¿Tú crees que soy así porque soy *filla de Mariña, a serea*?

—Eres buena y también eres una niña fuerte, hija de una mujer fuerte, Mairi. Tu madre era excepcional y te quería muchísimo. Tenía dones que no se podían explicar. Tú también los tienes. Debes estar orgullosa de ser su hija. Las sirenas no son malas. Es solo que los hombres las usan como excusa para justificar sus propios pecados.

—Pero Toño me ha dicho que encantan a los hombres con su voz y los ahogan… Que los barcos se *afunden* por su culpa. ¿*Nai* haría eso?

—El padre de Toño no necesita que nadie lo encante, Mairi… Se encanta solo entre vasos de vino y *rapazas* bonitas… Por eso, doña Elvira está siempre tan enfadada, busca a quién culpar fuera de casa. Sin querer ver que es el de dentro el que tiene la culpa. —Pura contuvo su enfado—. *Escoitame ben, a tua nai era demasiado buena.* Por eso no pudo soportar este mundo. Pero te quiere y te cuida desde donde esté, de eso estoy segura. No dudes nunca de eso, Mairi. —Se detuvo y agarró con ambas manos la cara surcada de pecas de la niña.

—No lo haré, Pura… Yo, a veces, en el mar sí siento que me cuida y que me habla a través de las olas, aunque no pueda verla… —respondió con los ojos vidriosos mientras una lágrima rodaba por su rostro ligeramente bronceado por el aire libre y el salitre.

—*Oes, Mairiña* —dijo la mujer cambiando de tema e intentando animar a la niña—, ¿quieres que te cuente cómo conocí a tu madre y lo que pasó el día que naciste? ¿Te lo he contado alguna vez?

—¡Sí, sí, sí! Me encantaría… —contestó Mairi dando pequeños saltitos a su alrededor y recuperando en un instante la fuerza y vitalidad que la caracterizaban—. *Pai* es que es muy suyo, solo cuenta lo que quiere contar por mucho que yo le pregunte. Tengo un cuaderno *fermosísimo* que me regaló don Ignacio y he pensado que voy a escribir la historia de *nai*. Y si conozco a Julia... Nuestras aventuras... Si nos hacemos amigas, claro... —continuó con timidez.

—Me parece una idea *boísima*, Mairi, y ¿luego nos leerás lo que escribas? Mira que nos van a gustar tus cuentos *ainda máis* que los libros de Rosalía y doña Emilia...

—Os lo leeré a vosotras primero. Bueno, primero a *pai* y luego a vosotras. Igual también les pregunto a Xosé o Rianxeiro y a Sabela si quieren que se los lea. Creo que Xosé cuenta muchos cuentos, pero me hace reír *moitísimo* con lo que inventa.

—Pues verás... —comenzó a narrar Pura con su voz suave—. Cuando tu madre llegó a la playa del faro, *eu era moi cativa*, pero, *ainda así*, recuerdo con claridad la tormenta tan fuerte que anunció su llegada, Mairi. Ya sabes que a Cándida le da mucho miedo el mar y no sabe nadar. Nosotras, a pesar de vivir tan cerca, somos *xente do monte*. De *terra firme e monte*. Casi nunca vamos a los acantilados y jamás nos hemos metido en el mar... Ya sabes lo que te dice siempre *miña irmá*...

—*Coidate* de que *non te leve o mar, Mairiña* —repitió la niña imitando la voz de Cándida.

—Eso es. —Pura no pudo evitar reírse ante la imitación—. Pues ese día, para mi sorpresa, me pidió que fuésemos a las rocas del faro. Yo la acompañé muy contenta de salir a dar un paseo, pese a las nubes oscuras y el silencio de los pájaros. *Non se oía nin un chío*. Había una sensación de amenaza en el aire que lo cubría todo. Cuando llegamos a las rocas del acantilado, Cándida observó las olas con sus ojos rapaces durante un buen rato, después removió la tierra con las manos y enterró un atado con varias cosas que no pude ver bien. Cándida nunca me dijo lo que contenía, solo que era para ayudar *aos afogados* a que encontrasen el camino a la costa y, si no, el descanso. Yo no entendí en ese momento qué quería decir. «Un gran mal se acerca a nuestra costa porque la mar está furiosa. Solo podemos rezar, hemos hecho lo que hemos podido, Pura. Espera *eiquí*. Voy a avisar al farero». Y me quedé allí sola, sintiendo las palabras de Cándida en las tripas. Ahí es donde aparece la intuición. En las tripas. Es como un aleteo que te avisa de algo. Los primeros truenos se oyeron cuando estábamos llegando a casa. Fue la peor tormenta que se recuerda en este pueblo. Las olas parecían montañas y el sonido de su furia retumbaba en todo el pueblo. Esa noche naufragó un barco en A Marola y nadie supo nunca por qué, pues el faro estaba encendido y advirtiendo de las rocas. Cándida lo supo, que no se iba a salvar *ninguén*. O quizá sí. Tu madre apareció en la playa del faro ese día. Siempre he querido pensar que fue por el *feitizo* de Cándida y que ella encontró el camino y el resto… la paz.

—Pero, Pura…, ¿tú crees que ella venía en el barco? *Pai* dice que es una sirena. No aparecía en la lista de pasajeros a bordo y Xosé o Rianxeiro dice que estaba demasiado lejos de la playa para llegar nadando con esa tormenta.

—*Teu pai está namorado*, Mairi. Para él lo fue. Su sirena del faro —continuó la joven—. *Xosé o Rianxeiro xa sabes cómo é* —dijo riendo—. Yo no lo sé, Mairi, pero sí sé que parecía sacada *doutro mundo*. Y era extraordinaria. Eso no te lo discutiría nadie. Cándida se pasó toda la noche rezando, con un candil prendido, pidiendo por las almas atrapadas en la tempestad para su salvación, pero puso sal en *las contras* de las ventanas para proteger nuestra casiña *delas* por si llegaban perdidas y querían quedarse. *Teu pai* por poco nos mata del susto cuando aporreó la puerta casi *ao amencer*. Nos pidió que lo acompañásemos al faro, porque había una joven inconsciente pero viva que había aparecido en la playa. Cándida me llevó porque sabía que podía ayudarla. Ya sabes que se me da bien adivinar los males del cuerpo y el alma de las personas. Ya entonces tenía ese don.

»Nunca olvidaré cuando la vimos por primera vez, *branquiña* como la espuma y ese pelo rojo como el tuyo. Tan perfecta como una estatua de una santa. No me hizo falta mucho tiempo para entender que su cuerpo estaba agotado pero sano y que era su alma la que estaba luchando por salir de la tormenta. Le dimos unas tisanas y unos emplastes *a teu pai para ela*. Íbamos a verla cada día. Y, al cabo de siete días, abrió los ojos. Eran de un azul tan puro como las gotas de *orballo*. Nunca he visto otros iguales. Parecían *ollos de auga*. Tenía el mar en la mirada y los curiosos intentaban verla con cualquier excusa, porque creían que era una sirena. Que había hecho naufragar el barco escocés y había aparecido en la playa.

»Sé que algo investigaron, pero yo era pequeña y no me contaban mucho. El mar fue devolviendo los cuerpos poco a poco. Los familiares se pusieron en contacto y consiguieron localizar a todos... menos a ella. La lista de pasajeros estaba completa y su nombre no se correspondía con ninguno. Nadie la reclamó. Era un misterio. En la ciudad, que son más *de feitos que de lendas*, decían que quizá viajaba como polizona y por eso nadie la había reclamado.

»Cuando despertó, no hablaba nada y no parecía entender ni recordar quién era. Fue imposible averiguar su identidad. No pronunciaba ni su nombre. Y la gente se fue olvidando. *Teu pai lle puxo* Mariña, como la sirena de Sálvora. Y ella nos perdió el miedo y terminó atendiendo a ese nombre. No pronunció ni una sola palabra hasta que tú naciste, pero sí cantaba en una lengua desconocida con una voz tan *fermosa* que todos aquellos que la oían no podían evitar que se les saltasen las lágrimas, aunque no entendiesen qué decía. Algunos no querían escucharla, porque decían que con su voz podía *enmeigarlos* y que daba mala suerte a los marineros.

»*A xente xa sabes como é...* Al principio, cuando parecía dormida, se peleaban por llevarse un mechón de pelo o un trozo de ropa para que les diese suerte. Pero, cuando despertó y se quedó en el faro, muchos le tenían miedo y nunca la miraban a los ojos, por si les traía mala suerte en la mar. Hasta que, un día, Xosé la llevó en su barca para que *lle cantase a ós peixes* y picaron tantos que a la vuelta traía las nasas y redes *cheiñas* hasta arriba. Causó sensación y durante meses *non se falaba doutra cousa*. Desde entonces le hicieron la vida algo más fácil... Aunque las habladurías siempre estaban ahí, claro. Sobre todo cuando se supo que estaba embarazada sin estar casados —prosiguió Pura—. ¿Sabes que, cuando tú naciste, ella recuperó su voz? Naciste la noche de San Xoan. Tus padres, Cándida y yo habíamos encendido una hoguera en la playa del faro. Era una noche clara de luna llena y Cándida llevó sus instrumentos y hierbas, porque ya intuía que ibas a nacer. Fue todo muy rápido. Yo nunca había visto un parto salvo en *animais* y me pareció salvaje y fascinante. Tu madre insistió en dar a luz de pie, en la orilla, mientras tu padre la sostenía y yo ayudaba a Cándida en lo que podía. El mar parecía querer recibirte con placidez, hasta la marea pareció detenerse y en el agua se reflejaba la luna redonda y brillante con muchísima intensidad.

»Naciste llorando con tanta fuerza que supimos que ibas a ser todo un carácter. Tu madre insistió en posarte sobre la superficie del agua mientras cantaba una de esas canciones suyas en su lengua misteriosa. El mar se iluminó con unas luces azules brillantes que *endexamais viramos*. Como si se engalanase para recibirte. *O Mar de Adora, dixo teu pai. Un feitizo protector*, pensé yo.

»Después *teu pai* te llevó hasta la hoguera y se dispuso a saltarla contigo en sus brazos, como es costumbre, siete veces, para atraer a la buena fortuna y ahuyentar a los malos espíritus. Cuando tu madre lo vio saltar, débil como estaba tras el esfuerzo, gritó un «no» desgarrado con toda la fuerza de sus entrañas. Tuvimos que asegurarle que estabas bien, que solo seguía la tradición para alejar cualquier mal de ti, para protegerte, en una noche tan *feiticeira* como esa.

»Nos miró fijamente a todos, tras haberla tranquilizado, y comenzó a hablar con un acento extraño y melódico. Primero dijo algunas palabras sueltas, pero muy pronto ya podía expresarse con fluidez, sin perder nunca ese acento extraño, como de una tierra lejana.

»Si vieses con qué adoración se aferraba a ti. Estabais siempre juntas y te miraba con un amor infinito, Mairi. Aprendiste a nadar con ella, siendo apenas un bebé. Y la seguías, moviendo tus piernecitas regordetas como un *parruliño*.

—¿Y nunca dijo de dónde venía? ¿No os contó quién era ella antes de la tormenta? —preguntó la niña sin poder asimilar el misterio que se cernía en torno a su madre.

—Nunca, Mairiña. Cuando le preguntábamos, callaba y decía que no lo recordaba. Sabíamos que la ponía triste pensar en ello y dejamos de hacerlo. Asumimos que ella era un milagro, como los de los santos. Ella era la sirena del faro y todos lo aceptamos así. Si vieses a *teu pai*... —recordó con emoción en la voz—, se le caía la baba viéndoos juntas. Sus dos sirenas.

—¿Y cómo se enamoraron, Pura? ¿Tú crees que eran felices? Es que no puedo entender por qué se tuvo que marchar. ¿Cómo pudo renunciar a nosotros sin más?

—Mairi, a veces la pena se instala en nuestro corazón y no se puede vencer... Por mucho que queramos y nos quieran. Tu madre no pudo adaptarse a esta vida. Una tormenta la trajo y una tormenta se la llevó. El océano nos la prestó un tiempo, pero quiso reclamarla de vuelta —le explicó la joven cogiendo la mano de la niña.

—Yo intento resignarme, pero no lo consigo. Quiero que nos la devuelva. Por eso nado todos los días, para ver si puedo encontrarla y demostrarle que puedo vivir en ambos mundos, en el faro de *pai* y también en su océano...

—Ella te cuida, de eso estoy segura. Y también estoy segura de que fue feliz a su manera. No sabes cómo miraba a tu padre... Al principio desconfiaba de todos, pero él se la fue ganando con su calma y su ternura. Le dejaba conchas bonitas y florecillas junto a la cama cada día. Lo sé porque las veía cuando iba a visitarla. Salían cada día a pasear en silencio y yo los espiaba a veces. Ella parecía hecha de nácar,

Mairi, y en el agua nadaba *coma* un golfiño. *Teu pai* estaba radiante cuando su Mariña andaba cerca. Ella empezó a trenzarse el pelo con las flores que él le regalaba. Un día los vi rozar sus manos y supe que estaban *namorados*. Es una mirada distinta la del amor, se puede sentir la electricidad y cómo el tiempo y el espacio se detienen entre esas dos personas... —Se sonrojó ligeramente.

—Pura..., a mí eso que me dices me recuerda a cómo te mira don Ignacio. Cuando te ve, se pone nervioso y le tiemblan las rodillas como si fuese gelatina. Entonces, hace como que habla conmigo..., pero yo sé que te mira cuando cree que no me doy cuenta. Y tú también lo miras... ¿Se enfadaría Dios si dejase de ser cura? Haríais una pareja tan bonita... —soltó la niña con franqueza.

—¡Mairi! Por favor, prométeme que nunca más vas a decir eso en voz alta... Hay pensamientos que no debemos compartir, que debemos guardarnos para nosotras. En los oídos equivocados podrían malinterpretarse y hacernos muchísimo daño... Podrías meternos en un lío muy grave, aunque sea sin querer. —La joven estaba muy apurada y tan roja como una guinda—. Cuando seas mayor, aprenderás que las cosas son como son, aunque quisiésemos que fuesen de otra manera. Hay que conformarse con lo que hay.

—Lo siento mucho, Pura, te prometo que no lo volveré a decir nunca en voz alta —dijo la niña con la mirada arrepentida de un cachorrillo—. Es solo que no creo que haya que conformarse tanto, hay que luchar por lo que quieres, ¿no? O por lo menos intentarlo —replicó.

—Mairi, lo que es para ti ni aunque te quites y lo que no es para ti ni aunque te pongas, como se suele decir. Así que yo... solo puedo ponerme en manos de Dios. Tampoco me importa si no me caso, Mairi. Tengo mi libertad, mis plantas y mi bosque... y a Cándida, que es más buena que el pan. Seré feliz con lo que Dios tenga reservado para mí. La felicidad es una decisión personal y yo he elegido ser feliz con el destino que me toque. No pienses que me conformo, tan solo elijo sentirme agradecida por lo que tengo en lugar de frustrarme por aquello que no puedo tener. —Pura bajó la mirada.

—¿Te has puesto triste, verdad? Lo siento... Doña Mercedes me dice que cuente hasta diez antes de decir lo que pienso, pero a veces me sale así. Yo me alegraré de que seas feliz con la vida que tú decidas. Te prometo, de verdad, que no volveré a hablarte de él de esta manera —dijo la pequeña—. Yo tampoco quiero casarme. No me enamoraré jamás. Trae muchísimos problemas, te enreda la vida totalmente —concluyó Mairi con decisión frunciendo el ceño de su carita pecosa.

La *curandeira* soltó una carcajada sincera ante la firmeza y determinación de la niña en todas sus opiniones. Esa pasión y fortaleza resultaban inusuales en cualquiera, especialmente en alguien de su edad...

—¡Mairiña, eres única! Yo no sé de dónde sacas esas ocurrencias. ¿Cómo voy a estar triste contigo *ao meu carón*? Eres una niña especial, y si alguien puede tener la vida que sueña esa eres tú. Y, si hay alguien en este pueblo que va a luchar por ella y a mejorar las cosas, esa también eres tú.

Entre risas y bromas ambas continuaron de la mano el camino. Llegaron puntuales a la entrada lateral de la mansión y llamaron a la puerta como les había indicado don Ignacio.

Carmela tardó apenas unos minutos en aparecer. Era pequeña y sonriente. A Mairi le cayó bien inmediatamente. Tenía unos ojos grandes y expresivos y un andar apresurado y nervioso que revelaba una gran fortaleza a pesar de su constitución menuda. Entre gestos, la mujer les indicó que la acompañasen al interior de la cocina, que estaba situada en un semisótano, al que se podía acceder por un lateral de la casa. Las tres se encaminaron por un camino secundario que atravesaba el jardín, marcado con grandes losas de piedra serpenteante. La muchacha y la niña se maravillaron ante el césped bien cuidado, los parterres de flores, las estatuas y fuentes ornamentales que decoraban el trayecto. Los senderos de piedra delimitaban el camino que seguir, pero Mairi se moría por explorar más allá. Un poco más retirado, hacia la linde del bosque trasero, atisbó un columpio en el que el niño sol, que había observado aquel día junto las rocas, jugaba de manera despreocupada.

—Mairi, vete a saludar a Alfonso. Está allí donde el columpio—. Carmela había reparado enseguida en la mirada anhelante de la niña en aquella dirección—. A ver si encuentro a Julia y te la presento. Es una niña muy buena, seguro que estará leyendo. Le encanta. *Nunca vin unha cativa que fose tan aplicada* —sentenció con afecto en la voz.

Mairi dio un respingo al escuchar que a Julia le gustaba leer. ¡Tenía tantas ganas de conocerla! Pensó que, si se hacía amiga de su hermano, este podría hablarle bien de ella y presentársela en alguna ocasión. La niña miró implorante a Pura sin atreverse a moverse hasta contar con su permiso.

—¡Ve, Mairiña! —dijo riendo—. Mientras yo la ayudo a colocar las cosas a Carmela, puedes *xogar un ratiño co rapaz.*

—*E tomarás algo tamén... ou non?* —le invitó la mujer alegre—. Tengo un café *boísimo* que han traído los señores de Brasil. Y unas pastas de esas finas que venden en A Coruña, son de La Gran Antilla. Nunca *probaches nada millor.* ¡Ven por aquí!

Ambas continuaron el sendero muy animadas y Mairi vio cómo sus siluetas se perdían en la lejanía al traspasar el umbral de la cocina. Mairi emprendió el camino que la separaba del niño con pasos silenciosos y sintió cómo el corazón le latía un poco más fuerte. Estaba muy nerviosa por presentarse ante ese desconocido, tan distinto a los demás niños del pueblo. Él no reparó en su presencia, entretenido como estaba en retorcer las cadenas para que el columpio girase trazando círculos cada vez más rápidos.

—¡Hola! —dijo la niña algo tímida.

—¿Y tú de dónde sales? —le preguntó el niño, sorprendido—. ¿Eres una criatura del bosque? Mi hermana me ha contado que en Galicia hay muchas criaturas mágicas. Tú podrías ser un hada. Tienes el pelo muy rojo y las orejas puntiagudas.

No había hostilidad en su voz, pero su franqueza puso en alerta a Mairi, acostumbrada a las bromas y a las burlas.

—Soy una niña normal y no tengo las orejas puntiagudas —respondió Mairi a la defensiva—. Igual la criatura del bosque eres tú, tienes el pelo muy amarillo y los colmillos un poquito afilados. Igual eres un *lobishome.*

El niño rio y Mairi se quedó hipnotizada por ese sonido franco y despreocupado. Tenía los rasgos bonitos y bien proporcionados, los dientes blancos y las piernas largas. Sería un par de años mayor que ella, pero Mairi era casi tan alta como él.

—¿Qué es eso? Me gusta cómo suena —respondió el muchacho—. Eres graciosa. ¿Cómo te llamas, niña hada?

Tenía una manera de hablar segura y burlona que la hacía mantenerse en alerta.

—Me llamo Mairi y soy la hija del farero. Desde nuestro faro, veo vuestra casa. He venido a acompañar a una amiga y a traeros comida. Un *lobishome* es un hombre lobo. Los *lobishomes* parecen personas normales hasta que sale la luna llena, entonces se transforman en bestias gigantescas y atacan a viajeros incautos.

—Me encantaría ver a un *lobishome*… —respondió el niño abriendo los ojos ante la aventura que implicaba capturar a una criatura tan peligrosa—. Yo me llamo Alfonso. —La observó con atención—. A mi hermana Julia y a mí nos encantaría visitar vuestro faro… ¿Cómo es vivir ahí? Tiene que ser divertido. Casi tanto como ser pirata —continuó parlanchín—. Tenemos una barca, ¿sabes? Podemos llevarte remando hasta allí.

—Me gustaría montar en vuestra barca y que vinieseis de visita también. No creo que a *pai* le importe.

Mairi sintió que se relajaba y la tensión de su estómago comenzaba a desaparecer.

—Tengo que convencer a mamá. Ella es muy de protocolo y no sé si le parecerá muy bien que vayamos a visitar vuestro faro. Al principio me dirá que no, pero yo creo que podré convencerla —dijo el niño con confianza.

—¿Qué es el protocolo? —respondió Mairi intrigada.

—Son cosas que las personas se sienten obligadas a hacer en público para encajar. Como los actores en una obra de teatro.

—¿El protocolo no deja a los niños visitar faros? —comentó sin comprender la relación entre ambos conceptos.

—Mamá siempre insiste en que nos comportemos con decoro, que juguemos solo con los hijos de sus amigas y que vayamos solo a los ambientes que ella aprueba. Pero esos sitios siempre son terriblemente aburridos. Todo lo que es divertido nos lo prohíbe. A veces consigo convencerla. Es muy estricta, pero no puede resistirse a mis encantos. —Alfonso se irguió de forma teatral.

—No sé si lo entiendo muy bien, pero ya lo investigaré luego. Quizá se lo pregunte a doña Mercedes, es la maestra del pueblo y sabe muchas cosas de todo. —A Mairi le pareció un muchacho un poco pretencioso, pero estaba decidida a darle otra oportunidad—. ¿Y a qué estabas jugando?

—A girar hasta marearme y que todo me dé vueltas. Pero podemos jugar mejor a ver quién salta a más distancia desde el columpio. Si no tienes miedo a mancharte, claro... Las chicas nunca quieren jugar a estas cosas... Pero te advierto que te voy a ganar. Soy buenísimo saltando. Luego no llores ni nada de esas cosas de niñas, ¿eh?

—No sé si ganarás, Alfonso. Yo también soy buenísima saltando —respondió Mairi con la mirada desafiante—. Y no me importa nada mancharme... Siendo sincera..., tampoco creo que les importe demasiado a las demás niñas. Puede que te digan eso por el protocolo del que hablas. Igual son las palabras que se sienten obligadas a decir para que tú te sientas siempre el mejor.

—¿Insinúas que las chicas me dejan ganar? —preguntó Alfonso sorprendido por el reto que le había lanzado aquella desconocida y con el orgullo herido por primera vez en su vida—. Te demostraré que soy el mejor en todos los deportes. Elige uno. Te dejo escoger. Y te ganaré —respondió mirándola fijamente a los ojos.

Ambos se evaluaban, midiendo sus respectivas fuerzas, su destreza y agudeza, sorprendidos por el desafío de encontrar a otra persona tan distinta y tan similar al mismo tiempo.

—¡Mairi! ¡Ven! *Xa marchamos* —gritó Pura desde la distancia.

—Parece que tendremos que dejarlo para otro día, Alfonso —respondió Mairi con una sonrisa ladeada—. Así podrás entrenar un poco antes de la competición.

El muchacho rio. Estaba impresionado ante la osadía de aquella niña flaca y pelirroja.

—Iremos a verte mañana por la tarde —respondió Alfonso con premura, deseoso por ver de nuevo a aquella criatura desconcertante—. Llevaré a mi hermana Julia para que la conozcas. Después de Navidades, yo me marcharé a un internado en Santiago, pero ella se quedará aquí. Seguro que le encantará tener una amiga durante mi ausencia.

—¿Y os dejarán? —preguntó la niña sorprendida por la determinación de aquel niño.

—Nunca me doy por vencido cuando quiero algo. —La miró con intensidad—. Y, además, mi madre no puede resistirse a mis súplicas —continuó con un gesto travieso—. Puedo ser muy persuasivo —comentó mientras tomaba impulso para saltar del columpio.

—¿Tu hermana es como tú? —preguntó Mairi con los brazos cruzados y gesto indiferente ante la bravuconería de Alfonso.

—¿Guapa y encantadora? —respondió con descaro mientras se incorporaba de un salto tras la caída—. Por supuesto. Es cosa de familia. Lo llevamos en los genes

—Me refería a si es insoportablemente *fachendoso...* —le espetó Mairi intentando bajarle los humos.

Alfonso encajó el golpe con diplomacia, con su orgullo levemente magullado por segunda vez en el mismo día, y respondió con sinceridad y sin atisbo de burla en sus palabras.

—Ella es mucho más buena que yo. También es más inteligente y paciente —dijo mirándola con franqueza—. Pero yo soy mucho más guapo y más encantador, por supuesto —añadió riendo sin parar y regresando a su frivolidad habitual.

—*Encantador de serpes*, dirás, porque eso es lo que eres —contestó la niña sin poder evitar que se le escapase una media sonrisa que apenas pudo disimular.

—*Serpes*, como tú. Mira como ya estás a punto de reírte, niña hada —dijo dándole un golpecito travieso en el hombro.

Le daba rabia reconocer que sí, que era un poco encantador, con esa sonrisa franca y su seguridad arrolladora. Pero precisamente esa arrogancia es la que la hacía desear con más fuerza retarlo y demostrarle que ella era mejor. Que podía ganarle en todo. Quizá Mairi también era un poco *fachendosa* después de todo. No supo determinar si ese orgullo compartido podría acabar en amistad o en una guerra sin cuartel, pero, si Alfonso, el niño sol, era la única llave para conocer a Julia, su orgullo lo soportaría.

Mairi se giró bruscamente y corrió hacia Pura, que la esperaba impaciente. Se sentía algo confundida con la irritación y —muy a su pesar— cierta fascinación que le producía aquel niño sol que se expresaba con osadía y desparpajo.

—Hasta mañana, *ruivinha* —se despidió el niño a su espalda—. Vete pensando en qué quieres que compitamos.

Mairi no sabía qué significaba aquella palabra, pero le gustó un poco cómo sonaba al pronunciarla. Solo esperaba que no fuese un insulto. Con ese niño fanfarrón tampoco podía estar muy segura.

—Mairiña, marchamos ya, que ha venido la señora a buscar a Carmela y me ha dado apuro molestar —le dijo Pura nerviosa—. Pobre Carmela, la señora impone mucho.

Cuando cerraron la verja tras de sí, Mairi no pudo esperar más para preguntarle sobre sus impresiones de la casa y de la señora elegante de las rocas.

—¿Y cómo es de cerca, Pura? Me pareció tan elegante como un figurín de moda cuando la vi desde las rocas.

Mairi recordó a aquella mujer que parecía de cristal.

—Pues tienes mucha razón, si la vieses de cerca, ¡qué cutis! Ella sí que parece una artista, Mairiña…, pero hay algo en su energía que no me gusta —continuó la joven contrariada por las sensaciones negativas que le había transmitido la señora de la casa—. No sé decirte lo que es. Fue correcta, pero también muy distante. Es como si una frialdad en el alma la tuviese atrapada. Julia, la hija, iba con ella —prosiguió Pura— y parecía querer huir de allí con todo su ser. No se parecen en nada, *nai e filla son coma o día e a noite*.

—¿Y Julia? ¿Qué te pareció ella? —preguntó ansiosa por conocerla y formarse una opinión sobre ella—. Es una pena

que no estuviese ella en el columpio en lugar de su hermano. Alfonso se lo tiene un poco creído.

—Ella me pareció *boa rapaza*, tímida e intentando no
contradecir ni perturbar a su madre... No me pareció que
fuese muy cariñosa con la niña. Pobriña... Ganas me daban de *agarimala a min*. Creo que puedes hacerle mucho
bien, Mairi.

La niña sonrió y sintió cómo la esperanza anidaba en su
corazón como una semilla en terreno fértil. Mañana lo des-
cubriría. Quizá, al día siguiente, tendría por fin una amiga.

6

El incidente

2007

CLARA

En el transcurso de apenas quince días, Clara se encontraba sentada en un avión volando hacia la Ciudad de Cristal. Se quedó dormida durante el vuelo y soñó con la mujer del metro. La anciana tenía el rostro de su abuela y le repetía aquella frase de consuelo: «Eres más fuerte de lo que crees». Se despertó con la sensación reconfortante de haber estado con ella. Las nubes blancas y esponjosas le transmitieron una quietud y una calma inexplicables.

Abrió los ojos cuando el piloto avisó de que iban a aterrizar. La luz del amanecer iluminó la silueta de A Coruña desde el aire. Clara contempló cómo las rías sinuosas penetraban en la tierra atávica y dibujaban sobre ella formas caprichosas. Creando rincones resguardados de la bravura del océano. El verde intenso estaba cada vez más cerca. Podía sentir el Atlántico salvaje golpeando las gastadas ro-

147

cas con furia. Los acantilados y el viento. El olor a sal. La humedad de la niebla espesa.

La morriña y el arraigo son sentimientos difíciles de explicar. Unos lazos invisibles que te vinculan a un lugar concreto; un vínculo mágico que hace languidecer a sus portadores cuando están lejos. Un echar de menos constante. La nostalgia de la tierra de tus raíces, del calor de la *lareira* y las manos curtidas que atesoran recuerdos felices. Clara siempre lo había sabido. Su alma, como la de su abuela, pertenecía a ese lugar. Pese a que solo pasaba los veranos y las vacaciones allí. Aquel era el que consideraba como el verdadero hogar de su infancia. Muchas veces había soñado que su abuela vivía para ver su regreso. Para verla instalada en la tierra de sus ancestros. Reunidas de nuevo, compartiendo lo cotidiano. El mayor de los lujos. Ese que a menudo pasamos por alto: una comida de diario preparada con cariño, un paseo tranquilo o una tarde en silencio escuchando la lluvia. El ruido de las agujas de calcetar. La manera de pronunciar el nombre amado. Las bromas y las reprimendas. El olor. Todo aquello que conforma el día a día compartido.

Sí, sin duda, es lo cotidiano aquello que más se añora cuando alguien falta. La ausencia de aquello que parecía tan natural, seguro e inamovible, lo que nos desgarra.

Ella ya no estaba, pero Galicia la hacía sentirse más cerca de ella. Podría verla en cada brizna del bosque, en cada recodo de la tierra, en las playas y en las nubes perennes, en los prados serenos, en el viento furioso. Y sobre todo en el mar. La vería en los rostros de otras mujeres mayores y en el modo en que agarraban las manitas pegajosas de sus nietos. La sentiría en el brillo de sus ojos al contemplarlos. En sus ademanes de matriarcas mientras atosigaban a los niños con la merienda. La alimentación de la prole como muestra de afecto y preocupación principal de los que vivieron los estragos del hambre y la carestía. Ella estaría en todas partes. Tan eterna y sólida como la propia tierra. A Clara se le humedecieron los ojos.

—Abuela, vuelo a ti. Vuelvo a casa. Ya casi he llegado —susurró en voz baja.

Clara salió del aeropuerto y aspiró el olor a sal en el aire. Desde allí no podía divisarse el mar, pero podía notar su proximidad con cada uno de sus sentidos. Se aproximó al primer taxi libre de la fila y se sorprendió por la poca afluencia de pasajeros. Todo era distinto a la gran ciudad que había dejado atrás. Nada más poner un pie en la pequeña población costera, cualquier viajero podía sentir el cambio de ritmo y densidad en el entorno. Clara reflexionaba sobre el giro inesperado de su vida en el transcurso de apenas unas semanas cuando un hombre, sonriente y rubicundo, salió del taxi con premura y se dirigió a ella para ayudarla a guardar el equipaje en el maletero.

—*Boas!* Espero que el aterrizaje haya sido bueno. Este aeropuerto es un poco traicionero los días de niebla —exclamó el taxista sonriente bajo su bigote blanco.

Clara lo tranquilizó asegurándole que el vuelo había sido apacible y el aterrizaje sin sobresaltos. A continuación, con dedos ágiles y veloces tecleó un mensaje de texto a su madre: «Recién aterrizada. El vuelo ha sido tranquilo. Te aviso cuando esté instalada. Te quiero. Bss». Suficiente para que ella estuviese tranquila hasta su llegada a la casa.

Se sentía inquieta y tenía una sensación extraña en el estómago. ¿Nervios acaso? ¿Miedo a lo desconocido? ¿Vértigo por el abismo existencial que se abría ante ella? No quería que su madre notase lo insegura que se sentía de repente, nada más pisar tierra firme, ante la idea de acompañar a una anciana desconocida en la casa más aterradora y fascinante que había visto jamás. Guardó la Blackberry de color blanco en su bolso de viaje favorito, el modelo Le Pliage de Longchamp, y agarró con fuerza sus tiras de cuero, ya desgastadas por el paso del tiempo. Había vivido muchas aventuras con él. Acto seguido, tocó instintivamente el collar de su abuela, una delicada cadena de oro que sostenía una pequeña *figa* protectora, buscando la seguridad de los objetos familiares. Como si pudiesen protegerla de todo mal. Respiró profundo, se colocó el cinturón e indicó la dirección al taxista.

—¡Hombre, no me digas que vas A Valexa! Conozco bien ese pueblo porque paso el verano con mi familia en las playas de la zona. He visto muchas veces esa casa. Se ve desde la playa más grande del pueblo y algunos niños se retan a nadar hasta sus rocas cuando hay buena mar. Parece una casa *enmeigada*… Perdona que te lo diga, *rapaza*, pero ¿qué vas a hacer allí? Yo siempre pensé que estaba abandonada.

—¿La conoce? —respondió Clara sobresaltándose en su asiento—. Yo pasé muchos veranos de mi infancia en ese pueblo, en casa de mi abuela. Guardo muy buenos recuerdos de aquellos tiempos. Esa mansión me fascina desde entonces —comentó mientras, a ambos lados de la carretera, el verde de Galicia refulgía bajo la fina llovizna que teñía los cielos de un gris plateado—. Tiene razón, estuvo cerrada durante años, pero su propietaria ha regresado. Su dueña es una mujer muy anciana y voy a trabajar como su asistente —prosiguió intentando aparentar una seguridad que no sentía.

El hombre corpulento la miró por el retrovisor con lo que le pareció un poco de lástima. Clara aguantó su mirada sintiéndose diminuta y asustada pese a sus casi treinta años.

—Seguro que irá bien, *rapaza*. Es una suerte para esa señora tener a alguien cerca para hacerle compañía, los jóvenes dan vida. Y en ese caserón tan grande y solitario más… —asintió el taxista sonriendo bajo su espeso bigote canoso.

Clara sintió ganas de llorar ante sus palabras de consuelo. Se vio reflejada en sus ojos como una persona desamparada. Su figura delgada, su piel pálida y sus ojos enormes la hacían parecer mucho más joven de lo que en realidad era. Vista desde fuera, con su apariencia frágil y etérea, en aquel paisaje brumoso y verde, habría podido pasar por una *banshee** del folclore irlandés, un hada del bosque o cualquier criatura procedente de otro mundo.

El resto del viaje transcurrió casi en completo silencio. El conductor trató de sacar algún que otro tema de conversación sobre el paisaje y la lluvia. Habló sobre aquellos conocidos y parientes que habían probado suerte en la capital y sobre cómo todos habían acabado regresando porque «como se vive en Galicia no se vive en ningún sitio». Y lo cierto es que, aunque Clara no había vivido jamás en Galicia, sospechaba que aquel hombre podía tener razón. Por algún motivo que nunca acertó a comprender, consideraba aquel rincón de la península su lugar en el mundo. Permanecía tan

---

* Espíritus femeninos procedentes del folclore irlandés que, según la leyenda, se aparecen para anunciar con sus lamentos o gritos la muerte de un familiar cercano. Son consideradas hadas y mensajeras del otro mundo.

inaccesible del resto del país como el fabuloso Narnia y protegido por los ancestrales Ancares conservaba un aura de misterio y leyenda que dotaba a aquella tierra de un magnetismo especial.

—Ya verás —continuó parloteando el hombre— cuando venga el buen tiempo y puedas nadar en la cala que hay junto a la casona de los indianos. Eso sí es el paraíso. El agua allí está tan fría que al entrar duelen los huesos, pero también es tan limpia y cristalina que puedes ver el fondo: los peces que merodean cerca de las rocas, las conchas y si tienes suerte hasta los escarapotes. Al salir te sientes vivo, despierto. Fuerte. Solo por esa sensación de paz absoluta merece la pena armarse de valor y zambullirse en el Atlántico.

—Yo nunca me baño —respondió ella sin pensar con sus ojos de color verde jade perdidos en la costa que se atisbaba ya en el horizonte.

—¿Y cómo puede ser eso? ¿Ni siquiera en aguas más templadas? ¿Ni en la piscina? —preguntó sorprendido el taxista.

Otra vez aquella pregunta sobre esa rareza —una de tantas— que había perseguido a Clara desde la adolescencia. En su momento había sido un recuerdo del que le resultaba doloroso hablar. Un miedo atroz que la hacía temblar por las noches y sufrir pesadillas terribles en las que sentía que se moría.

—Una vez, siendo pequeña, casi me ahogo. Pasó aquí, en Galicia, en la playa que hay junto al faro. Y desde entonces me da un miedo atroz bañarme en el mar. Me gusta mirarlo desde la orilla. Jamás paso de ahí. Lo he intentado todo para superar el trauma, pero soy incapaz —respondió Clara sin emoción en la voz en un discurso repetido tantas veces y a tantas personas que había perdido ya su efecto lacerante.

Era como una cicatriz. Cuando la herida es reciente, incomoda y escuece hasta el más mínimo roce, pero, con el paso del tiempo, ya solo queda la piel blanquecina e insensible para recordar aquel dolor pasado. Clara se había inmunizado frente al desgarro que le producía expresarlo y recordarlo.

Permitió a su memoria retroceder hasta esa tarde de agosto, cuando tenía diez años, en que estuvo muerta y regresó de las sombras. En el fondo, siempre había sentido como si una parte de su alma se hubiese muerto aquel día. La más luminosa e intrépida. Y, en cambio, otra, más oscura y melancólica, hubiese regresado junto a ella desde el más allá. Desde entonces, la frontera entre ambos mundos se había desdibujado para Clara.

Había luchado hasta lo indecible por reprimir esas sensaciones. Por aferrarse a las explicaciones científicas, a lo veraz y mesurable. Había pasado muchas horas después de aquel verano hablando sobre lo sucedido con psicólogos y terapeutas, pero jamás, ni una sola vez, pronunció en voz alta las «otras cosas» que estaba experimentando. Tenía miedo de que la tachasen de loca. Y, con mucho esfuerzo, había conseguido reducirlo todo a un compartimento diminuto de su interior y fingir que no existía. Finalmente las voces se acallaron y desaparecieron. Desde que era adulta, jamás le había vuelto a suceder, pero, durante su niñez y primeros años de adolescencia, percibía cosas con nitidez, que nadie más parecía ver. Podía sentir la enfermedad y la muerte rondando a las personas, así como percibir el dolor y el miedo que se había quedado aferrado en ciertos lugares. Y todo se había desencadenado a raíz de aquel fatídico *incidente*.

Recordaba con mucha claridad casi todo lo que aconteció aquel día, incluso los detalles más nimios, como si necesitase aferrarse a la niña despreocupada y valiente que había sido antes de aquello.

Aquel día amaneció desapacible y la pesadez en la atmósfera era palpable en el ambiente, tiñendo el paisaje veraniego de un manto gris plomizo. Pese a los nubarrones oscuros que avanzaban lentos e imparables en el horizonte, Clara había insistido a su madre para que la dejase bajar a la playa un rato.

Por aquel entonces, adoraba nadar durante horas. Jugaba en la arena y trepaba por las rocas, buscando cangrejos y toda clase de tesoros escondidos junto a un enjambre de niños bronceados y un poco asilvestrados que, como Clara, pasaban los veranos en aquel pequeño pueblecito de la costa gallega.

Aquel día no había ni rastro del enjambre, la playa permanecía en una quietud que resultaba anormal en pleno agosto. No se escuchaban risas y el silencio solo era interrumpido por la fuerza de las olas que rompían contra la orilla.

Normalmente, Clara siempre obedecía, por eso su madre no dudó en pedirle que no se metiese más allá de donde hacía pie sin vigilarla con especial atención. Acostumbrada a la prudencia natural de su hija, se enfrascó en la lectura de su novela, *La casa de los espíritus*, de Isabel Allende, que había conseguido atraparla como pocas. El libro narraba los periplos de una familia chilena a lo largo de varias generaciones, aderezada con un toque colorido, con el que la autora había infundido magia a la trama, dibujando un puñado de personajes pintorescos e inolvidables.

La madre se repetiría a sí misma durante años que no fueron más que unos minutos, en los que enfrascada en aquellas páginas se transportó a otro mundo, a un océano de distancia de aquella playa. Durante ese brevísimo tiempo perdió de vista a la pequeña. También se estremecería recordando el abismo que se abrió ante ella cuando, al buscarla con la mirada, no encontró su melena pelirroja e inconfundible jugando en la orilla. Lo demás estaba tan borroso en sus recuerdos como todo aquello que nos impacta profundamente y hace que se tambaleen, en apenas unos segundos, los cimientos de nuestro mundo entero. En su mente se sucedían las carreras y los gritos desesperados cuando descubrió la silueta de su hija mecida como la de una muñeca rota. Tan pálida e inerte. A merced las olas.

La socorrista, que era casi una adolescente, intentando reanimar el cuerpo frágil de la niña. Los rostros desdibujados de los escasos bañistas a su alrededor y las voces desconocidas pronunciando palabras de consuelo vacías. Su pecho diminuto subiendo y bajando con la reanimación. El agua saliendo, al fin, a borbotones de sus pequeños pulmones y el alivio inmenso de la madre al recuperar a su pequeña de las garras de la muerte.

Clara, por su parte, recordaba estar jugando en la orilla y atisbar algo en el horizonte, más allá de las rocas, a la altura del faro. Su mente comenzó a tararear una melodía. Un canto suave con una voz dulce y persuasiva que la llamaba por su nombre y la animaba a adentrarse en las profundidades. Incluso el canto de las aves pareció detenerse. Y hasta ahí alcanzaban sus recuerdos.

Tan solo perduraba, incluso tantos años después, la sensación de pertenecer al océano. De querer fundirse en él y regresar a casa. El impulso irrefrenable de continuar avanzando, pese a haber perdido pie. Y después, como un relato incompleto compuesto por palabras sueltas e inconexas, su mente guardaba retazos del fuego de sus pulmones, clamando desesperados por la ausencia de oxígeno; de su cuerpo luchando instintivamente mientras se sumergía cada vez más, atrapada sin piedad por la corriente. Pero también se le aparecía el rostro afable de una mujer desconocida, aunque sorprendentemente familiar, que se acercaba con los brazos extendidos. Recordaba la sensación de anhelar que ella la abrazase para abandonarse completamente a su merced. Y finalmente, cuando parecía que la mujer del agua casi la había alcanzado, la más absoluta oscuridad. La nada. El vacío.

No podía recordar cómo la habían sacado del agua justo a tiempo ni cómo la reanimaron. Ni siquiera recordaba cómo había llegado al hospital ni a su casa más adelante y, por supuesto, nada de las siguientes cuarenta y ocho horas de su vida. Le habían contado que se mantuvo en un limbo de sueño e inconsciencia casi dos días enteros. Como si su alma se hubiese rebelado por haberla obligado a regresar, castigando a su cuerpo con el más absoluto de los abandonos.

El primer rostro que vio al despertar fue el de su abuela. Sus ojos enormes, claros y serenos, la vigilaban con una preocupación que se transformó en alegría al verla despertar del letargo en el que había estado sumida. Su pelo de un blanco plateado, que desde que tenía memoria le hacía pensar en las nubes que guardaban *orballo* finísimo en su interior: suave, esponjoso y siempre peinado con pulcritud, se movió instintivamente con la energía de la pequeña mujer cuando se abalanzó sobre su nieta para abrazarla y cubrirla de besos.

—¡Estrellita mía! Ya estás de vuelta. *Bos días, bonitiña* —exclamó la anciana con aquella mezcla dulce de gallego y castellano, con la que la habían educado y que caracterizaba sus expresiones y palabras combinando ambos idiomas, que comúnmente se conocía como castrapo.

—Abuela, ¿dónde estoy? ¿Qué ha pasado? ¿Dónde está mamá? Estaba en la playa y oí una canción en mi cabeza, sentí muchas ganas de nadar muy lejos, aunque mamá me dijo que no lo hiciese. Me pareció ver a una mujer nadando hacia mí cuando me arrastró la corriente —contestó la niña con apenas un hilo de voz.

—Tranquila, Claruchiña, que *xa pasou*. Estás en casa y nada malo te puede pasar —dijo abrazando a la pequeña y meciéndola en su regazo—. Mamá viene ahora, está rezando en la capilla de Santa Ana desde que casi *afogas. Miña pobre!* Lleva dos días sin dormir ni un minuto. Hemos estado muy preocupadas —continuó acariciando con ternura el pelo indómito de su nieta—. Pero yo sabía que todo iba a salir bien. Llamé a la *curandeira* y ella me aseguró que volverías cuando estuvieses lista. *Díxome o qué tiña que facer* para que no te llevasen las ánimas del purgatorio.

Clara sintió entonces los pequeños bultos en los bolsillos de su pijama favorito, los contempló y reconoció en ellos los pañuelos blancos de su abuela atados con siete nudos con un cordel rojo. No le hacía falta abrirlos para saber que contendrían ajos para absorber las malas energías y protegerla de todo mal, laurel para sanar y purificar y enebro para favorecer la curación.

Desde que era pequeña recordaba a su abuela haciendo pequeños rituales de protección para su familia. Con esa mezcla de ritos cristianos y paganos tan típica de Galicia. Encendía velas a los santos para protegerlas en sus viajes, hacía infusiones con hierbas que recogía de su pequeño huerto y conocía el lenguaje de la naturaleza para anunciar las estaciones o las tormentas. Confiaba en el poder de los amuletos y por eso los sanandresiños protegían a los habitantes de su hogar desde el quicio de la puerta. Su abuela había insistido tanto que su madre también había colgado uno en su piso de Madrid.

A Clara le gustaban los colores con los que las mujeres de aquel pueblo mágico, suspendido entre acantilados, decoraban las figuritas hechas con miga de pan, cada una con un símbolo diferente: una escalera para que nunca faltase el trabajo, una paloma para aportar paz y armonía, una mano para tener suerte en los estudios, una barca para la seguridad y fortuna en los viajes, un pez para que no faltase el alimento en el hogar, el santo para gozar de buena salud, una corona para enlazar lo terrenal con lo celestial, y proteger el cuerpo y el alma, y, finalmente, una flor para atraer y conservar el amor que representaba *a herba de namorar*, típica de San Andrés de Teixido. Aquella pequeña planta, que producía una gran cantidad de flores de color rosáceo, muy frecuente en zonas costeras, era capaz de vivir y prosperar en condiciones muy duras. También se la conocía como *namoradeira* o *empreñadeira* y era famosa por sus propiedades medicinales y mágicas, existiendo múltiples leyendas sobre su uso en hechizos de amor y fertilidad.

Más de una vez habían acudido a la romería que se celebraba en aquel pueblo suspendido entre el mar y la montaña casi siempre cubierto por una bruma densa y misteriosa. Su abuela llevaba cirios que representaban partes del cuerpo que necesitaban el milagro del santo para sanar.

A ella le daba un poco de impresión la imagen de todas aquellas personas rogando por sus seres queridos y de aquellos cirios y objetos personales depositados en el altar. También le fascinaba que fuese verdad aquel dicho que se repetía: *A San Andrés de Teixido vai de morto quen non foi de vivo*. Por ese motivo no se podía matar a ningún animal ni insecto en el camino bajo el temor de truncar la salvación de algún alma peregrina.

Todas esas costumbres y leyendas fascinaban a la niña de un modo profundo, le gustaba quedarse dormida con su abuela mientras le contaba historias de la Santa Compaña, de San Andrés y de otros santos y aparecidos.

Anotaba todo en un cuaderno y lo memorizaba para no olvidar lo que aprendía en aquellos veranos. Por eso, sabía que los ajos en los bolsillos, que encontraba de vez en cuando en sus chaquetas y que su abuela dejaba de manera silenciosa, la protegían de los malos deseos y energías o que el laurel atraía la suerte y la buena fortuna.

Su abuela le recordaba un poco a las hadas de *La bella durmiente*, su película favorita, que había visto tantas veces en la tele gracias a la cinta de vídeo que le habían traído los Reyes las pasadas Navidades. Hasta podía recitar los diálogos de memoria.

En ese momento, reparó también en la fina cadena de oro de su cuello y el colgante en forma de mano cerrada con el dedo pulgar entre el índice y el medio. Era de color negro y estaba hecho de un material que parecía azabache.

—¿Qué es esto, abuela? —preguntó la niña fascinada por el descubrimiento.

—Es una *figa*, Clara, para protegerte. Prométeme que nunca te la vas a quitar. La cadena de oro con la *figa* es mi única joya, la tengo desde que era un bebé, me la dieron mis padres de regalo de cumpleaños cuando cumplí la mayoría de edad. Quiero que la tengas tú, para que me recuerdes cuando no esté. Algo de mí se quedará contigo y te cuidará para siempre, y cuando la veas lo recordarás. No son los objetos, Clariña, siempre es el amor de quienes nos desean el bien lo que nos salva. Lo que nos protege de todo mal. El amor es la magia, *miña nena*.

—Gracias, abuela —respondió Clara emocionada—. Me encanta y te prometo que la llevaré siempre.

—Descansa *agora*, Clariña, que yo me quedo aquí hasta que te duermas —continuó la abuela dando por zanjada la conversación—. Mañana me cuentas lo de esa señora del agua. Y te cuento la leyenda de la sirena Mariña, que vivió en el faro que está aquí cerca. Quizá ella te salvó la vida.

La niña no dijo nada, pero en su interior tuvo la certeza de que aquella mujer, si es que no había sido una alucinación, no trataba de salvarla, sino que más bien intentaba llevarla consigo a otro lugar. Un escalofrío recorrió su espalda pensando en lo que podría haber sucedido. Lo que había estado a punto de suceder. Pero en aquel momento, en aquella cama, cubierta con una colcha de florecitas silvestres, en aquella casita en la linde del bosque con contraventanas verde claro y lavandas en la entrada del jardín, con su abuela a su lado velando su sueño, se sintió afortunada, feliz y protegida.

Aquella sensación no duró mucho.

Bastó la caída del sol, la oscuridad y las voces que acechaban desde las esquinas para que fuese consciente de que todo había cambiado. De que ya no era la misma niña que un par de días atrás. El miedo atroz y las pesadillas le sobrevinieron aquella misma noche cuando Clara regresó de no sabía muy bien dónde, de aquel limbo de abandono, de vacío ingrávido y carente de dolor que es la muerte.

La sensación terrible de falta de aire en mitad de la noche, las pesadillas aterradoras en las que sentía presencias sin rostro que la observaban alrededor de su cama. También los susurros en su oído, pronunciando su nombre de un modo que conseguía dejarla completamente paralizada, rompiendo la quietud de la madrugada... Todo aquello la había acompañado desde entonces y durante demasiado tiempo.

En los peores momentos de su infancia y adolescencia llegó a pensar que aquello no terminaría jamás. Todavía ahora, ya adulta, necesitaba dormir tapada hasta las orejas, resguardada bajo la manta, aunque el calor fuese insoportable, y siempre con tapones de espuma para «protegerse» frente a las sombras. Y desde entonces se había instalado en ella una soledad que, como una membrana invisible, la mantenía a cierta distancia de todo y de todos. Jamás había podido adentrarse en el mar de nuevo. Desde entonces, un miedo paralizante atenazaba su cuerpo y cerraba sus pulmones al sentir el agua rozándole los tobillos.

—Hemos llegado —dijo el taxista de pronto, sobresaltando a la joven y obligándola a abandonar su espiral de recuerdos—. Esta es la casa de los indianos. Debió de ser magnífica en sus tiempos, ¿no crees? Ojalá la dueña la restaure y recupere su antiguo esplendor.

Clara miró hacia donde el hombre señalaba y la vio de nuevo. Aquella casa con la que tantas veces había soñado. Estaba allí. Frente a ella. Y sería su nuevo hogar.

Se despidió del taxista, quien le deseó la mejor de las suertes. El pobre hombre parecía realmente preocupado por dejarla allí sola, en aquel mausoleo que en tiempos mejores debió de ser de un blanco brillante y por aquel entonces lucía un tono espectral y lleno de desconchones.

El fino *orballo* dio paso a una lluvia más intensa y podía sentirse la tormenta avanzando desde el horizonte en las nubes oscuras que ensombrecían el cielo. El camino hacia la casa estaba repleto de estatuas en un estado de conservación deplorable. Ojos vacíos la observaban con escepticismo mientras avanzaba a trompicones con el equipaje. Una ola casi la alcanzó al pasar junto al mirador de la terraza principal. El mar parecía furioso con Clara por alguna razón que no acertaba a comprender.

Llegó a la puerta justo cuando un trueno resonó en la lejanía. Todo en el ambiente parecía preparado para disuadirla de su proyecto. Pensó que si no se moría de miedo prácticamente sola, en aquel caserón destartalado con una anciana desconocida, aquel podía ser el lugar más fascinante en el que hubiese vivido jamás. Sintió unas ganas terribles de escribir. Una necesidad casi física de plasmar en un papel todo lo que veía a su alrededor: la lluvia, el mar, la casa y sus emociones ante el camino que estaba a punto de emprender. Era la primera vez en mucho tiempo que sentía esa pulsión. Se preguntó si sería capaz. Si todavía recordaría cómo se hacía. Si regresaría esa sensación que sumergía a una autora en el vórtice del que hablaba Jo March, una de las protagonistas de *Mujercitas*, en el que el tiempo y el espacio desaparecían sepultados por las palabras que pugnaban por salir de su interior. Clara rezó para seguir los pasos de Jo, en lugar de continuar la estela de la vulnerable e introvertida Beth.

La joven anotó mentalmente cada uno de los pequeños detalles que quería plasmar en las páginas en blanco que la esperaban. Las galerías de madera ajada. «¿Será seguro asomarse una vez esté dentro?», pensó para sí. La atmósfera brumosa y gótica, las estatuas semidestruidas de ninfas y apuestos caballeros, el mar encabritado que parecía querer derribar el balcón situado sobre las rocas… Y, entonces, cuando el ambiente no podía ser más lúgubre y novelesco, una *anduriña* lanzó un graznido aterrador y se estrelló con violencia sobre el mural de la Virgen, que adornaba el pequeño patio situado a los pies de la vivienda. Clara abandonó su equipaje y corrió a socorrer al animal, pero cuando lo alcanzó pudo comprobar que poco se podía hacer ya por el pajarillo. Se trataba de un ejemplar muy joven, apenas una cría, y su sangre teñía la cara morena de aquella Virgen de rasgos inusuales.

Tenía el pelo negro, muy liso y largo hasta la cintura, y los ojos rasgados y oscuros, estaba vestida con el manto típico de la Virgen y todo en la escena general lo hacía parecer un mosaico religioso común. Pero, si te fijabas en los detalles, había pequeños elementos que no encajaban. La imagen de la deidad sostenía a un niño en su regazo con una sonrisa misteriosa y, a sus pies, destacaba un manto de flores amarillas, de aspecto exótico. La golondrina yacía muerta en el suelo empapado por la lluvia, con el cuello roto a los pies de ella. Aquella sonrisa enigmática le pareció un poco más siniestra que la primera vez que la contempló. Parecía casi burlona y observaba con indiferencia la muerte de aquella frágil e indefensa criatura desde su púlpito. Clara sintió entonces una mirada clavada sobre ella. Levantó la cabeza y dirigió la vista a la galería guiada por un pálpito. Conocía aquella galería. No sabía muy bien cómo ni por qué. Pero había soñado con ella.

Y así fue como vio por primera vez el rostro de la anciana a la que acompañaría. Doña Hilda la escrutaba con una expresión asustada y una palidez mortecina en la tez, con la mirada desorbitada de quien contempla a un ser de otro mundo. Se llevó la mano a la boca y movió los labios en una palabra silenciosa.

A Clara le sobrevino el recuerdo de una de aquellas pesadillas recurrentes que la perseguían desde niña. Recordó con nitidez haber sentido una presencia en esa casa. Una sombra que la observaba y vigilaba, y que se había convertido en protagonista de sus terrores nocturnos a partir del *incidente*. Aunque en realidad aquella sensación la había acompañado incluso antes de aquello, cuando solo era una pequeña ávida de aventuras y esa casa la tentaba con promesas de secretos y enigmas por descubrir.

Se sostuvieron la mirada durante un tiempo que se le antojó una eternidad, con la lluvia empapando a la joven y formando un charco alrededor de la pequeña golondrina. Otro trueno alarmantemente cercano rompió el embrujo y Clara, como si despertase de un sueño, regresó apresuradamente a la entrada de la mansión pensando en la pésima impresión que debía de haber causado en la elegante y frágil mujer de la ventana. Cuando alcanzó la puerta, respiró hondo. Agarró la aldaba con decisión y la puerta se abrió…

7

Un espíritu afín

1920

A la mañana siguiente, Mairi se despertó antes de que amaneciese. Había regresado tan nerviosa y emocionada que, por mucho que lo había intentado, apenas había conseguido conciliar el sueño. Daba vueltas y más vueltas en su cama, tratando de quedarse dormida mientras escuchaba las olas romper contra las rocas. Finalmente, cansada de desear que las horas transcurriesen más deprisa, saltó de la cama, encendió un candil y se sentó en la pequeña mesa de madera de su cuarto. Tomó el cuaderno que le había regalado don Ignacio y comenzó a escribir.

Al principio lo hizo insegura, puso su nombre en la primera página con la caligrafía esmerada que doña Mercedes les había inculcado en la escuela. Tuvo miedo de estropear aquel papel tan bonito y elegante con algún tachón inoportuno, pero muy pronto comenzó a ganar confianza y a dejar que las palabras fluyesen por sí solas. Sintió cómo una oleada de emoción calentaba sus entrañas ante la posibilidad de enhebrar una frase tras otra, como si de una labor de costura se tratase.

El tiempo tiene la cualidad mágica de ralentizarse o de duplicar su velocidad según la ocasión lo requiera. Y, una vez sumergida en la historia, el de Mairi se evaporó en un suspiro. La oscuridad dio paso a la suave luz del crepúsculo y posteriormente a la luminosidad de la media mañana.

—Mairi, ¿desde qué hora llevas despierta? *Almorzaches?* —preguntó *pai* avanzando hacia ella con un vaso de leche y un plato con una rebanada de pan caliente con mantequilla cremosa—. Estoy seguro de que no y tienes que comer para poder crecer y estar fuerte.

—Gracias, *pai*, me he puesto a escribir en el cuaderno nuevo y se me ha pasado el tiempo volando —contestó con una sonrisa radiante—. Ni me he acordado. —Lo abrazó con todas su fuerzas—. Estaba muy nerviosa porque hoy vendrán *os rapaces* de la casa de los indianos…, por eso no podía dormir. La niña tiene mi edad, se llama Julia y querría que fuésemos amigas, pero tengo miedo de no gustarle…

—¿Y cómo no ibas a gustarle, *anduriña*? —respondió el gigante del faro con esa costumbre tan autóctona de contestar con otra pregunta.

—No sé, *pai*… En la escuela no tengo amigas…, ya sabes…, por ser la hija de la sirena. Y encima con el pelo color *roxo coma o demo*, dicen que estoy maldita y que trae mala suerte hablar conmigo.

—No dejes que esas *faladurías* de víboras te desanimen, *anduriña*. No todas las personas son iguales, siempre hay alguien que se atreve a dar una oportunidad a las personas buenas y especiales como tú. Y esa es la gente que merece la pena. No siempre aparecen cuando nos gustaría, pero siempre terminan llegando a nuestra vida. *Teño o pálpito* de que haréis buenas migas y seréis un gran apoyo la una para la otra.

La niña miró a *pai* con afecto y quiso creer en sus palabras.

No muy lejos de allí, en la mansión de los indianos, Alfonso sacaba todas sus armas, una tras otra, en un intento desesperado por convencer a su madre de que los dejase visitar el faro. Julia, con la oreja pegada a la puerta, escondida para no malhumorar con su presencia a su madre, contenía la respiración para que aceptase.

—Pero, mamá, si está muy cerca. Además, no hemos salido de la casa desde que llegamos… La hija del farero tiene la edad de Julia. Carmela los conoce y son buenas personas. No nos pasará nada, por favor —imploró abrazando a su madre con fuerza y mirándola con ojos de cordero degollado—. Por favor, por favor, siempre he querido ver cómo es un faro.

—No me gusta que os mezcléis con la gente del pueblo y mucho menos si no los conozco, Alfonso. Ellos no son como nosotros y has de tenerlo presente —expresó tajante la mujer mirando a su hijo fijamente—. Esto es todo culpa de tu padre, que nos ha traído aquí, al fin del mundo, alejados de las buenas familias de la ciudad y, claro, ¿cómo vais a conocer aquí a las amistades apropiadas? Pero él se marcha y luego la mala soy yo. La que siempre tiene que decir que no. —Un rictus de amargura opacó su bonito rostro.

—Pero, mamá, vamos a vivir aquí y está bien que conozcamos un poco a nuestros vecinos. Son gente honrada,

Carmela también te lo ha confirmado esta mañana. Yo me marcharé al internado justo después de Navidad. Allí conoceré a gente apropiada..., pero hasta entonces deja que visitemos el faro y disfrutemos un poco. Seremos responsables, te doy mi palabra —afirmó solemne agarrando la mano de su madre.

Incluso antes de que aceptase, el muchacho pudo sentir cómo la coraza de Teresa se resquebrajaba ante la devoción que sentía por su hijo.

—Prométeme que seréis prudentes y os comportareis con educación. Que no se diga que mis hijos son unos salvajes criados en la selva. Tengo grandes planes para tu futuro, Alfonso. No me decepciones, hijo —le pidió con un tono implorante.

—Te prometo que seremos educadísimos y no haremos ninguna travesura —respondió el niño con una sonrisa triunfante—. Carmela nos ha preparado un bizcocho delicioso para llevarles como detalle de cortesía.

Al otro lado de la puerta, el corazón de Julia aleteaba como un colibrí. Su madre había aceptado. Una ola de esperanza se extendió por su interior con una calidez reconfortante. Todavía se sorprendía, en ocasiones, por la capacidad persuasiva y la influencia que Alfonso ejercía sobre todos, y en especial sobre Teresa. Un sentimiento viscoso y oscuro amenazó con vencer la alegría que sentía.

—¿Por qué yo no lo consigo? ¿Por qué a mí no me quiere? —susurró de manera inaudible la niña.

A veces sentía miedo por el torrente de envidia que se desataba en su interior cuando observaba lo fácil que le resultaba la vida a Alfonso. Lo adoraba con la misma intensidad con la que lo odiaba por haber nacido con todas las cualidades de las que ella carecía. Lo odiaba por todo aquello que hacía que su madre lo adorase a él y la aborreciese a ella.

Cuando la oscuridad invadía su alma, imaginaba que Alfonso sufría terribles desgracias. Después se arrepentía terriblemente por albergar aquellos sentimientos mezquinos y crueles hacia su hermano. Lo quería de verdad, pero a veces quererlo le resultaba insoportablemente doloroso.

Anhelaba más que nada en el mundo tener algo suyo, un amor que le perteneciese solo a ella, sin tener que compartirlo con nadie. Pensó en la niña pez y en la muchacha pelirroja que había visto de lejos en la finca. Su madre no le había dejado salir a saludarla, sospechaba que para mortificarla, y le había encomendado un sinfín de tareas absurdas antes de poder reunirse con Alfonso y la niña. Su hermano le había contado que su nombre era Mairi. Le pareció un nombre mágico, que encajaba a la perfección con aquella niña pez. No había podido observarla de cerca, pero le pareció que podía tratarse de la misma criatura fantástica que había visto el día que llegaron a la mansión.

Con la que sí se topó fue con la joven que la acompañaba. Se la encontró en la cocina con Carmela, organizando los alimentos que traía en las cestas y haciendo inventario de todo aquello que necesitarían para la siguiente semana. Era muy bella y se la veía dulce y encantadora. Parecía que pudiese leerle el alma con su mirada y se sintió incómoda por si descubría su oscuridad. Todos aquellos defectos que la hacían despreciable e indigna de ser amada incluso por su propia madre.

Se percató de que estaba nerviosa por el encuentro con aquella niña fascinante. Quizá pudiesen llegar a ser buenas amigas..., estaría muy sola sin Alfonso. Por una parte lo echaría terriblemente de menos, pero por otra mantenía la secreta esperanza de que, sin él cerca para deslumbrarla, su madre tal vez reparase en ella y en lo mucho que se esforzaba por agradarla y seguir sus reglas. De pronto, escuchó cómo los pasos de su madre se dirigían hacia la puerta y tuvo el tiempo suficiente para esconderse en la habitación contigua.

En el faro, Mairi miraba una y otra vez el camino, ansiosa por ver aparecer las siluetas de los niños.

—*Anduriña*, por mucho que mires no van a aparecer por arte de magia, ¿eh? Anda, ve a jugar a la playa, seguro que encuentras alguna concha *fermosa* para regalarle a tu amiga —dijo *pai* sonriendo con benevolencia ante el nerviosismo de la niña.

—¡Es una idea buenísima, *pai*! —exclamó echando a correr hacia la playa como alma que lleva el diablo.

La niña buscó con afán por la orilla intentando distraerse, encontró una concha nacarada en tonos rosáceos con un agujero que imaginó como colgante y la guardó en el bolsillo de su vestido. Era el mejor que tenía, pero, a pesar de ello, la tela era rústica y parduzca, con un corte sencillo y muy cómodo pero también terriblemente feo. Pensó si su aspecto poco agraciado jugaría en su contra ante los ojos de Julia. Recordó lo elegantes que eran todos los miembros de su familia y se sintió poco refinada e indigna de su amistad. Miró hacia el camino del faro y decidió coger algunas florecillas para adornarse el pelo como había visto hacer a Pura. Lo trenzó con esmero y colocó aquí y allá pequeñas flores silvestres de colores. No era gran cosa, pero esperaba que bastase para causar buena impresión. Fue entonces cuando los vio. Las dos siluetas, una alta y dorada y la otra bajita y morena, que avanzaban por el sendero con rapidez. Sintió que el corazón le golpeaba el pecho con fuerza, como si quisiera salir de su interior. No pudo esperar a que llegasen.

—¡Qué diantres! Voy a buscarlos —exclamó mientras echaba a correr en su dirección.

Casi al instante, Julia vio aparecer por primera vez a Mairi trotando hacia ellos con sus piernas infinitas y una gran sonrisa que le iluminaba el rostro. Reparó en el pelo trenzado con flores silvestres y en los ojos de un verde intenso, como la hierba que cubría cada centímetro de aquella tierra brumosa. Pensó que parecía recién salida de algún cuento de hadas y duendes. Una sonrisa se dibujó de manera genuina en su rostro, reflejando como un espejo, pese a su timidez, la de la muchacha enérgica que los contemplaba con mirada expectante.

—Te dije que vendríamos, *ruivinha* —dijo Alfonso mirando a Mairi con una intensidad que inquietó, sin saber muy bien por qué, a Julia.

—¿Eso es un insulto? —preguntó Mairi mirando a Julia directamente y obviando la presencia de Alfonso.

—Significa «pelirroja», así se dice en Brasil. Aunque en realidad nunca había conocido a nadie con el pelo de ese color —respondió Julia sincera.

—No me llames así nunca más —sentenció tajante Mairi dando un paso hacia Alfonso y mirándolo fijamente con dureza.

—¿Y qué me harás si lo hago, *ruivinha*? —respondió el chico sonriendo y dando una zancada hacia Mairi hasta quedar muy cerca de ella.

Julia contempló aquel extraño duelo de miradas y se temió lo peor. Decidió intervenir para apaciguar la situación y agarró a Mairi del brazo, obligándola a apartarse de Alfonso.

—A mí me encanta tu pelo —afirmó con dulzura. Señaló entonces la cesta que llevaba colgada del brazo—. Mira, hemos traído un bizcocho para merendar que ha hecho Carmela. Y... —dijo alargando el sonido de sus palabras y propinando un codazo a su hermano, que continuaba en trance contemplando con una expresión indescifrable, entre retadora, divertida y fascinada, a Mairi— también flores. Las hemos recogido de nuestro jardín. ¿A que sí, Alfonso?

—Sí —contestó el niño recuperando la compostura y su expresión traviesa—, esperamos que te gusten. Te van a quedar muy bien en esa trenza, *ruivinha* —dijo dándole el ramo con descaro.

—Ignóralo, por favor —dijo Julia perdiendo la paciencia y dirigiéndose a la furibunda pelirroja—. A veces, de verdad que se pone tontísimo.

Mairi estalló en una carcajada sonora a la que Julia se sumó enseguida. Ambas niñas se miraron con fascinación. Mairi pensó que la amistad, como el amor, era una alquimia mágica, una chispa que puede o no surgir y que logra que dos personas completamente distintas encajen como piezas de un engranaje perfecto. El germen de esa conexión especial puede ser tan variopinto como personas existen en la tierra. Podría surgir, por ejemplo, de un silencio cómplice, pero también de una ayuda inesperada y, por supuesto, de un ataque de risa genuino y sincero.

Julia pensó que era bonito ser la causante de la felicidad de otra persona. Nunca se había considerado graciosa. Normalmente, era Alfonso el que hacía reír a los demás con su desparpajo mientras ella observaba en silencio o lo acompañaba en un discreto segundo plano. Sintió una sensación embriagadora de felicidad ante la maravillosa perspectiva de compartir sus días con aquella niña fuerte y alegre, con la que había sentido una complicidad instantánea.

—Bueno, ya vale de risitas, ¿eh? Solo le estaba gastando una broma —dijo el niño metiéndose las manos en los bolsillos con gesto inocente—. Vaya carácter que te gastas, Mairi…

Julia abrazó a su hermano con afecto y le revolvió el pelo.

—Creo, Alfonso, que has encontrado a una rival a tu altura —dijo sonriendo con benevolencia.

Pai los observó desde el faro. Tres siluetas correteaban y reían emocionadas ante la aventura de una nueva amistad que florecía. Sonrió para sí pensando en su Mairi y en lo mucho que merecía ser feliz aquella hija suya. Desvió la vista hacia el mar como hacía siempre que contemplaba la frágil silueta de la niña en las inmediaciones del faro o jugando en la arena, esperando encontrar a su Mariña entre las olas devolviéndole una sonrisa cómplice. Imaginó a su mujer sonriéndole desde aquella roca que tanto le gustaba, en la que se tumbaba a descansar tras sus zambullidas diarias.

—*A nosa nena* será feliz, Mariña —susurró al viento el hombre—. Tú la cuidas desde tu mar y yo velaré por ella desde mi faro.

Desde ese primer encuentro, los tres se hicieron inseparables. Ni siquiera aquel mes de noviembre gris y lluvioso consiguió estropear las aventuras de los niños. En el pueblo se acostumbraron a verlos pasear juntos, charlando con unos y con otros o sentados en la playa comiendo garrapiñadas dulces y pegajosas. Poco a poco, Mairi dejó de ser percibida como una niña solitaria y rara, la hija maldita de la sirena del faro. Ahora los nombraban a los tres: Mairi, *a do faro*, y Julia y Alfonso, *os cativos dos indianos*.

Doña Elvira opinaba que aquella impredecible amistad era un escándalo. Que era inconcebible que una niña como aquella, endemoniada y rara, jugase con esos hermanos tan distinguidos. Que su Toño habría sido el amigo ideal para ellos.

Xosé o Rianxeiro y Sabela se reían benévolos, recordando las travesuras de los niños que una vez tuvieron y a quienes las tormentas en el mar les habían arrebatado, uno a uno, hasta dejarlos completamente solos.

—*Os cativos teñen que xogar. Deixaos que disfruten, que non fan mal ningún, e logo xa a vida e bastante dura...* —afirmaba el viejo pescador con ternura mientras los veía jugar y Sabela asentía en silencio, en señal de apoyo.

—*Mira que non me gusta darlle a razón..., pero se ten razón, ten razón.* —Reía la mujer, acostumbrada como estaba a llevarle la contraria en todo.

Don Ignacio contaba, benévolo, a quien le preguntase que eran buenos *rapaces* y que Julia era muy inteligente, porque ya leía libros que él no había descubierto hasta que entró en la universidad de Teología.

—Mairi y Julia van a cambiar el mundo. Igual con la ayuda de la familia de Julia, Mairi podría continuar estudiando en A Coruña cuando termine la escuela. Las dos escriben unos relatos preciosos y han compuesto varias poesías para que el coro cante en la iglesia —decía orgulloso el cura de ojos vivaces, apenas un muchacho él también.

Doña Mercedes explicaba, siempre práctica y justa, que la influencia de Julia había ayudado a Mairi a integrarse mejor y tener menos enfrentamientos con los demás niños. Que la llegada de los hermanos había sido una bendición para la niña, que cada día destacaba más entre sus compañeros por su brillantez y dedicación.

—Mairi tiene el mismo nivel de conocimientos que cualquier niña que estudie en un colegio de señoritas de la ciudad —apuntaba orgullosa ante cualquier vecino malintencionado—, salvando las limitaciones de los recursos con los que nosotros contamos, claro… Eso sí, sigue teniendo el mismo carácter indomable e imaginación desbordante —añadía con una sonrisa contenida—. A veces la pillo escribiendo cuentos fantásticos en clase de ortografía y, claro, algún castigo le tengo que poner para que aprenda. Su amiga Julia empezará a venir a la escuela después de las Navidades. Su madre se negaba en redondo, porque le parecía poco refinada para su hija. Ella quería que estudiase en casa con un tutor de A Coruña. Pero esas niñas son una fuerza imparable y Julia consiguió convencer a su padre, todavía no imagino cómo. Don Emilio vino a visitar la escuela y le expliqué el sistema educativo que seguimos, pareció convencerlo, y hasta ha prometido donar materiales y mejorar algunas instalaciones de manera altruista —terminaba la maestra, emocionada por contar con algo de ayuda extra para mantener la escuela y amueblar las mentes de esos niños hasta convertirlos en hombres y mujeres de provecho.

Carmela contaba mucho menos que los demás. Con sus ojos expresivos, miraba a su marido y decía lo mucho que se alegraba de esa amistad.

—No está bien tener favoritismos con los hijos. No, señor. Hay que quererlos por igual. No me gusta hablar mal, pero en esta casa hay cosas *que non me gustan nadiña*. Dios *da fillos a xente que non o merece* —comentó un buen día con la voz temblorosa.

—Si hubiéramos podido, nosotros los habríamos criado con tanto cariño... —prosiguió su marido con los ojos empañados.

—Igual aún vienen, Juan. No hay que perder la fe. Pura me ha traído unas hierbas para infusiones, saben *a raios*, pero dice que son muy buenas —añadió apretando la mano de su marido con ternura—. A Julita le viene muy bien estar *coa filla da sirena*, le da mucha seguridad. *A pobre non pode ser mais boiña*, pero necesita a alguien con carácter y alegría para ayudarla a salir del cascarón —expresó con rotundidad—. Alfonso es muy simpático y extrovertido y se porta bastante bien con su hermana, pero *a rapaza* necesita estar con más gente y que no la eclipse siempre *o cativo* con su desparpajo.

Cándida, por su parte, miraba a Alfonso y Mairi con una expresión de preocupación cada vez que los divisaba jugando y retándose sin parar.

—*Eses dous...* —decía negando con la cabeza y contemplando cómo Alfonso intentaba por todos los medios impresionar a Mairi y llamar su atención—. Mucho fuego en el carácter de él, pero *ela está feita de agua. Non sei como acabará...* —concluía enigmática volviendo a sumirse en sus cavilaciones.

—¡Ay, Cándida, de verdad, qué cosas tienes! Tú siempre tan agorera, son *cousas de nenos*, cuando crezcan cada uno seguirá su camino. Alfonso se irá a Barcelona a estudiar en la universidad. Carmela me ha contado que doña Teresa tiene algún que otro pariente allí y quiere que su hijo continúe con la tradición industrial de su familia. Y nuestra Mairiña, con un poco de suerte, con lo aplicada que es, podría llegar a ser maestra, ¿te imaginas? Quizá vayan juntas a la Normal, Julia y Mairi. Sería tan bonito que mantuviesen esa amistad toda la vida...

—*Eu sei o que sei* —respondió la mujer con expresión triste—. Dos almas destinadas a estar *xuntas* se buscarán la una a la otra, en esta vida *ou en outra*, Pura. Aunque eso las destruya. Aunque desencadene una maldición. *Ogallá non o soubese.*

Pura miró a su hermana preocupada, intentando restar importancia a sus palabras, rezando internamente para que el destino protegiese a esos tres niños que jugaban despreocupados, inocentes ante la profecía de la mujer de luto. Implorando para que, si Dios existía, amparase a *sua nena de auga* de todo mal.

—Esta vez te equivocas, los tres serán felices. Así es. *Feito está* —dijo con intención sintiendo cada palabra como un hechizo protector.

—Siempre deseo equivocarme —expresó la mujer con tono lastimero.

El problema es que el sexto sentido de Cándida no se equivocaba jamás. Una *pega* pasó volando muy cerca de los niños y lanzó su canto al aire. Mientras estos expresaban su júbilo, por el susto y lo inusual del acontecimiento, Cándida recitó en un susurro:

—*Cando as pegas cantan, algo ventan...*

8

La casa de los indianos

2007

CLARA

Cuando la puerta se abrió, apareció ante ella una mujer menuda con el rostro surcado de arrugas. La anciana llevaba el pelo gris recogido en un pulcro moño a la altura de la nuca. Vestía una falda sobria y un jersey grueso de punto con el cuello vuelto. Sus ojos de color azul claro, casi transparente, y sus mejillas sonrosadas y generosas le daban un aspecto de anciana dulce, pero su mirada desconfiada hablaba de un carácter más duro e inaccesible de lo que podría parecer a simple vista.

—¿Qué se le ofrece?

—Buenos días, soy Clara, la nueva asistente de doña Hilda —respondió la joven un poco sorprendida ante el frío recibimiento de aquella desconocida.

—Adelante, la estábamos esperando.

La anciana evitó mirarla a los ojos y se apartó para dejarla pasar. El interior estaba limpio, pero un poso de decrepitud parecía aferrarse a cada rincón de la casa, como una sustancia viscosa y palpable. El aire denso y húmedo hizo que se estremeciera. Sintió un escalofrío que le recorría la espalda al adentrarse en su interior. La atmósfera gélida y silenciosa le recordó a una catedral. O a un sepulcro.

—Doña Hilda la está esperando, pero antes permítame que le enseñe la casa y su habitación. Deje aquí su equipaje, yo la ayudaré a subirlo después —le pidió la mujer sin mostrar un ápice de emoción en la voz.

Clara se limitó a asentir y la siguió mientras esta empezaba a caminar con decisión hacia el interior de la vivienda.

—Muchas gracias…, perdone, pero ¿es usted Josefina? —respondió Clara dibujando una leve sonrisa en su rostro—. Muchas gracias por la oportunidad.

—Sí —le respondió, cortante—. Sígame por aquí, por favor.

Clara siguió a Josefina que caminaba con pasos silenciosos y apresurados.

—Puede entrar en todas las estancias, excepto en la habitación de la galería. Esa permanece siempre cerrada por expreso deseo de la señora y bajo ningún concepto debe contravenirla. Ya le diré cuál es exactamente. Se alteraría mucho si lo hiciese y eso la conduciría a una de sus fases de niebla mental. Es importante respetar las normas y las rutinas para evitar que eso suceda. Tarda semanas en recuperarse.

—Por supuesto —respondió Clara intentando fingir indiferencia mientras su interior ardía de curiosidad ante el misterio del cuarto cerrado—. ¿La conoce usted desde hace mucho tiempo? A doña Hilda, digo —preguntó torpemente.

—Sí. Bastante —respondió de manera ambigua Josefina.

—Perdone si mis preguntas resultan muy directas, pero no tengo muchos datos sobre el estado de salud de doña Hilda. ¿Qué se espera de mí?

—Hasta hace poco yo me encargaba de todo, pero ahora solo me ocupo de gestionar la casa y del aseo y cuidado personal de doña Hilda. Usted será únicamente su asistente. Ella misma le explicará los detalles de su trabajo. Cuenta con una enfermera que viene todas las mañanas un par de horas. De todo lo que se refiere a su asistencia médica, yo me encargo junto a ella. Y, por último, nuestra cocinera trabaja a tiempo parcial, porque ella vive en el pueblo. Las únicas que estaremos viviendo en la casa junto a la señora seremos usted y yo.

No detectó hostilidad, tan solo prudencia y un cierto recelo en su mirada. Era la conversación más larga que habían mantenido hasta el momento y Clara se sintió esperanzada. Quizá el muro tras el que se protegía Josefina no era tan infranqueable como le había parecido en una primera impresión.

—Seguro que nos llevaremos bien las tres —comentó la joven con una sonrisa tímida.

Josefina obvió el comentario señalando la primera de las estancias.

—Este será su cuarto. Está en la misma planta que el de la señora para que le resulte más fácil si requiere su compañía en cualquier momento. La habitación contigua a su dormitorio es la que, como le he indicado, no puede abrirse bajo ningún concepto.

Clara, algo sorprendida por el hincapié de Josefina en la prohibición, atravesó el umbral y reparó en que su habitación todavía olía a pintura. Se notaba que habían restaurado los muebles, que eran de un bonito color crema. La cama tenía una colcha de estampado Liberty en tonos pastel y en la mesilla reposaba un jarrón de porcelana con un ramillete de flores que parecían recién cortadas del jardín. Ese detalle le pareció enternecedor.

—Me encanta la habitación, Josefina. Es preciosa. Parece sacada de una acuarela de Beatrix Potter. Siempre me he imaginado viviendo en un lugar así.

—Doña Hilda insistió en acondicionar la habitación para usted. La casa ha estado cerrada durante décadas y por su cercanía al mar está muy deteriorada. La señora comenzó a rehabilitarla cuando regresó…, pero pronto su enfermedad avanzó y, bueno…, hemos hecho lo que hemos podido. Queda demasiado por hacer. A veces parece que la casa se empeña en destruirse. Arreglas una cosa y se desmoronan otras tantas —comentó con cansancio y un deje de frustración en la voz.

—Está prácticamente situada sobre el mar y rehabilitarla por completo no debe de ser una tarea sencilla… ni barata. En su época tuvo que ser magnífica —respondió Clara calculando mentalmente los gastos desorbitados que solo la calefacción y el mantenimiento del jardín debían suponer.

—Oh, sí… Sin duda lo ha sido. En su momento despertaba la admiración de todos aquellos que la visitaban —respondió con la mirada perdida en recuerdos de un pasado más luminoso—. Ahora cruje y se derrumba. La señora ha invertido casi todo su patrimonio en mantener lo que queda de ella en pie. Yo he insistido en que la venda, pero nunca ha querido. No entiendo el motivo. No la ha pisado durante décadas, pero ahora no abandona la casa jamás.

—Quizá los buenos recuerdos la hayan animado a regresar —respondió Clara imaginando una vida feliz y privilegiada junto al mar para doña Hilda.

—Lo dudo —respondió enigmática Josefina apartando la vista y regresando a su hermetismo inicial.

Clara se dio cuenta de lo poco que sabía de la historia de aquella casa a pesar de que sus bisabuelos hubiesen estado trabajando en ella. Su abuela apenas le contó cosas concretas sobre ella. Algo que resultaba extraño con lo mucho que disfrutaba compartiendo con Clara historias sobre el pueblo y sus curiosidades.

La joven deambuló por la que sería su habitación y reparó en la galería blanca frente al mar, que contaba con un pequeño banco acolchado en tonos claros. El tejido se veía algo gastado pero de excelente calidad y se abría al océano que, tras los cristales, parecía una mancha de pintura de un color azul profundo.

—Si supiese pintar, me habría encantado hacerlo aquí. Mezclaría en un lienzo todas las gamas de azul hasta obtener este color tan característico del Atlántico —comentó más para sí misma que para que Josefina la escuchase.

El escritorio lacado en blanco, tipo secreter, estaba junto a la galería y se imaginó escribiendo en él. Estaba ansiosa por plasmar sus experiencias y sensaciones con la casa y sus habitantes. Esa casa decadente e incluso aterradora desde fuera hacía una excepción en esa estancia, recuperada con delicadeza y por la que parecía que no había transcurrido el tiempo.

—Si me acompaña —dijo Josefina extendiendo el brazo hacia la salida—, le enseño el resto de las habitaciones de esta planta. Muchas están sin restaurar y en bastante mal estado. No están cerradas con llave, pero no solemos entrar —comentó señalando un par de puertas al otro lado del pasillo—. Solo se han acondicionado las que se usan —continuó relatando la mujer—. Están reformadas: la suya, la de doña Hilda y la biblioteca. Y la mía, claro, que está conectada con la de la señora. La cocina es antigua, pero se mantiene perfectamente. El comedor también es algo decadente, pero se conserva en un estado aceptable. La humedad es lo que más daña la estructura. Ya se fijará en el estado de la madera y la pintura en algunas zonas —comentó negando apesadumbrada—. Tras cada tormenta y, sobre todo, tras cada invierno surgen millones de pequeñas reparaciones. Es una lucha sin fin contra los elementos.

—Ya me imagino —respondió Clara. Y verdaderamente lo hacía. Salió de la habitación dispuesta a seguir a Josefina tratando de averiguar los motivos que llevarían a alguien a edificar una mansión tan inquietantemente cerca del océano—. Estoy deseando descubrir el resto de la casa —comentó Clara emocionada—. ¿Sabe? Me parece un sueño estar aquí. Yo de pequeña siempre pasaba frente... —La frase quedó suspendida en el aire por la cara demudada de Josefina al observar que la habitación contigua a la suya tenía la puerta abierta de par en par.

Clara no recordaba haberla visto abierta cuando Josefina le enseñó su dormitorio. El vello de sus brazos se erizó y sintió que la temperatura descendía varios grados de repente. Aquella era la habitación prohibida... La que, por lo visto, permanecía cerrada siempre a cal y canto.

—¿Ha abierto usted la puerta? —preguntó Josefina con un hilo de voz y la mirada atemorizada.

—Por supuesto que no. No me he separado de usted —respondió Clara con un poso de ofensa en la voz ante la acusación velada de la pregunta.

—No lo entiendo... Entonces... ¿habrá sido ella?... —murmuró por lo bajo Josefina.

—No se preocupe, Josefina. Quizá se haya abierto con la corriente, ¿no? Las cerraduras viejas y las tormentas no son una buena combinación —comentó Clara sonriendo incómoda e intentando restar importancia a la alarma en los ojos de la anciana.

Desde el *incidente* se esforzaba por buscar explicaciones racionales a todos las situaciones extrañas que sucedían a su alrededor. Por eso continuó su razonamiento, tratando de tranquilizar a Josefina.

—Las casas antiguas tienen estas cosas. Quizá estaba ya abierta cuando llegamos y no nos percatamos —afirmó fingiendo una seguridad e indiferencia que en realidad no sentía.

Josefina permanecía pálida y silenciosa mientras jugueteaba distraídamente con una cadena que colgaba sobre su pecho. Su mirada perdida vagaba por el interior de la habitación buscando algo —o a alguien— que no alcanzaba a encontrar.

—No lo comprende. Esta habitación nunca se abre. Siempre está cerrada con llave. Siempre —balbuceó la mujer confundida—. Yo me encargo personalmente de comprobarlo. Nunca me separo de la llave, mire —dijo mostrando la cadena, en cuyo extremo podía apreciarse la llave colgada—. Y es la única copia. Por favor, no le mencione este incidente a doña Hilda, podría sufrir una de sus crisis.

—Por descontado, le aseguro que puede confiar en mi discreción —respondió Clara compasiva tratando de imaginar cuál sería el motivo de tanto secretismo—. Puedo preguntarle... ¿a quién pertenecía esta habitación? ¿Por qué le altera tanto que esté abierta?

Mientras formulaba la pregunta, pudo atisbar el interior de un cuarto que parecía de una persona joven, alguien que había abandonado la niñez hacía no demasiado tiempo. Los libros polvorientos, casi todos de aventuras, descansaban en un rincón. Reparó en la cama vieja y desvencijada, así como en los muebles antiguos y polvorientos, e imaginó que el estado de la suya propia debería de haber sido similar antes de la reforma. La distribución era idéntica a la de su dormitorio. Se fijó también en un telescopio inerte que apuntaba hacia el horizonte en una galería contigua a la suya. No había nada espeluznante más allá de la sensación de desamparo que producía observar el abandono de los objetos personales de alguien. Los enseres cotidianos que esperaban suspendidos en el tiempo el regreso de su propietario. Sin saber que jamás lo haría. Que quizá esa persona ya no existía. Josefina cerró la puerta con más fuerza de la que esperaba, sacando a la joven de su ensoñación y sobresaltándola con el portazo.

—El pasado es mejor no removerlo, señorita Clara. No haga preguntas demasiado personales y encajará bien aquí. Las casas antiguas, al igual que las personas ancianas, albergan demasiadas pérdidas en su memoria. Demasiado dolor en sus recuerdos. Es preferible dejarlas descansar en paz. No perturbarlas con historias casi olvidadas.

—Así lo haré. Lo siento de veras, Josefina. No pretendía meterme donde no me llaman. Es solo que, en ocasiones, la curiosidad me puede, pero procuraré ser menos entrometida. Lo que me sucede es que los misterios y las historias siempre me han fascinado. —La miró con franqueza a los ojos—. Me gustaría documentarme bien para la historia que quiero escribir sobre esta casa y este pueblo, pero de ningún modo quiero importunarlas.

Josefina contempló a Clara con una expresión inescrutable, evaluando la verdadera naturaleza del carácter de la joven.

—Creo que le gustarás —dijo finalmente en voz baja—.

Continuaron caminando en silencio, recorriendo los largos pasillos y las distintas plantas de la casa. Aquí y allá se escuchaban los crujidos de la madera y el estruendo de las olas azotando con furia las rocas. La lluvia y los truenos hacían que la luz parpadease amenazando con hacer saltar los plomos en cualquier momento.

—¿Le gusta leer? —preguntó Clara intentando recuperar la normalidad después de la tensión vivida.

—No soy una gran lectora —respondió encogiéndose de hombros—. Las cuestiones prácticas ocupan casi todo mi día. Además, mi vista es cada vez peor.

Casi todas las estancias se encontraban en un estado bastante lamentable de conservación. El frío y la humedad helaban los huesos en aquellas zonas deshabitadas de la casa y las sábanas cubrían muchos de los muebles ofreciendo un aspecto fantasmagórico al lugar. La tormenta, que continuaba azotando el exterior, hacía que la luz fuese casi inexistente y Clara lamentó no tener un jersey de lana más grueso para calentarse.

—Lo comentaba porque este clima y esta parte de la casa me ha recordado un poco a *Jane Eyre*. Es una de mis novelas favoritas, ¿sabe? Creo que le encantaría.

—Lo dudo mucho, si le recuerda a esta parte de la casa, prefiero no leerla o no dormiré. Bastantes sustos me han dado ya las cosas inexplicables que suceden en este edificio.

Clara tuvo que morderse la lengua para no preguntar cuáles eran y, sin embargo, no le extrañó la réplica de la mujer. La casa estaba impregnada de un aire de melancolía y sueños rotos, que iban mucho más allá del estado de conservación. La tristeza de la casa era algo tan palpable como el olor a humedad. Durante todo el recorrido se sintió observada y a ratos miraba por encima de su hombro sin saber muy bien qué esperaba encontrar a sus espaldas.

Nada más entrar se sintió reconfortada por el olor de la cocina de hierro fundido alimentada por leña. El ambiente era cálido y acogedor. Una enorme mesa de madera envejecida presidía la estancia. A lo largo de las vigas de madera había colgados todo tipo de cazos e instrumentos de cocina, así como distintos ramilletes de hierbas aromáticas que daban a la atmósfera un olor a naturaleza y a flores secas. Por fin, Clara sintió que podía relajarse un poco. La cocina quedaba en una zona de semisótano y tan solo recibía luz exterior de unos tragaluces situados en una de las paredes. En ella la sensación de encontrarse en el centro de la tormenta parecía menos intensa que en el resto de la casa. Las demás estancias y galerías, por la ubicación, transmitían la sensación de encontrarse en un barco que atravesaba una terrible tempestad.

—¿Antes de conocer a doña Hilda, le apetece tomar una taza de té o café? —preguntó Josefina con educación—. También debemos de tener por alguna parte un bizcocho de limón con semillas de amapola que a doña Hilda le encanta. Marisa, nuestra cocinera, lo prepara para ella. Es una cocinera excelente. Trabajó para la casa real inglesa, ¿sabe?

Clara se sorprendió con el dato. No parecía propio del carácter reservado de Josefina aportar ninguna clase de información adicional, excepto la mínima imprescindible.

—Me encantaría probarlo, seguro que estará exquisito —respondió Clara con franqueza sin molestarse en disimular la falta que le hacía una bebida caliente tras el viaje y la lluvia que la alcanzó a su llegada.

Sin haber tenido ocasión para comer ni cambiarse, entre los nervios del viaje y el nuevo trabajo, se sentía realmente exhausta y hambrienta. Su estómago crujió ruidosamente reclamando alimento y calor. Pero, si Josefina lo escuchó, no dijo nada. En cambio, se movió por la cocina con soltura, preparando una bandeja con todo tipo de manjares. Además de una taza de té inglés PG, que a Clara le sorprendió encontrar en un pueblo pequeño de Galicia, Josefina depositó un trozo de empanada de zamburiñas con un aspecto delicioso, que hizo salivar a la joven. También un pedazo de queso cremoso como la manteca con membrillo y una generosa rebanada de pan. Solo con observarlo ya sabía que no se parecería en nada al pan congelado de gasolinera al que estaba acostumbrada en Madrid. Josefina levantó la tapa de una fresquera y el aroma a limón del bizcocho inundó la cocina con sus matices dulces y cítricos.

—Está usted muy delgada y muy pálida. Le sentará bien el aire del mar para fortalecerse. Tiene que comer bien para reponerse, cuando Marisa la vea se encargará de ello. No lo dude —comentó mostrando una preocupación genuina.

—Oh, estoy segura de ello. He tenido una temporada algo difícil, pero me sentará bien estar aquí. No se preocupe, soy más fuerte de lo que parezco —respondió Clara sintiéndose una niña de nuevo—. Si quiere, podemos tutearnos. Al fin y al cabo estamos aquí solas. Seremos lo más parecido a una amiga la una para la otra.

—Puedes llamarme Fina —respondió la mujer de manera indirecta.

Clara sonrió observando como una pequeña grieta comenzaba a resquebrajar el cascarón adusto de Josefina. Imaginó un interior mucho más cálido de lo que trataba de aparentar. Las distancias que había mantenido con ella comenzaban a derrumbarse y Clara creía haber logrado superar su examen con buena nota. La mujer parecía cada vez más relajada y afable.

Apenas había dado un sorbo a la bebida cuando un trueno ensordecedor las hizo dar un brinco en sus asientos. El ruido sonó por toda la casa, como si una bomba hubiese caído sobre su centro haciéndola retumbar hasta sus cimientos. La luz pareció abandonarlas a su suerte y tras el estallido llegó un silencio sepulcral. En ese instante un grito agudo rompió la negrura, seguido de un sonido como de ramas secas al romperse.

—¡Doña Hilda! —gritó Josefina sobresaltada—. ¡Deprisa! Abre el cajón que hay a tu derecha y busca una linterna—. ¡No se mueva, doña Hilda! ¡Ya vamos! —vociferó, desesperada, sin obtener respuesta.

Ambas mujeres buscaban a tientas una linterna para tratar de iluminar sus pasos, pero el nerviosismo y el miedo hacían que la tarea no resultase sencilla.

—¡Aquí! ¡La tengo! —gritó Clara al sentir el tacto de la linterna en su mano.

Cuando el haz de luz iluminó la mirada desorbitada de Josefina, Clara temió que estuviese sufriendo un colapso. Sus manos temblorosas la agarraron y ambas salieron apresuradamente de la habitación.

—Ven por aquí, por favor —le indicó Josefina—. Sígueme, está en la biblioteca.

Clara fue tras ella, algo desorientada, por distintos pasillos y escaleras. El recorrido se le hizo eterno y aterrador. El haz de luz, débil pero suficiente, enfocaba siluetas que no quería ni podía mirar. Probablemente, objetos cubiertos con sábanas. Miraba hacia delante sintiendo cómo se chocaba con objetos, y el tacto de manos invisibles la acechaba como en aquellas pesadillas lejanas de su infancia.

—Ahora no, por favor, por favor —se repitió en voz baja mientras Josefina la cogía de la mano, compasiva, al percibir el miedo en la joven.

Una paloma revoloteó muy cerca de sus cabezas rozando el pelo de Clara y esta no pudo evitar reprimir un grito que atravesó el silencio.

—Tranquila, solo es una paloma. Alguna que otra intenta anidar en las habitaciones que tienen los cristales rotos. Y siempre hay alguna habitación que los tiene. Son una plaga. Mañana la encontraré y mandaré que la echen de aquí —farfulló con la voz entrecortada sin aminorar ni un ápice su paso apresurado.

Clara permanecía muda, en un trance silencioso, pero seguía a Josefina como si su espalda fuese lo único que evitase que las sombras de su cabeza la atrapasen para siempre.

—Es aquí —dijo finalmente frente a una gran puerta, situada casi en la entrada de la vivienda.

Se hallaba en un lateral de las colosales escaleras de entrada, que se encontraban presididas por una vidriera. Un relámpago iluminó el lugar hacia el que Clara miraba. Cerró los ojos con fuerza, pero no pudo evitar percibir una silueta que se erguía, observándolas desde el pasamanos.

—¡Doña Hilda! Estamos aquí —exclamó ansiosa apuntando con el haz de luz en todas direcciones buscando a la anciana.

Un quejido sonó cerca del sillón orejero, que se intuía bajo la débil luz.

—Estoy aquí —murmuró una voz dolorida.

Al instante, ambas mujeres repararon en el bulto que se movía ligeramente en el suelo y se abalanzaron hacia él. Trataron de incorporarla con el mayor cuidado, temiendo que sufriese alguna rotura grave. Clara podía sentir los huesos de la anciana a través de la fina chaqueta. Incluso en la oscuridad, con la levísima luz de la bombilla, reparó en la elegancia de su ropa y en el aroma a lavanda que desprendía su cabello blanco y lacio, cortado a la altura de su mandíbula.

—Estoy bien, estoy bien... Tan solo me he desorientado un poco —repetía doña Hilda con un hilo de voz—. Me pareció verla cuando cayó el rayo..., pero se fue la luz y me caí —balbuceaba la mujer—. Parecía tan real...

Josefina comprobó que no había sufrido ninguna rotura y acomodó a la anciana en el sillón. Clara las contempló a las dos y las vio muy ancianas y muy frágiles en ese caserón inmenso. Sintió la necesidad instintiva de protegerlas de su desamparo.

—Voy a intentar arreglar los fusibles para que vuelva la luz —anunció Josefina—. Por favor, Clara, quédate aquí con ella. Así tendréis oportunidad de ir conociéndoos. Me habría gustado que fuese en circunstancias más propicias, pero... no ha podido ser.

Caminó con decisión hacia la puerta, dejando a Clara y doña Hilda con la única luz de la linterna iluminando la estancia.

—Tenía muchas ganas de conocerla, doña Hilda.

Clara le habló con dulzura mientras iluminaba sus rostros con el haz de luz de la linterna.

—Eres tú... —balbuceó la mujer mirándola con unos ojos profundos y rasgados.

—Sí, doña Hilda, creo que nos vimos antes desde la galería. Me llamo Clara. Seré su asistente. Estoy emocionada por la oportunidad que me ha ofrecido —intentó distraer a la anciana—. Me gusta mucho esta casa y siempre he querido vivir en Galicia. La conozco por mi abuela, ella vivió en este pueblo casi toda su vida. Era la hija de Carmela y Juan. Quizá le suenen.

—Era... su niña... —dijo para sí en apenas un murmullo—. La niña de ellos...

—Sí, era su hija. Lamentablemente falleció hace algunos años —continuó Clara sin saber si la mujer estaba siguiendo la conversación.

Se la veía confundida y asustada. Con la mente perdida en otro lugar a pesar de mirarla fijamente a los ojos. Clara no supo qué más comentar y sintió lástima por el avance implacable de la enfermedad. Se preguntó cómo podría asistirla dado el estado tan deteriorado en que se encontraba la anciana.

—La niña murió. La niña murió —comenzó a repetir en un súbito estallido de energía y angustia—. Todos mueren. Soy una maldición. Ella me lo dijo —repetía meciéndose con desesperación—. Me dejasteis sola con ella —sollozaba en voz baja.

De pronto, con una fuerza inesperada en alguien de su edad y condición, agarró la cara de Clara con sus manos huesudas llenas de manchas.

—Yo nunca te habría dejado —dijo con una ira contenida apretando con fuerza su rostro hasta clavar su dedos en las mejillas tiernas de la joven—. Nunca, nunca, nunca. Pero tú me traicionaste.

Clara sintió un terror frío que avanzaba por sus entrañas mientras intentaba liberarse sin éxito. A pesar de la aparente fragilidad, la anciana se aferraba a ella con una fuerza sobrehumana.

—He vuelto para que me lleves contigo. ¿Por qué no me llevas contigo? —continuaba sumida en su ensoñación, cada vez más alterada.

Clara intuyó que estaba mezclando amargos recuerdos del pasado con pesadillas. Se encontraba en un limbo en el que la realidad se difuminaba. Había leído que era frecuente sufrir estallidos de ira ante la incapacidad de comprender el mundo que rodeaba a la persona que padecía ese deterioro. Intentó tranquilizarla siguiendo el hilo de sus razonamientos.

—He vuelto para acompañarte, pero todo está bien entre nosotras. Somos amigas y siempre estaremos juntas. Cualquier cosa que haya podido suceder está perdonada. ¿A que sí? —comentó Clara. La joven intentó calmar sus latidos y recordó que estaba con una mujer mayor y enferma. No podía temerla, pese a lo extraño de la situación.

—Éramos almas gemelas —respondió doña Hilda aflojando paulatinamente la presión de sus dedos—. ¿Te acuerdas? —dijo mientras acariciaba el rostro de Clara—. Eres igual de hermosa que entonces. Yo ahora soy vieja —continuó. De pronto, otra oleada de ira se apoderó de la frágil mujer—. Pero ¡tuviste que estropearlo todo! —gritó angustiada muy cerca de su rostro—. Todos me dejasteis sola con ella. Todos… Todos me abandonasteis —sollozó desconsolada tapándose el rostro con las manos.

Clara la abrazó sin saber cómo rescatarla de la cruel ensoñación en la que doña Hilda se encontraba. La meció como a una niña mientras susurraba a su oído palabras de consuelo durante lo que le pareció una eternidad.

Fue entonces cuando regresó la luz a la biblioteca y pudo observar maravillada los miles de ejemplares que decoraban sus paredes forradas de estanterías. Si la situación no hubiese sido tan compleja y triste, se hubiese sentido en el paraíso. Clara se preguntó si sería siempre así y si sería capaz de asumir el reto emocional que implicaba acompañar a una desconocida en unos momentos tan vulnerables y delicados. Se sorprendió a sí misma por la contundencia de las respuestas que resonaron en su interior. Sí, sería capaz. De un modo extraño sabía que ese era el lugar exacto en el que debía estar y que esa casa y esa mujer escondían un millón de enigmas que debía resolver. Tenía que protegerlas y cuidarlas. Averiguaría qué secretos se escondían. Trataría de indagar en esas memorias tristes para sanarlas y plasmarlas sobre el papel.

Josefina entró apresuradamente con el rostro pálido y se acercó a ella para susurrar con voz trémula en su oído, sin que doña Hilda pudiese escucharlo:

—La he encontrado abierta, Clara. Otra vez.

—¿Quién puede haber sido? —respondió la joven en voz baja para evitar que la noticia alterase todavía más a doña Hilda.

—O qué —contestó Josefina con una mirada que heló la sangre de Clara al instante.

9

Los indomables

1920

Desde que Mairi apareció, la vida de Julia comenzó a florecer. Las niñas se habían hecho inseparables. Julia llevaba colgada al cuello la concha que Mairi le había regalado cuando se conocieron. Emanaba un reflejo de un color rosado iridiscente en su superficie nacarada y tenía un pequeño agujero por el que había pasado un cordón. Le parecía el más preciado de los tesoros y lo más valioso que había poseído jamás. A veces acariciaba la superficie pulida por las olas y su tacto la hacía sentir conectada a su amiga. Ella la hacía sentir apoyada, comprendida y protegida. Como si nada pudiese lastimarlas mientras se mantuviesen juntas.

Cada noche desde entonces, se acostaba expectante ante las aventuras que vivirían al día siguiente. Alfonso estaba casi siempre con ellas, pero, en algunos preciados momentos a solas, las niñas podían hablar con confianza y sinceridad sobre sus sentimientos. Mairi era abierta, directa y expresaba con facilidad lo que sentía y pensaba. Julia era más introvertida y le costaba verbalizar algunos recuerdos y emociones.

Una mañana, en la que Alfonso había acompañado a su madre a un partido de tenis en la ciudad, las niñas aprovecharon para llevar a cabo algo con lo que habían soñado desde hacía días. Habían encontrado el enclave perfecto para construir una cabaña, un club privado, solo para ellas dos, en el que leer sus novelas preferidas, inventar historias y crear un reino mágico. El lugar elegido estaba situado en un claro del bosque, escondido de las miradas curiosas y alejado de cualquier sendero transitado.

El sitio lo habían encontrado por casualidad hacía un tiempo, siguiendo a un corzo de ojos soñadores que miró a Mairi fijamente y se acercó a ella confiado.

—Tú no te muevas, Julia, no queremos que se asuste —dijo Mairi manteniendo el contacto visual con el animal y acercándose a él despacio, con la grácil soltura de cualquier criatura del bosque.

Julia contemplaba extasiada la cercanía del elegante animal que parecía confiar totalmente en su amiga, reconociéndola como un habitante más de aquel lugar. Una rama crujió en algún lugar cercano y el animalillo, asustado, emprendió su retirada a gran velocidad.

—Corre, creo que aún podemos alcanzarlo —exclamó Mairi riendo.

Cogió la mano de Julia y emprendió una carrera apresurada, sorteando arbustos, troncos y un paisaje boscoso cada vez más denso y oscuro.

—¡Mairi! ¡Para, por favor! —exclamó Julia jadeando al cabo de un rato de carrera—. Yo no puedo correr más, no estoy tan acostumbrada como tú.

—Perdona, Ju —dijo la niña jadeando por el esfuerzo—. Me he emocionado. Nunca había venido por esta parte del bosque. Parece que es la zona más misteriosa, ¿no? Tal vez sea donde viven los trasgos y se esconden los *lobishomes* —dijo susurrando con voz teatral.

—¡No digas eso! —respondió su amiga riendo—. Me da un poco de miedo. Mairi, ¿y si nos perdemos? No van a encontrarnos aquí —continuó con una nota de preocupación en la voz.

—Yo no me pierdo nunca, Ju. No tengas miedo si estás conmigo. Puedo rastrear el camino y orientarme de día o de noche con las estrellas. No puedo perderme, porque entiendo el lenguaje de la tierra. Ella me habla como si fuese un libro, ¿sabes? Es algo que me enseñó Pura. Y *pai* me explicó cómo leer el cielo, el vuelo de los pájaros y el viento. Sé cuándo llegarán las tormentas y también si hay algún peligro. Tengo el mismo instinto que ese cervatillo, él sabe qué hacer y yo también —dijo abrazando a su amiga

—Me encantaría ser como tú, Mairi —replicó la niña de ojos soñadores contemplando a su amiga con fascinación—. ¿Tú crees que podrías enseñarme a leer el lenguaje de la tierra? —preguntó esperanzada.

—Claro que sí. Eres lista, observadora y también tienes intuición, Julia. Lo supe la primera vez que te vi desde las rocas. Solo necesitas confianza y conocer bien este bosque —afirmó con convicción en sus palabras—, y ponerte un poco más fuerte también. Pero eso, con las *filloas* de Carmela y de Cándida, *está feito* —concluyó risueña.

Julia deseó creer a aquella niña con dones extraordinarios con todo su ser.

—Escucha, Ju —dijo la niña agachándose con agilidad. Tocó la tierra y la removió con las manos—. Es el sonido del agua... y la tierra está húmeda —afirmó con el gesto concentrado de quien está intentando descifrar un mensaje—. Y estamos rodeadas de *salgueiros*. Creo que estamos cerca de un *regato*. Debe de ser pequeño, porque si fuese grande lo conocería —concluyó.

Un movimiento rápido a su izquierda hizo que ambas se sobresaltasen. El corzo pasó a su lado ignorándolas y continuó su camino sorteando unos arbustos. Julia tomó la mano de Mairi con fuerza y ambas siguieron al animal intentando no asustarlo. Apenas habían dado un par de pasos cuando el claro apareció ante ellas como un espejismo de perfección. Parecía el jardín del Edén. El animal pastaba la verde hierba con solemnidad, ajeno a la presencia de las niñas.

—Mairi, hemos encontrado el reino secreto de las hadas del bosque —susurró Julia fascinada—. Prométeme que este será nuestro secreto. No debe enterarse ni Alfonso. Quiero que este lugar sea solo nuestro. Solo de las dos.

—Te lo juro por mi vida. Será solo nuestro, Ju —respondió la niña pelirroja ofreciendo su meñique en señal de juramento solemne.

El resto de las horas transcurrieron entre risas y expresiones de sorpresa ante aquel paraíso recién descubierto. Vieron conejos saltando con sus colas esponjosas y también el arroyo cristalino y poco profundo al que Mairi bautizó como *o regato das lumias* haciendo alusión a los espíritus femeninos de extraordinaria belleza, pero con pies de oca, que vivían en ríos y fuentes.

A Julia le parecía un nombre magnífico y la hacía sentir transportada a un reino de fantasía poblado de criaturas mágicas. También se sorprendieron ante la presencia de piedras verticales en forma de columnas, que sostenían otras grandes y planas colocadas en posición horizontal, formando una estructura que recordó a Julia a la de una casita inacabada.

—Creo que son *pedras sagradas* —le explicó Mairi—. Pura me contó que en el *Ciprianillo*, un libro prohibido de *feitizos*, se dice que en ellas se esconden tesoros protegidos por seres mágicos —explicó la niña—. Pero le pregunté por ellas a doña Mercedes y me dijo que eso eran supersticiones, que en realidad los dólmenes son los lugares que los celtas marcaban como espacios sagrados y usaban *as pedras* para hacer ritos y altares. Señalaban los puntos que según ellos contenían una energía especial. Hay *moitísimos* en Galicia según me explicó la maestra.

Las niñas recolectaron tablones, cuerdas e incluso unas redes viejas que Sabela, la mujer de Xosé o Rianxeiro, les regaló para que construyesen la cabaña.

Y por fin había llegado el día de dar forma e inaugurar su lugar secreto. Cargadas con los materiales y una cesta llena de todo tipo de cacharros, las niñas se dirigieron felices a su refugio frente al mundo. Era bonito construir una cabaña, y todavía más tener con quien compartirlo, pensó Mairi.

Tras horas de arduo trabajo y varios viajes cargadas con materiales, consiguieron un resultado que ambas juzgaron encantador. Habían colocado incluso unos taburetes a modo de mesa, cubiertos con un mantel de retales y un jarroncito de vidrio en el que colocaron algunas flores silvestres. Sendas tazas de té desportilladas con florecitas pintadas daban al interior un aspecto de casita de muñecas a tamaño real.

Cansadas y felices, las niñas se habían sentado en el interior y habían comenzado a trenzarse el pelo, decorándolo con florecillas y ramas como dos sílfides del bosque.

Y había sido entonces cuando, poco a poco, Julia había comenzado a sincerarse.

—Sé que mi madre no me quiere, Mairi —verbalizó la niña con esfuerzo—. Es más…, me odia.

—Eso no puede ser, Ju. Todas las madres quieren a sus hijos. Quizá es estricta y no te lo sabe demostrar mejor. Ya sabes, por la educación de señoritas y todas esas cosas del protocolo —contestó la niña intentando consolar a su amiga.

—No… Estoy totalmente segura, Mairi. Ella sí quiere a Alfonso. A veces… no puedo evitar detestarlo por ello, aunque no sea su culpa… Pero hay algo malo en mí, Mairi. Todavía no sé lo que es, pero hace que ella no pueda ni mirarme —continuó Julia abriendo su corazón sin reservas—. Y mi padre… Bueno, él siempre está viajando por negocios. Yo siento que sí me quiere, pero huye de ella y de nosotros por alguna razón. Al menos, mi padre me dejará ir a la escuela contigo en enero. En eso mi vida sí ha mejorado.

—Lo siento mucho, Ju, pero lo que importa es que nos hemos encontrado y somos almas gemelas. Yo siempre estaré contigo para quererte y cuidarte. Seremos inseparables, te lo prometo. No nos abandonaremos jamás. Estudiaremos juntas y nos haremos escritoras. Viajaremos por el mundo, viviremos aventuras e inventaremos personajes que entretendrán a los niños.

—Me encantaría, Mairi —dijo la niña agarrando las manos de su amiga—. Puedo llevarte primero a conocer la plantación de Brasil. Te encantarían la aya Mami y los trabajadores de la finca. Ellos contaban unas historias maravillosas de espíritus de la selva y maldiciones de las que te gustan. Allí todo era más brillante y colorido, pero recuerda un poco a Galicia. La gente de allí también ama su tierra y sus leyendas. Te encantarían sus paisajes y los animales tan distintos de los de aquí.

—Así lo haremos. En cuanto cumplamos la mayoría de edad, nos marcharemos muy lejos y seremos libres para vivir mil aventuras juntas —dijo Mairi tumbándose sobre una manta con expresión soñadora.

—Pero nos iremos solas tú y yo. Alfonso no puede venir. Bueno…, excepto de visita alguna vez —dijo Julia posesiva con Mairi.

—Te prefiero a ti mil veces, Ju. A él solo lo aguanto porque es tu hermano, pero entre tú y yo… a veces es bastante insoportable —dijo estallando en una carcajada.

—Tengo miedo de que al hacernos mayores las cosas cambien. Que dejemos de ser inseparables o hagas otras amigas nuevas y me olvides. Y además… ¿qué pasará si cuando crezcas te enamoras de algún chico? —expresó Julia con temor—. Entonces volveré a quedarme sola…

—Yo siempre seré tu mejor amiga y, además, te aseguro que jamás me enamoraré. Ya se lo he dicho a Pura muchas veces, el amor solo te complica la vida, Ju. Es mucho mejor tener una amiga del alma para siempre —añadió gesticulando exageradamente—. Un chico podría decepcionarme, pero tú no. Tú no me traicionarías nunca.

—Claro que no —respondió Julia con expresión sentida—. Te prometo que no te traicionaré jamás, Mairi. No podría imaginar siquiera hacerte algo así...

Las niñas continuaron las siguientes horas bromeando e imaginando una vida juntas y el sinfín de posibilidades que contendría hasta que el sol comenzó a decaer y emprendieron el camino de vuelta a casa.

Una tarde, días después, mientras observaban cómo el sol se ponía tras el horizonte tiñendo el cielo de color rosado, el farero cedió finalmente ante las súplicas de Mairi y les contó el misterio en torno al origen de su madre y su posterior desaparición.

Aquella historia había impactado a Julia y las dos amigas acordaron reconstruir cada detalle, reuniendo todos los datos que tenían sobre ella, en el diario que Mairi había comenzado a escribir con sus aventuras.

Mairi no tenía ninguna foto de su madre y su mayor temor era olvidarla. Julia sentía lástima por ella, pero también algo de envidia. Su madre era misteriosa y extraordinaria, y la había querido con todo su corazón. Además, se daba cuenta de que *pai* y Mairi estaban muy unidos, mientras que ella tenía teóricamente a sus dos padres, pero en realidad no tenía a ninguno de verdad.

En aquella ocasión también las acompañaba Alfonso. No había querido perderse la reunión. El muchacho aprovechó su oportunidad para preguntar a *pai* si, además de sirenas, se había encontrado con algún contrabandista por la zona e intentó interrogar —sin éxito— al farero sobre los posibles tesoros piratas escondidos en las cuevas de los acantilados.

Los amigos también habían visitado a Pura y Cándida en infinidad de ocasiones. A Julia le gustaba especialmente la cabaña de las *curandeiras* porque estaba situada en un claro del bosque. Le recordaba a las casitas de las brujas de los cuentos. La entrada estaba repleta de parterres de hierbas aromáticas y también algunas flores. En la parte trasera, estaban los corrales de las gallinas y una vaca mansa y rubia que se llamaba Marela y mugía de alegría al ver a los niños. Un par de ovejas y cabras, varios conejos de pelaje suave y hasta un cerdo gordo y bien alimentado completaban todos los estímulos que los hermanos, acostumbrados a modales estrictos y encorsetados, encontraban fascinantes. Por dentro, la cabaña estaba llena de objetos maravillosos y extraños. Junto a la lumbre reposaba un caldero de hierro que parecía perfecto para realizar conjuros. Y, en un aparador, diversos frasquitos contenían todo tipo de hierbas y raíces. Polvos y sustancias de aspecto viscoso. También tenían ramilletes de lavanda y distintas flores secas colgadas de las vigas de madera del techo.

Julia estaba fascinada. No imaginaba nada más cercano a estar en un cuento de hadas que aquella casita del bosque en la que las hermanas vivían, cuidaban de sus animales y trabajaban en sus remedios naturales. La niña pensó que, si tuviesen libros y un retrete en condiciones —lo de salir al bosque a hacer sus necesidades en mitad de la noche le daba pavor—, sería una vida perfecta para cuando Mairi y ella fuesen mayores. Podrían leer y escribir juntas en su casita del bosque. Sin tener que separarse jamás.

Mairi le había contado los rumores sobre ellas, también que eran *curandeiras* y la gente les tenía un poco de miedo, pero al mismo tiempo las necesitaban cuando enfermaban y también para ayudarlos con todo tipo de problemas que requerían de sus conocimientos ancestrales.

—Pero *non fagas nin caso* —había afirmado su amiga cuando se lo contaba—, si son *meigas*, son de las buenas. Han sido mis mejores amigas hasta que te conocí a ti y saben muchísimas cosas interesantes. Con ellas nunca te aburres, ya verás. Si tienes algún problema, búscalas sin dudar, ellas te ayudarán.

Julia pensó en su madre y en las tisanas que Carmela había empezado a prepararle «para calmar los nervios» con las hierbas que Pura le llevaba cada semana. La verdad es que parecían estar funcionando. Pasaba muchas horas descansando en su cuarto o bien en reuniones sociales en el Club Casino de A Coruña. Durante semanas, madre e hija apenas se cruzaban y aquella tregua le resultaba inmensamente liberadora.

Julia escuchaba a su madre entrar al cuarto de Alfonso por las noches antes de salir a sus fiestas elegantes, los escuchaba reír y preguntarle por su día o decirle lo mucho que lo quería. Más de una vez había sentido su presencia parada tras su puerta, sopesando si entrar o no.

—Por favor, por favor, ven a arroparme a mí también. Por favor, por favor, no soy mala, mamá, quiéreme a mí también —repetía en silencio como una oración.

Su pequeño corazón se desgarraba cuando oía que los tacones de su madre se alejaban de la puerta... sin entrar una noche más. Se había dormido llorando tantas veces que había perdido la cuenta.

En Brasil su aya Mami la arropaba y le cantaba canciones dulces hasta que se dormía. Pero, aquí, ya nadie venía porque era lo suficientemente mayor como para no necesitar ese tipo de cuidados. Solo que, por mucho que le costase reconocerlo, sí necesitaba a alguien. Necesitaba a su madre. Pero había algo malo en ella que impedía que aquella mujer bella y elegante la mirase durante al menos unos segundos sin apartar la vista incómoda por su mera existencia.

Julia y Alfonso acostumbraban a tomar el desayuno muy temprano cada mañana con la compañía de Carmela que hacía el papel de su aya Mami en Brasil, mientras que su madre se levantaba ya pasado el mediodía. A veces, Julia la veía pasar con su bata de seda y su pelo peinado con ondas al agua, siempre cortado a la última moda. Sus dedos esbeltos de pianista, con la manicura impecable en color rojo, sostenían una boquilla larga mientras exhalaba el humo con la mirada y la mente perdidas en algún lugar muy lejos de allí.

Otras, la escuchaba en el gran salón, sentada frente a su secreter, planificando con Juan su agenda social del día y todos aquellos lugares a los que el chófer debía llevarla. Su padre, como siempre, se ausentaba durante largas temporadas en busca de negocios y contactos en los que invertir las ganancias tras la venta de la plantación. Nunca sabían cuándo regresaría ni por cuánto tiempo estaría fuera, pero de vez en cuando llegaban paquetes a la casa con envoltorios elegantes y lazos ostentosos. Joyas y perfumes para su madre, que los miraba con desdén, aunque la niña la había escuchado presumir ante sus nuevas amigas de los regalos que le enviaba su ocupadísimo y riquísimo marido. Julia sabía que le gustaba sentir la envidia reflejada en los rostros de aquellas mujeres que la idolatraban como la dama cosmopolita, moderna y sofisticada que ellas aspiraban a ser.

En sus envíos, don Emilio nunca olvidaba mandar algún juguete de última moda para Alfonso, y para ella, siempre sin excepción, un nuevo libro maravilloso del que Julia nunca había oído hablar. El último que le había regalado había sido *Las aventuras de Robinson Crusoe*. Desde que Julia lo recibió, los tres amigos no habían parado de leerlo en voz alta y por turnos, bien tumbados en la verde hierba, con algún árbol como asiento improvisado, bien en la playa, cuando hacía buen tiempo, hasta que lo terminaron. Les había gustado tantísimo que habían organizado una representación en el faro e invitaron a Pura y Cándida, también a Carmela y Juan y, por supuesto, a don Ignacio, su más ferviente animador en cualquier empresa cultural y creativa que los niños inventasen. *Pai* los había ayudado montando un pequeño escenario con cajas y maderas viejas, mientras que Carmela había cosido, en sus escasos ratos libres, retales para los disfraces. Don Ignacio les había guiado para adaptar bien el texto. Los tres habían ensayado los diálogos cientos de veces hasta que se los aprendieron de memoria.

Durante la preparación del gran evento, el tema más controvertido fue sin duda elegir quién interpretaría el papel principal. Alfonso señaló que lo más adecuado, puesto que era el mayor y el más aventurero, sería que él interpretase a Robinson y Mairi a Viernes.

—Que te crees tú eso —había respondido Mairi cruzándose de brazos—. Tú lo que tienes es mucha cara. Lo echaremos a suertes, que es lo más justo.

—Pero ¿es que nunca me vas a decir que sí a nada, Mairi? —respondió Alfonso, encantado de poder picarla ante la más mínima ocasión.

—Julia, el libro es tuyo. ¿Tú qué piensas? —se dirigió a su amiga del alma—. Lo más justo es que, como es tu libro, escojas primero el papel que quieres. Si no, lo echaremos a suertes.

—No es justooo —increpó Alfonso—. Ya sabes que Julia siempre se pone de tu parte.

—A mí no me importa ser la narradora —dijo la niña escogiendo las palabras con precisión. Siempre encontraba el modo de apaciguar a aquellas dos criaturas indómitas y apasionadas que eran su hermano y su amiga—. Podemos echar a suertes entre vosotros quién será Robinson y quién será Viernes. ¿Qué os parece? —preguntó mirando alternativamente a uno y a otro.

—Trato hecho —dijo Alfonso tendiéndole la mano a Mairi.

La niña extendió la mano y él la atrajo hacia sí tomándola por sorpresa.

—Te advierto que soy un chico con suerte, *ruivinha* —le susurró tan cerca del oído que Mairi notó su aliento cálido rozar el lóbulo de su oreja.

Ella giró el rostro hacia él, lo miró fijamente a los ojos y sintió algo desconocido y desconcertante en la boca del estómago.

—Lo que eres es un idiota —respondió la muchacha pelirroja propinándole un golpe en el hombro y apartándolo con brusquedad.

Pero, a pesar del intento por disimularlo, sus mejillas encendidas delataban lo alterada que se sentía por dentro. Alfonso se apartó riendo. Pero Julia, observadora, se percató de cómo la atmósfera había cambiado, cargándose de una electricidad extraña cuando ambos se habían mirado tan cerca. Secretamente, se alegró de que Alfonso estuviese a punto de marcharse al internado en un par de semanas. Con él lejos, todo sería perfecto y Mairi sería solo para ella.

—¿Os lo jugáis a piedra, papel o tijera? —preguntó Julia intentando recuperar la normalidad en el ambiente.

—Se me ocurre algo mejor... —respondió Alfonso con una sonrisa juguetona que no albergaba nada bueno—. ¿Por qué no competimos por el papel de Robinson, Mairi? El que gane, se lo queda y el que pierda, hará de Viernes —propuso el niño mirando con picardía a Mairi.

—¿Y a qué quieres competir? —preguntó Mairi desafiante, siempre dispuesta a aceptar un reto y a demostrar que podía ser mejor que aquel niño petulante.

—Te dejo escoger, podría ganarte en cualquier cosa —dijo dando un paso hacia ella y acortando la distancia que los separaba.

—Pues entonces vamos a ver quién nada más rápido —respondió Mairi cruzando los brazos frente a él con superioridad.

—Estás loca, si estamos en diciembre, Mairi. Nos congelaríamos —replicó el muchacho.

—Eres un cobarde. Yo puedo bañarme cualquier día del año. Además, si luego te abrigas, no pasa nada, Alfonso. ¿No eras tan fuerte y estabas tan seguro de poder ganar? Igual pones excusas porque me tienes miedo —le desafió la niña con osadía—. Temes que como soy hija de una sirena te arrastre al fondo del mar —dijo riendo y agarrando por el cuello al muchacho como si se dispusiese a asfixiarlo.

—No me das ningún miedo, sirena —respondió él capturando las muñecas finas de Mairi y colocándolas tras su espalda, de modo que sus brazos rodeaban por completo su cuerpo delgado—. Lo ves, ya has caído en mi red —dijo sonriendo con malicia—. Las sirenas no tienen nada que hacer frente a los marineros experimentados como yo.

Mairi luchaba por liberarse sin conseguirlo. Lista como era, decidió cambiar de táctica y se quedó quieta, mirándolo con ojos dulces e inofensivos. Se acercó lentamente como si fuese a darle un beso en la mejilla. Alfonso, embobado ante lo que creía que era una completa victoria por su parte, aflojó la fuerza y bajó la guardia. Momento que Mairi aprovechó para darle un pisotón con fuerza y liberarse, muerta de la risa.

—No sé si eres tan experimentado, Alfonso. Esta mirada inofensiva es de primero de sirena —exclamó riendo y colocando las manos alrededor de su cara con expresión inocente.

Alfonso, colorado como una guinda, se recuperaba del dolor del pisotón en el pie y en su orgullo. Julia observaba silenciosa la escena, con una sensación de incomodidad en la boca del estómago. La sensación oscura y viscosa fluyó densa por sus venas hasta alcanzar sus palabras y provocó que hablase, molesta.

—Yo creo que Alfonso tiene razón esta vez, Mairi —dijo algo menos animada de lo que solía estar—. Es una imprudencia nadar en el mar con este frío. Tú estás acostumbrada, pero él puede coger una pulmonía. —Se sentía celosa de la complicidad existente entre ambos—. Venga, se acabó, yo decido el reparto de papeles. Alfonso, tú serás el narrador; Mairi será Robinson, y yo haré de Viernes. Es mi libro, ¿no? Pues se acabó la discusión —terminó tajante.

—Vale, hermanita, si tú lo decides, yo lo acepto. A la sirena no le hago caso, pero a ti sí. Abrazó a su hermana y le arrancó una sonrisa.

—Yo también acepto. Lo único en lo que estoy de acuerdo con el marinero experimentado es en que tú eres la mejor de los tres y la más sensata —dijo abrazando también a Julia por detrás.

Julia notó un profundo afecto hacia ambos y se sintió culpable por los momentos de celos y soledad que la invadían en ocasiones.

Las semanas transcurrieron veloces desde aquel reparto de papeles y todo el esfuerzo se vio recompensado cuando un público entregado los ovacionó con cariño al terminar la obra. Los aplaudieron tanto que tuvieron que salir a saludar tres veces.

Cuando los hermanos regresaron a la mansión con Carmela y Juan, era ya tarde. Durante todo el camino estuvieron riendo y recordando emocionados los detalles y momentos reseñables de la función. Apenas habían cruzado el sendero cuando doña Teresa apareció ligeramente tambaleante con una copa de champán en la mano. Julia presintió los problemas, incluso antes de que su madre pronunciase una sola palabra, acostumbrada como estaba a predecir sus cambios de humor y sus estallidos de cólera. Había aprendido a esconderse y hacerse invisible para evitar su crueldad, centrada exclusivamente en ella, pero en esta ocasión la niña no tenía escapatoria. Julia bajó la mirada con la cara todavía pintada de negro con tizne del carbón.

—Buenas noches, mamá —exclamó alegre Alfonso tratando de apaciguar el temperamento de su madre.

—Buenas noches, hijo —respondió arrastrando ligeramente las palabras—. Me parece inaceptable que destinéis las vacaciones a montar estos teatrillos como si fueseis unos vulgares feriantes. Gracias a Dios que en este pueblo no hay nadie relevante y mis amigas del Club no se enterarán de vuestra falta de distinción. Alfonso, en cuanto comience el internado, se acabaron estos episodios bochornosos. No te dejes influenciar por la estúpida de tu hermana y su amiga, la piojosa esa del faro. Tú no eres como ellas. Eres mejor. Tú vas a hacer que esta familia se sienta orgullosa —dijo con el rictus amargo y una expresión dura en la mirada que afeaba su rostro.

Carmela apretó con más fuerza el hombro de la niña en señal de apoyo silencioso.

—Ustedes pueden retirarse —dijo mirándolos con altivez—. Espero que no se encariñen demasiado con los niños, no son sus padres —escupió con una crueldad inaceptable sabiendo lo mucho que ellos lo deseaban y la cantidad de abortos que Carmela había sufrido—, son sus criados.

La situación de Carmela y Juan era de sobra conocida en el pueblo. El hombre abrió la boca y la cerró, sin atreverse a decir nada que contrariase todavía más a su señora.

—Por supuesto que lo sabemos —respondió Carmela con los ojos vidriosos aguantando las lágrimas.

—Pero, mujer, no te disgustes, si ser madre no es tan bonito como lo pintan... Si tú quieres, te puedes quedar con la niña —estalló en una risa estridente y etílica—. Es una decepción constante y tan fea que nadie la querrá nunca. Ni siquiera yo la quiero —concluyó con crueldad.

Julia comenzó a llorar en silencio, humillada y avergonzada.

—Es que, Julita, de verdad... ¡Lo que te faltaba! Mírate, con la cara pintada de negro, si total a ti no te hace falta, mujer —continuó entre carcajadas cada vez más desquiciadas—. Veo que te gusta la gente oscura. —Y, observándola con odio, añadió—: Igualito que a tu padre.

Lanzó la copa con furia contra el pavimento de piedra y el estallido del cristal resonó en la quietud de la noche. Las palomas revolotearon alteradas en el palomar y Carmela estrechó a la niña con fuerza contra su cuerpo mientras los lagrimones caían, ya sin freno, por su rostro. Alfonso la miró con lástima y caminó hacia su madre que a duras penas sostenía el equilibrio.

—Vamos, mamá, te acompaño a tu cuarto para que no te cortes con los cristales —dijo impostando un tono alegre y despreocupado, que en realidad no sentía. Sabía que debía interpretar su papel de alegre frivolidad ante ella, como siempre, para proteger a su hermana de sus ataques de ira desmedidos.

—Tranquila, señora, ya recogemos esto ahora mismo —añadió Juan haciéndose cargo de la situación e intentando rebajar la tensión vivida con la normalidad de las labores de limpieza.

Carmela permaneció aferrada a la niña, sin poder moverse durante un buen rato. Estaba paralizada por la pena y el horror que sentía ante aquella mujer tan malvada con su propia hija.

—Vamos, Carmela —dijo Julia al cabo de un rato—. Mañana será otro día. Y también esto pasará —concluyó con una fortaleza que impresionó a la mujer.

Julia se limpió las lágrimas con la manga y cogió de la mano a Carmela.

Y efectivamente todo pasó. Al día siguiente todos actuaron como si nada hubiese sucedido. Como siempre, tras algún estallido de cólera, barrían los cristales bajo la alfombra y miraban hacia otro lado aparentando una cotidianeidad forzada y tensa. Doña Teresa no salió de su cuarto en todo el día, alegando sentirse indispuesta. Julia sabía que era la culpa, que la atormentaba por sus palabras injustas y crueles. Percibía el sufrimiento de su madre, pero no alcanzaba a comprender el porqué de su desprecio casi siempre disimulado y sutil. Pero, en determinadas ocasiones, dañino y cortante como los cristales rotos de su copa.

A cambio, tras el enfrentamiento, durante las celebraciones navideñas, los niños sintieron que eran una familia casi normal. Una paz frágil se instaló durante las siguientes semanas auspiciada quizá por la cercanía de las fiestas. Los adornos navideños invadieron la casa, profusamente decorada para la ocasión con coronas de acebo, guirnaldas hechas con rodajas de naranja seca y canela e incluso un abeto tan grande que parecía querer alcanzar el techo y que engalanaron con unas bolas de cristal pintadas a mano, que su padre había traído de su último viaje por Europa.

Fueron unos días que Alfonso y Julia sabían que recordarían siempre con nostalgia, repletos de comidas deliciosas, dulces y juegos a la luz de las velas. Hubo algunos invitados elegantes en la casa y los niños observaron fascinados los preparativos, gracias al servicio extra que durante aquellos días se encargó de que todo saliese a la perfección. Mairi también se escondía en la casa junto a los hermanos, con la complicidad de Carmela, para ver de cerca aquel lujo y esa belleza, que no tenían comparación con nada que hubiese presenciado hasta entonces. Carmela les pasaba, enternecida ante sus caritas ilusionadas, algún dulce sin que la viesen o les guardaba algún merengue para merendar.

Julia y Alfonso no olvidarían aquella primera noche de fin de año en la mansión, porque doña Teresa estaba espectacular e incluso su distante marido tuvo que alabar su belleza y elegancia. Su madre llevaba un vestido de color rosa palo que caía realzando su silueta esbelta, atado al cuello con una gran lazada de organza.

Llevaba los labios pintados de un rojo encendido a juego con la manicura y el pelo claro con ondas al agua recogido en un moño bajo que dejaba al descubierto la espalda entera y la hacía parecer una verdadera deidad griega. Una estola de armiño blanco y guantes hasta el codo de satén completaban el atuendo con el que sin lugar a dudas causaría sensación en el baile del casino.

—Estás preciosa, Teresa —dijo don Emilio admirando a su esposa—, serás la más elegante sin duda. Se quedarán con la boca abierta cuando te vean llegar —afirmó orgulloso.

—Es verdad, mamá. Pareces una estrella de cine —se sumó Alfonso, galante, abrazándola por la cintura con afecto—. No hay ninguna mujer en la tierra más guapa que tú.

—Es verdad…, estás muy bella, mamá —le dijo Julia tímidamente, con miedo a estropear el momento.

Doña Teresa no la miró, pero sonrió.

—Bueno, venga, ya está bien de tanta lisonja. Vamos, Emilio, o llegaremos tarde.

En cuanto el coche se perdió en la lejanía, los niños salieron disparados en busca de Mairi que los esperaba junto a la puerta lateral de servicio.

Los hermanos pasarían las festividades de Año Nuevo y Reyes en el balneario del Gran Hotel de la Toja y aprovecharían el viaje de regreso para dejar a Alfonso en el internado. Así que aquella sería la última noche que estarían juntos hasta el verano. Habían acordado pasarla los tres en la cala de la mansión para no perderse el espectáculo de luces.

Los fuegos artificiales comenzaron cuando las campanas dieron las doce de la noche y los niños, tumbados en la arena con mantas, termos con chocolate de Carmela y bien abrigados, los contemplaron embelesados. Alfonso estaba en el medio, entre ambas niñas, y las luces se reflejaban en su rostro dorado. Mairi lo contempló de perfil como si intuyese el hombre arrebatadoramente guapo en el que se convertiría muy pronto. Sintió una mezcla extraña de emociones que no fue capaz de descifrar, pero notó que le costaba apartar la vista de sus facciones, entretenida como estaba en analizarlas.

—Estarás deseando conocer a tus nuevos amigos —comentó Mairi fingiendo indiferencia.

—La verdad es que sí. Allí podré jugar al fútbol y me hace ilusión vivir con otros niños de mi edad, fuera de casa —respondió Alfonso alegre girando la cara para mirarla directamente—. Pero echaré de menos a Julia —añadió con intención para picarla.

—Claro, ya me imagino —respondió Mairi muy seria, secretamente enfadada consigo misma por que le doliese la omisión.

—Yo también te echaré de menos —dijo Julia apoyando la cabeza en su hombro—. Menos mal que estaré contigo, Mairi. Me hace ilusión que vayamos juntas al colegio. Alfonso y yo siempre hemos estudiado con tutores y conocer a otros niños me parece muy emocionante —añadió Julia con ilusión en la voz.

—Tendremos que estudiar mucho para que Alfonso no aprenda más que nosotras en ese colegio tan elegante —añadió Mairi con sonrisa pícara y la mirada fija en las explosiones de luces y colores que se sucedían en el horizonte.

—Y no te olvides de que todavía me debes una competición de natación, *ruivinha*, aunque, como valoro mucho mi vida, mejor la dejamos para este verano —afirmó Alfonso mirando a Mairi con atención. Quería memorizar su nariz respingona cubierta de pecas y aquellos ojos verdes de pestañas largas y oscuras que contemplaban el cielo con fascinación—. Cuando regrese, seré más alto y más fuerte que tú. Así que prepárate para perder, sirena del faro.

—Esa era mi madre… Yo no soy una sirena, pero sí soy la mejor nadadora del pueblo. Así que ya veremos quién gana —dijo elevando el mentón hacia él con orgullo y una sonrisa radiante en la cara.

A Mairi le gustaba el desafío constante que Alfonso le proporcionaba, y que la animaba a ser mejor y más hábil. Sintió cómo el dedo meñique de él rozaba el suyo, y un ligero estremecimiento le recorrió la espalda desde la base hasta la nunca. Mairi se quedó muy quieta, temiendo y deseando a la vez que se atreviese a cogerle la mano. El chico se tomó su tiempo, pero finalmente entrelazó suavemente sus dedos con los de ella y la miró con intensidad. La muchacha, colorada, continuó mirando las luces, sintiéndose incapaz de sostenerle la mirada. Él se acercó finalmente a su oído y le susurró:

—También voy a echarte de menos a ti, Mairi. ¿Y tú a mí?

Mairi no le contestó. No dijo nada. Pero tampoco soltó su mano. Mientras, Julia dormía acurrucada junto a su hermano, completamente ajena a la chispa que había prendido en los corazones del niño de fuego *e a nena de auga*.

10

La joven del agua

2007

CLARA

Cuando la ambulancia llegó a la mansión, lo peor de la tormenta ya había pasado. Ambas mujeres, Clara y Josefina, habían decidido que lo más prudente sería llevar a doña Hilda al hospital para que verificasen que no había sufrido daño alguno con la caída. Acordaron que Josefina acompañaría a la anciana, pues su presencia le resultaría más tranquilizadora, frente al torbellino emocional que había supuesto para ella conocer a Clara en plena oscuridad y tras sufrir una aparatosa caída.

—¿Estarás bien aquí sola? —preguntó Josefina preocupada—. Ha sido una llegada... complicada, pero no será siempre así. Estoy segura de que todo irá mejorando.

—Claro que sí, Fina, no te preocupes. Voy a darme una ducha, cenar y cambiarme de ropa. Mañana lo veremos todo distinto. Espero que doña Hilda no tenga ninguna lesión grave y podáis regresar a casa lo antes posible.

223

—Eso espero yo también… y, Clara…, por favor, disculpe si la he asustado, llevo tanto tiempo en esta casa que a veces creo ver cosas donde no las hay. Como con esa puerta vieja. En cuanto pueda llamaré al cerrajero para que la revise.

—Pero, bueno, Fina, ¡pensé que ya habíamos acordado tutearnos! —exclamó Clara con un supuesto enfado cuya sonrisa contradecía.

—Es verdad, es verdad…, son tantos años hablando de usted a la gente que me cuesta cambiar… —comentó la mujer frunciendo ligeramente las comisuras de los labios.

Era lo más parecido a una sonrisa que Clara le había visto hacer desde su llegada.

—Aquí estaré esperándoos a vuestro regreso. No te preocupes. No soy fácil de asustar, aunque pueda parecer lo contrario —respondió Clara apretando con afecto el hombro de Fina.

Sin embargo, mientras la ambulancia se perdía en la lejanía de aquel camino serpenteante rumbo a la ciudad más cercana, Clara comenzó a sentir la inquietud que le provocaba la idea de quedarse completamente sola en la inmensidad de aquella casona decadente. Especialmente, teniendo en cuenta los acontecimientos catastróficos acaecidos desde su llegada. Se preguntó si doña Hilda conseguiría acostumbrarse a su presencia y cómo podría ayudarla a hacer más llevadera su enfermedad.

Sintió un escalofrío que recorrió su espina dorsal desde la base hasta el cuello y cruzó los brazos, intentando darse calor. Decidió que lo primordial para evitar un resfriado que empeorase todavía más su aterrizaje en la casa sería darse una ducha caliente y cambiarse de ropa. Josefina había comentado que la ayudaría a subir su equipaje, pero sus maletas seguían en el mismo lugar en el que las había dejado al llegar. No habían tenido tiempo para hacerlo. Parecía que había pasado una eternidad desde entonces. Demasiadas emociones para el primer día. Deseó con fuerza encontrar un equilibrio en aquella nueva realidad que había comenzado para ella.

Planeó que, una vez aseada y con ropa seca y más adecuada para aquel nuevo entorno, terminaría de comer en la biblioteca y llamaría a su madre para ponerla al día de su llegada, suavizando los detalles más inquietantes para no preocuparla.

Pensó que también podría ser una buena oportunidad para empezar a fotografiar con su cámara las estancias del caserón y así documentar mejor la historia que comenzaba a dibujarse en su mente. De ese modo, podría explorar mejor la casa sin importunar a las mujeres ni resultar maleducada. El afán por descubrir cada rincón de la mansión era más poderoso que la inquietud que le producía hacerlo sola en la oscuridad.

Cuando la ambulancia desapareció por completo en el horizonte, la joven cerró la puerta y regresó al interior. El silencio era tan denso que podía escucharse el crujido de la madera y el ulular del viento y las olas en el exterior. Clara observó las escaleras magníficas, la vidriera que las coronaba y la majestuosa entrada. Era una casa diseñada con elegancia y se notaba en cada pequeño detalle, incluso en las decoraciones más nimias, que los materiales eran de una calidad y manufactura excelentes. Todo había sido pensado hasta el más mínimo detalle. Sintió lástima por el estado en el que se encontraba.

Clara pensó que todas las casas abandonadas y escalo-friantes habían sido algún día proyectadas con ilusión por personas que estaban seguras de que serían felices en ellas. Que probablemente sus propietarios imaginaban a una familia creciendo y prosperando entre sus muros, como un testigo mudo del devenir de las distintas generaciones. Entonces ¿qué es lo que ocurría en ellas para que acabasen abandonadas e impregnadas de tristeza?

—¿Qué sucedió? —preguntó Clara en voz alta a la casa, obteniendo únicamente un silencio denso como respuesta.

Subió las escaleras con dificultad, llevando su equipaje con gran esfuerzo, y tomó el camino que conducía a su cuarto. Se equivocó al girar en uno de los pasillos y se encontró de frente con la habitación de doña Hilda, situada en la misma planta, pero en el ala opuesta a la suya. La puerta estaba abierta de par en par y no pudo resistir el impulso de entrar. Sabía que no era lo correcto, pero necesitaba conocerla más. No tocaría nada, tan solo echaría un vistazo rápido.

Lo primero que le llamó la atención fueron los libros, que estaban en todas partes: apilados sobre las mesillas, en la enorme estantería que abarcaba la pared entera situada frente a su cama y también sobre un enorme escritorio de caoba. Sus ojos se dirigieron inmediatamente a una máquina de escribir que reposaba sobre el escritorio, rodeada de cuadernos de piel y papeles con anotaciones. Se fijó en el grabado de los cuadernos: M. L.

Acarició las letras como si escondiesen un enigma, ¿quién era aquella mujer? La anciana frágil y desorientada del salón parecía muy diferente a aquella persona culta y amante de la lectura. Y, por lo que le había contado su madre, también había sido escritora en su juventud. El folio sobre la máquina de escribir tenía tan solo un título escrito:

El faro de la sirena
por M. Silva

Clara se quedó sorprendida al leer el nombre que figuraba en aquella página. «No puede ser», murmuró para sí. «M. S.... ¿Doña Hilda es M. Silva, la famosa escritora?».

Recordaba perfectamente el primero de los libros que había leído de la autora, una saga juvenil sobre un grupo de amigos. Sus aventuras transcurrían en verano cuando se reunían en la isla de Guernsey. Adoraba especialmente los personajes de las hermanas Barton, Mary y Jane, intrépidas y aventureras, siempre en busca de nuevos misterios que resolver en la pequeña y pintoresca isla junto a sus amigos.

Sabía que la autora era de origen brasileño, pero nunca había visto ninguna fotografía ni entrevista en la que se viese su rostro. Su identidad era un misterio y tan solo se sabía que era una amante de los viajes y que había recorrido el mundo escribiendo sus historias. La novela juvenil la había catapultado al éxito, pero también era conocida por sus novelas de misterio e incluso poesía.

A Clara le pareció un sueño hecho realidad ser la asistente de una escritora tan brillante, incluso aunque a ratos olvidase quién era. Reparó en la estantería que había junto al escritorio y que contenía la colección completa de todos sus libros. Había sesenta y siete. Toda una vida dedicada a imaginar historias para que los demás pudiesen disfrutar y escapar de la rutina y de sus vidas por unas horas. Qué profesión tan maravillosa aquella, cuántas vidas te permitía vivir, qué libertad debía proporcionar viajar por el mundo eligiendo los escenarios e imaginando los personajes que los poblarían. Y, sin embargo..., qué sola parecía estar doña Hilda. No podía creer que aquella mujer tan frágil y perdida en su mente fuese la creadora de la saga que había hecho felices a tantos niños y jóvenes del mundo entero.

Un potente resplandor llamó su atención y se coló a través de la galería, la luz del faro iluminaba de manera imponente el océano Atlántico desde lo alto de las rocas. Estaba tan cerca que parecía que se podía llegar a nado desde allí. ¿Sería ese faro la inspiración para ese título que esperaba paciente el regreso de su creadora? Anotó mentalmente la visita al faro en cuanto tuviese ocasión. Se sintió hipnotizada por su elegante presencia en la distancia. «¿Qué tendrán los faros?», se preguntó. Desde niña bastaba su sola visión para comenzar a imaginar misterios y tramas novelescas. Había algo enigmático en su presencia solitaria y altiva.

Le vibró el móvil en el bolsillo y la sacó de sus cavilaciones en un instante. Un SMS. De su madre. Pero ¿qué hora era ya? ¿Cuánto tiempo llevaba en aquel cuarto como una vulgar cotilla? Se sintió culpable por no haber dado señales de vida desde que había entrado en la casa hacía ya... lo que parecía toda una vida. El reloj le devolvió una hora que consideró una regañina del universo, las 23:23. Nora le había enseñado que en el lenguaje de las horas espejo significaba que no estaba prestando la atención suficiente a una persona importante en su vida.

«Mensaje captado», pensó. Sonrió un poco, sabía que su amiga Nora estaría orgullosa de sus conocimientos, pues, tras escucharla durante tantos años, estos habían dejado un poso en ella.

Se dirigió a la puerta y cargó de nuevo su equipaje, no sin antes echar un último vistazo por encima del hombro. La habitación permanecía idéntica a como la había encontrado al llegar y, sin embargo, cada vez que giraba la cabeza casi esperaba toparse con una presencia. Se sentía observada. Quizá por la casa en sí misma. Pero la sensación que había tenido con Josefina no desaparecía, a pesar de todos los argumentos racionales que se repetía como una letanía para evitar el miedo.

Caminó deprisa y sin mirar hacia atrás. El ruido de las maletas arrastrándose por el suelo parecía casi un insulto a la quietud de la casa. Y, sin embargo, no aminoró la marcha. Cruzó el pasillo en dirección contraria a la que había seguido inicialmente y llegó a su dormitorio. Encendió la luz y entró, cerrando la puerta tras de sí. Lo primero que hizo fue abrir la maleta y revolver en los bolsillos hasta dar con lo que buscaba. Después, lo colgó en la manilla de la puerta susurrando unas palabras en voz baja: «Concibo este lugar como un espacio de protección. Estoy a salvo dentro de mi espacio y cualquier energía que me dañe o perturbe no es bienvenida».

Era un ritual que repetía en todas las habitaciones en las que había vivido desde el *incidente*. Incluso antes de que ocurriese, ya recordaba aquellos amuletos protectores en la puerta de la casa de su abuela, pero desde ese momento solo se sentía segura si también colgaban de la puerta de su habitación.

Contempló el saquito con sus iniciales bordadas adornado con encaje de Camariñas. Su abuela lo había cosido para ella cuando sufría pesadillas tan vívidas que se despertaba aterrorizada, gritando por las noches. Aunque, sin duda, lo que más temía en aquel entonces eran las presencias que le susurraban al oído en la oscuridad justo antes de quedarse dormida. Dentro del fino tejido de hilo blanco, descansaba un atado de laurel, romero, lavanda y una rama de canela. Su abuela lo había ideado para ella y tras ese pequeño ritual siempre se sentía protegida. Lo llevaba siempre consigo y no había conseguido deshacerse de esa vieja costumbre. Le pareció escuchar las palabras de su abuela… «Clariña, *durme* tranquila que este *feitizo protexe* de todo mal». Ahora sabía que quien la protegía, en realidad, era ella. Que permanecía a su lado como una fiel centinela, velando su descanso hasta que conseguía conciliar el sueño de nuevo. «Siempre es el amor lo que nos protege», recordó Clara.

Pese a que desde que era una mujer adulta había procurado alimentar su lado racional, cierto grado de superstición la acompañaba inevitablemente y no conseguía sentirse segura por las noches sin ese pequeño ritual de protección. Despertó, entonces, de la ensoñación, estiró la espalda y sintió el cansancio acumulado del día. Comenzó a deshacer el equipaje buscando su neceser y lo encontró al fondo de la maleta. Se dirigió a la puerta que correspondía al baño. Al entrar reparó en que la estancia se veía antigua pero reformada. En un lateral destacaba una bañera de patas cromadas. Una pila de toallas limpias descansaba sobre una pequeña estantería. Cogió la primera y el aroma a lavanda la envolvió por completo, inundando la estancia y relajando de inmediato sus músculos tensos. Abrió el grifo y dejó el agua correr, muy caliente, hasta llenar la bañera. El vapor inundó el baño, como si de una sauna húmeda se tratase.

La joven metió un pie y luego el otro y no retrocedió pese a sentir cómo su piel blanquísima se quemaba y enrojecía. Necesitaba notar de nuevo el calor en los huesos y relajarse por completo.

La calidez del agua y el cansancio la adormecieron. Los párpados le pesaban cada vez más y en su mente comenzaron a sucederse a gran velocidad fragmentos de conversaciones, sensaciones y recuerdos de manera inconexa con ese punto de irrealidad que se alcanza cuando se está a punto de sucumbir en los brazos de Morfeo. En ese instante onírico de duermevela, aquel que tanto temía años atrás, escuchó un susurro que se imponía a los demás pensamientos y que parecía surgir de su interior. Era una voz dulce, irreal y persuasiva, imposible de ignorar: «Sumérgete. Libérame. Sumérgete. Libérame. Sumérgete. Libérame». Repetido como una letanía.

La joven se vio nuevamente en aquella playa en la que todo había comenzado muchos años atrás. Sintió el viento en el pelo, jugando de manera caprichosa a enredar sus cabellos. Escuchó las olas que rompían furiosas contra la arena y caminó hacia la orilla. Entró en el agua y continuó avanzando con pasos firmes, sin detenerse. Sin resistirse.

La voz continuaba repitiendo aquellas dos palabras como un hechizo que anulaba su voluntad, pero también anestesiaban el miedo, sumiéndola en un estado de placidez absoluta. De ansia por descubrir qué se ocultaba bajo la superficie. El agua le llegaba ya al cuello cuando notó una fuerza que la arrastraba hacia el fondo. Algo incorpóreo que se ceñía a su cuerpo frágil y esbelto. Esta vez no luchó. Cerró los ojos y se hundió.

Abrió los ojos con la cabeza sumergida dentro de la bañera y vio la silueta de una mujer que le resultaba familiar. Se acercaba despacio y Clara sintió que el corazón comenzaba a golpear con fuerza en su pecho, cansado por la falta de oxígeno y rebelándose contra el destino fatal al que parecía querer condenarlo.

La mujer parecía muy joven, apenas una adolescente. Tenía el pelo largo y estaba tan cerca que podía intuir sus rasgos delicados. Y, sin embargo, algo en sus movimientos hacía que Clara tuviese la certeza de que no pertenecía a este mundo. Continuó avanzando hacia la bañera, su cara visible pero desdibujada a través del agua estaba cada vez más cerca de la suya. Clara notaba ya la asfixia que se apoderaba de su cuerpo, la muerte acechándola una vez más, cuando la mujer etérea atravesó el agua. Vio su rostro con nitidez.

Podría haber sido el suyo propio. Ambas mujeres se miraron a los ojos durante unos instantes que se le antojaron una eternidad. Su mirada reflejaba miedo, pero también una tristeza infinita. Abrió la boca para decir algo, pero no emitió sonido alguno y una mueca de horror recorrió su rostro. Un chillido desgarrador perforó su mente haciendo que Clara se estremeciese, paralizada por el terror. El llanto desesperado de un bebé resonó con fuerza en su interior como si de una melodía macabra se tratase. En ese instante, la mujer giró la cabeza y salió arrastrada como si algo invisible tirase de ella alejándola de Clara hasta desaparecer. La joven sintió cómo aquella fuerza benigna la ayudaba a reunir las fuerzas suficientes para incorporarse. «Clariña, despierta. No tengas miedo», susurró una voz conocida en su interior.

Sus manos temblorosas asieron los bordes de la bañera con una fuerza sobrehumana y Clara se incorporó de nuevo al mundo con una bocanada de aire, que llenó de vida sus pulmones. Permaneció temblorosa asida a la bañera mientras esta se vaciaba lentamente durante un lapso de tiempo indefinido. Podrían haber transcurrido unos minutos o unas horas. Clara permanecía sumida en un trance del que no conseguía salir.

—Otra vez no... —murmuró para sí.

Aquellos temores, las cosas extrañas que se había esforzado tanto por relegar a las sombras de su interior, parecían haberse desatado nada más llegar a aquella mansión oscura y doliente.

Y, sin embargo, el sentimiento que prevalecía en su interior, impregnado a su alma sensitiva, no era el miedo. A pesar del pánico que le producía la falta de oxígeno, su mayor pesadilla desde niña, la sensación que permanecía aferrada a su pecho era una infinita tristeza.

En aquella casa había dolor. La pérdida estaba impregnada en sus paredes.

Clara siempre se había negado a aceptar que aquello que le sucedía era algo más que terrores nocturnos y parálisis del sueño. Pero a pesar de que su mente racional tratase de encontrar una explicación plausible para aquel suceso extraño, repitiéndole que se trataba de un mero accidente por haberse quedado dormida en la bañera, un mero sueño inquietante producido por el cansancio y las emociones del día, la sugestión del entorno y su imaginación desbocada, lo que casi había provocado un accidente fatal..., esta vez, algo en su interior le decía que había un misterio entre aquellas paredes.

Y que, de un modo inesperado, sí se sentía preparada para adentrarse en él.

«Tal vez si logro resolverlo podré liberar a la joven del agua», decía una parte de ella, la más intuitiva y espiritual.

«Estás loca, solo ha sido un mal sueño y una imprudencia que casi te cuesta la vida», respondía su mente analítica y racional.

En una ocasión, siendo universitaria, había acudido con Nora a un bar de copas inspirado en el mundo del ocultismo. Mientras te bebías un cóctel, podías contratar un pack: con lectura de tarot, quiromancia o alguna que otra práctica esotérica. A pesar del recelo que sentía ante ese mundo, y animada por su amiga y alguna que otra ronda de pisco sour, Clara acabó aceptando que le leyesen las cartas.

La tarotista era una mujer amable y sonriente, con un aura beatífica que la hizo sentir segura. No era como había imaginado. No había ni rastro de la apariencia excéntrica ni de los mensajes apocalípticos que tanto temía. Honestamente, tampoco recordaba demasiados detalles de la lectura, que imaginaba que, por aquella época, girarían en torno a los exámenes y a Gael. Pero sí se le había quedado grabada una frase que sintió que la definía a la perfección. A su mente regresó, tantos años después, lo que le había dicho, en aquella ocasión, la mujer de tez perfecta y cabello oscuro: «Niña, tú estás hecha de bastos y espadas, siempre en conflicto entre la razón y la creación. Los hechos empíricos y la intuición. Lo mental y lo emocional. Tienes que aceptar tu dualidad, reconciliarte con tu parte espiritual y creativa e integrar lo mejor de ambas. No luches contra tu naturaleza».

—Bastos y espadas —repitió Clara en aquella casa, a cientos de kilómetros y años de distancia de aquel momento, de aquel bar.

Su parte racional y su parte espiritual combatiendo de nuevo, ambas explicando con sus recursos lo que había sucedido aquella noche. Aunque, en realidad, ¿qué importaba? Fuera lo que fuese lo que había sucedido, tenía la certeza de que existía una historia entre aquellas paredes que merecía ser contada. Y estaba dispuesta a hacerlo.

Escribir era lo único que la reconciliaba con su dualidad, porque combinaba una parte metódica, de investigación y organización en las historias, pero también una parte creativa, intuitiva y visceral, que salía de las entrañas y removía las emociones cuando daba vida a unos personajes y enhebraba las palabras como si de un bordado se tratase. Aquella era su señal. Debía investigar. Quería descubrir. Y necesitaba crear. Además, quizá pudiese hacerlo con una de sus escritoras favoritas... si sus sospechas eran correctas y se trataba de la misma M. Silva a la que veneraba desde niña.

Contar una historia era una forma de liberar a los fantasmas de su mente y, por eso, fuese o no real aquella mujer del agua, la liberaría a través de las palabras.

Una vez vestida, bien abrigada con un jersey grueso y dos pares de calcetines, Clara respiró profundo y llamó a su madre. Contestó a la primera señal.

—Clara, ¡me tenías preocupadísima! ¿Estás bien? He estado inquieta durante todo el día. Si no estás a gusto, ya sabes que siempre puedes volver a casa. No aguantes por cabezonería que nos conocemos, ¿eh?

La voz familiar y la regañina cariñosa hicieron que se le humedecieran los ojos. No hay mayor fortuna que tener una persona a la que regresar. Ella había tenido dos, su abuela y su madre. Ahora solo le quedaba una.

—Estoy bien, mamá. De verdad. La llegada ha sido accidentada porque doña Hilda se ha caído. Ha habido una tormenta muy fuerte, la luz se ha ido y la pobre ha tropezado. Se la ha llevado la ambulancia a la ciudad.

—¡Cuánto lo siento! Pobre mujer, con lo mayor y frágil que está. Y ¿sabes algo sobre su estado?

—No… La caída no parecía grave, pero hemos preferido llamar a la ambulancia por si acaso. Se ha puesto muy nerviosa… Se ha desubicado bastante, mamá… Me he dado un baño porque estaba helada y… me he quedado dormida. Perdona por no haber podido llamarte antes. Estoy muy cansada y un poco alterada todavía, pero de verdad que creo que podré adaptarme a vivir aquí. En un rato, llamaré al móvil de Josefina para tener más noticias.

—Claro que sí. No te preocupes, hija. Verás que por la mañana todo parecerá diferente. Voy a encender una vela para que todo se quede en un susto y doña Hilda vuelva pronto a casa. Verás como cuando se acostumbre estará encantada contigo, con lo *riquiña* que eres. Está mal que lo diga yo, que soy tu madre, pero les ha tocado la lotería teniéndote cerca.

Clara dejó escapar una carcajada, pero le pareció fuera de lugar en aquella casa. Como si sus paredes no estuviesen acostumbradas a los sonidos alegres.

—Mamá, tú qué vas a decir… Qué cosas tienes… Pero intentaré hacerlo lo mejor que sepa y aprenderé a calmarla y a hacerla sentir cómoda.

—Tener buena actitud es más importante que tener talento, Clara. Tú tienes ambos, pero sobre todo tienes humildad y bondad, y eso para acompañar a la gente mayor, y en general para la vida, es lo principal.

Clara puso los ojos en blanco. Gracias a Dios, desde pequeña, había aprendido a cuestionar los halagos y el cariño desmesurado de su madre y de su abuela. Si se hubiese visto a través del filtro amoroso que les nublaba el buen juicio, se habría convertido en una persona insoportable.

—Por cierto, mamá, ¿te acuerdas de los libros de M. Silva que devoraba de pequeña?

—¡Cómo no me voy a acordar! Si me costaba que te quedases dormida sin dejarte leerlos enteros. Los traías de la biblioteca de cinco en cinco. ¿Te acuerdas? Ibas con la abuela en verano cada semana a por más.

—Me acuerdo, sí… Pues no te lo vas a creer, pero creo que doña Hilda es M. Silva —comentó Clara con una mezcla de incredulidad y emoción en la voz—. He encontrado la colección completa de todas sus novelas —prosiguió de carrerilla—. Sabíamos que doña Hilda era escritora, pero no imaginaba que podía tratarse de M. Silva. Jamás pensé en ella, la verdad. No hay fotos de la autora y tampoco concede entrevistas. La admiro tanto… Espero poder ayudarla. La he visto muy mal… Muy afectada y confusa tras la caída, pero Josefina me ha contado que tiene momentos de lucidez.

—No me lo puedo creer, pero ¿estás segura? Si resulta ser ella, parece cosa del destino… Yo tampoco lo imaginé cuando Remedios me habló de ella. Por cierto, me ha dicho que irá a visitarte pronto. Quizá ella pueda contarte más cosas —continuó su madre al otro lado de la línea telefónica—. Con doña Hilda, ten paciencia y trátala con mucha dulzura, como si fuese tu abuela. Es una enfermedad cruel olvidar quién eres y lo que amas. Es como seguir con vida, pero perdiendo pedazos de alma y recuerdos... —Su madre dejó la frase suspendida en el aire—. Podéis haceros mucho bien la una a la otra. Me parece increíble que en su estado pueda escribir, pero quizá con tu ayuda pueda conseguirlo, aunque solo sea como terapia.

El silencio se instaló entre ambas, cada una perdida en sus propias cavilaciones.

—Gracias, mamá, yo también lo creo. Siento que hay mucho más de lo que parece en su historia y en la de esta casa. Te llamaré cuando pueda, ¿vale? No te preocupes, estaré bien.

—Prométeme que te cuidarás —exigió su madre.

—Te lo prometo —respondió ella—. Te quiero, mamá —añadió Clara antes de colgar.

Pulsó el botón rojo y se sintió culpable por lo poco que se lo decía. Reflexionó sobre lo mucho que le costaba verbalizar los sentimientos en voz alta, en contraste con lo sencillo que le resultaba expresarlos por escrito. Marcó el teléfono de Josefina y esperó hasta que saltó un mensaje de voz que indicaba que el móvil estaba apagado o fuera de cobertura. Se sintió impotente y, para evitar la preocupación, decidió continuar con su plan de comer algo rápido en la biblioteca y mantenerse ocupada.

Ya con luz y algo más ubicada, Clara recorrió los pasillos oscuros y silenciosos y encontró la cocina a la primera. Los restos de la merienda interrumpida seguían sobre la mesa. Colocó en una bandeja blanca con motivos florales los pedazos intactos de los manjares que había empezado a degustar en el momento del apagón.

Durante todo el tiempo giró la cabeza en varias ocasiones, sintiéndose observada a cada instante. Su vista se posaba una y otra vez sobre una puerta cerrada con llave, que, imaginó, conduciría al sótano de la casa y que parecía querer invitarla a echar un vistazo en sus profundidades. Afortunadamente, en esta ocasión la prudencia venció a la curiosidad.

Clara había tenido suficientes emociones y momentos extraños en su primera noche. Pensó en lo apetecible que se veía la empanada, el queso con membrillo, el pan y el bizcocho casero. Tras calentar de nuevo el té, su aroma delicioso y humeante pareció reconfortarla con el mero hecho de sostener la taza entre sus manos.

Colocó la taza de té en la bandeja y salió de la cocina. No sin antes reparar en que la puerta del sótano estaba abierta, como una herida negra que abría sus fauces hacia las profundidades de la casa. Sintió una punzada de inquietud. Segura como estaba de haberla visto cerrada y con una llave apostada en la cerradura.

Decidió no cuestionarse nada más aquella noche. Las espadas habían tomado el control. Regresó junto a la puerta y la cerró, esforzándose por no mirar hacia la oscuridad. Con la férrea intuición de que algo la observaba desde allí abajo. Salió de la cocina sorprendida por su arrojo y enfiló el camino hacia la biblioteca con paso rápido, deseando alejarse de aquella oscuridad.

Encontró la habitación sin la menor pérdida, como si esta la llamase con su canto, atrayéndola hacia sí. Entró en la biblioteca y alzó la vista en cuanto la luz dio vida a la lámpara de araña, cuyos cientos de cristales multiplicaron el efecto lumínico. De nuevo se sintió maravillada ante los tomos encuadernados que ocupaban todas y cada una de las paredes de la estancia. Allí sí, rodeada de libros, envuelta en su aroma a cuero y papel, se sintió completamente segura por primera vez desde su llegada.

Sonrió y pensó que era una verdad universalmente reconocida, que nada malo podría sucederle si Jane Austen, Charles Dickens y las hermanas Brontë la flanqueaban desde las estanterías.

11

El verano que lo cambió todo

1927

Los años habían transcurrido como un suspiro desde que Julia había visto por primera vez a Mairi vigilando la mansión como una criatura acuática extraordinaria. Faltaban pocos días para que la joven cumpliese dieciséis años y Julia había preparado una sorpresa especial para ella. Se moría de ganas de que llegase la fecha. Desde que se conocieron y hasta ese momento habían sido inseparables. Lo hacían todo juntas. Como hermanas. A pesar de sus diferencias, eran idénticas en esencia. Julia, morena, bajita y silenciosa. Mairi, pelirroja, espigada y vivaracha. Con los años, ambas se habían mimetizado tanto que una podía completar las frases de la otra y con tan solo una mirada, sin pronunciar palabra, podían reírse recordando las dos la misma broma.

Alfonso no había parado de viajar con sus padres por Europa e incluso había visitado Nueva York el verano anterior durante las vacaciones escolares. Lo cierto es que el adolescente a lo largo de aquellos últimos siete años había permanecido bastante alejado de la apacible rutina que habían creado las dos amigas.

Don Emilio siempre insistía a Julia para que los acompañase en sus viajes, pero la niña declinaba amablemente los ofrecimientos con cualquier excusa para quedarse con Mairi y Carmela. Con ellas había encontrado el hogar feliz del que hasta entonces había carecido y un refugio en el que se sabía querida y segura. Era evidente el alivio que su madre sentía ante la negativa, Teresa incluso parecía haber recuperado ligeramente la alegría al poder disfrutar durante un par de meses a su hijo sin la presencia aciaga de Julia estropeando aquella imagen de familia idílica. Se había establecido una nueva dinámica que parecía funcionar para todos y Julia rezaba para que nada cambiase y pudiese continuar viviendo, libre y feliz en aquel rincón de la costa atlántica con su amiga del alma.

—Pero ¿no te da pena no conocer esos lugares tan lejanos y maravillosos? —le preguntó Mairi una tarde calurosa de domingo, con los pies sumergidos en el agua fresca del *regato das lumias*.

—Quiero conocer todos esos lugares, claro… Pero sé que podré hacerlo contigo más adelante —dijo la adolescente sonriendo a su amiga—. Soy feliz aquí con vosotros. Y además Alfonso me escribe siempre para contarme todos los detalles —afirmó.

—Sus cartas son muy bonitas, casi parece que estuviésemos viajando los tres juntos al leer sus descripciones… Acuérdate de enviarle recuerdos de mi parte cuando le escribas la próxima, Ju. Él parece muy feliz en el internado, viajando y conociendo a tanta gente distinta —dijo Mairi con sentimientos encontrados.

—Sí que lo son, siempre encuentra anécdotas graciosas que contar —respondió Julia sonriendo—. A él sí lo echo un poco de menos a veces. Pero, como sé lo mucho que le gusta conocer gente y lugares nuevos, me siento feliz por Alfonso. Y no te preocupes por que yo no viaje, Mairi. Algún día viajaremos las dos juntas, estoy segura. Además... —continuó Julia haciendo una pausa dramática—, papá me ha prometido que, cuando aprobemos el examen de ingreso en la Escuela Normal de Magisterio, nos llevará de viaje adonde nosotras queramos —terminó con expresión soñadora y triunfante.

—¡Ay, Ju! Sería tan bonito que eso sucediese... ¿Te imaginas? Si pudiésemos conocer París o Roma... o Atenas. La verdad es que me intriga mucho la mitología griega desde que don Ignacio nos prestó ese libro de historia y arte de la antigüedad —contestó Mairi con voz esperanzada.

—Pues, fíjate, que se me había ocurrido otra cosa... —dijo la joven con el gesto emocionado—. ¿Y si visitásemos Escocia? Podríamos conocer Edimburgo e investigar algo más sobre el barco que naufragó la noche en que apareció tu madre en la playa... ¿quién sabe? Es difícil, pero podríamos descubrir algo más sobre ella. Ese idioma en el que dicen que ella cantaba... Yo creo que podría ser gaélico, una lengua celta. Esa unión que ella tenía con el mar y ese pelo rojo tan común en esas tierras... Todo podría tener una explicación, Mairi.

—Qué buena idea. Me gustaría conocer Escocia y sus raíces si ella realmente hubiese nacido allí... Me haría sentirme más cerca de mi madre imaginar dónde vivía y la tierra que amaba —reconoció Mairi soñadora—. Y me gustaría no ser la única pelirroja para variar, ¿sabes? Me alegraría ver a más gente color zanahoria como yo —dijo riendo—. Aunque, ¿sabes?, me daría pena descubrir que no era una sirena, porque significaría que está muerta y... casi prefiero pensar que sigue viva, surcando los océanos libremente, y que nos cuida a *pai* y a mí desde el mar —concluyó Mairi perdiendo la alegría súbitamente ante el recuerdo de su madre ausente.

—Tienes un pelo precioso, Mairi, y te hace especial. Pero me has convencido, es mejor que vayamos a Grecia y visitemos el Partenón. Nos bañaremos en esas aguas turquesas. ¿Te acuerdas de esa postal que nos envió Alfonso y cómo describía aquello? Parecía un paraíso...

—Y probaremos ese queso que mencionaba... ¿Cómo se llamaba? Ko..., algo. —balbuceó Mairi intentando recordar.

—¡Kopanisti! —exclamó Julia, emocionada por haberse acordado.

—¡Eso! —dijo Mairi soltando una carcajada—. Pero primero tenemos que prepararnos a fondo, Ju, vamos a tener que estudiar muchísimo... No quiero decepcionar a doña Mercedes con todo el esfuerzo que está haciendo... —expresó, preocupada.

—Doña Mercedes ha sido muy amable al hablar con su amiga de la Grande Obra de Atocha para pedirle el temario de preparación de acceso y enseñarnos desde su escuela. —Julia se sintió infinitamente agradecida—. Es una buena maestra y una gran mujer. Tendremos que trabajar duro, Mairi, pero aprobaremos el examen de ingreso. ¿Cuándo nos hemos amilanado nosotras ante un reto? —exclamó sintiéndose invencible junto a su amiga.

—Me gusta estudiar, Ju, y mucho más hacerlo juntas. Nunca pensé encontrar a otra chica como yo. Me encanta que las dos disfrutemos tanto leyendo y compartamos ese anhelo por aprender cosas nuevas. Si entramos en la Normal, tendremos que vivir en A Coruña. Sería emocionante, ¿verdad? —expresó la muchacha.

—Sí, lo sería... Mejor dicho, lo será, porque lo conseguiremos —contestó segura Julia—. ¿Te he dicho ya que mi madre quiere que haga mi puesta de largo a finales de este verano? Como voy a cumplir dieciséis años a principios de septiembre, sus amigas del casino la han presionado para que me una a la fiesta que organiza el comité de damas. Sé que mamá intenta no mencionarme nunca ante ellas, pero Alfonso me ha contado que se vio acorralada. Parece ser que esas mujeres no entienden cómo alguien tan elegante y bien posicionada como ella no quiere presentar a su hija en sociedad. Mamá se ha visto obligada a aceptar por el qué dirán —dijo la joven poniendo los ojos en blanco—, aunque ya sabes cómo son... Seguro que cotillean y especulan sobre si tendré alguna tara o deformidad y si es por eso por lo que me esconde —exclamó teatral Julia con una retranca que empezaba a adquirir del carácter gallego.

—¡Pues me parece muy emocionante, Ju! Te pondrás un vestido bonito y elegante e irás preciosa del brazo de tu padre... y podrás bailar y beber champán como una dama sofisticada —exclamó Mairi, tan teatral como siempre—. Me dará muchísima pena no acompañarte esa noche —siguió con el gesto apenado—, pero igual os sacan una fotografía y podemos enseñársela a Pura, Cándida y a *pai*... Les hará mucha ilusión verte —terminó mirando con cariño a su amiga.

—A mí me gustaría mucho que vinieras, Mairi… Sin ti no será lo mismo… Tengo que trazar un plan para que papá acepte llevarte con nosotros. Podríamos decir que eres una prima de la familia y que estás de visita en la ciudad… Algo se me ocurrirá, ya lo verás —dijo sonriente—. Conseguiré que estemos allí juntas. Me daría mucha seguridad tu presencia… Voy a pasarlo fatal bailando con papá delante de tanta gente y teniendo que hablar con desconocidos…

—Pero ¡si eso es lo mejor de todo! Será una aventura y algo emocionante que recordarás siempre y —añadió— lo harás estupendamente, porque tú lo haces todo bien y sabes miles de cosas interesantes para hablar con cualquiera, Ju.

—Sé que haga lo que haga decepcionaré a mi madre, pensará que no estoy a la altura de su elegancia y distinción. Se avergonzará de mí. Me despreciará. Estoy segura —dijo con gesto apenado—. Tengo miedo de estropear las cosas, ahora que hemos alcanzado un cierto equilibrio. Ella se marcha cada dos por tres de viaje y no nos cruzamos prácticamente nunca. Y yo jamás había sido tan feliz…

—Eso no sucederá y, si puedo acompañarte, estaré apoyándote para que brilles en tu noche, Ju —le prometió, cariñosa.

Mairi saltó al arroyo para refrescarse y salpicó a su mejor amiga.

—¡Mairiii! —Rio Julia—. Me has empapado. La joven se precipitó al agua, riendo, tras su amiga. Permanecieron flotando suavemente, bocarriba, cogidas de la mano, con sus largos cabellos flotando a su alrededor como dos ninfas prerrafaelitas. Cerraron los ojos y escucharon el murmullo del agua, los grillos y los pájaros trinando en la lejanía. En ese instante el futuro parecía brillante y perfecto.

La semana siguiente comenzó con mucho ajetreo y expectación. Era la última semana de escuela, pero los alumnos ya habían terminado sus exámenes. Las muchachas esperaban a la maestra sentadas en los pupitres con las pizarras limpias y los libros de texto que el padre de Julia había conseguido bien colocados sobre las mesas gastadas.

La vida en la escuela había cambiado mucho desde que Mairi soportaba los insultos de Toño y su banda de abusones. A sus casi dieciséis años, prácticamente todos habían abandonado la escuela y habían comenzado a trabajar hacía ya bastante tiempo. Ellas eran unas privilegiadas. Solo Mairi, Julia y otras dos compañeras, las hermanas Marzoa, continuaban acudiendo a las clases especiales que doña Mercedes impartía para preparar el examen de acceso a la Normal y así poder formarse para ser maestras.

Toño se había mudado con una tía que vivía en la ciudad para estudiar el bachillerato en el Instituto Eusebio da Guarda. Su madre, doña Elvira, se jactaba con todo el que quisiera escucharla de que, después del bachillerato elemental, estudiaría el bachillerato universitario para poder acceder a la Universidad de Santiago de Compostela. Julia y Mairi se reían en bajito cuando la oían presumir en el pueblo, pues estaban seguras de que, por mucho dinero que tuviese su ostentosa madre, el chico no sabría hacer la o con un canuto.

Ambas se sentían felices porque, cuando Toño desapareció, al igual que una manzana podrida que emponzoña al resto, los demás miembros de su banda dejaron de importunar a Mairi y, por extensión, a Julia. Las amigas pudieron disfrutar felices y tranquilas de sus años de escuela junto a los nuevos compañeros que se iban incorporando y a los que las muchachas ayudaban y cuidaban como si fuesen sus hermanos pequeños. Los niños las adoraban y las veían como las personas más inteligentes del pueblo a las que deseaban impresionar y tomar como ejemplo.

Los miembros de la pandilla de Toño se marcharon, poco a poco, a trabajar como aprendices en distintos talleres para formarse en alguna profesión: mecánico, carpintero, ferretero... y otros consiguieron puestos en las fábricas de la ciudad.

Mairi le estaba contando a Julia que A Coruña era un importante puerto de descarga de cacao, porque allí atracaban los barcos procedentes de ultramar. Dos de las fábricas más importantes y que más trabajo daban eran La Proveedora Gallega de Chocolates y La Española y muchos de sus antiguos compañeros se habían mudado a la ciudad en busca de un futuro mejor. Pero, aunque daban trabajo a las gentes de los pueblos de los alrededores de la ciudad, el consumo del chocolate quedaba reservado a las clases pudientes.

Julia acostumbraba a llevar alguna tableta como obsequio cuando iba a visitar a Pura y Cándida, pues sabía que, en sus propias palabras, *entolecían* por su sabor. A *pai*, a Xosé o Rianxeiro y a su esposa les parecía todo un lujo y lo atesoraban para celebrar momentos muy especiales.

—Nosotros, los pobres, no tomamos chocolate... —le explicaba Mairi, con la carita iluminada señalando la taza, a Julia mientras esperaban a la maestra—, pero preparamos una bebida *boísima* que consiste en infusionar la cáscara del cacao con leche y agua. Sabe parecido al chocolate, pero a un precio más asequible, claro. —Mairi casi podía saborear la imaginaria taza caliente de *cascarilla*—. Por eso a los coruñeses se les llama *cascarilleiros*. Lo dicen un poco para burlarse..., pero no saben lo rico que está.

A Julia le encantaba aprender estas cosas; por eso, estaba especialmente feliz y expectante ante la perspectiva de invitar a Mairi a pasar la tarde de su cumpleaños en A Coruña, conociendo sus calles y sus historias. Había preparado todo minuciosamente. Juan las llevaría en el coche y las esperaría mientras paseaban con doña Mercedes y su amiga Celsa, la profesora de la Grande Obra, por las tiendas de la calle Real. También tomarían un chocolate con pastas en La Gran Antilla.

—Las chicas casi siempre se van a trabajar de cigarreras a La Fábrica de Tabacos —prosiguió Mairi ajena al plan de cumpleaños que su amiga le tenía preparado en secreto—. La llaman La Tabacalera. Solo trabajan ahí mientras están solteras y son jóvenes... Y otros chicos se embarcan con sus padres, algunos en pesca de bajura y otros tantos se marchan a faenar en las aguas del Gran Sol, que es un caladero situado en el Atlántico norte. Las tormentas allá son tan terribles, Ju, que cuando vuelven algunos tienen que beber para superar el terror... Y muchos mueren en su primera campaña. *Pai* no quiere ni hablar de sus años de marinero siendo un *rapaz*, y eso que él faenaba siempre cerca de la costa... Allí murieron todos los hijos de Xosé o Rianxeiro.

—Me da terror tan solo de imaginarlo, Mairi. ¡Qué valiente tu madre, que superó un temporal! Y tú también sabes cómo nadar con mala mar, yo sería incapaz... —apuntó Julia realmente afectada de imaginarse en tal situación—.

Me imagino a esos pobres marineros. Muchos no sabrían ni nadar bien…

—¡Buenos días niños! —exclamó doña Mercedes entrando con brío por la puerta con una gran sonrisa.

—Buenos días tenga usted —repitieron al unísono niños y niñas de distintas edades con su mejor entonación.

—Niños, como casi hemos acabado el curso y habéis sido tan aplicados, quiero daros una sorpresa… ¡Nos vamos de excursión al campo! Hoy la clase la daremos allí para despedirnos de este bonito curso y dar la bienvenida a las vacaciones de verano —exclamó la maestra.

—¡Bieeen! —chillaron los críos al unísono.

—Recordad, llevad vuestras chaquetas, parece que hace sol, pero debéis llevarlas por si refresca —dijo la mujer, precavida—. No queremos ningún resfriado antes de la fiesta de San Juan, ¿verdad que no?

—¡Nooo! —respondieron los niños al unísono.

—Mairi, Julia y *as rapazas* Marzoa, cada una guiad a un grupo de los pequeños, por favor.

—Sí, maestra —respondieron Celia y Nieves, las hermanas Marzoa, que junto a Mairi y Julia se preparaban también para el acceso a la Normal.

Ambas eran aplicadas y bondadosas y, a pesar de tener que recorrer un largo camino para llegar a la escuela, nunca faltaban y siempre llevaban la tarea impecablemente resuelta. Desde la desaparición de los matones, las hermanas habían vencido un poco su discreción natural y las cuatro muchachas habían estrechado lazos.

La mañana transcurrió con placidez. Los niños caminaron en fila, siguiendo a cada una de las «mayores» hasta un prado cercano a la escuela. Una vez allí, se sentaron en un corro alrededor de doña Mercedes. Esta les explicó la lección del ciclo del agua con diversos ejemplos y los niños la observaban hipnotizados. Los más pequeños llevaban trampas para grillos y hormigas para construir después un ecosistema en clase. Estaban emocionados y correteaban de aquí para allá disfrutando del principio del verano.

Muchos de ellos, con apenas seis años, se levantaban al amanecer para llevar el ganado hasta los pastos, ordeñar las vacas y un sinfín de quehaceres de labranza o de pesca. Otras, sobre todo las niñas, ayudaban a sus madres con los demás hermanos. Tenían que cocinar, alimentar y asear a los más pequeños. Por eso, para todos, aquellos momentos en la escuela eran un oasis de libertad que les permitía comportarse como los niños que, en ocasiones, no tenían la oportunidad de ser por la dureza de la vida. Cuando regresaron de la excursión, Mairi y Julia se quedaron recogiendo la escuela. Ese fue el momento en el que doña Mercedes y Julia anunciaron a Mairi su sorpresa de cumpleaños.

—¡Muchísimas gracias! —exclamó Mairi emocionada—. No os imagináis las ganas que tengo de ir a la ciudad. Yo… no he estado nunca y nada me hará más ilusión que agradecer a Celsa, su amiga, doña Mercedes, la ayuda que se ha ofrecido a prestarnos con la preparación de nuestro examen.

—Os merecéis esta recompensa, *rapazas* —dijo doña Mercedes con orgullo—. Sois unas alumnas extraordinarias y me emociona mucho poder impulsaros para que estudiéis y os convirtáis en mujeres independientes y modernas. Estoy segura de que conseguiréis grandes avances para todas… —terminó emocionada.

Las muchachas se marcharon cogidas del ganchete, entusiasmadas por todos los acontecimientos emocionantes que aquel verano les deparaba.

—¿Y qué me voy a poner para ir a la ciudad? No tengo nada elegante, Ju... Ni siquiera nada que sea bonito... —dijo Mairi, que había comenzado a desarrollar cierta coquetería—. Quizá pueda comprar unos retales y pedirle a Carmela que me haga un vestido nuevo. Seguro que *pai* no me dice que no, sabe que los míos ya casi no me sirven con lo que he crecido.

Y era verdad, Julia observó cómo su amiga, la niña flaca y desgarbada, se había transformado en toda una belleza. Sus curvas bien moldeadas y torneadas por el deporte llamaban la atención dondequiera que iban. En sus facciones delicadas resaltaban sus inmensos ojos verdes, atentos y expresivos. Y su melena larga hasta la cintura, ondulada y de aquel color rojo oscuro, que con los años se había vuelto cada vez más cobrizo, hacía que fuese imposible apartar los ojos de ella.

—Yo puedo prestarte uno, no te preocupes por eso. Mamá no se va a enterar, así que incluso puedo regalártelo —dijo Julia reflexionando en voz alta—. Como yo soy algo más ancha de complexión, Carmela tendrá que hacerte unos arreglillos, pero estoy segura de que estarás preciosa. Tengo uno de color verde que resaltaría el color de tus ojos. Tú déjamelo a mí —sentenció su amiga con suficiencia.

—Gracias, Ju... —Mairi atisbó una silueta que caminaba a buen paso hacia ellas—. ¿Alfonso? —murmuró forzando la vista.

—¿Alfonso? —preguntó Julia girándose en la dirección que observaba Mairi.

La joven vio aparecer la figura de su hermano a lo lejos. Solo que muchísimo más alto de lo que lo recordaba. Julia corrió hacia él sintiendo cómo una alegría desbordante se apoderaba de ella.

—¡Hermano! —gritó abriendo los brazos y saltando hacia él cuando lo alcanzó—. ¡No me puedo creer que estés aquí! Nadie me dijo que vendrías hoy —exclamó con la sorpresa reflejada en el rostro.

—Quería darte una sorpresa, Ju —dijo Alfonso mientras se reía y giraba a su hermana con cariño—. Este verano no habrá más viajes, lo pasaré entero aquí con vosotras. Mamá estará en la comisión de damas que preparan vuestra puesta de largo en septiembre y papá va a estar en Barcelona con los parientes de mamá por negocios. Además, quiere preparar mi llegada el próximo curso, porque me han aceptado en la Escuela Industrial de la ciudad.

—¡Qué buena noticia, Alfonso! Tenemos que celebrarlo —dijo Julia feliz e incrédula ante la presencia anticipada de su adorado hermano—. No me puedo creer todavía que estés aquí. —Lo miró, radiante—. ¡Y tan alto! Pero ¿tú cuánto has crecido? —Rio la joven morena y bajita frente a aquel nuevo hermano suyo que medía más de 1,80 de estatura—. Vas a ser más alto que *pai*. —Rio con sorna—. Al gigante del faro le ha salido una temible competencia.

Julia se percató de cómo cambió la expresión del joven al contemplar la silueta de Mairi que se acercaba más despacio de lo habitual por el sendero. El chico elevó las cejas en un gesto de sorpresa inconsciente sin poder disimular durante algunos segundos su azoramiento. Para cuando Mairi los alcanzó, Alfonso había recuperado el dominio de sí mismo y se estiraba mostrando una naturalidad impostada.

A Julia le hubiese hecho gracia el evidente nerviosismo de su hermano si no hubiese sido por la mirada que Mairi le devolvió al chico. Estaba llena de intensidad. Y le resultaba completamente desconocida. Aquella sensación extraña de tensión en el ambiente cuando ellos dos estaban cerca había regresado. Y con los años no había logrado más que intensificarse.

—Pues sí que has crecido —soltó Mairi con la voz algo más grave de lo habitual acercándose al chico.

—Tú también has crecido —dijo el joven cogiéndola por la cintura para darle dos besos.

Ella se elevó de puntillas para poder hacerlo y una de las manos de él le rodeó casi la cintura por completo.

Su mirada atrevida y confiada, con un brillo infantil, no había cambiado ni un ápice y, cuando lo miró a los ojos, Mairi vio reflejado al mismo Alfonso que ella conocía. Sin embargo, sus rasgos se habían endurecido y transformado en los de un hombre adulto en algún momento de esos últimos años en los que no se habían visto. La mandíbula cuadrada, los hombros anchos y la cintura estrecha no eran los del muchacho que ella recordaba. Olía a loción de afeitado y le pareció inconcebible que hubiese cambiado tanto desde la última vez que jugaron juntos. No sabía si lo había imaginado o él se había demorado más tiempo del necesario en separarse de ella. Como si le costase alejarla de nuevo.

—Vas a tener que ponernos al día de un montón de cosas. Necesitamos que nos cuentes todas las aventuras que mencionabas en tus cartas y que nos hables de tus amigos y tus viajes —interrumpió Julia intentando rebajar la intensidad del ambiente.

—Por supuesto que sí —respondió Alfonso—, pero os advierto que en unos días ya estaréis cansadas de mí.

—Eso lo dudo. Te hemos echado muchísimo de menos —le dijo Julia agarrándolo del brazo—. ¿A que sí, Mairi? —preguntó.

—Julia más que yo, la verdad —dijo la joven con una media sonrisa retadora.

—Me rompes el corazón, *ruivinha*. Yo he pensado en ti todos los días desde que me fui. —Se llevó la mano al pecho en un gesto teatral.

—*Mentireiro*. —Rio Mairi coqueta.

—En un par de días es tu cumpleaños, ¿no? —preguntó con una sonrisa apaciguadora.

—El 24, sí. Nací la noche de San Juan —respondió sorprendida de que lo recordase.

—Cumple dieciséis años —comentó Julia, que no quería quedarse fuera de la conversación—. Y tú cumplirás diecinueve el 22 de agosto —continuó— y yo tendré dieciséis el 8 de septiembre. ¿Os dais cuenta? Ya casi nos hemos hecho mayores. Alfonso, tú irás a la universidad y nosotras, si aprobamos los exámenes de ingreso el año que viene, iremos a la Normal para convertirnos en maestras... Puede que este verano sea nuestra última oportunidad para vivir aventuras como antes —comentó la joven.

—Entonces tendremos que celebrar cada uno de ellos de manera especial —propuso Alfonso con dulzura—. El fin de la infancia merece una despedida en condiciones.

—Por mi cumpleaños, Julia y doña Mercedes me llevarán a la ciudad de excursión. Allí conoceremos a una maestra, amiga de doña Mercedes, que prepara a otras chicas para los exámenes de acceso a la Normal en la Universidad Popular Femenina. No se me ocurre un regalo mejor —dijo Mairi cogiendo del brazo a Julia.

—Vaya... Pues entonces tendré que esforzarme para estar a la altura del regalo de mi hermana. Se me ocurre que esa noche podríamos hacer una hoguera en la cala de nuestra casa, ¿qué te parecería, Mairi? —propuso el chico, emocionado.

—Me parece una gran idea. Además, así es como yo nací, en la playa del faro una noche de San Juan hace dieciséis años —dijo Mairi mientras recordaba la historia que le había contado Pura.

—Si mi madre se enterase de que naciste en la playa..., se desmayaría —confesó Alfonso.

Los hermanos se murieron de la risa imaginando a doña Teresa tan estirada y amante del decoro sufriendo un desvanecimiento ante tal excentricidad.

—Yo lo celebraré con la puesta de largo... Pero no me apetece mucho... Alfonso, ahora que estás aquí tienes que ayudarme a convencer a mamá de que Mairi pueda acompañarnos. Yo hablaré con papá. Se me ha ocurrido que podemos presentarla como una prima lejana de nuestra familia paterna... A ver si se te ocurre alguna idea mejor. Pero sé que tú podrás convencer a mamá...

—Con tu legendario encanto... —Mairi terminó la frase aguantando la risa.

—Mi legendario encanto. —Sonrió galante Alfonso haciendo una reverencia ante las chicas—. Me alegro de que recordéis mi talento para engatusar a cualquiera. Ya veré cómo lo consigo, pero lo conseguiré. Puedes ser mi pareja de baile esa noche, *ruivinha*. También soy un legendario bailarín.

—Si fuese tu pareja de baile, acabaría con un legendario dolor de pies. —Rio Mairi dando un golpecito en el hombro a su amigo.

—Pues entonces tendremos que practicar, ¿no? Tenemos todo el verano... —dijo mirándola con intención y tendiéndole la mano.

La adolescente rio dándole un manotazo en la mano.

—¡Ay, Julia! A tu hermano le ha crecido el cuerpo, pero no el cerebro, este sigue igual de atolondrado que cuando tenía once años... —bromeó la joven.

Julia rio, contenta de tener durante un verano entero a sus dos personas favoritas en el mundo entero. Las personas a las que más quería y admiraba. Pero también sintió un aleteo extraño en el pecho, que, como una suerte de intuición, trataba de advertirle de que entre ellos existía algo peligroso, a lo que no atinaba a poner nombre y que podía truncar para siempre sus planes de futuro con Mairi.

La mañana del dieciséis cumpleaños de Mairi amaneció espléndida. La maestra y sus dos alumnas favoritas se reunieron puntualmente en la entrada de la mansión. Juan las esperaba con una sonrisa radiante y el coche a punto.

—Esta mañana mis pasajeras son las señoritas más elegantes de la región —las piropeó con cariño.

Mairi llevaba un vestido de Julia, que Carmela le había arreglado la noche anterior. Se había quedado casi toda la noche despierta, pero el esfuerzo había merecido la pena. Carmela miraba con cariño y orgullo a las chicas. Mairi estaba radiante con un vestido verde de gasa y un coqueto sombrero. Llevaba su larguísima melena recogida en un moño bajo peinado con ondas. Julia se había puesto un vestido de gasa amarillo pálido, que estrenaba para la ocasión y que realzaba sus ojos oscuros y su piel canela. También estaba preciosa. Ambas estrenaban los primeros zapatos de tacón de su vida. El tacón apenas tenía un par de centímetros, pero las chicas se sentían unas mujeres adultas y cosmopolitas con ellos puestos. Doña Mercedes se había pintado los labios y llevaba el collar de perlas de su madre, que reservaba para las ocasiones especiales.

Aprovechando la ausencia de doña Teresa, que ese fin de semana se encontraba en el Gran Hotel de La Toja para asistir a una fiesta de gala con fines benéficos, Julia lo había preparado todo para que Juan las llevase en coche hasta el centro de la ciudad. La joven había rezado para que nada se torciese y pudiese llevar a cabo con éxito el plan con su mejor amiga.

Alfonso, con cara de recién levantado, se acercó hasta ellas desde la casa. Mordía una manzana despreocupadamente.

—Vaya, vaya, qué tres damas tan bellas. Hoy quedará más de un corazón roto en la ciudad.

Besó la mano de doña Mercedes.

—Vaya piquito de oro que tienes, *rapaz* —respondió la mujer, azorada—. No hagáis ni caso, niñas. La vanidad es un defecto peligroso, nos vuelve dependientes de la validación externa y eso consume nuestra energía de tareas más importantes. ¿Qué os digo yo siempre? —preguntó la maestra.

—La inteligencia, la bondad y la educación duran toda la vida, pero la belleza es efímera —repitieron las adolescentes, divertidas ante el rapapolvo que le estaba cayendo a Alfonso.

—Eso es —apuntó la profesora con suficiencia—. Estas señoritas y yo vamos a celebrar hoy que somos trabajadoras y capaces, y no nos distraeremos con amoríos. A usted, jovencito, le recomiendo que se centre y deje de lado la frivolidad cuando empiece la universidad... si quiere convertirse en un hombre de provecho.

Alfonso sonrió encajando la regañina con estoicismo y elevando las manos en señal de rendición.

—Venga, señoritas. Todas al coche —dijo Juan tocando las palmas con gesto de premura—. La ciudad las espera con un sol resplandeciente.

La maestra y sus alumnas se maravillaron durante todo el camino por la belleza del paisaje verde intenso que serpenteaba la costa. Sucede en ocasiones que, inmersos en nuestros quehaceres diarios, olvidamos la belleza de lo que nos rodea. Y terminamos tan acostumbrados a ella que dejamos de percibirla, sumidos en nuestros problemas y cavilaciones. Sin embargo, en ocasiones, conseguimos distanciarnos lo suficiente como para apreciarla en todo su esplendor, como la primera vez que posamos nuestros ojos en ella. Y es entonces cuando somos plenamente conscientes de la fortuna de la que disfrutamos al poder vivir rodeados de ella. La ciudad bullía de vida cuando Juan las dejó frente al Campo de la Leña. Allí las recogería de nuevo a las seis en punto, al final de la intensa jornada. El lugar era una extensión que abarcaba desde la Ciudad Vieja hasta La Pescadería. Lo que había comenzado por algunos puestos se había convertido en una calle comercial con sus aceras llenas de tiendas de madera, que se extendían desde la calle de Panaderas hasta la que conducía al cementerio.

Las jóvenes observaban maravilladas, entre el gentío, los puestos que exponían telas, cintas y puntillas. Correteaban de uno a otro, fascinadas ante la variedad de mercancías que ofrecían. Desde libros y cromos hasta muebles de segunda mano, pasando por objetos de ferretería. Doña Mercedes caminaba con seguridad encabezando la marcha y guiando a las muchachas por el entramado de calles. Cuando llegaron a la altura de la iglesia de San Nicolás, Celsa, la amiga de doña Mercedes, las estaba esperando. La mujer rubia y de rostro sereno y despierto las saludó con afecto.

—Encantada de conoceros, jovencitas. Merchi me ha hablado mucho de vosotras dos. —Las dos las miraron afectuosas—. Sois la esperanza para muchas mujeres modernas. Pero ya hablaremos de eso... ¿Os apetece un chocolate con pastas?

Las amigas asintieron con entusiasmo y siguieron a la mujer en dirección a La Gran Antilla. La confitería tenía las letras doradas grabadas sobre un fondo negro y en la fachada elegantemente decorada, según la moda de la época, en un tono crema, destacaba un escaparate fastuoso con todo tipo de delicias: milhojas de aspecto crujiente, pastelitos de nata y merengues de colores que Mairi no había visto jamás hasta entonces. Bandejas de varios pisos con delicadas pastas y diferentes tipos de tartas completaban una estampa que a la joven se le antojó como la entrada al paraíso. Un camarero amable y caballeroso las acompañó hasta su mesa y les tomó nota del pedido. Cuando regresó, sobre un pedazo de tarta, una vela encendida anunciaba el motivo de la celebración de las cuatro mujeres. Julia entonó el cumpleaños feliz seguida por Celsa y doña Mercedes. Mairi sopló pidiendo un deseo que le sorprendió a ella misma. La imagen de Alfonso riendo despreocupado se cruzó por su mente y la hizo enrojecer.

—No digas a nadie lo que has pedido o no se cumplirá —advirtió Celsa divertida.

Mairi pensó que no se atrevería a pronunciar en voz alta lo que había pedido ni bajo tortura. Sus sentimientos hacia el hermano de Julia la confundían. A ratos lograba convencerse de que solo sentía un cariño amistoso y que tan solo existía cierta rivalidad entre ellos. Pero otras veces... Su voz y el modo en que la había agarrado por la cintura se reproducían en bucle en sus pensamientos. Desde que el chico había regresado a sus vidas convertido en un caballero apuesto, estaba confusa. «¿Qué me está pasando?», se preguntaba a sí misma. Ella no era así, de las que fantaseaban y se desvivían por lograr la atención de cualquier chico. Ella era fuerte e independiente y había trazado un plan con Julia.

—¿A ti qué te parece, Mairi? —preguntó Julia notándola distraída.

—Perdón, tantas delicias me han nublado los pensamientos —respondió la joven risueña apartando su inquietud emocional de un manotazo.

—Estaba comentando a Julia que, si a tu familia le parece bien, podrías vivir con mi madre y conmigo mientras estudias en la Normal —propuso Celsa—. Ambas estamos solas y nos encantaría poder ayudarte y tener una compañía joven y alegre como la tuya. Las residencias para señoritas de la ciudad son costosas y las pensiones menos acogedoras. A Merchi se le ha ocurrido y hemos pensado que sería una gran idea.

—Yo iría a verte cada día, Mairi —dijo su amiga ilusionada—. Celsa comentaba que vive en la calle San Andrés y la residencia donde solicitaría plaza está muy cerca, en la calle Riego de Agua. Podríamos empezar en enero las clases si aprobamos el examen de ingreso en octubre.

—Me parece maravilloso —respondió Mairi menos ilusionada de lo que habría imaginado sentirse ante la gran oportunidad que se le brindaba a una chica de su condición—. Le estaré eternamente agradecida, Celsa. Dele las gracias a su madre de mi parte. Intentaré causarles las menores molestias posibles y colaborar en todo lo que pueda.

—No hay de qué —respondió la mujer—. Estoy segura de que os espera a ambas un futuro brillante. Merchi me ha contado que también os gusta escribir, no abandonéis nunca esa pasión. Necesitamos a más mujeres que escriban y lean para mejorar el mundo.

El resto de la mañana transcurrió entre recomendaciones de libros y paseos agradables por la explanada de La Marina, que resplandecía al sol con sus fachadas de cristal y galerías. Precisamente estas fachadas y galerías eran las que le habían dado el apodo de la Ciudad de Cristal a A Coruña. Las cuatro mujeres curiosearon las bulliciosas y modernas tiendas de la calle Real. Las jóvenes estaban disfrutando genuinamente de la jornada.

Para cuando se quisieron dar cuenta, el día había volado y se encontraban en el coche con Juan, que conducía de vuelta hacia la mansión. Ambas adolescentes hablaban atropelladamente sobre todas las maravillas de las que habían disfrutado en la ciudad herculina, bajo la benévola mirada de doña Mercedes. Pero, a lo largo del trayecto, Julia se fue apagando. Su color dorado comenzó a abandonar su rostro y un rictus de malestar contrajo sus bonitas facciones.

—Julia, tienes mal color —dijo la maestra percatándose del súbito silencio de la joven—. ¿Te encuentras bien —preguntó preocupada.

—Estoy muy mareada y tengo ganas de vomitar —respondió la muchacha cuyo rostro había adoptado un color verdoso muy poco prometedor.

—*Xa chegamos* —dijo Juan preocupado un cincuenta por ciento por la niña y otro cincuenta por si Julia le manchaba la tapicería.

Nada más abrir la puerta del coche, la muchacha se precipitó tras un matorral, incapaz de contenerse por más tiempo. Carmela, que las esperaba, y doña Mercedes ayudaron a la adolescente a entrar en la casa e instalarse en su cuarto. Mientras, Mairi se retorcía nerviosa esperando noticias sobre el estado de su amiga en el salón. Carmela fue la encargada de dar la fatal noticia a Mairi.

—Todo apunta a un corte de digestión, Mairiña —dijo la mujer compungida—. Me temo que Julia estará reposando el resto de la tarde y noche.

Preocupada por su salud, la joven subió a la habitación de su amiga para despedirse y comprobar si su estado, bastante lamentable escasos momentos antes, se había estabilizado un poco.

—Lo siento mucho, Mairi —dijo Julia desde su cama con la piel cetrina por la fiebre y las náuseas—. Le diré a Alfonso que él te acompañe en la hoguera. No debería haber comido tantos merengues, pero no me pude contener —dijo reprimiendo una arcada—. Creo que no podré volver a probarlos jamás.

—No te preocupes por eso, Ju. Lo dejaremos para otra ocasión. Ha sido un cumpleaños perfecto. Solo siento que te hayas puesto mala, pero espero que mañana estés mucho mejor. Ahora descansa.

La maestra, Mairi y Carmela se despidieron en la puerta de la enferma.

Mairi emprendió el camino hacia el faro. Cuando llevaba la mitad del trayecto recorrido, escuchó cómo la llamaban a sus espaldas. Incluso antes de girar la cabeza supo que era él por cómo había cambiado la energía de su alrededor, haciéndose más densa y eléctrica. Alfonso alcanzó a Mairi casi sin resuello y se dobló por la cintura sujetando sus rodillas con gesto de extenuación.

—La edad no perdona, ¿eh? —Rio la joven para evitar el nerviosismo que le producía estar a solas con él.

—Lo que no perdona es el tabaco —dijo el chico sonriendo—. He empezado a fumar para hacerme el duro y he acabado enganchado.

—No me gusta que fumes —respondió ella.

—Todos los hombres de verdad fuman.

—Los hombres hacen muchas tonterías, Alfonso —respondió Mairi negando con la cabeza.

—Por eso necesitamos mujeres inteligentes como tú a nuestro lado —afirmó colocándole un mechón de pelo ondulado, que el viento había liberado del moño—. Estás guapa así, pero eres más guapa cuando estás normal.

—Define normal. —La joven se rio y cruzó los brazos.

—Ya sabes… —dijo él sintiendo que avanzaba por un terreno peligroso—, con tu pelo suelto y salvaje y tu ropa de siempre. Mi *ruivinha* de siempre.

—Te has librado por muy poco —dijo dándole un empujón cariñoso en el hombro.

—He venido a pedirte que vengas a la hoguera, aunque Julia no pueda. Yo todavía no te he dado mi regalo de cumpleaños… —dijo con tono suplicante y sorprendentemente tímido en él.

—Sin ella me da pena… Podemos repetirlo otro día.

—Otro día no será la noche de San Juan. Y no cumplirás dieciséis años. Ven, por favor. Te voy a estar esperando en la cala del faro, así no tendrás que venir sola caminando hasta la de nuestra casa —dijo con gravedad—. Si no vienes, que sepas que me romperás el corazón de verdad —terminó recuperando su tono zalamero habitual.

Mairi sintió una explosión de emociones en su interior. De pronto sentía unas ganas inexplicables de saltar de alegría, de correr y gritar al viento para liberar ese torrente de energía que le recorría las entrañas.

—Me lo pensaré —respondió haciéndose la interesante, sin lograr disimular del todo una sonrisa.

—Con eso me basta —respondió Alfonso con una sonrisa radiante iluminando su rostro.

Mairi echó a andar rápidamente hacia el faro, nerviosa y ágil como un cervatillo, pero no pudo evitar darse la vuelta para verlo de nuevo. Él había hecho lo mismo, se había dado la vuelta y caminaba de espaldas observándola alejarse. Cuando sus ojos se cruzaron de nuevo, se dijeron muchas cosas sin palabras. Y Mairi tuvo la certeza de que se encontraba al borde de un precipicio. Y de que estaba dispuesta a saltar. *Pai* la vio llegar al faro, sonrojada y radiante.

—*Eh, moi boa cara traes, anduriña* —dijo con retranca.

—*Pai…*, hoy ha sido el mejor día de mi vida —contestó la joven abrazando al gigante de rostro bondadoso.

—*Eh, claro, miña nena*, no todos los días se cumplen dieciséis años —dijo acariciando la cabeza de su hija—. *Seica os gustou A Coruña, non?* —preguntó sabiendo de antemano la respuesta.

—Nos gustó *moitisimo, pai*. Y doña Mercedes y su amiga Celsa, que también es maestra, fueron tan amables… Estuvimos paseando por la ciudad, que es la más bonita que puedas imaginar, hablando de libros y comiendo *lambetadas finas, pai*: confites, milhojas y merengues de colores… En una cafetería elegantísima —expresó la joven recordando el festín dulce que había dejado a su amiga indispuesta—. *Imaxina a enchenta* que la pobre Julia se puso mala de la barriga durante el trayecto de vuelta —comentó preocupada por su amiga—. Doña Mercedes me ha ofrecido que yo viva con Celsa y su madre en la ciudad si apruebo el examen de ingreso en la Normal. Julia iría a una residencia para señoritas muy cercana, ¿te imaginas, *pai*? Las dos juntas estudiando en la ciudad —dijo con voz soñadora.

—Estoy tan orgulloso de ti, *anduriña*. Claro que aprobaréis. No la hay *máis lista ca ti* en toda Galicia —exclamó emocionado—. Ni tampoco más trabajadora. Mira *o paquetiño* que *tes* encima *da* mesa —le pidió con timidez.

Mairi vio el paquete envuelto con esmero y se emocionó al imaginar a su padre de manos enormes y curtidas por el mar envolviendo con tanta perfección un paquetito tan pequeño. Desató la lazada y retiró con cuidado el papel de estraza procurando no romperlo. Dentro había una cajita de madera con una sirena tallada por *pai* con sus trazos inconfundibles y, al abrirla, encontró una cadenita de oro muy fina.

—*Pai*, me encanta —dijo Mairi abrazando al hombretón con fuerza—. La voy a llevar siempre.

—Era *da túa nai*. Lo único que le quedaba de su otra vida, quería que la guardásemos para ti. Para *protexerte* cuando cumplieses dieciséis años. Mariña no recordaba el motivo, pero sabía que era especial para ella por cómo la hacía sentir al tocarla. Antes de que el mar se la llevase de vuelta, me recordó dónde estaba guardada. En esa cajita que le había tallado yo. Me extrañó que insistiese en ese momento... Quizá ya intuía que no estaría aquí para verte cumplir esa edad —concluyó el hombre con los ojos empañados, que se esforzaba por ocultar—. Estaría muy feliz de ver lo valiente que eres, *miña nena*.

—Gracias, *pai*, ha sido un cumpleaños inolvidable... Y ahora... si me das *teu permiso*..., voy a bajar a la cala del faro con Alfonso a saltar la hoguera —dijo apurada por el rubor que se estaban extendiendo por su piel pálida—. Julia no puede venir por la indigestión, pero él ha insistido en que celebremos la fogata igual, y... a mí me apetece, si no te importa.

—Claro que sí, *anduriña*, *baixa*, tranquila, pero —añadió— ten *sentidiño*, ¿eh?

—Sí, *pai*, prometido. —Se puso de puntillas para darle un beso en la mejilla y se fue volando hacia su cuarto para cambiarse de ropa.

Pai la miró con un gesto de resignación y salió parsimonioso hacia el exterior. Se sentó en su viejo taburete y miró, como siempre, hacia el océano.

—*A nosa nena namorouse*, Mariña.

Mairi esperó el tiempo suficiente para no parecer ansiosa dando vueltas por el faro *coma un can na cadea*, según le hizo notar *pai*. A las nueve y cuarto, ya no podía más y decidió bajar a la cala, rezando para no ser la primera y que Alfonso la estuviese esperando. Llevaba el pelo suelto, pero se había trenzado la parte superior a modo de diadema y colocó en ella algunas margaritas silvestres que encontró por los alrededores. Mairi estrenaba un vestido blanco y ligero de algodón, que Pura había confeccionado para ella siguiendo el patrón de los suyos. La *curandeira* había dejado aquel regalo maravilloso junto al de *pai* por su cumpleaños. Era un vestido delicado y femenino que realzaba su cuerpo espigado.

Se miró en el pequeño espejo de su cuarto y se sintió sobrecogida al descubrir en su reflejo el rostro de su madre contemplándola con expresión serena. A excepción del color de ojos de *pai*, el resto de sus facciones eran idénticas a las de la mujer de sus recuerdos y sintió que *nai* seguía viva a través de ella. Al doblar la esquina, la joven vio a Alfonso de espaldas, esperándola junto a una hoguera todavía sin encender, pues en aquel rincón del noroeste, en el mes de junio, la luz permanecía invencible hasta pasadas las diez de la noche.

El joven la vio aparecer como una criatura etérea y escultural, con el vestido blanco ciñéndose a su cuerpo y el pelo flamígero mecido por el viento del norte. Mairi lo observó girarse hacia ella con una sonrisa luminosa y los ojos brillantes de expectación. Le gustó poder contemplarse a través de sus ojos. El viento revolvía su pelo castaño claro, oscurecido con el paso de los años, aunque algunos mechones dorados revelasen el niño sol que había sido no hacía demasiado tiempo. Llevaba la camisa blanca remangada mostrando sus brazos bronceados por el sol y el aire libre. El joven se acercó a ella aparentando una calma que no sentía en absoluto.

—Has venido —afirmó él.

—Eso parece —respondió ella apartando la vista y percatándose de la hoguera construida con esmero junto a algunas mantas extendidas y una cesta con comida—. Sabes que no podré comer ni un bocado más bajo riesgo de acabar tan indispuesta como Julia, ¿verdad? —añadió señalando la cesta y riendo.

—Carmela me ha obligado a traerla. —Alfonso levantó las manos en señal de inocencia—. No he podido contradecirla. Además, quizá después lo necesites —concluyó misterioso.

—¿Después de qué? —respondió temiéndose la respuesta.

—Después de la carrera —afirmó.

—¿Qué carrera? —preguntó ella contrariada.

—La carrera a nado hasta la roca, entre la famosa sirena del faro y este marinero experimentado. —Alfonso señaló la roca de San Andrés, llamada así por su forma de barca de piedra, en la que se decía que había llegado milagrosamente el santo a las costas de Galicia, y le ofreció un traje de baño de Julia—. Nunca llegaste a demostrarme tus dotes de nadadora…, pero son legendarias a juzgar por las historias de mi hermana.

—Estás loco. —Rio ella—. Si ya casi se ha ido el sol —se escandalizó—. Te resfriarás.

—Agradezco profundamente tu preocupación por mi salud —respondió con sorna—, pero ya no soy un niño pequeño. Y a ti el clima nunca te ha detenido para zambullirte en el mar, *serea*.

Mairi ladeó la cara esbozando una medio sonrisa.

—No juegas limpio. Ya sabes que nunca desaprovecharía una ocasión para ganarte.

—Ni yo para dejar que me ganases —respondió él acercándose a ella lentamente—. Entonces ¿qué? ¿Aceptas o no el reto, *ruivinha*?

—Prepárate para P-E-R-D-E-R —exclamó Mairi echando a correr súbitamente hacia la orilla mientras se quitaba el vestido a toda velocidad y lo lanzaba por los aires, riendo.

—¡Esperaaa! —exclamó corriendo tras ella y quitándose la camisa y los pantalones—. ¡Si no tienes puesto el traje de baño!

—¡Eres un marinero de pacotilla! —exclamó zambulléndose en las olas con la agilidad de un *golfiño*.

Alfonso la seguía a toda velocidad, fascinado por su espontaneidad y falta de decoro, acostumbrado como estaba a los modales remilgados de las muchachas que había conocido y de las que había estado rodeado todos aquellos años. Mairi era salvaje y libre. Culta, pero con algo ancestral y mágico en su manera de ser y conducirse por la vida, sin dobleces ni segundas intenciones. Apasionada y valiente. Deseó, con cierto egoísmo, que fuese suya. No tener que compartirla con Julia ni con nadie más. Y pasar el verano contemplándola y adorándola. Para cuando Alfonso logró alcanzarla, Mairi ya estaba regresando. El chico, riéndose sin parar, ni siquiera intentó llegar a la roca, se acercó a ella nadando con su pésimo estilo y la agarró.

—¡Así no vale! —exclamó Mairi—. Ni siquiera lo has intentado. No eres rival para *a filla da serea*, marinero.

Rodeó con sus largas piernas la cintura de Alfonso y pasó los brazos alrededor del cuello del muchacho mientras echaba la cabeza hacia atrás riendo. Él aprovechó su proximidad y la estrechó más todavía contra sí. Mairi se percató súbitamente de la cercanía de sus bocas y del cambio en la respiración de ambos.

—Podrías iluminar el mundo con tu risa —dijo él sin rastro de burla en la voz, ligeramente ronca por el deseo contenido y las pupilas dilatadas.

Instintivamente, ella le apartó un mechón de pelo de la cara con suavidad. Trazó la línea de su perfil muy despacio, acariciando sus rasgos apolíneos con delicadeza y curiosidad. Sorprendida ante las sensaciones que comenzaban a brotar en su cuerpo, con la naturalidad de una pulsión instintiva y tan antigua como la misma tierra. Él se acercó muy despacio, acortando los escasos centímetros que separaban sus bocas, y ella, confundida por ese deseo lacerante que la recorría por dentro, aprovechó la ocasión para hundirlo y escapar nadando a toda velocidad.

El joven acertó a abrir los ojos bajo el agua y ver su melena roja y sus piernas marmóreas y bien torneadas pataleando en dirección a la orilla. Pensó que si las sirenas existían debían de ser iguales a ella. Se dejó hundir durante unos segundos con una sonrisa bobalicona en la cara hasta que la necesidad de aire en sus pulmones lo obligó a tomar impulso y salir al exterior.

—No me puedo creer que hayas vuelto a picar con el truco del beso, Alfonso. —Rio Mairi bromeando desenfadada, como si nada hubiese pasado—. Si te cruzas con una sirena de verdad, déjame decirte que eres marinero muerto. Experimentado o no —afirmó, burlona.

—Tú eres una sirena de verdad. Menos mal que no has querido matarme. Doy fe de que habrías podido —dijo con humildad—. Eso debe de ser que te gusto un poquito —añadió con intención.

Mairi soltó una carcajada sin afirmar ni desmentir esa observación.

—Ten, para secarte.

Alfonso se dirigió al pequeño campamento que había montado y se acercó a la joven para envolverla con una toalla enorme. Aprovechó para rodearla de nuevo con sus brazos durante unos instantes.

Mairi se maravilló ante lo bien que encajaban sus cuerpos y tamaños. Ambos espigados y fuertes. El de él, de espalda ancha y cadera estrecha. El de ella, delicado y curvilíneo. Eran dos piezas destinadas a encontrarse y fundirse en un solo ser.

El chico encendió el fuego con facilidad. Permanecieron al calor de la lumbre mientras se les secaba la piel dejando restos de salitre. Permanecieron un rato en silencio.

—Creo que estoy lo suficientemente seca como para volver a vestirme —afirmó Mairi recuperando su vestido e incorporándose sin pudor para pasárselo por la cabeza.

Sentía la mirada disimulada y anhelante de Alfonso sobre ella. Sonrió para sí, ante la expresión embobada del chico. Ella tampoco pudo evitar mirarlo con el rabillo del ojo mientras él se ponía la camisa sobre su torso fuerte y bien definido. Se preguntó si existiría un hombre más descaradamente atractivo en el mundo entero. Concluyó que no. Los dos se sentaron al abrigo de la misma manta, sujetándola cada uno por un extremo, aunque Alfonso había llevado dos. Estaban tan cerca el uno del otro que sus piernas se rozaban. La mano de Alfonso, como aquella vez hacía tantos años cuando se despidieron, avanzaba lenta pero imparable hacia la de la sirena pelirroja.

—Mairi, yo… —Alfonso no podía disimular sus nervios—. Te he traído un regalo, no sé si te gustará —dijo acercando con timidez una carpeta de cuero, grande y de color verde.

La joven abrió el portafolio intrigada ante aquel regalo inesperado y contempló una lámina de acuarela con el faro perfectamente dibujado en ella. Una joven pelirroja de espaldas al espectador se dirigía desde el mar hacia él con un vestido blanco y el pelo alborotado por el viento. Era su faro. Y era ella.

—Lo he pintado para ti en el internado y…, bueno…, nunca le he enseñado mis dibujos a nadie excepto ahora a ti. Soñaba muchas veces contigo y con el faro cuando estaba allí —le confesó con sinceridad.

—Es precioso, Alfonso, tienes muchísimo talento —respondió Mairi con admiración y sorpresa, sin sospechar de aquel don que poseía del joven—. ¿No has pensado en estudiar Bellas Artes en lugar de Ingeniería? —preguntó la joven.

—Mis padres no me lo permitirían jamás —dijo con resignación—, pero me conformo con pintar por placer. Por ejemplo, a ti desde todas las perspectivas posibles.

Mairi rio con timidez.

—Seguro que habrá cientos de personas más interesantes que pintar en Barcelona —respondió con algo de melancolía.

—No como tú, Mairi. No existe nadie como tú para mí. —Tomó finalmente su mano entre las suyas—. Esta vez te hablo en serio, no te burles, por favor.

Mairi sintió un deseo irrefrenable de besarlo. Alfonso se acercó despacio, casi esperando el momento en que ella escapase o se riese. Pero Mairi no se apartó y no desvió la mirada de sus ojos verdes, invitándolo a avanzar.

—¿Es otro truco de sirena? ¿Vas a matarme esta vez? —susurró tan cerca de sus labios que Mairi se estremeció.

—No voy a ahogarte, marinero experimentado —murmuró acortando la inexistente distancia entre ambos—, porque me gustas. —Posó sus labios con suavidad sobre los suyos.

Alfonso la tomó entre sus brazos, estrechándola contra sí. Y lo que comenzó como un beso dulce y casto subió de intensidad de manera vertiginosa. Las manos de él parecían estar en todas partes, queriendo tocar su piel y su alma. Ella se aferraba a su pelo, a sus hombros, a su pecho…, como si su cuerpo fuese el único salvavidas que la mantenía a flote. En mitad de aquella tormenta de deseo en la que ambos se adentraban peligrosamente, Mairi sentía cómo con cada beso y con cada caricia el deseo de él crecía, despertando en ella el anhelo de algo que hasta entonces desconocía. El fuego que los devoraba por dentro amenazaba con consumirlos a ambos. Alfonso jadeaba su nombre con devoción.

—Mairi, Mairi… —repetía como un conjuro en su oído mientras le besaba el cuello, la curva de los hombros, las clavículas, los…

—Alfonso, tenemos que parar —susurró ella con la voz ronca por el deseo.

—¿Tenemos que parar? —respondió él acariciando la larguísima melena de la joven y besando la punta de su naricilla de hada respingona.

Alfonso pensó que nunca había contemplado una nariz tan magnífica. Toda ella era magnífica y estaba entre sus brazos. Se sintió el hombre más afortunado de la tierra.

—Sí. —Rio ella acariciándole el rostro con dulzura—. La vida no termina esta noche, ¿sabes?

—Eso espero —respondió él abrazándola—. Sería una crueldad morir ahora que he alcanzado la felicidad más absoluta… —Le dio un beso tierno en los labios—. No puedo morir ahora que por fin eres mi novia.

—¿Por qué das por hecho que quiero ser tu novia? —preguntó Mairi con una sonrisa desafiante—. No vas a cambiar nunca, *encantador de serpes*.

—¿No quieres? —respondió el chico, desconcertado.

—Quiero que me lo pidas bien —le respondió la joven sin poder reprimir la sonrisa radiante.

—¡Qué susto, Mairi! —le contestó, aliviado—. En una de estas vas a romperme el corazón. —Sonrió, radiante—. Y luego a ver dónde encuentras a otro con esta carita de actor de cine —añadió con gesto teatral señalándose el rostro.

Mairi estalló en una carcajada.

—Serás *fachendoso*. —Rio la pelirroja echando la cabeza hacia atrás.

Alfonso, que la tenía sentada a horcajadas sobre él, la elevó con suavidad sujetando su cabeza. Se acercó lentamente a ella y preguntó muy serio:

—¿Me harías el inmenso honor de ser mi novia, *ruivinha*? —dijo con una sonrisa traviesa mirando alternativamente los labios y los ojos de la joven.

Ella sonrió radiante y dijo que sí con la cabeza.

—Quiero oírtelo decir —le susurró Alfonso en el oído.

—Alfonso Silva, *gustariame moitísimo ser a túa moza* —respondió ella con su acento dulce y cantarín.

Él sonrió y la abrazó con fuerza.

—Juntos seremos invencibles, Mairi. Querrás matarme cada cinco minutos y tener siempre la razón en todo, pero yo lo soportaré estoicamente porque estoy loco por ti.

—Míralo él, qué sacrificado. —Rio la joven.

—Un modelo de abnegación —respondió el joven con gesto dramático estallando en una carcajada.

El resto de la noche transcurrió entre bromas y arrumacos. Saltaron la hoguera siete veces y se quedaron dormidos al calor de la lumbre, acurrucados bajo las mantas. Alfonso rodeó con su brazo el cuerpo delicado de Mairi, con un gesto protector.

Cuando se despedían en la puerta del faro, mientras el sol rasgaba el cielo con la luz del amanecer, Alfonso la besó una vez más y la abrazó con fuerza. Experimentó el miedo que se siente, tras alcanzar el cielo, al separarse del ser amado para regresar a la realidad.

—Eres mi ninfa del Atlántico, Mairi. Me enamoré de ti desde el primer momento en que te vi. Y sé que te querré siempre. Te prometo que voy a hacerte feliz, que me convertiré en un hombre mejor por ti.

—Eres un zalamero, eso es lo que eres —contestó riendo—, pero yo... también te querré siempre, Alfonso. No pensé que me enamoraría nunca, pero tú... Tienes ese encanto legendario, al que ni las sirenas pueden resistirse —añadió con sorna la joven.

Mairi sintió las mariposas aletear en su interior mientras él reía.

—Eeeh, Alfonso..., no le digas nada a tu hermana todavía, por favor. Quiero contárselo yo cuando encuentre el momento adecuado.

—Cuando tú quieras, pero ella va a alegrarse más que nadie, Mairi, no te preocupes. Así podréis ser hermanas de verdad cuando nos casemos. Perdona —dijo con gesto de arrepentimiento—, no debería haber dicho eso en voz alta tan pronto.

Mairi rio y lo besó con dulzura.

—Marcha ya o sospecharán algo —le rogó la joven.

Cuando Mairi entró en su cuarto y se tumbó en la cama, cerró los ojos. Las mariposas continuaron aleteando hasta que se quedó dormida.

Al menos, en aquel amanecer, sí eran invencibles.

12

La escritora

2007

CLARA

A la mañana siguiente, Fina encontró a la nueva ayudante de doña Hilda envuelta en una manta en la biblioteca, con un gesto nada elegante, dormitando sobre el sofá.

—Clara... —susurró la mujer para despertarla con delicadeza—. Clara... —repitió un poco más fuerte y tocando su hombro ligeramente.

El ejemplar de *Jane Eyre* abierto sobre su pecho cayó al suelo con estrépito cuando la joven se incorporó sobresaltada, sin recordar dónde se encontraba ni qué hacía allí. Clara tardó unos segundos en ubicarse y recordar su llegada a la casa y los acontecimientos del día anterior.

—¡Fina! —exclamó sobresaltada—. ¿Cómo está doña Hilda? Os llamé, pero el teléfono estaba apagado y... después he debido de quedarme dormida leyendo —se explicó avergonzada por su aspecto y con los restos de la cena to-

davía en la bandeja sin recoger—. Disculpa el desorden...
Estaba tan cansada...

—Descuida, Clara, faltaría más después de una llegada
tan ajetreada... No te preocupes por doña Hilda, está perfecta a excepción de alguna magulladura, no tiene nada
roto. Afortunadamente, la alfombra amortiguó la caída.
Ahora está durmiendo, ve a descansar tú también un poco
más, por favor. Esta tarde podrás hablar con ella, estaba
muy lúcida cuando la he dejado en su cuarto.

La joven tomó cuenta de su consejo y regresó a su cuarto, somnolienta y agotada. Aquella casa drenaba sus energías de una manera que no conseguía explicar. Durmió sin
sueños, sumida en un estado de plácida inconsciencia.
Cuando despertó, una vez fresca y con ropa limpia, se sintió renacida. Acudió al cuarto de la escritora con ganas de
ver cómo estaba y hablar por fin con ella. Tocó la puerta
con suavidad con los nudillos.

—Adelante, por favor —dijo la anciana con una voz sorprendentemente firme y enérgica.

Estaba pulcramente vestida y peinada mientras reposaba sobre varios almohadones de seda color crudo. Sin
duda la estaba esperando.

—Buenas tardes, doña Hilda. Soy Clara, no sé si me recuerda, ¿qué tal se encuentra? —preguntó la joven con dulzura.

—Te recuerdo, Clara —respondió la mujer incorporándose y mirándola con intensidad—. Disculpa mi recibimiento de anoche... A veces me desoriento. Últimamente estos
episodios son cada vez más frecuentes..., pero a ratos todavía
continúo siendo yo —dijo encogiéndose de hombros.

—No se preocupe, lamento su caída —expresó—, pero me alegro mucho de que todo haya quedado en un susto y se encuentre bien.

La joven contempló de nuevo aquel cuarto-biblioteca, lleno de libros, libretas y papeles esparcidos y apilados en montañas más o menos altas, aquí y allá. Reparó también en las vistas espléndidas del faro desde la inmensa y luminosa galería. De día era incluso más impresionante la sensación de encontrarse suspendida sobre el mar.

—¿Josefina te ha explicado un poco tus funciones?...

—Sí, pero me ha comentado que la parte más técnica de mis funciones como asistente me la explicaría usted... —respondió la joven—. Perdone el atrevimiento, pero ¿es usted M. Silva, la escritora? —preguntó con algo de apuro, impulsada por una curiosidad irrefrenable.

—Sí, lo soy —contestó la mujer con una media sonrisa—. Veo que eres una joven lectora. ¿Cómo si no ibas a conocer a una escritora tan vieja como yo? Me recuerdas a alguien que conocí hace mucho —afirmó con nostalgia.

—¡Cómo no iba a conocerla! Si es usted una de mis escritoras preferidas... Durante mi infancia devoraba sus novelas de las hermanas Barton, Mary y Jane. Y después he seguido leyendo todo lo que ha publicado. Soy una grandísima admiradora de su trabajo —concluyó un poco avergonzada ante su momento fan.

Doña Hilda se rio con humildad, haciendo un gesto con la mano para quitarse importancia. Su risa cristalina pareció iluminar un poco más aquella casa triste. La alegría siempre sorprendía en la casa de los indianos, más acostumbrada a los pesares que a la celebración.

—Me alegro de que te hayan hecho pasar buenos momentos. Mi único propósito siempre ha sido alegrar y acompañar a los niños y jóvenes con sus aventuras. Quería haceros soñar con un mundo en el que todo fuera posible y los finales siempre fuesen felices... —dijo con la mirada vidriosa—. Perdona, Clara, últimamente lloro por todo. Es una cosa de la vejez. Todo te emociona, porque tu alma necesita sentirlo todo con más intensidad antes de marcharse para siempre.

—Usted será eterna, doña Hilda, porque vivirá a través de las palabras... Vivirá a través de las historias que ha creado. Una y otra vez, los niños del mundo encontrarán sus libros, se reirán y emocionarán con sus historias. Aprenderán a amar la lectura. No existe mayor recompensa para el alma que saber que ha creado un espacio en el que sus lectores se sienten felices y acompañados. —Se acercó y tomó a la mujer de la mano. Doña Hilda parecía tan frágil. Como si llevase el peso de la vida grabado en la piel.

—Agradezco tus palabras —respondió apretando su mano—. Precisamente para ayudarme a crear necesito tu ayuda, Clara. ¿Ves esa máquina de escribir? Me resulta imposible teclear como antes. Si pudieses hacerlo por mí, te lo agradecería inmensamente. También me gustaría que me leyeses un poco cada día, mi vista cansada ya no me lo permite. Son las únicas funciones que requiero de ti. El resto del tiempo puedes hacer lo que quieras, salvo que Fina necesite un poco de ayuda. Una empresa de limpieza manda a alguien cada semana a limpiar las zonas que se usan. El mantenimiento de todo, como ya te habrá explicado Fina, es imposible. Por lo que no creo que haya problema ni muchos quehaceres extras —concluyó—. ¿Te parece bien?

—¡Claro que sí! —respondió la joven radiante—. No hay nada que pudiese hacerme más feliz que ayudarla. Es un gran honor para mí asistir a una gran escritora como usted. Yo... también he soñado siempre con escribir... y tengo la esperanza de poder hacerlo aquí en mis ratos libres. Creo que Remedios les ha comentado mi situación. Querría escribir la historia de esta casa y sus habitantes... Me fascina desde niña; incluso ya adulta, viviendo en Madrid, he soñado con ella muchas veces... —confesó.

—Esta casa... tiene vida propia y sus propios asuntos pendientes... Si ella te ha reclamado es porque existe una razón para ello. Yo he estado viajando muchos años, siempre de acá para allá con Fina, pero hace algún tiempo ya sentí que debía regresar a enfrentarme con el pasado. Para poder morir en paz —continuó—, pero tú quizá debes venir a ella para reencontrarte con tu vocación. Si quieres escribir, que nada te detenga. Cuentas con toda la ayuda que yo pueda ofrecerte, aunque, con el avance de mi enfermedad, no sé si será demasiada... —dijo con resignación—. Si llevas dentro la escritura, has de escribir, Clara. No hay otra forma de existir en el mundo..., has de escribir o de lo contrario las palabras se te enredarán en el alma y te devorarán por dentro.

—¿Sabe? Así me sentía yo en mi antiguo trabajo, apagada por dentro..., pero no tuve la valentía de dejarlo —prosiguió la joven—. Era mi primer empleo, después de terminar la universidad, y me faltaba el valor y la confianza para arriesgarme por este sueño. Siento una admiración tan grande por usted y por tantísimas otras grandes escritoras... —continuó con honestidad abriendo su corazón a aquella desconocida de mirada vivaz—. He leído tanto y disfrutado tan inmensamente con sus novelas… que me siento indigna de crear algo que esté a la altura de esta profesión. Siempre me he sentido insuficiente —confesó.

—Todas las grandes escritoras han sido solamente personas con ganas de contar una historia. Yo también me he sentido así, y no creo que nadie que no posea un espíritu crítico pueda crear nada reseñable. Está bien ser humilde, pero no debemos permitir que esa admiración por los logros de nuestros referentes nos impida tomar acción en nuestro propio camino. Es humano cuestionarnos a nosotros mismos. Incluso me atrevería a decir que positivo, porque nos impulsa a intentar ser mejores, a estar dispuestos al cambio y el aprendizaje. Pero ese miedo al fracaso tan solo es tu ego repitiéndote aquello que te hace sentir segura dentro de tu prisión cuando podrías salir de ella y explorar un nuevo mundo. Escribe sin expectativas, Clara, la historia que tengas en tu corazón. Los escritores siempre llevamos las palabras guardadas en nuestro interior, esperando el momento de ser liberadas. No escribas para ser escritora, escribe porque te gusta escribir. Por el puro placer de construir un universo en el que tus lectores puedan refugiarse cuando lo necesiten. Existe un escritor para cada lector. Es imposible que gustes a todos, pero, si una sola persona se siente feliz o emocionada al leerte…, con eso es suficiente. Esa es la recompensa, Clara. Lo demás llegará solo.

La joven la miró pensando que aquella mujer que le sacaba más de sesenta años era el espíritu más afín que había conocido.

—Sabe, doña Hilda, me pasa con esta casa y con usted algo curioso… Siento como si ya las conociese de antes.

Como si ya hubiese hablado con usted —continuó Clara sintiéndose algo ridícula ante tal afirmación, pues aquella era la primera conversación profunda que mantenían.

—Las almas siempre se encuentran, Clara. No siempre cuando ni como deseamos, pero al final se encuentran a pesar de todo.

—Gracias por sus palabras de aliento, doña Hilda, me considero muy afortunada de estar aquí con usted. Agradezco enormemente que todo me haya conducido hasta esta casa. Espero escribir una historia digna de ella. Conocerla ha sido la casualidad más increíble de mi vida —expresó con emoción contenida en la voz.

—Las casualidades no existen, Clara. Todo se alinea siempre para que las cosas sucedan cuando tienen que suceder.

—¿Puedo preguntarle sobre la trama de su nueva novela, doña Hilda? —expresó con timidez la joven cambiando de tema—. ¿Es sobre la leyenda de la sirena del faro? Mi abuela me contaba esa historia de pequeña y me encantaba... El faro se ve impresionante desde aquí. Me encantaría visitarlo.

—Así es, Clara, será el último de los cuentos que escriba. Quiero que sea una novela para jovencitas como tú cuando descubriste la saga de las hermanas Barton. Pero, esta vez, quiero contar la leyenda de la sirena del faro. Esta historia empezó a gestarse hace muchos años junto a una gran amiga de la infancia. Soñábamos con escribirla juntas. Ella también quería ser escritora, ¿sabes? Pero las cosas no siempre salen como esperamos, querida —murmuró con un poso de tristeza doña Hilda—. Pero cuéntame tú, por favor. ¿Qué te explicó tu abuela sobre esa leyenda?

—Pues verá —comenzó a explicar la joven—, cuando era una niña, casi me ahogo en la playa que está junto al faro... Estuve a punto de morir. A raíz de aquello, pasé una época muy complicada. Yo... tenía muchas pesadillas y, para dormirme, mi abuela me contaba muchos cuentos, pero mi preferido era, sin duda, la leyenda de Mariña, la sirena que se enamoró de un farero. Ella contaba que la sirena apareció en la playa una noche de tormenta. Nadie vio nunca su cola de pez, porque la escondió en un lugar secreto para cuando tuviese que regresar al océano. El mar le arrebató su voz, furioso por su abandono. Y solo con el nacimiento de su hija en la playa del faro, la noche mágica de San Juan, el mar la perdonó devolviéndole la voz. Con el nacimiento de aquella niña con dones extraordinarios, la tierra y el mar hicieron las paces y durante un tiempo fueron muy felices. Pero finalmente la sirena Mariña tuvo que regresar al océano, pues su tiempo en tierra firme había llegado a su fin.

La leyenda cuenta que desapareció una noche de tormenta con el mismo sigilo con el que había llegado, sin que nadie encontrase jamás rastro alguno de ella —concluyó Clara—. Esa es la historia que mi abuela me contaba y que yo anoté en un cuaderno. Lo encontré justo cuando decidí retomar la escritura. Estaba lleno de los cuentos e historias que mi abuela me narraba en aquellas noches en vela y también de descripciones de esta casa... Fue a raíz de ese cuaderno que recordé el misterio que siempre me había evocado esta mansión y de ahí surgió la idea de escribir sobre ella. Mi madre contactó con Remedios, y el resto, ya sabe... Aquí estoy —dijo Clara con gesto afable encogiéndose de hombros.

—Tu abuela debió de ser una persona maravillosa. Recuerdo haberla visto alguna vez cuando ella era una niña, de lejos, en el faro. Lamenté su fallecimiento. Yo soy extraordinariamente vieja..., pero ella se fue demasiado joven. Sois tan parecidas... —dijo con la voz temblorosa doña Hilda—. Yo dejé este pueblo cuando tus bisabuelos junto a tu abuela regresaron de Suiza. Siempre había querido ver mundo —prosiguió—. Mi sueño era viajar y escribir historias ambientadas en distintos rincones y sobre distintas culturas y paisajes. Y lo conseguí en cierto modo —dijo con expresión melancólica—. Quiero que sepas, por si la niebla mental vuelve a nublarme el juicio, que entiendo bien por lo que estás pasando... —prosiguió—. Yo también me sentí atrapada y sin esperanza una vez. Perdida —dijo tomando su mano—. Pensé que la oscuridad no terminaría jamás... Pero lo hizo y por fin pude ser libre y volar —afirmó la anciana—. Sé que tú también encontrarás tu camino y volarás, Clara. Si la casa te ha llamado desde siempre, estoy segura de que aquí encontrarás la inspiración que necesitas. Si alguien ha de contar su historia, has de ser tú, querida. Aunque el pasado me resulte insoportablemente doloroso a veces..., intentaré responder a tus preguntas.

Doña Hilda se recostó, fatigada por la charla, contra los esponjosos almohadones.

—Muchas gracias por su ayuda, doña Hilda. Cuando se encuentre mejor, vendré a hacerle algunas preguntas si no le incomoda. Sobre los habitantes de la casa...

—Supongo que ha llegado el momento —dijo enigmática—. Los secretos, como la hiedra venenosa, se enquistan en el alma y te condenan para siempre si no los liberas..., aunque cuando lo hagas sea ya demasiado tarde... —susurró con tristeza infinita, con la vista perdida en el faro, que parecía vigilarlas desde su cima, a través del ventanal del cuarto de doña Hilda.

—La dejo descansar. Mañana vendré a verla cuando usted quiera. Podemos trabajar en su novela o, si lo prefiere, puedo leerle una novela estupenda de una autora mexicana, se llama *Como agua para chocolate*. ¿La conoce? —preguntó Clara con entusiasmo.

La mujer no le contestó, sino que la miró fijamente y cambiando de tema le preguntó:

—Clara, dime una cosa..., ¿viste algo cuando estabas en el mar? Ya sabes..., cuando sucedió aquello...

—El *incidente*... —terminó la frase Clara—. Así lo llamamos siempre en mi familia, se nos quedó ese nombre tras las terapias y los informes médicos. Durante un tiempo todo era «el incidente esto, el incidente aquello»... —suspiró y prosiguió—. Lo cierto es que solo se lo he confesado a mi abuela... Me daba vergüenza hablar de ello, pero... me pareció ver a una mujer nadando hacia mí... Quizá fue mi imaginación... Mi abuela me consolaba diciéndome que la sirena me había salvado, pero yo tenía la sensación de que quería llevarme con ella... Bueno, no me haga caso, ¿eh? Probablemente imaginé todo por la falta de oxígeno. Era bastante pequeña por aquel entonces y tenía una imaginación desbordante.

—Puede que te confundiese con su hija perdida... —murmuró doña Hilda—, con la hija de la sirena. Quizá tampoco ella encuentra descanso...

Clara se percató de que la mujer se estaba alterando de nuevo, como había sucedido la noche del apagón, e intentó calmarla.

—No se preocupe por eso ahora, doña Hilda. Descanse un poco —dijo acariciándole el pelo con delicadeza y arropándola—. Josefina vendrá a buscarla para la cena.

—¿Tu abuela te dijo su nombre alguna vez? —preguntó, ya más calmada.

—¿Qué nombre? —preguntó Clara con dulzura, en voz baja y suave para no alterarla.

—El de la hija de la sirena. La niña de la leyenda. La hija del mar y de la tierra —afirmó mirándola intensamente.

—Pues la verdad es que no —respondió la joven intrigada.

—Es Mairi, su nombre es Mairi. Significa «amada» en gaélico —le explicó la mujer con un hilo de voz mientras el sueño comenzaba a vencerla—. Ella desapareció… y su madre, la sirena, la sigue buscando.

La joven se dio cuenta de que doña Hilda comenzaba de nuevo a confundir realidad y ficción. Recuerdos y fantasías. Acarició su pelo plateado con suavidad, sintiendo lástima por ella. Qué terrible sensación debía de ser el no poder fiarte de tu propia mente. La joven esperó, velando por su descanso, hasta que la respiración de la mujer se acompasó, denotando un sueño placentero y profundo. Se la veía muy frágil. Su madre le había contado que tenía noventa y cinco años. Y, pese al privilegio que suponía llegar a su edad en un estado tan bueno, físico y mental, parecía que la enfermedad que la acechaba había actuado como un detonante que consumía su cuerpo y su cordura por minutos. Clara miró el reloj, que marcaba las 20:20 cuando salió del cuarto de doña Hilda.

La tarde había volado mientras hablaban de lo divino y lo humano, como si fuesen viejas amigas y hubiesen estado esperando el momento de reencontrarse tras una larga ausencia. Lamentó aquellos momentos de confusión y terror que parecían abordar a la anciana en ocasiones, como si una gran sombra la acechase en su mente, opacando a la mujer culta, inteligente y sabia que había sido y seguía siendo a pesar de la enfermedad.

Tras una cena deliciosa con Josefina, Clara se retiró a su cuarto. Aquella noche, como había temido, la joven no pudo descansar bien. Se sumió de nuevo en sueños extraños e inquietos con aquella presencia que se le había aparecido en la bañera. En el sueño, la mujer con un vestido blanco caminaba frente a ella, pero no podía alcanzarla.

Sabía que estaba ahí y podía entrever su vestido níveo moviéndose de manera espectral al doblar los pasillos de la casa. Pero siempre lejos de su campo de visión. Finalmente llegaron a una habitación que reconoció. Estaba situada en la otra ala de la casa. Los muebles estaban cubiertos con sábanas excepto un espejo de cuerpo entero con molduras doradas. Clara se acercó despacio temiendo lo que vería reflejado y, al mismo tiempo, sintiéndose incapaz de apartar su vista de él.

Clara contempló su propio reflejo, pero supo que no era ella quien la observaba desde el otro lado. Llevaba un vestido blanco cubierto de barro y tenía manchas oscuras de sangre por toda la falda. Acercó su mano al reflejo y otros ojos que no eran los suyos, pero que de algún modo reconoció, le devolvieron una mirada triste. Su reflejo movió los labios en silencio, pero ningún sonido salió de su boca.

El chillido rasgó el aire y dentro de su cabeza resonó de nuevo el llanto de un bebé. Clara se tapó los oídos con las manos y cayó de rodillas aturdida ante el estrépito. Tras ella, el cajón de un secreter salió proyectado por una fuerza invisible y cayó al suelo con un golpe fuerte. Varios recortes de prensa y papeles cayeron diseminados por el suelo. En ese momento, se despertó. Josefina la zarandeaba con preocupación.

—Clara, Clara, despierta —repetía inquieta.

—Josefina, ¿qué ha ocurrido? —murmuró la joven, sudorosa y con la voz alterada por la viveza de aquel sueño inquietante.

—Has tenido una pesadilla —afirmó con lástima—. Has gritado tan fuerte que he venido a ver si estabas bien. Perdona que te haya despertado otra vez. Prometo que no se convertirá en una costumbre —dijo la mujer con cierta retranca para rebajar la tensión.

—Espero no haberos asustado —se disculpó con la mirada confusa y todavía regresando de la ensoñación y asimilando la realidad—. Me pasa desde hace años... Pensé que lo había superado... Pero desde que he llegado a la casa las pesadillas han vuelto a aparecer —le explicó con pesar—. Tengo terrores nocturnos —confesó elevando con timidez la vista hasta Fina.

—Lo siento mucho, Clara. Esta casa puede nublarte la mente si la dejas... Espero que poco a poco te vayas acostumbrando a ella... Podemos pedirle a Remedios algo de su farmacia para que puedas descansar mejor... No me refiero a medicinas. Digo de su botica, todos en el pueblo acuden a ella para pedirle sus hierbas. Es descendiente de las *curandeiras*, ¿sabes?

—Es amiga de mi madre —respondió Clara—. Hace años que no la veo, pero ellas sí han mantenido el contacto. Nuestras familias se unieron mucho durante los años que pasaron emigrados en Suiza. Gracias a ella y a usted estoy aquí... Iré mañana a visitarla. Ya le pediré que me recete algo... tenía que ir de todos modos. No me gusta tomar medicamentos que me atonten. Tuve suficiente durante mi adolescencia... Pero, si es natural..., puedo probarlo, gracias, Fina. Perdona que os haya despertado —dijo con pesadumbre.

—Descansa, Clara, no hay nada por lo que disculparse. De paso, voy a comprobar si doña Hilda está bien... —susurró cerrando la puerta del cuarto con delicadeza.

Clara vio el saquito protector en el suelo y se levantó para colocarlo de nuevo sobre la manilla. Regresó a la cama con la sensación de que su sueño contenía un mensaje... Sentía la necesidad imperiosa de buscar ese secreter. Y descubrir qué secretos contenía.

A la mañana siguiente, Clara se despertó temprano, se vistió con premura y salió intentando no hacer ruido. Recorrió, como si conociese ese camino desde siempre, la ruta que la mujer del vestido ensangrentado le había marcado en su sueño.

Llegó a la habitación y abrió la puerta con cierto temor de que no fuese la habitación de su pesadilla. De estar perdiendo la cabeza. Pero sí lo era. El cuarto de su sueño, que Fina le había mostrado de pasada a su llegada. Con los muebles cubiertos de sábanas. Caminó con el corazón latiendo deprisa hacia un lugar concreto. Y destapó la sábana temiendo encontrarse de nuevo con la muchacha del vestido ensangrentado.

Su propio reflejo insomne y ojeroso la contempló, devolviéndole la imagen de una mujer joven con una palidez mortecina. Clara elevó la vista como había hecho en su sueño y tras ella, cubierto con una sábana, intuyó la presencia del misterioso secreter.

Lo destapó con cuidado y comenzó a revisar uno por uno los cajoncitos lacados y decorados con elegancia. Contenían perlas y carmín, horquillas y papel de carta. Una estilográfica rota y laca de uñas de color rojo de una marca extinta hacia décadas. Su vista parecía guiada por una fuerza ajena a ella y se posó inmediatamente sobre el cajón más grande. El que había caído al suelo. Lo abrió conteniendo la respiración.

Allí estaban los recortes, sobre un montón de papeles y cartas con el nombre de doña Teresa Puig i Serra Millet. Los agarró sorprendida de que fuesen reales. El primero de ellos contenía la esquela de don Emilio Andrade Vázquez de Seixas el 1 de noviembre 1929. El segundo era un recorte de una noticia de sociedad en *La Voz de Galicia*, en ella se anunciaba el próximo enlace entre Alfonso Andrade Puig i Serra y Amalia Figueroa Ribera. El tercero era de la sección de sucesos, con fecha de agosto de 1929, y en la noticia se explicaba el trágico accidente del joven Alfonso Andrade Puig i Serra al acercarse a fumar, perder el equilibrio y precipitarse desde un acantilado cercano a la finca en la que se celebraba su fiesta de compromiso. Comprobó que ambas noticias, la del compromiso y la del accidente, estaban separadas tan solo por unos días de diferencia.

A Clara le pareció un accidente demasiado extraño y se preguntó qué vinculación tendría esa familia con la casa. No había duda, por los apellidos, de que aquella mujer, doña Teresa y el hombre del obituario, don Emilio, eran los padres del muchacho fallecido en el accidente. Pero ¿entonces quién era Hilda Silva? ¿Cuándo había vivido la familia Silva en esa casa? Anotó mentalmente la necesidad de consultar en el ordenador la historia de aquella casa y noticias relacionadas con la familia. También de localizar el teléfono de Amalia Figueroa, si es que seguía viva. Se preguntó qué tendría que ver aquel desgraciado accidente con la mujer de sus sueños y Hilda Silva. Quería preguntárselo a la anciana, pero temía alterarla. Decidió que lo mejor era investigar por su cuenta antes e intentar corroborar sus averiguaciones con ella de la manera más delicada posible.

—¿Quién eres? ¿Qué te sucedió en esta casa? —preguntó al aire sin obtener respuesta.

Recordó las palabras que resonaron en su cabeza aquella noche en la bañera.

«Libérame...».

13

El linaje

2007

Clara

Clara bajó caminando por el sendero de la casa y recorrió el camino que separaba la mansión del pueblo con deleite. Era una mañana soleada y doña Hilda iba a recibir la visita de la enfermera, por lo que decidió acudir a visitar a Remedios alentada por su madre. Esta se encontraba mucho más tranquila al saber la conexión instantánea que habían experimentado su hija y doña Hilda durante el segundo encuentro, infinitamente menos accidentado que el primero.

El día estaba despejado y el paisaje resplandecía e invitaba a pasear junto a la playa. El mar, de un color turquesa tan cambiante como el cielo en que se reflejaba, batía con suavidad sobre la orilla creando un sonido relajante y melódico. Cuando llegó a la farmacia, Remedios se alegró mucho de ver a la joven.

—No te veía desde que eras una rapaza así —dijo señalando a la altura de su hombro—. Y ¡mírate ahora! Una mujer hecha y derecha. ¡Y tan alta! Pero ven a casa, cierro un momento que tengo timbre y los clientes me pueden llamar. Vivo en la parte de arriba, así es más fácil para las guardias —comentó resuelta.

Clara la siguió por las escaleras hasta el piso superior y después de ponerse al día, frente a un café con leche y una tarta *larpeira* de una panadería cercana, que le pareció la cosa más exquisita que había probado en la vida, la joven se animó a preguntarle por las plantas medicinales.

—Verás, Remedios —le explicó con algo de timidez—. Desde pequeña, a raíz de una experiencia traumática, tengo muchos problemas para dormir. De adolescente varios psiquiatras me administraron medicación para conciliar el sueño y no sufrir pesadillas tan terribles..., pero me dejaban atontada y no me sentía yo misma. Con el tiempo y mucho trabajo..., fui capaz de conciliar el sueño de nuevo sin ayuda de los fármacos —continuó la joven—. Pero, desde que regresé al pueblo y llegué a la casa, los terrores nocturnos y visiones han regresado. Fina me comentó que tú elaboras infusiones y otro tipo de alternativas naturales y que en el pueblo eres muy apreciada por tus conocimientos. Me explicó que descendías de una saga de *curandeiras*. —Rio la joven enfatizando la palabra—. ¿Tienes algo que me pueda ayudar?

—Claro que sí, Clariña, algo encontraremos que te pueda ayudar un poco. —La escrutó con ojos sabios y buscó en su interior algún tipo de respuesta—. Pero lo que te sucede quizá no tenga que ver tanto con el cuerpo... como con el alma… Quizá hay algún asunto pendiente que tengas que resolver —dijo tomando sus manos y volteando la palma.

Acarició las líneas con suavidad como si intentase descifrar algo en ellas. Clara estaba francamente sorprendida. Su madre le había hablado de la excentricidad de la farmacéutica, pero aquello sin duda superaba con creces sus expectativas.

—Tú serás la que sane tu linaje, Clara —exclamó finalmente—. No es una misión sencilla —continuó—. *Miña pobre!*, pensarás que estoy loca, ¿no? —concluyó estallando en una risa alegre como las campanillas—. No te asustes, mujer, que parece que hayas visto a la Santa Compaña… —Abrazó con afecto a la demudada joven—. Es que aunque estudié Farmacia y creo firmemente en las bondades de los avances médicos… desde pequeña puedo sentir la energía de las personas. Intuyo cosas y a veces tengo presentimientos. Es cosa de familia. Mi abuela y su hermana eran *curandeiras*. Las mejores que este pueblo ha tenido jamás… Pero, ya sabes, eran otros tiempos. No se lo hicieron pasar bien a pesar de lo mucho que ayudaron a sus vecinos. ¿Quieres que te cuente su historia? Así es como nuestras familias se unieron tanto, y yo me hice íntima de tu madre desde jovencita.

—Me encantaría escuchar esa historia —respondió Clara genuinamente interesada.

Bebió un sorbo de la taza de café, algo más repuesta del aluvión de información extraña que Remedios había vertido sobre ella.

—Pues verás… —comenzó a narrar—. A Valexa es un pueblo pequeño y como todos los pueblos pequeños esconde muchos secretos. Mi familia surgió de uno bastante escandaloso.

»Clara, mis abuelos eran unas personas maravillosas y todavía recuerdo lo muchísimo que se querían. Murieron el mismo día, ¿sabes? Ella primero y él al cabo de unas horas. Su corazón no podía continuar latiendo sin mi abuela. Ella contaba que se resistieron a ese amor todo lo posible. Pero no pudieron, porque, cuando dos personas son la una para la otra, no hay fuerza lo suficientemente poderosa que logre mantenerlas separadas demasiado tiempo. Mi abuelo era un bendito, más bueno que el pan..., pero también el cura del pueblo... Él contaba que se metió a cura porque era pobre y quería estudiar. Tenía una fe en Dios inquebrantable y soñaba con ayudar a los demás... Pero también era poco más que un chaval cuando tomó esa decisión y llegó a este pueblo. Cuando la conoció a ella, lo que pensaba que sería su destino se desmoronó. Parecía un amor imposible, pero sucedió una gran tragedia que lo cambió todo. Se dieron cuenta de que la vida no da segundas oportunidades y mi abuelo reunió el valor suficiente y le confesó su amor a mi abuela. Él colgó los hábitos, se casaron y para evitar el estigma social se marcharon a Suiza animados por tus bisabuelos, Carmela y Juan, que se habían ido un año antes. Más adelante, fue muy común emigrar allá, pero nuestras familias fueron de las primeras. Todo gracias a un contacto de tu bisabuelo, que los ayudó a conseguir trabajo.

»Como ya sabes, tu abuela y mi madre nacieron allá, aunque tus bisabuelos regresaron muy pronto, cuando tu abuela tenía unos siete añitos..., y mis abuelos, jamás. Fue mi madre la que regresó cuando se enamoró de mi padre en una asociación de gallegos emigrados que organizaba bailes y actividades para la comunidad.

»Por aquellos años, después de la guerra, allá llegaban gallegos a puñados —explicó Remedios—. Mi abuela, cuando llegaron a Suiza, no sabía ni escribir, pero aprendió con tesón. Mi abuelo le enseñó con muchísima paciencia. Trabajó muchos años de maestro y fue muy querido por sus alumnos. Mi madre fue a la universidad, en Suiza, por empeño de mi abuela. Su sueño era que sus hijas estudiasen. Valoraba tantísimo la educación, y si vieras lo inteligente que era…, pero antes, ya se sabe, la educación en las mujeres estaba reservada a unas pocas privilegiadas. Yo he seguido la tradición ya aquí en Santiago de Compostela… Pero todavía guardamos un cuaderno que mi abuela escribió con todas las hierbas y remedios que había ido recopilando a lo largo de los años. Ella decía que tenía miedo de envejecer y que todo aquello se perdiese para siempre. Su hermana mayor, Cándida, le enseñó todo lo que sabía y mi abuela Pura continuó aprendiendo y mejorando poco a poco. Su hermana nunca quiso venir a Suiza por mucho que mi abuela le rogó. Cándida se quedó en A Valexa hasta el fin de sus días —dijo la mujer con pena—. Ellas vivían en la casita que después compraron tus bisabuelos y en la que siempre vivió tu familia, Clara —añadió.

—Me dio mucha pena que mamá la vendiera cuando murió la abuela—se lamentó Clara—, yo adoraba sus jardines. Tenían las hortensias más bonitas que he visto jamás y todavía recuerdo aquellas vigas de madera de las que siempre colgaban ramilletes de laurel, lavanda, manzanilla… Nunca supe quién la compró. ¿Sabes si ahora está habitada?

—En su momento no sé, pero ahora vive un chico joven, se llama Martiño y será más o menos de tu edad. Aprobó las oposiciones y sacó plaza aquí. Creo que es de Ourense, pero siempre le ha gustado A Valexa, porque su familia pasaba aquí los veranos —le explicó Remedios que estaba enterada de todas las novedades del pueblo—. Se habrá comprado la casa hará un año, más o menos. Es muy *riquiño*... y muy guapo... Deberías conocerlo. —La miró con una media sonrisa, sin poder disimular sus intenciones casamenteras.

—Quita, quita... —respondió Clara riendo con apuro—. Pero sigue con la historia de tus abuelos, por favor, que me encanta escucharte, Remedios... —Mordió un trozo de *larpeira* para disimular lo colorada que se había puesto.

—Sigo entonces, pero insisto en que deberías conocerlo... —prosiguió la farmacéutica con una carcajada descubriendo la táctica de distracción de la joven al vuelo—. Mi abuelo Ignacio siempre le decía a mi abuela Pura que habría sido una gran investigadora. Ella siempre le contestaba, riendo, que a su manera lo había sido. Mira, te enseño su grimorio, que lo tengo aquí mismo. —Sacó el cuaderno gastado de un cajón de la salita—. Lo tengo siempre a mano para consultarlo. Tengo que pasarlo a formato digital, porque tengo miedo de que se estropee después de tantísimos años. Mi hija me dice que me va a ayudar, pero... —dijo chasqueando la lengua— siempre anda a mil.

Clara pasó las páginas con delicadeza y se maravilló ante la letra pulcra y los dibujos perfectos de cada hoja, planta y fruto. De insectos y semillas, junto a las anotaciones con sus propiedades, venenos, usos y combinaciones para cada tipo de mal. Era una fusión maravillosa entre los conocimientos ancestrales de botánica y la medicina natural. Entre un grimorio con *feitizos* y supersticiones del folclore gallego y un libro de recetas ilustrado. Todo estaba sistemáticamente organizado y Clara deseó enormemente haber conocido a aquella mujer.

—¿Habéis pensado en publicarlo? —preguntó Clara—. Es algo maravilloso y único. Estoy segura de que muchas editoriales estarían interesadas.

—Pues, mira, nunca se me había ocurrido. Mi abuela se habría reído de verse en una librería, pero creo que le habría gustado compartir sus conocimientos y sus recuerdos con el mundo. Ella siempre dijo que mi abuelo y ella eran iguales en lo esencial, en sus valores. Los dos querían ayudar a los demás. Ella, con sus plantas y mi abuelo, primero sirviendo a Dios y después a su familia y a sus alumnos.

—Me alegro de que hayan sido felices. La gente buena merece que le pasen cosas buenas. —Clara tocó el brazo de Remedios con afecto—. Me da esperanza creer que los amores que superan todos los obstáculos sí existen en la vida real y no solo en las novelas…

—¡Claro que existen! —exclamó la farmacéutica—. ¿El tuyo aún no ha aparecido, *neniña*? —preguntó con picardía—. Mira que va a ser Martiño… —Rio dándole a la joven un codazo.

—No ha aparecido —contestó Clara riendo todavía sonrojada—. Las mujeres de mi familia no son muy afortunadas en el amor… —continuó—. Mi abuela se casó muy enamorada, pero su marido murió en el mar siendo muy joven y mi madre…, bueno, ya sabes lo que pasó con mi padre… Se esfumó nada más descubrir que estaba embarazada. Nunca he querido saber ni quién es y no llevo ni su apellido, pero sé que somos afortunadas, porque siempre hemos estado muy unidas las tres, así que no me lamento, ¿eh? Él se lo pierde —dijo con convicción.

—Tu amor no anda muy lejos. Te lo he visto en la mano —respondió Remedios misteriosa—. Pero primero tienes que resolver tus asuntos. Aparecerá en el momento adecuado. Ni antes ni después.

—Mucho te dice a ti mi mano, ¿eh? —exclamó Clara riéndose sin parar con las ocurrencias de Remedios—. Tengo una amiga con la que harías muy buenas migas, le encantan estas cosas. A mí, si te soy sincera, me dan un poco de repelús —le pidió disculpas con la mirada a la *curandeira*.

—Pues te salvas, porque no te he sacado las cartas del tarot, reina —respondió con fingido enfado Remedios, arrancando una carcajada sincera a Clara—. Ahora en serio, las personas llevamos, sin darnos cuenta, el peso de nuestros ancestros en el alma. Las desgracias y los pesares se transmiten de generación en generación, porque los traumas se aferran a nuestra energía —afirmó tomando de nuevo su palma y volteando para verla otra vez—, pero siempre, escúchame bien, Clariña, siempre llega alguien que rompe con esos patrones, que sanan su linaje. Y esa persona eres tú. —Agarró su mano—. Estás en medio de un viaje y en él sanarán las heridas del pasado. Hazme caso que soy *meiga* —concluyó riendo.

—Entendido, Remedios, primero tengo que sanar el linaje de mi familia… y luego quizá deje que me arregles una cita con ese Martiño que se ha adueñado de la casa de mi familia —respondió Clara con retranca.

Ambas estallaron en una carcajada, que hizo temblar los platillos de porcelana de Sargadelos.

El resto de la mañana, Remedios se la pasó explorando en su botica y cargando el bolso de la joven con distintas infusiones de valeriana, pasiflora, extracto de lavanda y demás hierbas relajantes. Simultáneamente, no perdía la ocasión de recalcar a Clara que sus pesadillas no eran tal, que eran mensajes con un significado que debía descubrir y contra las que no debían luchar, sino tratar de comprender.

—Remedios, ¿tú sabes quiénes son la familia Andrade? —le preguntó Clara finalmente—. Creo que algo pasó en la casa que está relacionado con ellos. El hijo murió la noche de su compromiso y poco después también falleció el padre. Debió de ser una verdadera tragedia... Sé que sobrevivieron la esposa y la hija por el texto de la esquela que encontré y que él fue un conocido inversor y empresario cafetero que construyó la casa a su vuelta de las Américas. Imagino que por eso todo el mundo la conoce como la casa de los indianos. Pero no sé cómo encaja doña Hilda Silva en este pueblo ni en esa casa... Y, además... —continuó armándose de valor para decirlo por primera vez en su vida en voz alta—, en los sueños siento la presencia de una mujer joven. Ella fue la que me guio hasta estos recortes. Así que una joven también murió de manera traumática... ¿Sería la hija de la familia? ¿O quizá la prometida del hijo? He anotado todos los nombres —confesó—. Pero, por favor, no le digas a mi madre nada de todo esto —le rogó—. No querría preocuparla con esto de los sueños ni que pensase que me he vuelto loca en mi intento de convertirme en escritora.

—¡Qué poco conocéis las hijas a vuestras madres! —exclamó Remedios—. Os pensáis que sois las primeras en recorrer el camino, sin imaginar que nosotras ya lo anduvimos primero. —Negó con la cabeza—. Tu madre nunca pensaría que estás loca, pero descuida que sé muy bien cómo guardar un secreto —concluyó cómplice.

—¿Tú qué harías, Remedios? —le preguntó Clara.

—Pues, mira, Clariña, lo primero, vamos a encender el ordenador y buscar a esa familia Andrade y a esa joven del compromiso frustrado. Lo que pone el obituario es más o menos lo que se sabe por el pueblo. Era una familia de indianos ricos marcada por la desgracia. Tenían dos hijos y cuando murieron la mitad de sus miembros... las mujeres se encerraron en la casa. No se supo mucho más, porque se arruinaron y dejaron de interesar. Dicen las malas lenguas que la señora enloqueció y murió muy joven. Durante muchos años la casa estuvo cerrada. Hará unos cinco años o así, esa misteriosa escritora regresó y ha ido reconstruyéndola poco a poco..., *pobriña*, no ha de ser tarea fácil —dijo con lástima—. Ni más ni menos que M. Silva... —prosiguió—. A mi hija le encantaban sus libros, y fíjate que no supe que doña Hilda era ella hasta que me lo dijo tu madre —añadió—. A mí el apellido no me suena de nada.

—Por cierto —preguntó Clara recordando la conversación con doña Hilda—, ¿te suena el nombre de Mairi?

—Pues sí, ese sí. Mi abuela lo mencionaba mucho —afirmó la farmacéutica con la mirada iluminada de quien recuerda algo importante—. Era la hija del farero. La llamaban *a filla da serea*. Su madre apareció en la playa tras una tormenta terrible y nunca se supo si venía o no en un barco escocés que naufragó. No sobrevivió nadie y ella no estaba en la lista de pasajeros. Mi abuela me contaba sus talentos extraordinarios en el mar. Su madre desapareció tras una tempestad siendo Mairi muy niña. Y eso incrementó los rumores sobre que era una sirena de verdad. Sin embargo, nunca me dijo lo que le había ocurrido a Mairi, se ponía triste al recordarla. Sé que algo sucedió, un amor imposible. Y luego empezaron a pasarle todas esas desgracias a la familia Andrade. Mi abuela Pura la quería mucho, se notaba por algunas anécdotas que contaba de sus proezas en el mar. Aunque mi abuelo Ignacio siempre la acallaba cuando comenzaba a recordar más de la cuenta… Decía que el pasado era mejor dejarlo tranquilo…

—Vaya, qué interesante, Remedios. Doña Hilda fue quien me habló de ella y pensé que estaba teniendo una de sus crisis, pero veo que la historia es real —exclamó sorprendida—. Quiere que yo la ayude a escribir su última novela. Me ha parecido una mujer culta, inteligente y fascinante. Quiere narrar la leyenda desde la perspectiva de la hija de la sirena —explicó la joven—. Mi abuela me contaba la historia, pero siempre pensé que era parte del folclore. Nunca imaginé que hubiese sucedido de verdad. Pensándolo bien, tiene todo el sentido lo que me cuentas, porque Mairi es un nombre gaélico, según me comentó doña Hilda. Me cuadra que ella fuese, en realidad, la hija de una mujer que viajaba en secreto en el barco escocés hundido, ¿no? Y, por eso, la madre no hablaba al principio… A saber qué traumas y penurias habría pasado y además no comprendería la lengua… Aunque es más bonito imaginar que la leyenda de la sirena del faro es real, ¿verdad? —dijo Clara con tono soñador.

—Totalmente, aunque no debieron de tratarlas muy bien en una sociedad tan supersticiosa como la de antaño. Tuvieron que mirarlas con muchísimo recelo en el pueblo. Y más siendo un pueblo de marineros... Imagínate la fama que tenían las sirenas como causantes de naufragios... —añadió Remedios compasiva.

—¿Será doña Hilda la hija del farero? Es muy anciana y por edad podría serlo... Quizá tras un desamor se cambió el nombre y huyó lejos..., pero ¿qué relación guarda con la mujer de mis sueños y con la casa?

—Lo averiguarás, habla con doña Hilda, ella tendrá muchas respuestas. Sé que sabrás entrevistarla con delicadeza y extraer la verdad de sus recuerdos. Y quizá tengas otra ayuda a través de tus sueños... —dijo enigmática Remedios—. Solo te pido que no te cierres a las posibilidades que se escapan de nuestro entendimiento, Clara.

La vuelta la hizo cargada no solo con las medicinas naturales de la farmacéutica, sino con las noticias impresas que habían encontrado, desde el ordenador de Remedios, sobre la familia Andrade en la hemeroteca de la Biblioteca Nacional. Encontró muy pocas noticias interesantes además de las tres que ya tenía, casi todas relacionadas con las actividades sociales y de ayuda a la beneficencia de doña Teresa, la esposa de don Emilio. De los hijos del matrimonio tan solo averiguó el nombre de la hija, Julia, gracias a una noticia sobre su puesta de largo en el Club Casino de La Coruña. De Alfonso no encontró nada, excepto la noticia de su compromiso y la de su extraño accidente en el acantilado la noche de su celebración.

De Hilda Silva no había ni rastro. Tendría que preguntarle directamente a la anciana escritora, pero temía que el peso de los recuerdos fuese demasiado pesado para su fragilidad mental. Seguía dándole vueltas al asunto cuando nada más entrar en la cocina un aroma maravilloso envolvió a la joven. Una mujer alta y fuerte, de sonrisa radiante y ojos claros, la recibió con un abrazo.

—Clara, encantada. Me llamo Marisa —dijo con una voz alegre y musical la cocinera—. Tenía muchísimas ganas de conocerte. Estoy preparando cocido. Espero que te guste.

—Encantada —respondió la joven sintiendo una simpatía instintiva hacia la mujer—. Huele de maravilla, me encanta el cocido… y, además, no he vuelto a comerlo como se prepara en Galicia desde que murió mi abuela.

Tuvieron una agradable charla hasta la hora de la comida, que había resultado tan exquisita como parecía por su aroma. Fina y doña Hilda se reunieron con ellas. La anciana escritora se marchó a descansar a la biblioteca, como era su costumbre nada más terminar de comer. Clara la ayudó y, una vez instalada esta en su butaca preferida, bien abrigada con una manta de mohair y el semblante relajado, la joven se encaminó a su cuarto. No dejaba de darle vueltas al rompecabezas familiar que se escondía en aquella casa. Estaba deseando llamar a su madre para contarle su encuentro con Remedios, su excéntrica y encantadora amiga. También quería compartir con ella sus últimos descubrimientos. De lo que sí estaba segura es de que omitiría todos los detalles inquietantes y presuntamente paranormales acaecidos desde su llegada.

Se percató de que algo extraño iba a suceder por el cambio repentino en la atmósfera, cuya temperatura había descendido varios grados súbitamente. La quietud que hacía unos instantes le había parecido absolutamente normal se tornó escalofriante de repente.

Avanzó despacio por el pasillo, reparando en la puerta abierta de nuevo junto a su cuarto. Era la misma puerta que se abrió aquella primera noche en la casa con Fina. Sintió una brisa helada y levísima sobre el rostro que le erizó el vello y supo que, fuera lo que fuese que ese cuarto guardase, alguien quería que ella lo encontrara.

Se aventuró a entrar con cautela y encontró los mismos objetos de niño en los que había reparado desde la lejanía. Pero, en esta ocasión, se fijó en otros detalles que no había tenido tiempo de observar. Dentro del armario había camisas, que pertenecerían a un hombre joven. En la mesilla, un reloj parado para siempre en las nueve y media de la noche. También una caja de cigarrillos escondida y unos gemelos.

Continuó revisando los cajones y se topó con una carpeta. La abrió con delicadeza y en su interior encontró cientos de dibujos. Todos de la misma joven.

Clara se percató de que era la misma de sus sueños y visiones. Solo que parecía feliz. En muchos de ellos, la joven salía del mar y en otros estaba junto a un faro. Quien hubiese pintado aquello parecía estar fascinado con ella. Clara notaba el esfuerzo por recrearla desde todas las perspectivas posibles. Había cientos de bocetos con sus ojos plasmados hasta que había logrado capturar esa expresión de picardía y arrojo que debía caracterizar a su musa.

Clara encajó súbitamente otra pieza del puzle. La joven reconoció el estilo de los trazos. Había contemplado una pintura del mismo autor en infinidad de ocasiones, en el salón de su abuela y, tras su fallecimiento y la venta de la casita del bosque, en el nuevo hogar de su madre en Segovia. No podría estar segura hasta que lo consultase con ella, pero tenía la certeza de que la misma persona que había pintado aquella acuarela tan querida de su infancia era la misma que había esbozado en infinidad de ocasiones a la joven de los sueños de Clara. «Pero ¿quién era ella?», se preguntó.

No se sentía bien quebrantando la única norma de la casa y se disponía a dejar los dibujos en su lugar y cerrar de nuevo la puerta de aquel cuarto cuando reparó en algo más al fondo. Se trataba de un cuaderno pequeño, como un diario de bolsillo, que parecía suplicarle que lo abriese. «Libérame», resonó de nuevo aquella voz en su mente.

Sintió una ligerísima brisa junto a su nuca y el vello se le erizó. Con un escalofrío, Clara alargó la mano y lo alcanzó con manos temblorosas. Acarició las tapas duras y algo gastadas con delicadeza. La joven escuchó los pasos enérgicos de Josefina subiendo por las escaleras y salió a toda prisa de la habitación, cerrando la puerta tras ella.

El corazón le martilleaba el pecho con fuerza cuando, ya en su cuarto, escuchó cómo Fina comprobaba que la «habitación cerrada» continuaba estándolo. En el exterior, la mujer puso su mano en la manilla y empujó la puerta.

No cedió. La puerta estaba cerrada con llave.

Josefina se marchó tranquila mientras Clara, aterrada, se preguntaba, con el abismo de lo inexplicable abriéndose ante ella, cómo podía ser aquello posible.

Ella no la había cerrado con llave. Y la única copia la tenía Fina.

La joven tuvo la convicción de que alguien había abierto la puerta para que encontrase ese diario. Y la había cerrado tras ella cuando lo había hecho. Alguien quería que descubriese su contenido. O, más bien, al igual que había expresado Josefina en su primera noche…, algo.

Clara no pudo esperar un solo instante, abrió el diario y comenzó a leer.

14

El diario

Marzo de 1928

Querido diario:

Desde que he llegado a este hospital me siento terriblemente sola. Nadie responde a mis cartas y temo que la falta de noticias y el panorama desolador que me rodea terminen por volverme loca.

He decidido escribir este diario, que me regaló el bueno de don Ignacio antes de partir imaginando probablemente que lo llenaría con otro tipo de relatos, para recordarme a mí misma por qué estoy aquí.

En ocasiones, me dejo vencer por la desesperanza y maldigo el momento en el que decidí lanzarme al abismo con él. Pero, otras, recuerdo su amor y siento el ligerísimo aleteo de vida creciendo en mi interior. Entonces recobro el ánimo.

Antes yo era tan fuerte y tan segura... Él me decía que juntos éramos invencibles y yo lo creía con la ceguera que causa el amor.

Otras, estoy segura de que vendrá a buscarme en cuanto sepa que estoy aquí. Él vendrá y comenzaremos juntos una nueva vida en Barcelona mientras él termina la universidad y yo obtengo el título de maestra. Me lo repito una y otra vez para infundirme valor.

Él comenzó la universidad en septiembre y durante las Navidades no regresó a casa, pues su madre sufrió una indisposición durante un viaje por Francia. Así que, aprovechando la cercanía, tanto él como su padre la cuidaron durante las Navidades en Carcassonne. Ahora pienso que quizá fue todo una treta para evitar que nos reuniésemos tras el verano que pasamos juntos. Sé que su madre sospechó algo durante la fiesta, justo antes de su partida. Pero sus cartas, tan abundantes y cariñosas, reflejaban que sus sentimientos por mí no habían cambiado y no di mayor importancia a pasar unos meses más separados...

Hasta que lo supe. O, más bien, lo supo Cándida. Recuerdo su mirada de pesar cuando me lo dijo. Me dio una *figa* para colgar en la cadena de mi madre y un atado de laurel y ruda para alejar los malos augurios.

—Para que te *protexa, neniña* —me dijo entre lágrimas.

Al principio, yo no podía creerlo, solo había sucedido una vez. Cuando nos despedimos en la cabaña del *regato das lumias*, tras la fiesta. No me siento orgullosa de haber faltado a mi palabra, pero no se me ocurría ningún lugar en el que poder estar juntos sin peligro de ser descubiertos. Además, era un lugar mágico.

Quizá ese había sido el problema...

Habíamos estado cerca otras veces, pero siempre nos habíamos contenido. En aquella ocasión había sido imposible.

Yo estaba decidida. Él me preguntó si estaba segura y yo le dije que sí. Y lo estaba.

Pero ahora me tiembla la certeza que en ese momento sentí tan férrea.

Intenté ocultarlo por un tiempo para poder empezar la escuela. Nos habíamos esforzado tanto para aprobar los exámenes de ingreso... Ahora recuerdo nuestro sueño de realizar un gran viaje para celebrar nuestro aprobado. De vivir en la ciudad y estudiar en la Normal y me parece que pertenece a otra vida.

Muy pronto tuve que poner una excusa cuando empezó a resultar imposible de ocultar. Me dio mucho pesar mentir a Celsa y a su madre, tan amables como fueron conmigo, y a doña Mercedes, que pensó que me marchaba con unos parientes.

Espero poder contarles la verdad cuando todo se arregle y estemos casados.

En ocasiones, nos imagino en esa casita frente al mar, que él describía tan bien, con las contraventanas de madera, de color verde oscuro como los campos de Galicia. Yo estaré escribiendo en mi mesa y él estará pintando sus acuarelas en el jardín. Y nuestra hija, porque tengo el presentimiento de que será una niña, correrá alrededor de su padre, aferrándose a sus piernas largas y él le contará cómo se enamoró de mí la primera vez que le llevé la contraria.

Muchas veces sueño con el faro, me despierto imaginando que he regresado y, cuando recuerdo que sigo aquí encerrada, se me rompe el corazón. Estoy tan lejos de todo y de todos a los que amo.

Lo más duro fue contárselo a mi padre.

Lloraba como un niño suplicándome que, por favor, no me marchase, que a él no le importaba el qué dirán. Yo sabía que a él no le importaba.

Pero a la familia de él sí y yo no quería empañar su apellido. No deseaba causarle ninguna desgracia ni ser la ruina de su reputación.

A veces me siento una ingenua por haberme dejado convencer para ingresar aquí, pero su madre era tan persuasiva... y parecía que me tenía afecto de verdad. Ahora sé que todo era una trampa y que su plan desde el principio era alejarme para que todos olvidasen mi existencia. Para hacerme desaparecer, ahora que resulto una presencia incómoda en sus vidas.

Solo confío en ella, en mi amiga del alma.

A pesar de haberle fallado, espero que lo localice y le diga la verdad.

Él vendrá a rescatarme.

Y todo saldrá bien, porque juntos somos invencibles.

Abril de 1928

La vida aquí transcurre insoportablemente lenta y tediosa, pero, al menos, he hecho algunas amigas. Una de ellas es una enfermera muy amable, que de vez en cuando se escapa para hablar conmigo. Y digo que se escapa porque a mí solo me atiende la jefa de enfermeras de esta sección, una mujer seca y escalofriante que nos trata a todas las mujeres de este pabellón como si fuésemos escoria.

En el Departamento de Maternidad prestan servicios tres médicos, dos de ellos parecen personas decentes. Pero el mío no lo es. Escucho cómo murmura con la jefa de enfermeras y nos mira con desprecio mientras dice comentarios inapropiados sobre nuestra «ligereza».

—De aquellos barros estos lodos, ¿eh? Eso te pasa por no saber guardarte, niña. Es una pena estropearse así la vida siendo tan guapa. Ahora él ya no te va a querer porque estás estropeada. Menos mal que tu benefactora es piadosa... —me espetó en una ocasión.

Tuve que reprimirme muy fuerte, como me enseñó doña Mercedes, para no saltar sobre él como un gato salvaje y arañarle la cara con furia.

Aquí casi todas las mujeres entran y salen con rapidez y en el más absoluto anonimato. Por eso, a la maternidad del Hospital de la Caridad le llaman el cuarto de partos secretos. En concreto, la enfermera bondadosa me ha contado que hay dos: uno para las mujeres pobres, que no pueden hacerse cargo de los gastos que acarrea, y otro para las que sí. Yo estoy en el segundo, me alimentan bien y las condiciones sanitarias son bastante modernas.

Sin embargo, el ambiente resulta desolador. Se escuchan lamentos por doquier. Llantos de bebés y de madres que gritan desgarradamente durante los partos.

Casi todas las mujeres estamos aquí de manera clandestina. Por eso entran y salen con discreción. Solo algunas de nosotras, cuyas familias pueden permitírselo, permanecemos aquí escondidas como si estos bebés que llevamos en las entrañas fuesen solo nuestro pecado, mientras que los hombres siguen su vida con normalidad. Para asegurar nuestro anonimato nos registran con una clave numérica y solo el capellán conoce nuestros nombres reales.

Por eso nadie habla entre sí y apenas nos miramos a los ojos.

Cada mujer permanece sumida en una isla de dolor y, en su mayoría, de vergüenza a la que resulta imposible acceder.

También he averiguado que las madres pueden decidir dejar a sus criaturas al cuidado del hospital, que actúa también como hospicio para niños y niñas expósitos, o dejarlos durante un tiempo y regresar a buscarlos cuando la fortuna les sea más favorable.

En el cuarto de al lado, ha ingresado una chica que estoy segura de que es aún más joven que yo. Ha sido la única que me ha mirado a los ojos y me ha sonreído.

Un hombre mayor con un traje elegante ha venido a visitarla y le ha traído una muñeca. Primero, he pensado que se trataba de su padre..., pero luego la ha besado de un modo que me ha revuelto las tripas.

Lo observo todo y a todos e intento mantenerme alerta para no hundirme y conservar la fe en nuestro amor.

Ha tenido que percatarse de que algo no iba bien tras estos meses de silencio.

Él vendrá a buscarme.

Mayo de 1928

Esta semana ha sucedido algo aterrador. La niña de la habitación de al lado —y digo niña porque me ha contado que tiene trece años— se puso de parto.

Daba mucha pena verla, tan menuda y tan infantil con esa barriga inmensa.

Durante este tiempo, no nos hemos dicho nuestros nombres, pero a veces hablamos un rato.

Afortunadamente, el hombre mayor y asqueroso no ha regresado por el hospital. Yo no he querido preguntarle por él, porque sospecho que detrás de su historia hay algo verdaderamente terrorífico, que no me siento con fuerzas de descubrir.

Lo único que sé es que ella tiene la ilusión de llevarse al niño, porque está segura de que es un niño. Me ha contado que quiere llamarlo Rodolfo, porque le parece un nombre elegante. No ha pensado nombres de niña. Cree que el hombre asqueroso los cuidará y yo no me atrevo a sacarla de su engaño. Después de todo, yo confiaba en que mi galán de cine vendría a rescatarme raudo y veloz y tampoco ha venido.

A veces, imagino que lo tengo delante y le doy uno de esos golpes en el hombro, como cuando me sacaba de quicio. Él se reiría y me besaría, susurrándome al oído:

—Pero ¿cómo no iba a venir a buscarte, *ruivinha*?

El caso es que la niña triste se puso de parto y sus gritos me helaron la sangre. Me la imaginaba tan pequeña ante semejante esfuerzo y temía que no lo consiguiese.

Rezaba para que Dios le diese fuerzas para aguantar. Vi a la jefa de las enfermeras volar en dirección a su cuarto acompañada del médico siniestro. Las demás abandonaron la sala inmediatamente. Escuché una conversación al lado de mi puerta:

—Los padres vendrán a por el niño esta misma noche, doctor. Esperemos que la chica sobreviva, pero, si hay que elegir, la prioridad es el bebé. Tengo al otro preparado para que se quede tranquila.

—Siempre quieren a los de buenas familias, a cualquier precio. Piensan que saldrán mejores que los del torno.

Aquellas frases se me quedaron grabadas en la mente.

Pero definitivamente supe que algo no encajaba cuando escuché el llanto de un bebé sano con unos pulmones fuertes romper la quietud de la noche.

—Es un niño. Vamos a limpiarlo —dijo la enfermera llevándose al bulto rosado y lloroso por el pasillo mientras la niña suplicaba que la dejasen sostenerlo en sus brazos.

—Mira, bonita, ten un poco de paciencia. No te muevas mucho que puedes desangrarte —soltó el médico con su falta de tacto habitual.

Yo la escuchaba llorar muy bajito. Así que, en cuanto el doctor abandonó su cuarto, me colé para consolarla.

—Lo has hecho muy bien —le dije abrazándola con delicadeza—. Eres una campeona.

—Es un niño. Estaba segura. Mi Rodolfo es un niño sano y fuerte —dijo sonriendo a pesar de su palidez mortecina.

Cuando escuché pasos apresurados por el pasillo, me escabullí a mi cuarto con el tiempo justo para que no me descubriesen. Tan solo oí un murmullo que terminaba en «ha fallecido» y, a continuación, el grito ensordecedor de mi vecina de cuarto, aquella niña flaca que se había convertido en madre. Aquello no tenía sentido.

Lo más doloroso es que, desde entonces, la niña no ha conseguido regresar del limbo de desolación y paranoia en el que se sumió tras el parto. Cuando voy a verla me pregunta con insistencia dónde está su bebé y yo ya no sé qué decirle para calmarla.

A ratos mece la muñeca que aquel hombre le trajo de regalo y me la enseña con orgullo, pero después cae en la cuenta de su error y la lanza contra la pared gritando improperios y me acusa de haberle matado.

Está siendo una pesadilla. Lo más peligroso fue cuando se coló en el área de expósitos y escapó con uno de los bebés. Me despertó en mitad de la noche sosteniéndolo en sus brazos con la mirada completamente desorbitada.

—Mira, por fin he encontrado a mi bebé —me dijo mientras lo acunaba y tarareaba una canción que, en aquellas circunstancias, resultaba siniestra.

Yo la dejé en el cuarto con palabras tranquilizadoras y fui a avisar a una enfermera temiéndome lo peor para el bebé si se percataba de que no era su hijo. Cuando vinieron a por la pobre criatura que, aterrada por la interrupción nocturna, había comenzado a llorar desconsolada, ella se negó a entregarla. Hicieron falta tres enfermeras para doblegar a una muchacha que apenas pesaría cuarenta kilos. Me sobrecogió la capacidad de lucha de una madre —y ella lo era— por proteger y evitar que le arrebatasen a su hijo, o al menos al que ella creía que era su hijo.

Ahora que siento sus patadas y movimientos, estoy cada vez más inquieta ante la llegada del parto. Me aterra pensar que no sobreviviré, pero me asusta más pensar en que me lo arrebaten.

Ella podría ser yo. Y yo podría acabar como ella.

Junio de 1928

Él no vendrá a buscarme.

Me ha costado aceptarlo y todavía me cuesta un poco escribirlo.

Él no vendrá a buscarme, pero yo voy a luchar sola por mi bebé y por mí.

No acabaré como mi vecina de cuarto, demente y atrapada en el dolor.

Ayer saltó por la barandilla, cayó al vacío desde una altura de tres pisos y murió. Antes de hacerlo, vino a verme en un momento de lucidez:

—Yo lo vi vivo, ¿sabes? Casi no me permitieron cogerlo, pero lo vi lo suficiente para saber que no era el bebé sin vida que me trajeron después. Estaba helado. No querían que lo tocase, pero lo hice igual. Mi bebé estaba lleno de vida.

Me partió el alma no tener más palabras de consuelo para ofrecerle que un abrazo largo y triste. Estaba tan desesperada que, aferrada a la pequeña *figa* de mi cuello, casi rompe el enganche que lo unía a la cadena.

Es por ella que voy a marcharme antes del parto.

No me quedaré para que mi cordura se quiebre como esa *figa.*

Mañana es la noche de San Juan y también mi diecisiete cumpleaños... Cómo ha cambiado mi vida desde entonces. El anterior fue el más feliz de mi vida y este el más desesperado. Pero, si quiero tener una oportunidad para mi bebé, he de arriesgarme y escapar mientras me sea posible.

Estoy segura de que ella habrá llegado a un acuerdo para que alguna pareja acaudalada se quede con nuestra hija. Un bebé fuerte, de unos padres jóvenes y sanos. Le daría igual que yo muriese.

Pero ella no me conoce. Voy a defender a mi bebé cueste lo que cueste.

Yo siento en mis entrañas que será una niña. Mi niña.

Durante todo el día, la ciudad se llenará de bullicio y el personal andará pensando en las *lumeiradas*. Confío en que no me buscarán hasta la mañana siguiente y para entonces estaré con las personas que me quieren. Con *pai*, Pura y Cándida. Ellas me ayudarán como ayudaron a mi madre. Jamás debí haberlos dejado.

Una vez le dije a mi amiga del alma que podría encontrar cualquier rastro y orientarme en cualquier situación y todavía espero poder hacerlo.

Antes de marcharme, voy a deslizar este diario en el bolsillo de la enfermera bondadosa, incluiré una nota con los nombres de las personas a las que me gustaría que se lo entregase si me pasase algo y finalmente no lo consiguiera.

Sé que ella no me delatará.

Que Dios nos ayude...

15

La noche de San Juan

1928

Julia supo que algo iba mal cuando su madre regresó de la ciudad aquella noche con el gesto demudado y nervioso. Desde que Carmela y Juan habían anunciado su marcha, Teresa se había acostumbrado a conducir ella misma. Incluso había salido en el periódico como ejemplo de mujer moderna y cosmopolita posando junto a su coche. El nuevo servicio llegaría a la casa a principios de julio. A Juan le había salido un trabajo en Suiza y ambos emprenderían muy pronto una nueva etapa lejos de aquella casa. Lejos de Julia. Ellos habían sido lo más parecido a una familia amorosa que había conocido; sin su presencia, Julia se sentiría más sola de lo que nunca había estado.

Alfonso se había ido. Mairi se había ido. Su padre se había ido.

Y Carmela y Juan se marcharían muy pronto.

Desde aquel mes de febrero aciago, en el que el mundo de Mairi, y el suyo propio, se había desmoronado, todo había comenzado a ir de mal en peor. Fue Cándida, aquel día de carnaval en su casa, quien lo notó. Ella no había sospechado nada, a pesar de las horas que pasaban juntas estudiando e imaginando un futuro. Mairi también tenía que saberlo en el fondo de su corazón, pero, tan intuitiva como era, se negó a aceptarlo hasta que la realidad resultó innegable.

Habían comenzado la Normal hacía apenas un mes y, a pesar de la decepción evidente de Mairi ante la noticia de que Alfonso y sus padres pasarían las Navidades en Francia, habían sido unas festividades muy bonitas. Julia había insistido en quedarse en la mansión con la excusa de estudiar…, pero en el fondo debía reconocer que lo que pretendía era evitar el reencuentro con su hermano. No habían solucionado las cosas desde aquella aciaga noche. Se arrepentía y avergonzaba de la discusión, pero ya era demasiado tarde y, para cuando su enfado había dado paso a un sordo resentimiento, Alfonso ya había regresado a la universidad de Barcelona. Temía que aquel arrebato de furia y maldad hubiese resquebrajado su complicidad para siempre.

Se sentía tan culpable por aquellas palabras envenenadas que lanzó en presencia de su madre… Sabía que debía hacer algo para remediar aquella situación, pero su cobardía le impedía actuar. Julia había huido del problema y aprovechado la ausencia de Alfonso para recuperar a Mairi.

Julia los recordaba a todos reunidos, aquellas últimas Navidades, como jamás volverían a estarlo: *pai* y Mairi, Carmela y Juan, don Ignacio, Pura y Cándida festejaron todos los éxitos y alegrías que llenaban sus corazones de esperanza.

Su padre le había enviado un paquete para ella con algunos libros nuevos, como agasajo navideño. Entre ellos, un ejemplar de *Jane Eyre*, publicado por primera vez en español y que se convirtió en la obsesión de las jóvenes durante esas vacaciones. Pasaron muchas tardes en la cabaña, bien abrigadas y sumergidas en sus páginas durante esas fiestas.

Alfonso se las había ingeniado para incluir una carta para Mairi y un pañuelo con las iniciales de ambos bordadas. Julia pudo ver la cara de ilusión de su amiga mientras leía la carta con avidez y ojos soñadores. Un ligero rubor teñía sus mejillas y Julia sintió un pinchazo de celos en el corazón.

Había resultado demoledor descubrirlos el día de su cumpleaños, tras esa estúpida fiesta de puesta de largo en el casino. Los preparativos la habían mantenido ocupada durante todo el verano con ensayos, pruebas, clases de baile y demás parafernalia absurda que Julia aborrecía. No se percató de lo que sucedía hasta esa misma noche. Las sospechas la habían asaltado durante el baile, en el que Mairi y Alfonso no podían quitarse la vista de encima ni un solo instante.

Doña Teresa también se había dado cuenta e intentó alejar a Alfonso, presentándole e instándolo a bailar con la hija de una amiga del casino, Amalia. Una joven dulce e inocente que había conocido durante los ensayos y que miraba con ojos de cordero degollado a su hermano. Pero él solo tenía ojos para Mairi y había ignorado sin ningún pudor a las demás jóvenes de la fiesta, incluida a Amalia. Con esta última había bailado una única pieza sin apartar la vista de Mairi, que contestaba con contenida educación al enjambre de caballeros que habían encontrado, por fin, su oportunidad de acercarse a ella.

A su hermano le había faltado tiempo para regresar junto a ella corriendo al final del baile. Había sacado sus maneras más altivas y territoriales y alejado a todos los pretendientes de la joven de un plumazo, con su porte de emperador y su lengua afilada.

Julia y el resto de los asistentes pudieron observar cómo Alfonso y su supuesta pariente de belleza hipnótica e inusual bailaban, inmersos en su propia burbuja, como si no existiese absolutamente nadie más a su alrededor.

Doña Teresa, que había estado menos hostil de lo habitual con ella durante esos meses de preparativos, miró a Julia con furia, como si hubiese sido su culpa que Alfonso pareciese embelesado con su amiga.

De regreso en la mansión tras la fiesta, ya bien entrada la noche, Julia escribía insomne en su diario las anécdotas de la velada cuando escuchó que Alfonso salía a hurtadillas de la casa. Lo vio a través de la galería y tuvo la terrible certeza de que iba a encontrarse con Mairi a sus espaldas.

Había sido fácil seguirlo a una distancia prudencial sin que él se enterase. Había aprendido de Mairi a observar sin ser vista y a moverse de manera silenciosa. Julia supo adónde se dirigía a mitad de camino, pero se lo negó a sí misma hasta que los vio entrar en su refugio, en aquella cabaña secreta que Mairi había jurado no compartir con nadie excepto con ella. No quiso creer lo que estaba sucediendo hasta que los vio a través de una grieta de la madera. No pudo seguir mirando. Sintió una arcada revolver sus entrañas y vomitó junto a un árbol del camino. Mairi era lo único que ella tenía y Alfonso se la había arrebatado. Se los imaginó burlándose de ella. Riéndose a sus espaldas ante su ingenuidad. Decidió esperarlos en el camino para confrontar su traición.

La oscuridad se apoderó de Julia aquella noche terrible. No se sentía orgullosa de su reacción ni de las palabras crueles que les dedicó al encontrarlos. Alfonso había estropeado sus planes, su felicidad y la vida con la que había soñado. Su hermano tenía que arrebatarle a la única persona que la había elegido a ella y no a él. Alfonso contaba con la adoración de su madre, el encanto y ese don de gentes con el que lograba conquistar a todos a su paso. Lo tenía todo y ella no tenía nada…, no le había importado hasta ese instante… Julia contemplaba el brillo de Alfonso desde su lugar en la sombra. Pero ahora que por fin había hallado la fuerza para construir una identidad propia y que había encontrado un espíritu afín con el que compartir aquel camino… Alfonso se la había robado a sus espaldas. Y finalmente, Mairi, como todos, también lo había preferido a él. Había algo roto en ella que impedía que la gente pudiese quererla de verdad… Ni siquiera Mairi lo había hecho en realidad. Solo había sido un instrumento para acercarse a su hermano. Para lograr su amor. Se sintió destrozada y traicionada. Ella solo tenía a Mairi. Era su única amiga. Y ella le había mentido.

Era una mentirosa y deseó que su felicidad se destruyese. Lo deseó con toda la fuerza de su corazón en aquella noche terrible que reviviría una y otra vez en su mente. Los planes que ambas habían trazado. Esa única salida que había imaginado para escapar de una infancia triste y alcanzar la felicidad, lejos de una madre distante y un padre ausente.

No podía soportarlo. Julia se envenenaba pensando que ya no habría educación, viajes ni libros, ni aquella cabaña en el bosque en la que vivirían juntas para siempre. Mairi le había jurado que aquel lugar era solo de ambas, pero se veía allí a escondidas con Alfonso. Los imaginó hablando a sus espaldas y se sintió profundamente traicionada.

Julia pensó que ahora Mairi querría dejar la Normal y marcharse a Barcelona.

La perdería para siempre y volvería a vivir en la más absoluta soledad. Julia recordó muchas veces, con los ojos empañados en lágrimas, cómo Mairi rebatía con súplicas y explicaciones la furia de Julia. Ambas lloraron aquella noche por la muerte de aquella amistad que antaño les había parecido indestructible.

Alfonso intentó hablar con ella a la mañana siguiente, pero Julia, caprichosa e infantil, se encerró en su cuarto para no verlo partir y castigarlo con su silencio. En ese momento, envenenada por los celos y la ira, deseó que él, su hermano del alma, desapareciese para así poder recuperar a Mairi... La quería solo para ella. Aquel sentimiento posesivo y egoísta la atormentaría de por vida.

Alfonso partió sin despedirse de ella rumbo a su flamante vida universitaria. No volvieron a encontrarse hasta que ya era demasiado tarde. Antes de que la furia diese paso a una tristeza profunda, Julia había soltado con toda la intención, envenenada por la ponzoña de los celos y la traición de las dos personas que más amaba, delante de doña Teresa que Mairi y Alfonso eran novios.

—No puede ser. —Doña Teresa no pudo contener la rabia—. No dejaré que pase otra vez. Es todo culpa tuya. La mala sangre se junta con la mala sangre. Pensé que tolerándola a ella me libraría de ti y contentaría a tu padre... y resulta que has metido a una serpiente en nuestra casa. Pero esta vez no. Con mi niño no —dijo con la mirada más dura que Julia le había visto dirigirle jamás.

Julia se arrepintió nada más decirlo en voz alta. Reviviría esa traición, una y otra vez, en su conciencia durante años. Aquello había sido el principio de todas sus desgracias.

Tras aquel enfrentamiento, Julia no había regresado a su refugio con Mairi, pero aquellas Navidades lo que parecía imposible había sucedido. Una nueva oportunidad había surgido entre ambas tras casi tres meses de absoluto silencio y soledad.

Fueron las últimas festividades felices que la joven pasaría en muchos años.

Cuando doña Teresa aludió a una supuesta indisposición para mantenerse alejados aquellas fiestas navideñas, Julia sintió una punzada de remordimiento al saberse responsable del distanciamiento. Pero también de alivio. La distancia de Alfonso le brindaba la oportunidad de reconstruir su relación con Mairi.

En octubre, ambas habían aprobado el examen de acceso sin dificultad y, para cuando se enteraron de su logro compartido tras largos meses de estudio, el enfado parecía algo lejano y solo la tristeza se había apoderado de sus vidas.

Julia se había refugiado en la escritura. Había ideado una saga de libros infantiles protagonizada por un par de hermanas, sospechosamente similares a ellas. Había utilizado muchas de las anécdotas e historias que atesoraba en sus cuadernos y que había imaginado junto a Mairi en su cabaña. Cuando terminó el primer borrador, a pesar de sus reservas, lo llevó al faro y lo dejó junto a su puerta.

Había puesto los nombres de ambas: Mairi Castro y Julia Andrade.

Observó a su amiga nadando en la playa cercana al faro, parecía muy desamparada en la inmensidad del océano. Desde lo alto del acantilado su pelo destacaba como un fósforo encendido y la echó terriblemente de menos.

La siguiente vez que se vieron fue el día de Todos los Santos, cerca de la iglesia. Mairi corrió hasta ella y la abrazó con fuerza. Julia no tuvo fuerzas ni encontró el suficiente rencor en su corazón para apartarla.

Desde entonces habían ido reconstruyendo su amistad y confianza piedra a piedra, con cautela al principio, y un tácito y genuino perdón, que había germinado aquel mes de diciembre, regresando juntas al *regato das lumias*, a su pradera mágica.

Cuando llegaron las fiestas navideñas, Mairi y ella volvían a ser amigas y su plan de estudiar juntas en la ciudad se materializó, pese a los temores de Julia.

Las jóvenes habían decidido posponer el gran viaje con el que habían soñado y que don Emilio les había prometido hasta que llegase el verano y finalizasen el primer curso. Aunque Julia sospechaba que lo que Mairi ansiaba en realidad era pasar el verano entero con Alfonso... y que callaba para no herirla.

En el mes de enero, Julia se mudó a una residencia para señoritas y Mairi al céntrico piso de Celsa. Aquel único mes que compartieron había sido maravilloso, estudiaban juntas e iban al cine de vez en cuando. Merendaban todos los días con Celsa y su madre, que se habían convertido en amigas muy queridas. Mairi había aprendido a coser y copiaba los vestidos a la última que veía en los escaparates para ambas. Las jóvenes los lucían ante las miradas de apreciación de los viandantes en sus paseos de domingo por La Marina y la calle Real.

Pero después llegó la amarga revelación de Cándida. Mairi no tenía el periodo desde hacía meses. Y Cándida, con su ojo experto de *curandeira*, supo al instante que una nueva vida aleteaba en su interior. Mairi se sintió perdida. Pidió consejo a Julia y esta le falló. La joven había acudido a su madre para que le dijese qué hacer. Julia pensó que doña Teresa jamás permitiría que una parte de Alfonso sufriese el más mínimo daño. Y, pese a todo, su instinto le gritaba que aquello podía salir terriblemente mal. Teresa había tratado de mantenerlos alejados aquellas Navidades porque sentía que Mairi quería arrebatarle a su niño, pero ahora una parte de su adorado vástago estaba creciendo dentro de ella y, por tanto, tal vez se vería obligada a actuar del mejor modo para protegerlos a ambos y evitar el escándalo, ¿no?

Lo cierto es que a Julia no le importaba el bebé ni Alfonso. Tan solo le preocupaba salvar la reputación de su amiga, porque quedaría mancillada para siempre si su embarazo a los dieciséis años, fuera del matrimonio, trascendía en el pueblo.

Su madre era una experta en el arte de las apariencias y pensó que sabría cómo ocultar el asunto y esconder la noticia hasta que Alfonso regresase. Julia y Alfonso no habían vuelto a escribirse desde su gélida marcha y sospechaba que el joven no le había perdonado su ataque furibundo a Mairi aquella noche. Su relación se había roto en pedazos y quizá no podrían reconstruirla jamás. Podrían unir los pedazos para que pareciese que las cosas se habían arreglado, pero las grietas permanecerían inalterables bajo la superficie.

Doña Teresa se encargó del asunto con diligencia y rapidez. Las amigas se quedaron sorprendidas por su comprensión y amabilidad. Julia sintió miedo ante esa reacción, pero intentó disipar la molesta vocecilla de alarma que la avisaba de que algo no iba bien.

—Ahora ya no se puede hacer nada excepto mantenerlo en secreto hasta el nacimiento —les comentó doña Teresa, comprensiva—. Conozco un hospital del que soy benefactora, el Hospital de la Caridad, y puedes dar a luz allí discretamente —continuó—. Es un lugar que acoge a las muchachas con este tipo de problemas. Nosotras nos pondremos en contacto con Alfonso y no temas, porque para cuando el parto se aproxime él estará contigo. Os casaréis discretamente en el hospital, allí mismo tienen una capilla y el capellán puede celebrar el enlace —explicó—. Os marcharéis inmediatamente a Barcelona. Para cuando regreséis a la ciudad habrá pasado tanto tiempo y seréis una pareja tan consolidada que nadie hará los cálculos de vuestro primogénito —concluyó—, pero es necesario que ingreses allí mañana mismo para que nadie sospeche más de lo debido. Las malas lenguas tienen ojos en todas partes y tú no querrás arruinar la reputación de Alfonso y de toda nuestra familia. Un escándalo así nos destruiría —dijo con una pausa dramática.

Mairi, inocente y bienintencionada, respondió que por nada del mundo querría perjudicar a Alfonso ni a nadie. Julia notaba su vergüenza y su miedo. Mairi quiso creer a doña Teresa y se cegó a la posibilidad de que todo fuese una treta. Julia tenía sus sospechas de que su intención no podía ser tan noble, pero solo le importaba Mairi y su buen nombre, que todo quedase en el olvido y ella pudiese retomar sus estudios y sus planes. Ahora tenía la certeza de que había sido estúpida y egoísta.

La despedida de Mairi, al día siguiente y sin esperar el tiempo necesario para reflexionar y desconfiar de la decisión, fue desoladora. Solo *pai*, Pura y Cándida la vieron marchar del faro, tan joven y todavía llena de esperanza en la vida y el destino. *Pai* le suplicó que no se fuese, que aquello no le convencía, que podrían cuidar al niño entre todos. Pero Mairi era obstinada y había tomado una decisión. Quedarse implicaba la vergüenza y el señalamiento. Ella ya sabía lo que era vivir con ello y no deseaba lo mismo para su bebé. Estaba segura de que doña Teresa no permitiría que Alfonso se casase con una mujer marcada por la deshonra. Si quería tener una oportunidad de vivir con él, de formar parte de su mundo y el de Julia, tenía que hacerlo según las reglas de Teresa. Julia no la desalentó. Le mostró su conformidad con el plan. Y se arrepentiría de ello el resto de su vida.

Doña Teresa y Mairi habían desaparecido por el sendero y desde entonces no había vuelto a tener noticias de ella. Cuando le preguntaba por su amiga a doña Teresa, la cual acudía cada semana a visitar a la joven en el hospital, esta siempre le respondía que estaba bien y que le mandaba recuerdos. Pero, cuando Julia le suplicaba que la dejase acompañarla, la mujer se negaba en redondo «por prudencia».

—Julita, es un lugar al que las mujeres acuden en el más absoluto anonimato. Me dejan ir a mí porque soy íntima de la jefa de la enfermería. Pero allí ninguna quiere ser vista ni recordada. Sería una imprudencia y una falta de consideración que entrases en esa maternidad clandestina —le contestaba aferrada a su negativa.

—¿Y le has dado mis cartas, madre? No me ha respondido a ninguna. Me extraña en ella, estoy preocupada. Intuyo que no está bien —le comentó Julia con la preocupación en el rostro.

—¿Preocupada, dices? Cómo se nota que no sabes lo que es un embarazo… No estás para jugar a ser escritora, niña tonta. Ella te manda siempre recuerdos y agradece mucho tus cartas. Con eso tendrá que bastarte. No seas dramática. En un par de meses podrás verla, antes de que se marchen a Barcelona. Tu hermano le ha escrito que pronto se reunirá con ella.

Una tarde, tras las clases y antes de regresar a su residencia, Julia no pudo contenerse y se acercó al hospital, que era también un hospicio. Le había sobrecogido ver el torno donde la gente dejaba a los niños expósitos. El lugar tenía una función honorable, ayudar a las mujeres y niños repudiados, pero algo le puso el vello de punta. Sintió que una gran desgracia se cernía sobre su destino y que en aquel lugar la muerte blandía, implacable, su guadaña. No la dejaron entrar. Se marchó descorazonada, de regreso a su vida de alumna de la Normal, sabiendo que su amiga permanecía sola y encerrada en aquel hospital para mujeres desdichadas a la que ella misma la había animado a ir.

Su vida sin Mairi carecía de sentido alguno. Los meses transcurrieron tristes, melancólicos y aferrada a su orgullo; no había escrito a Alfonso. Solo tenía noticia de él a través de su madre. Escribirle cartas a Mairi, contándole las pequeñeces de su día a día en la escuela para entretenerla, era lo único que la mantenía a flote.

Pero nunca recibía respuesta.

Los exámenes llegaron y finalizaron con excelentes resultados. El primero de los dos cursos que necesitaba para obtener el título concluyó sin la compañía de su amiga y confidente para acompañarla en la celebración.

La vuelta a la mansión tras finalizar las clases había sido todavía más dura. Continuaba escribiendo sus historias, imaginando el momento de entregarle los manuscritos con las aventuras de aquel par de hermanas a Mairi... A su regreso.

Y precisamente fue en aquella noche aciaga cuando supo que el gran mal que tanto temía había desplegado sus funestas alas sobre aquella familia. Julia recordó aquel otro San Juan, hacía un año ya, en el que ambas amigas habían disfrutado de un día fantástico y soleado recorriendo la ciudad. Sin embargo, ese año, el cielo parecía furioso por la ausencia de Mairi en su diecisiete cumpleaños y una lluvia incesante e invernal había opacado la celebración de las *lumeiradas* en las playas. Una fuerte tormenta se escuchaba a lo lejos y amenazaba con impedir a los coruñeses su tan querida celebración. Doña Teresa entró en la casa, empapada y visiblemente nerviosa.

—Julia, ven conmigo —había ordenado con la voz tensa y la cara descompuesta

—¿Ha pasado algo malo? —respondió Julia temiéndose lo peor.

—Mairi se ha marchado del hospital. Con esta tormenta y a punto de dar a luz... Esa niña desagradecida... ¿Cómo se ha atrevido? —exclamó con desprecio doña Teresa—. Piensa rápido, Julia, ¿adónde crees que se dirigirá? Piénsalo bien, corre un gran peligro.

Julia se llevó las manos a la boca con horror. Intentó ponerse en la piel de su amiga

—Irá al faro, estoy segura.

Recordó a su amiga con flores en el pelo y la melena al viento junto al faro, como la primera vez que la vio.

—Entonces seguiremos el recorrido hacia la ciudad... Espero que no sea demasiado tarde. Con suerte la alcanzaremos por el camino —murmuró la mujer para sí—. Espérame en el coche, Julia, ahora mismo iré yo —dijo Teresa dirigiéndose al interior de la casa.

Mientras tanto, Mairi caminaba trabajosamente orientándose en mitad de la lluvia inclemente. Podía sentir los dolores, cada vez más fuertes y más intensos, golpeándola desde el interior. Había conseguido cruzar el puente de A Pasaxe y hacía rato que había dejado atrás el castillo de Santa Cruz. Los truenos iluminaban el cielo de un modo espectral y, a pesar de la mala visibilidad, comprobó que la luna estaba llena y tuvo la certeza de que su niña nacería esa noche.

Temblaba de pies a cabeza por el esfuerzo y la humedad. El pelo se le pegaba a la cara y su vestido blanco estaba empapado y sucio por el barro. Le pesaba cada vez más y ralentizaba su avance. Si alguno de los escasos coches que pasaron a su lado hubiese observado a aquella figura blanca cubierta de lodo, probablemente se habrían santiguado. Quizá durante años, en las noches oscuras, incluso habrían afirmado haber visto a una *aparecida* junto a la curva de Breixo.

—*Nai*, por favor, desde donde estés, ayúdanos —suplicó Mairi al cielo.

Fue entonces cuando rompió aguas. Empapada y helada como estaba, pudo sentir el líquido caliente derramándose entre sus muslos. Se agarró con fuerza la barriga y chilló de miedo y de dolor. Como si un ángel de la guarda hubiese escuchado sus plegarias, un coche paró junto a ella. Julia avanzó hacia ella a toda velocidad. Después se desmayó.

Una vez recuperó la conciencia, se fijó que estaba sobre un jergón improvisado con unas cuantas mantas en un pequeño cuarto. Era una especie de sótano húmedo. Estaban rodeadas de alimentos, cajas y barriles.

—¿Dónde estoy? —preguntó, desorientada.

La cara preocupada de su amiga apareció en su campo de visión.

—Mairi, tranquila, yo te ayudaré. Mamá ha ido a pedir ayuda a tu padre y él avisará a Pura y a Cándida. Me ha pedido que me quede contigo para que no estés sola. Estoy aquí, Mairi, lo conseguiremos. —Su cara estaba contraída por el miedo.

—Julia, amiga mía… No irá a buscar ayuda. No irá a buscar a nadie —le dijo Mairi llorando en silencio, con la voz entrecortada por el esfuerzo—, ella quiere que muramos las dos, Julia. En el hospital iban a quitarme a mi bebé… Teresa quiere que desaparezcamos —sollozaba entre terribles contracciones.

Julia se sintió una estúpida por haber confiado en ella. ¿Por qué si no, en una mansión inmensa, llevaría a una joven con hipotermia, de parto y al borde de la muerte, a un cuarto inhóspito en un sótano? No iba a buscar ayuda, sino que esperaría a que Mairi y su bebé muriesen en sus brazos.

—No —le contestó Julia con decisión—. No morirás, Mairi. No lo permitiré, vais a vivir las dos, ¿me oyes? Tú eres la mujer más fuerte que conozco. Tú eres la hija de la sirena. Habéis vencido al Atlántico y vencerás ahora también.

—No puedo, Ju —sollozaba la joven—. Me he quedado sin fuerzas.

—Piensa en tu bebé, Mairi. Por favor, tienes que hacer un último esfuerzo. Ella ya casi está aquí —dijo Julia que trataba de mostrarse fuerte.

—Mi niña…, ella vivirá. —Mairi recobró las fuerzas y lanzó un grito al universo—. Y yo también —exclamó apretando la mano de su amiga.

Julia hizo lo que pudo. Lo que sabía y había leído aquí y allá. Pero ningún libro la había preparado para la naturaleza salvaje abriéndose camino. Para la vida que pugna por sobrevivir. Cuando Mairi casi había perdido las fuerzas, el fuerte llanto de la pequeña rompió el silencio de la noche. Otra sirena había llegado a este mundo.

16

El faro

CLARA

El hallazgo del diario de aquella joven desconocida había impactado a Clara profundamente y, durante los siguientes días, se dedicó a investigar en el ordenador de Remedios todo lo que encontró sobre el Hospital de la Caridad.

Clara sospechó que a pesar de la gran labor social que la institución había realizado en aquellos años tan difíciles para las mujeres y, en especial, para las madres solteras, aquel lugar habría sido un coto de caza perfecto para los desaprensivos que quisiesen aprovecharse de la vulnerabilidad de aquellas jovencísimas madres y hacer negocio.

Esa noche no pudo conciliar el sueño pese a las tisanas que Remedios le había recomendado. Clara permaneció alerta, temiendo entrar en esa fase de duermevela en la que se sentía tan vulnerable y receptiva de todas las energías que la rodeaban, especialmente, las más dolorosas. Sintió los párpados pesados. La mujer de sus sueños había querido que encontrase el diario. Y Clara tenía la certeza de que intentaría mostrarle el resto de su historia.

¿Acaso había sido ella quien había escrito ese diario? El llanto de un bebé tras su grito desgarrador despertaba a Clara de aquellos sueños inquietantes. Quizá la carga energética tan desgarradora y dolorosa que Clara sentía en sus pesadillas era un recuerdo de lo que le sucedió a la joven del diario y a su bebé.

Supo que estaba sucediendo de nuevo cuando se vio a sí misma con un vestido blanco y ensangrentado, vagando por la casa con el pelo y la ropa empapada. Sabía que no era ella. Se miró las manos y le resultaron completamente ajenas. No eran las suyas. Una cadena con una *figa*, como la que su abuela le había regalado tras el *incidente*, adornaba su cuello. Clara la tocó con esas otras manos y sintió un profundo temor por aquello de lo que estaba a punto de ser testigo. Vagó por los pasillos con una sensación de profundo abatimiento. No podía gritar. Se sentía presa en aquel otro cuerpo que la llevaba lentamente hacia la puerta de la cocina.

Una vez allí, Clara supo adónde se dirigía: el sótano. Bajó las escaleras con un profundo temor esperando encontrarse con algo horrible. Sentía formas oscuras que acechaban desde las sombras. Reparó en una habitación anexa en la que en otro tiempo, antes de que las neveras se popularizasen, debieron de almacenarse los alimentos. Aquellos pies que tampoco eran suyos se detuvieron en una esquina de aquel cuarto. Se había situado encima de una trampilla. Aquella fresquera era apenas un agujero de poca profundidad en el que, tiempo atrás, se conservaban los alimentos perecederos.

Solo que allí no había ningún alimento, sino un bulto envuelto en una manta. Clara apartó la tela con manos temblorosas con el terrible pálpito de lo que iba a encontrarse. Se vio a sí misma, la joven de sus sueños, con la mirada vacía y los labios inertes. Un llanto infantil rompió el silencio con desesperación. Los labios pálidos de la mujer se movieron. Sus ojos muertos la miraron directamente.

—Libérame —pronunció, con la voz hueca, agarrando su mano con fuerza mientras la trampilla se cerraba sobre sus cabezas dejándolas sepultadas para la eternidad.

Clara se despertó empapada en sudor en su cuarto. Temblaba de pies a cabeza. Encendió la luz todavía aletargada por la vivacidad del sueño.

—Estás atrapada en esta casa —murmuró en la quietud de la noche—. ¿Quién te encerró en ese sótano? ¿Cómo llegaste ahí?

Nadie respondió. En algún momento, Clara debió de quedarse dormida de nuevo vencida por el agotamiento.

A la mañana siguiente, con las primeras luces del amanecer, cansada y ojerosa, bajó a la cocina a comprobar sus sospechas.

—Clara, buenos días... ¿Y tú qué haces a estas horas por aquí? ¿Sigues sin poder dormir? —le preguntó Fina sorprendida.

—Buenos días, Fina... Sí, he pasado una mala noche... Las pesadillas han hecho otra vez de las suyas... —respondió sin querer profundizar en el cariz paranormal de las mismas—. ¿Puedo hacerte una pregunta?

—Por supuesto que sí —respondió la anciana con diligencia.

—¿Qué hay en el sótano? —preguntó Clara con cautela.

—Sobre todo, muchos trastos —respondió Josefina—. Antiguamente se utilizaba para almacenar alimentos y todo tipo de suministros…, pero entre las neveras y que esta casa hace años que está prácticamente deshabitada, excepto por nosotras, es innecesario. ¿Por qué lo preguntas?

—He soñado con el sótano… —confesó Clara—. Era un sueño inquietante… ¿Te importaría si echo un vistazo ahora?

—Por supuesto que no. ¿Quieres que te acompañe? —Fina intuyó el miedo en la joven.

—Te lo agradecería mucho, Fina.

Clara desvió la mirada hacia la puerta.

—¿Qué tendrán los sótanos que siempre producen desasosiego? —murmuró la joven dirigiéndose a las escaleras seguida de Fina.

La bombilla parpadeante contribuía a crear una atmósfera húmeda y oscura. Los latidos de su corazón se aceleraron. Reconoció el espacio de su sueño, aunque los cambios eran evidentes. Las cajas se amontonaban aquí y allá junto a muebles viejos. Era un lugar descuidado que revelaba años de abandono. Recorrió con la vista el suelo buscando la trampilla. Entre tantos objetos acumulados no resultaba sencillo orientarse, pero finalmente llegó al lugar en el que debería haber estado. Lo supo por el cemento, distinto al resto del suelo de piedra, que recubría el agujero de la trampilla. Clara se agachó y posó la mano sobre el lugar. Una arcada le recorrió el estómago e intuyó que allí había sucedido una desgracia que no permitía tener paz ni descanso a los habitantes de esa casa.

—¿Estaba esto así cuando os mudasteis a la casa? —preguntó Clara con cautela.

—Sí —respondió Fina con mirada recelosa—. Todas las obras se han hecho en las estancias que habitamos. Nadie baja nunca a este sótano. No se ha reparado desde que llegamos —afirmó.

Cuando regresaron a la cocina, una sombra de tristeza se había instalado irremediablemente entre ambas mujeres. El desayuno transcurrió silencioso y, en cuanto pudo, Clara se escapó a casa de Remedios. Era la única persona con la que podía hablar libremente de todo aquello y del hallazgo del diario.

Las menciones en el diario a Pura, Cándida e Ignacio despejaron casi todas las dudas sobre la identidad de la joven, pese a que esta no hubiese escrito su nombre en él. Tras un café y múltiples especulaciones con Remedios, reflexionando sobre dicha posibilidad, llegaron juntas a la conclusión de que debía de tratarse de Mairi, la joven que tanto apreciaba Pura, la abuela de Remedios, y que había sufrido el trágico destino de un amor desgraciado.

Por lo que contaba el diario, Mairi se había enamorado de un joven de buena familia que la había convencido para acudir al hospital para luego desentenderse. Pensó con dolor en su propia madre y en el futuro aciago que ambas habrían sufrido si su padre la hubiese abandonado al enterarse del embarazo en cualquier otra época anterior. Proviniendo de una familia humilde como la suya, parecía muy probable que hubiesen acabado en un lugar como aquel hospital.

Tembló al imaginar lo que habría sentido su madre, encerrada y sola en la clandestinidad, a merced de desconocidos. Lo que habría sentido Mairi. El diario había aparecido en aquel cuarto que doña Hilda se empeñaba en mantener cerrado junto con sus secretos. ¿Habría sido Alfonso el amor truncado de Mairi? ¿Acaso aquello había desencadenado la tragedia de la familia? Pensó en la identidad de la joven del sótano, la energía errante y atrapada en la mansión que la había conducido al descubrimiento del diario.

—Las energías pueden impregnarse en las personas y también en los lugares —le explicó Remedios—. Es por eso por lo que, allí donde ha sucedido un hecho traumático, reinan la tristeza y la desesperanza... Y las personas con dones como los tuyos pueden percibir ciertas cosas..., sensaciones, sueños...

—Esto es algo contra lo que siempre he luchado —confesó Clara tapándose la cara con las manos—. No era así antes del *incidente*. Pero, cuando regresé, lo hice de una manera distinta. Algo dentro de mí se rompió y empecé a percibir cosas que me aterraban.

—Tuvo que ser muy difícil. Eras tan pequeña... —expresó la farmacéutica con pesar—. ¿Nunca dijiste nada a nadie? —preguntó.

—A mi abuela, pero no demasiado. Me daba miedo decirlo en voz alta, me sentía como una demente por lo que me estaba sucediendo... Aquello me hizo aislarme mucho, pero, una vez superada la adolescencia, me esforcé tanto en reprimirlo e ignorarlo que desapareció. Tan solo me sentía más sensible de lo normal a la energía de ciertas personas, pero ni las pesadillas ni la parálisis del sueño habían regresado jamás con tal intensidad, hasta que llegué a la casa.

—¿Sabes? Estoy segura de que aquello te sucedió por una razón. Morir durante aquellos segundos te conectó de algún modo con la joven de la casa. Alguien te escogió para que tú la liberases.

—Te voy a confesar algo —dijo Clara con cierto temor—. Aquel día en la playa, cuando casi me ahogo…, escuché una voz que me llamaba. Me cantaba en una lengua que no reconocí. Algo me empujó a entrar más y más adentro pese a perder pie —continuó su relato—. Sé que parece una locura, pero me pareció que algo nadaba hacia mí. Creí distinguir a una mujer, pero, cuando estaba a punto de alcanzarme, perdí la consciencia. No recuerdo nada más de los siguientes días, pero sí ha persistido siempre esa sensación de que algo nadaba hacia mí… y de que yo quería irme con ella… —Clara miró a Remedios con cierta expectación—. Siempre lo achaqué a una ensoñación causada por el trauma, yo era bastante pequeña y fantasiosa… —se justificó avergonzada.

—Quién sabe, Clara, quizá las sirenas existen después de todo. O quizá su espíritu te escogió para que liberases a su hija. Su madre pudo ver en ti a alguien capaz de ayudarla si es que está atrapada en esa casa. Me pregunto por qué… También era pelirroja, ¿sabes? —Afirmó pensando en voz alta—. Qué curioso. No se me había ocurrido hasta ahora, pero mi abuela la describió una vez. Dijo que era tan guapa como las *lumias* de las *cantigas*. Como tú. Quizá algo de ella ha renacido en ti.

—¡Qué va! —exclamó quitándose importancia con la mano—. Me temo que salvo el color de pelo no comparti-

mos nada más. Muchas cosas se me han encomendado...
—comentó con retranca—. ¿Qué era? Ah, sí, sanar el linaje de las mujeres de mi familia y, por lo que veo, también
rescatar a la hija de la sirena del faro. —Clara estalló en una
carcajada—. Mucha aventura me parece a mí para alguien
que hasta hace un mes no se atrevía ni a dejar un trabajo que
aborrecía.

—Quizá eres más fuerte de lo que crees y solo necesitas
ponerte a prueba para comprobarlo —le respondió la farmacéutica—. Mira la aventura en la que te has embarcado
—prosiguió— cuando lo más seguro habría sido quedarte
en casa de tu madre y buscar otro trabajo estable e insatis-
factorio como contable.

La joven la miró con afecto y comprendió por qué su
madre y ella habían mantenido la amistad durante tantos
años. Había algo en la fuerza y la confianza de Remedios que
resultaba contagioso. Tras visitarla, siempre regresaba a la
mansión albergando en su interior un valor y serenidad de
los que no se sabía poseedora.

Aquella semana, doña Hilda había estado muy cansada y
Clara la había acompañado tan solo un par de horas cada
día. Había tenido que contenerse mucho para no preguntarle sobre Mairi y su posible vinculación con Alfonso y el
diario antes de entrevistarse con su prometida. Encontrar
a Amalia había resultado mucho más sencillo de lo que Clara había imaginado y, tras una búsqueda concienzuda de
todas las Figueroa Ribera residentes en la ciudad, se había
topado con la Amalia correcta. La prometida de Alfonso.

No solo viva, sino con una energía y disposición envidiables. Tras explicarle el motivo de su investigación, ambas habían concertado una cita y, un par de días después, Clara se encontraba frente a ella y su nieta sentadas en la terraza de la cafetería Bonilla en A Coruña.

—Muchas gracias por haber accedido a venir.

Clara estrechó la frágil mano de la mujer.

—Encantadas de conocerla, Clara —respondió su nieta, una joven de gesto amable.

—Me ha traído muchos recuerdos su llamada —dijo la anciana—. No sé ni cuántos años hace que no pensaba en aquello... Además, cualquier excusa es buena para desempañar la memoria, charlar y tomar un chocolate con churros de Bonilla —concluyó Amalia con gesto travieso.

Clara rio ante el deleite con el que la mujer probaba el chocolate con una cucharita.

—Verán —comenzó Clara—. Como les comenté por teléfono, estoy documentándome para escribir una novela ambientada en la casa de los indianos y el pueblo de A Valexa. Querría preguntarle por la familia que la habitó, los Andrade. Por casualidad —dijo omitiendo todo tipo de información inquietante sobre sueños premonitorios y mujeres misteriosas—, encontré unas noticias de prensa en las que hablan, si no me equivoco, de usted, doña Amalia. —Extendió hacia ella las noticias que había conseguido en el archivo digital del periódico—. ¿Es Alfonso Andrade, su prometido, el fallecido del que habla la noticia, el hijo de doña Teresa y don Emilio? —preguntó Clara.

—Sí, lo era —respondió Amalia con gesto apesadumbrado—. Yo era muy joven, demasiado, y estaba enamoradísima de él. Era el hombre más apuesto y elegante de la ciudad. Nuestras familias eran muy amigas, especialmente nuestras madres; por eso frecuentábamos los mismos ambientes. Fueron ellas las que alentaron ese amor. Ya sabes cómo funcionaban antes las cosas: familias de círculos comunes y bien posicionados casaban a sus cachorros entre sí. Él no me hacía ni caso, estaba enamoradísimo de otra chica —contó la anciana recordando el pasado—. En la puesta de largo de su hermana Julia, él no le quitaba los ojos de encima a otra muchacha. Dijeron que era una pariente lejana, pero yo supe, por cómo la miraba, que la quería de verdad. Durante unas Navidades en Francia me confesó su amor secreto, que solo su hermana conocía. Estaba más radiante que nunca. Me dijo que era extraordinaria —continuó con gesto apesadumbrado—. Al poco tiempo sucedió algo, ella desapareció, pero nunca supe qué le ocurrió.

»Él no podía hablar del tema, pero estaba destruido y nunca se recuperó. Yo fui un apoyo para él entonces. El caso es que poco a poco me fui ganando su afecto y me propuso matrimonio. Pero la noche de la fiesta de compromiso él estaba raro y apático. Años después me di cuenta de que un novio enamorado jamás hubiese actuado así. Parecía más resignado que otra cosa. Justo antes del brindis desapareció y…, bueno, ya sabe el resto. Dijeron que había sido un accidente, pero estoy convencida de que mintieron. Me costó mucho recuperarme después de eso… —Agarró la mano de su nieta—. Pero ahora sé que habría sido un fracaso absoluto. Nunca fui yo. No habría tenido ninguna oportunidad y nos habríamos hecho profundamente infelices. Solo lamenté que no me confiase sus pesares… Habría sido su amiga para siempre. Era un buen chico. Y tan alegre como el sol —terminó.

—¿Alguna vez escuchó hablar a los Andrade de Hilda Silva? ¿Sabe si su novia se apellidaba así?

—Lo siento, nunca me dijeron su apellido. Solo sé lo que le he contado.

—¿Y de la hija del farero de A Valexa recuerda algo? Su nombre es Mairi.

—Ese nombre… sí lo recuerdo, ya sabe, por su peculiaridad. Creo recordar que ella era amiga de Julia, la hija de los Andrade. Hablaba mucho sobre esa Mairi y su ilusión por convertirse en maestras durante el tiempo que coincidimos antes de la celebración de la puesta de largo.

—Muchas gracias, doña Amalia, sus recuerdos me han servido de mucho. Lamento mucho su pérdida y el dolor que debió de causarle todo aquello.

—Muchas gracias, hija —respondió doña Amalia—, pero yo he sido muy feliz. Me casé con el hijo del conserje —afirmó riéndose—. Mis padres casi se desmayan… Se llamaba Luis y me adoró toda la vida. Nunca había reparado en él, pero un día, dos años después de la muerte de Alfonso, lo vi. Lo vi de verdad. Su bondad y su inteligencia. Su fuerza y sus valores. Y me enamoré de él. Estudiaba Derecho y aprobó las oposiciones a Notarías en un año. Cuando se enteró de que había aprobado, lo primero que hizo fue pedirme matrimonio… y mis padres tuvieron que aceptar, claro. Mi Luis fue un trabajador incansable —dijo con ojos de enamorada y riendo ante la estrategia para obtener su mano—. Ahora llevo dos años viuda. Pero ¿sabe? Con él entendí lo que le pasaba a Alfonso. Cuando encuentras a tu persona, ya no tienes ojos para nadie más. Lamenté mucho lo que le pasó. No se lo merecía. Destrozó para siempre a su familia. La última vez que los vi, fue en el entierro de don Emilio apenas un año después. Había perdido muchísimo dinero con sus inversiones en la bolsa y, aunque nunca lo dijeron…, se rumoreó que se había suicidado.

—Vaya, debió de ser una verdadera desgracia… —respondió Clara—. Le agradezco mucho que haya compartido estos recuerdos tan dolorosos conmigo, doña Amalia. ¿Sabe qué fue de la madre de Alfonso y de su hermana? —preguntó la joven intrigada por el destino aciago de aquella familia.

—No. Lo último que supe es que doña Teresa había enfermado y su hija la cuidaba en la mansión. Ambas se recluyeron allí —recordó doña Amalia—. Lo sentí por Julia, parecía una buena chica. No tuve mucho trato con ella, excepto cuando nos preparamos para nuestra puesta de largo junto con las demás chicas en el club Casino. Entonces se estilaba entre las jóvenes de clase alta. Su madre evitaba a toda costa mencionarla, no estaban muy unidas…, pero era una mujer a la que le importaban mucho las apariencias y se vio forzada por las demás señoras del club. No podían comprender que no quisiese que su hija participase en el evento. Era la sensación de cada temporada y a doña Teresa le encantaba todo aquello —continuó tirando del hilo de la memoria doña Amalia—. La recuerdo como la abeja reina desde que llegó a la ciudad. Era la más elegante y cosmopolita, pero existían rumores sobre su matrimonio… Y la chica no se parecía en nada a ninguno de ellos. Las malas lenguas decían que era hija de la amante de su marido y que por eso la tenía apartada de la sociedad. Doña Teresa decía que Julia era muy tímida y prefería estar en casa, pero mi madre se enteró de que estudiaba en una escuela del pueblo. Algo inconcebible para una familia como aquella. Alfonso en cambio estudiaba en el mejor internado... Lo lógico habría sido que ella acudiese a una escuela para señoritas al igual que él. Pero eso no sucedió, porque doña Teresa quería mantener a su hija lo más apartada posible de su círculo de amistades y de la vida social que ella hacía en la ciudad. Era como si quisiese que nadie se enterase de la existencia de Julia. Como si fingiese que no existía.

—¿Y cómo era la relación de doña Teresa y Alfonso? —preguntó Clara intrigada por aquel mundo que se le antojaba tan lejano y represivo. Plagado de secretos y constreñido por las apariencias.

—Doña Teresa adoraba a su hijo, era su mayor orgullo. La pérdida de Alfonso, de su estatus y de la riqueza la volvió loca... Era orgullosa y no volvió a salir de casa hasta su fallecimiento. Se enterró en vida en ese caserón... Fue un gran escándalo lo que les sucedió... Mis padres se alejaron completamente tras la muerte de don Emilio... Y yo —añadió con un deje de arrepentimiento— tengo que reconocer que no quise preguntar por ellas ni regresar jamás a aquella casa... Cerré ese capítulo y no quise reabrirlo.

—Es comprensible, abuela, además tú eras muy joven —dijo la nieta mientras le cogía con cariño la mano.

—Lo era —afirmó—, pero me siento culpable igualmente. Si averigua qué les sucedió, me gustaría saberlo —dijo doña Amalia, serena—. Me alegro de que cuente su historia, será como si Alfonso viviese a pesar de todo. Él era una persona tan optimista y tan alegre... Yo jamás podría haber imaginado su final. Fue una tragedia.

—Por supuesto, doña Amalia, será la primera en conocer la historia cuando la descubra. Esta tarde preguntaré a doña Hilda, la actual propietaria. Prometió que me ayudaría con la investigación y que me daría respuestas, pero no se encuentra muy bien de salud y está muy frágil... Yo he intentado investigar previamente para suavizar al máximo el impacto que pueda causarle recordar el pasado..., pero lo cierto es que me encuentro perdida. La historia de la familia Andrade es muy desgraciada, pero no logro encajar el momento en que Hilda Silva se mudó a esa casa o conoció a los indianos. Y sé que hay algo más... La joven de la que estaba enamorado Alfonso... —se cuidó mucho de confirmarle a la anciana sus sospechas hasta que no estuviera al cien por cien segura de todo—, algo sucedió con ella y siento que fue el desencadenante de la tragedia.

Tras el encuentro con doña Amalia y su nieta, la joven regresó a la casa con algunas incógnitas aclaradas, pero montones de preguntas que se agolpaban en su mente: ¿sería el amor perdido de Alfonso la joven de sus sueños? ¿De quién era el diario que había encontrado en la habitación cerrada? ¿De Mairi, tal y como ya habían sospechado ella y Remedios? ¿Quién era doña Hilda en realidad y cómo encajaba en esta historia? ¿Qué había sido de Julia tras la enfermedad de su madre? ¿Sería de verdad la hija ilegítima de don Emilio?

Comprendió el aura de tristeza que emanaba la casa. Demasiados secretos y sueños frustrados se agolpaban entre sus paredes. Clara se preguntó si doña Hilda sería capaz de despejar sus incógnitas. Recordó lo alterada que estaba en aquel primer encuentro tras el apagón. Lo desorientada y confusa que parecía. No deseaba causarle sufrimiento con aquellos recuerdos que sospechaba dolorosos sobre el pasado de la casa.

El viaje en el autobús de regreso hasta el pueblo se le hizo corto mientras aclaraba sus pensamientos. Desde el pueblo, enfiló el camino a la mansión bajo un cielo gris plomizo que amenazaba con lluvia. Observó a lo lejos el faro y sintió la necesidad de visitarlo, pese al clima inclemente que parecía prepararse para desplegar su furia en cualquier momento. La joven bordeó la mansión y enfiló el camino que abandonaba la costa y se internaba hacia el interior.

La senda atravesaba el bosque, en cuya linde se encontraba la cabaña de su abuela. No pudo evitar detenerse frente a ella. El nuevo propietario la había conservado tal cual, aunque había realizado algunas mejoras significativas. Un porche acristalado se intuía en la parte trasera del jardín y las ventanas nuevas prometían un mayor resguardo frente a las heladas invernales. La estructura, la piedra y hasta el color de las contraventanas permanecían intactos, como detenidos en el tiempo.

El muro de piedra, más bien bajo, le permitió observar el jardín con todas las hierbas medicinales y aromáticas que, ahora sabía, habían plantado Pura y Cándida mucho tiempo atrás. Sus bisabuelos y su abuela habían continuado cuidándolo con esmero… y aquel misterioso propietario también.

Ese tal Martiño estaba manteniendo bien la casa y Clara sintió una mezcla de emociones: tranquilidad, pero también morriña por todos los recuerdos felices de su familia que se quedarían para siempre sepultados en aquellas paredes que ya no le pertenecían.

Se quedó absorta mirando hacia la ventana e imaginó que su abuela la saludaba con la mano, como tantas veces había hecho. Un movimiento en el interior la alertó. Tal vez Martiño había reparado en su presencia. Clara se alejó caminando deprisa, avergonzada por haber sido descubierta. Se sintió observada, pero no se detuvo ni se giró y continuó caminando con la mirada al frente y a buen ritmo hasta que la casa, su propietario y sus recuerdos quedaron ocultos tras un recodo del camino.

El sendero se hizo más empinado conforme se iba acercando al faro y, tras dejar atrás la frondosidad del bosque, el acantilado cubierto por un pasto verde y esponjoso sustituyó el paisaje. Clara llegó al faro por la parte de atrás, donde antaño se encontraba la casita del farero y su familia. No había nadie y un fuerte viento parecía querer arrancarla de allí.

Desde ese punto, podía verse perfectamente la playa en la que tantos años atrás casi se ahoga, el pueblo de A Valexa y la casa de los indianos. Tocó los muros gruesos esperando que pudiesen comunicarle algún mensaje, pero permanecieron mudos e impasibles. Cuando comenzó a caer un fino *orballo* y el mar se encabritó con furia, Clara accedió al interior del pequeño museo en el que una mujer sonriente la saludó tras una minúscula recepción.

—*Bos* días. Buenos, por decir algo —dijo la recepcionista en tono afable—. Vaya chaparrón nos espera.

—Buenas. —Clara le devolvió la sonrisa—. La verdad que el tiempo no acompaña. ¿Se puede entrar al museo? ¿Cuánto cuesta la entrada? —preguntó.

—Por supuesto, la entrada es gratuita. Cerramos a mediodía, pero puedo esperar un rato. Hoy no tenemos muchos visitantes.

—Muchas gracias, prometo que no tardaré mucho —respondió Clara—. Estoy investigando la leyenda de la sirena del faro. Dicen que vivió aquí una mujer que apareció en la playa tras una tormenta. Y que el farero se enamoró de ella y tuvieron una hija, ¿le suena esta historia?

—Claro que me suena. Yo he crecido en esta zona. Es curioso, porque siempre ha sido una leyenda local, pero casi nadie de fuera la conoce. ¿Quién te la ha contado?

—Mi abuela solía contármela de pequeña, también era de aquí y estoy ayudando a alguien que quiere escribir un libro sobre ella —respondió Clara con sinceridad.

—Pues, verás, la historia surgió a raíz del naufragio de un barco escocés en 1911 tras una tormenta. No sobrevivió nadie… y esa misma noche una mujer misteriosa apareció en la playa. El farero la rescató. Cuando despertó, no hablaba y no tenía recuerdos. Apareció como un lienzo en blanco sin historia, sin pasado ni nada que la vinculase con aquel barco ni con ningún lugar. Se quedó a vivir aquí, en el faro, tras no haber dado frutos la investigación ni haberse encontrado familia o cualquier indicio que la situase en el naufragio de aquella noche. Cuentan que tenía dones extraordinarios y una conexión especial con el mar. Con el tiempo se enamoró del farero y tuvieron una hija, pero la gente del pueblo siempre sintió recelo hacia ella. Creían de verdad que era una sirena y que podía hundir los barcos a voluntad. El misterio se acrecentó con su desaparición, durante otra noche de tormenta. Jamás se la volvió a ver. Años más tarde, también el farero desapareció en el mar. Había perdido a su hija muy joven... A mí esta historia me recuerda mucho a la de las *selkies* de Escocia, ¿has oído hablar de ellas? —le preguntó la mujer.

—Pues la verdad es que no, pero me encantaría que me la explicases porque me encantan las leyendas —respondió Clara, interesada.

—Pues, verás, según la mitología céltica, las *selkies* son mujeres-foca, criaturas humanas con la habilidad fantástica de transformarse en animales mudando su piel. La leyenda dice que en muchas ocasiones pueden enamorarse de humanos. En el folclore, las historias comienzan cuando el enamorado halla la piel de la criatura y a la propia *selkie*, en su forma humana, desnuda en la playa. Pueden casarse con ellas e incluso tener hijos, pero, para retenerlas y evitar que regresen al mar, han de esconder bien su piel de foca. Las *selkies* no suelen ser felices viviendo entre los humanos y, si encuentran su piel, regresan al mar al poco tiempo —concluyó la recepcionista—. La leyenda de Mariña siempre me ha recordado a la de las *selkies*. Ella regresó al mar y quién sabe si su hija también lo hizo...

—Su hija se llamaba Mairi. Me lo dijo doña Hilda Silva, la mujer que está escribiendo el libro sobre la leyenda de la sirena del faro. Me contó que es un nombre gaélico, así que la historia de las *selkies* no puede parecerme más apropiada en este caso —apuntó Clara—. Tal vez la supuesta sirena fuese una joven que venía escondida en ese barco escocés y sobreviviese milagrosamente al naufragio por ser una gran nadadora, pero… es tentador creerse su leyenda. O al menos dota de cierto romanticismo su triste final —comentó Clara haciendo un gesto de resignación.

—Conozco a doña Hilda Silva de oídas. Es la anciana que se instaló en la mansión hace algunos años, ¿verdad?

—La misma, exactamente. La ayudo a mecanografiar el libro, porque ya es mayor para hacerlo sola. Ha sido una gran escritora y creo que este faro es especial para ella.

—Cualquier cosa que necesites estoy a tu disposición para ayudarte a documentarte —señaló la recepcionista con amabilidad. Es una verdadera alegría que alguien quiera escribir sobre él.

—Muchas gracias, me gustaría regresar con ella cuando se recupere de una pequeña caída que ha sufrido recientemente. Estoy segura de que disfrutará hablando contigo —concluyó la joven.

Clara agradeció a la mujer sus amables explicaciones y, tomando nota mental de toda la información recabada, se dispuso a visitar el pequeño museo del faro. La joven observó los muebles e incluso algunos enseres personales de los últimos fareros. Intentó imaginarse al farero y a su familia viviendo allí. ¿Qué habría sido de su hija Mairi? ¿Sería la joven del diario? Todos los indicios apuntaban a ello. ¿Serían las tres la misma persona: Mairi, la joven del diario y la del sótano que aparecía en sus sueños? El museo contaba con información sobre el funcionamiento del faro y también sobre la fauna y flora de la zona. Vagabundeaba sin rumbo observándolo todo cuando reparó en una ilustración enmarcada. Era idéntica a otra que ella había visto en infinidad de ocasiones. Aquella acuarela había colgado durante años en el salón de su abuela y, tras su fallecimiento, adornaba ahora el comedor de su madre en Segovia.

En la pintura, una joven pelirroja vista de espaldas caminaba hacia el faro de A Valexa, como si saliese del océano, con un vestido blanco. Le recordó a las criaturas marinas que la encargada del pequeño museo le había descubierto. Había algo onírico en aquella escena. Se acercó al cuadro y vio una firma en la que jamás había reparado hasta entonces, pero que ya había visto antes... La noche en que descubrió el diario en la habitación cerrada. Eran dos letras intrincadas: AA. Alfonso Andrade. El estilo era idéntico al de los bocetos que había encontrado junto al diario. Pintaba obsesivamente a aquella joven pelirroja. Remedios le había confirmado que Mairi era pelirroja. Sin duda, había existido una conexión entre Alfonso y Mairi.

—Perdona que te moleste de nuevo —dijo Clara a la recepcionista del museo—. ¿Sabes quién ha pintado este cuadro? Mi abuela tenía uno igual en su casa.

—El cuadro es una reproducción de otro que pertenecía a una mujer del pueblo. El artista es desconocido. El original estaba en el faro y uno de los últimos fareros se lo regaló siendo ella una niña —explicó la mujer—. Cuando se enteró de la apertura del museo, lo trajo ella misma para que una copia se expusiese en él.

—Creo que fue mi abuela quien lo trajo —afirmó Clara sorprendida—. Este cuadro ha estado en el salón de su casa desde que tengo memoria. Mi madre lo tiene ahora.

—¡Vaya coincidencia! —exclamó la recepcionista gratamente sorprendida.

—Estoy prácticamente segura de que el cuadro representa a la hija del farero —comentó Clara con sosiego— y puede que pronto averiguemos qué le sucedió realmente.

Al salir del faro, Clara contempló el mar encabritado. Un trueno vibró en el horizonte. Supo que era hora de regresar a casa y preguntar a la única persona que podía esclarecer los vacíos de aquella historia: doña Hilda.

17

La fiesta de compromiso

Agosto de 1929

Alfonso sabía que algo iba terriblemente mal, pero no había hecho caso a su instinto y ahora era demasiado tarde. El joven era un cascarón vacío donde antaño había existido un joven fuerte y apasionado. Lleno de seguridad, sueños y esperanzas. Había perdido al amor de su vida y ya nada tenía sentido desde entonces. No entendía por qué Mairi había decidido meterse en el mar aquella noche de San Juan en la que cumplía diecisiete años. Y en plena tormenta. Una nadadora experta, capaz de intuir los cambios en las mareas, jamás habría pasado por alto los peligros de un temporal de tal magnitud. Su madre había sido quien le había dado la noticia de su desaparición mientras Julia lloraba desconsolada día y noche, sin mirarlo siquiera.

Su hermana ya no comía ni dormía. Julia parecía un alma en pena y rehuía su presencia. El hecho de pensar que Mairi había decidido marcharse, fundirse con las olas y dejar de existir, amenazaba con destrozar su cordura. Tan solo un año antes se habían besado por primera vez. Y él se había sentido el hombre más afortunado del planeta.

Y dos años después ahí estaba... A punto de fingir ante su prometida, Amalia, y su familia política, que se sentía feliz por aquella boda que estaba a punto de celebrarse. Nunca debió haber aceptado aquella unión. Más empresarial entre sus familias que otra cosa. Pero su madre había insistido en ese matrimonio. La verdad era que Amalia había sido un gran apoyo tras la desaparición de Mairi. Siempre estaba ahí. Bondadosa, dulce y servicial. El joven se sentía culpable porque Amalia sí lo quería y él lo sabía. Pero Alfonso no podría corresponderla jamás. Y aun así había aceptado aquella boda sabiendo que su compañía aliviaba su dolor. Sentía una soledad honda y una pena insuperable que solo el alma serena de Amalia podía anestesiar. A veces la besaba y la recordaba a ella. A su *ruivinha*. Y la odiaba cuando abría los ojos por no ser Mairi.

Julia apenas salía de su habitación. No habían hablado realmente desde que los había descubierto en la cabaña tras su puesta de largo. Aquella noche en que Julia enloqueció de la rabia, algo se había roto entre ellos. Y la distancia y el tiempo no habían conseguido sino ahondar las grietas de su relación hasta lo más profundo.

Le parecía que aquellos tiempos en los que estaban tan unidos habían pertenecido a otra vida. Tan lejana que casi no podía recordarla. Se culpaba a sí mismo por su estúpido orgullo, que le impidió escribirle para preguntarle qué le había sucedido a Mairi y el porqué de su silencio.

No podía evitar culparla por no haberla protegido durante su ausencia, tanto que decía quererla. Había dejado que su alma se consumiese hasta que desapareció entre las aguas. Él había escrito cientos de cartas durante esos meses. Y, al otro lado…, el silencio.

Había releído la última carta que ella le había mandado miles de veces buscando una explicación, una señal de que algo se estaba rompiendo entre ellos…, pero no había hallado nada. Ni una sola pista. Ni una sola explicación.

Si hubiese regresado esas Navidades a A Valexa, a su faro y a su *ruivinha* nada habría sucedido. Habría sabido qué le preocupaba. Y quizá todavía estaría con él. Pero había sido estúpido y descuidado. Y había perdido lo más preciado que tenía. Como una sirena, le había permitido adorarla durante unos meses preciados y después había regresado al océano cuya agua recorría sus venas, llevándose con ella el corazón de Alfonso.

No se había atrevido a regresar al faro ni a ver a ninguno de sus seres queridos. No habría soportado mirar a los ojos de su padre y contemplar su desolación. Le resultaba insoportable regresar a los lugares en los que habían estado juntos sin ella. No tenía el valor suficiente. Era y siempre sería un cobarde.

Desde la desaparición de Mairi había comenzado a visitar la casa de Amelia con asiduidad buscando consuelo. Se hospedaba en el hotel Finisterre cada vez que regresaba a la ciudad y solo en contadas ocasiones había vuelto a la mansión familiar.

Por las noches la veía en sueños, nadando hacia él como tantas veces durante aquel maravilloso verano, y repetía su nombre como un conjuro: «Mairi, Mairi, Mairi».

Pero ningún conjuro podría traerla de vuelta.

Amalia entró en el cuarto todavía infantil de su prometido. Lo vio de pie frente a la galería, con la mirada perdida en las olas que rompían en el exterior. Se acercó despacio y lo abrazó con ternura.

—Alfonso, estoy tan feliz —dijo mirándolo con devoción.

Él la beso en silencio, pero no dijo nada.

—Ven, te esperamos para el brindis en el salón de baile.

—Le tomó, alegre, las manos.

—Voy ahora mismo, Amalia —respondió él acariciando su rostro.

Don Emilio presenció la escena desde el pasillo y su rostro tenía una expresión inescrutable cuando se dirigió hasta el salón, siguiendo a la feliz prometida de su hijo.

Alfonso estaba a punto de salir cuando reparó en un sobre grande y marrón de paquetería con su nombre escrito por fuera. En su interior había una nota, un pequeño diario de bolsillo y un fajo de cartas sujetas con un lazo rojo. Serían más de cien y reconoció al instante su propia caligrafía con el nombre de Mairi escrito en ellas. La dirección indicaba claramente Faro Grande da Valexa, junto al código postal y la ciudad. El joven no comprendía cómo podían haber llegado hasta ahí. La nota breve y escrita con esmero, en una bonita letra cursiva, decía:

Estimado señor Andrade:

Le hago llegar a usted el diario de la joven que estuvo aquí ingresada entre los meses de marzo a junio de 1928 con motivo de su embarazo. De los tres nombres que me indicó —Ramón Castro López *Pai*, Julia y Alfonso Andrade Puig i Serra—, he conseguido obtener la dirección postal a la que me remito.

Como sabrá, el Hospital de la Caridad es una institución que se enorgullece de actuar en pos de los más necesitados y vulnerables. Tanto las madres como sus niños se encuentran en un estado comprometido para su buen nombre. Es por ello que se mantiene en el más estricto de los anonimatos a nuestras pacientes y futuras madres, así como a las familias que no pueden hacerse cargo de sus hijos. No obstante, haré una excepción a la discreción que me resulta obligada para salvaguardar el honor de nuestras pacientes para hacerle llegar el testimonio de Mairi Castro siguiendo su propia voluntad. Desde que me dio estos documentos, no ha vuelto a ponerse en contacto conmigo. Se marchó del centro. Tengo la férrea esperanza de que se encuentre en casa y que el parto haya sido el más feliz de los acontecimientos.

Quiero que le haga saber que gracias a su testimonio, y me disculpo de antemano por haberlo leído, he podido denunciar los delitos narrados ante la Junta de la Caridad.

Se ha iniciado una investigación en el centro para esclarecer los hechos y proteger a nuestras futuras pacientes en su momento de mayor fragilidad. Los culpables han sido relegados inmediatamente de sus puestos de trabajo y se llevarán a cabo las acciones pertinentes para impedirles ejercer en el campo sanitario.

Con mis mejores deseos para ella y para usted.

Quedo a su disposición para cualquier aclaración adicional que pudiese necesitar.

Saludos cordiales,

ELENA NAVEIRA

Alfonso abrió el diario y comenzó a leerlo horrorizado. Aquello no podía ser verdad. Tenía que ser una pesadilla. Apenas había llegado al final cuando doña Teresa entró sonriente haciendo gestos a su hijo y dando golpecitos en el reloj con el dedo índice de forma teatral.

—Alfonsito, hijo, todos están esperando —dijo percibiendo al instante la cara horrorizada de su hijo.

—Madre, qué es esto —expresó Alfonso con ira contenida en la voz señalando el paquete con las cartas y el diario.

—¿Cómo ha llegado esto hasta ahí? —preguntó doña Teresa con el gesto congelado por el horror al observar en manos de su hijo el paquete de cartas con la cinta que ella misma había puesto—. Puedo explicártelo, pero será mejor que lo hagamos en otro momento. Trataba de evitarte un disgusto horrible, hijo. Lo hice por tu bien.

—Contéstame —dijo con los ojos cerrados y el rostro tan pálido como la misma muerte—. ¿Mairi estaba embarazada y tú lo sabías? Responde solo sí o no —afirmó autoritario.

—Sí, pero… —empezó a explicarse la mujer sin que su hijo la dejase terminar.

—¿Engañaste al amor de mi vida —dijo con la voz temblorosa de ira y dolor— para que ingresase en un hospital para partos clandestinos y la hiciste creer que yo, sabiendo de sus circunstancias, no había ido a buscarla y me había desentendido de ambos?

—Sí, hijo, pero, verás, deja que te explique…

—Contéstame, madre. ¿Recibió ella mis cartas? ¿Cómo han llegado hasta aquí?

—Pues, verás, hijo…, yo solo quería evitar que arruinases tu futuro… Yo… yo soborné al nuevo encargado de Correos, Toño, el hijo de doña Elvira, para que me entregase todas las cartas dirigidas a Mairi, a Julia... o a ti... Yo pensé que se os pasaría esta chiquillada una vez resuelto el asunto... No imaginé lo que le sucedería... —balbuceó.

—Tú sabías que existían personas en esa institución que robaban niños sanos para entregarlos en adopción a familias pudientes, ¿verdad? —afirmó con desprecio.

—Alfonso, esto no es justo. Vosotros erais unos niños y el bebé habría estado mejor con una familia acomodada —se excusó doña Teresa lastimera sintiendo cómo su hijo adorado comenzaba a mirarla con un odio insondable—. Todo lo que he hecho lo he hecho por ti. Tú eres mi niño y mi vida...

Se acercó buscando un abrazo que el joven rechazó, apartándola con desprecio.

—Eres un monstruo —dijo mirándola furioso—. Todos estos años de desprecios continuos a Julia... Nosotros somos una familia acaudalada, madre. ¿Acaso ha existido una infancia más miserable y carente de afecto que la de mi hermana? ¿Acaso hay una pareja que se odie más que tú y papá? Nuestro bebé solo nos habría necesitado a nosotros... —dijo sollozando—, que nos amábamos profundamente y le habríamos proporcionado la mayor riqueza que existe, el amor —exclamó vencido.

Doña Teresa guardó silencio.

—¿Los dos murieron? —preguntó con la voz desgarrada.

—Sí, hijo, lo lamento. Eres muy joven y yo solo quería ahorrarte este sufrimiento... Todavía puedes ser feliz con Amalia si le das una oportunidad. Es una buena mujer para ti.

—Sí que lo es y ella no se merece esto… ¿Dónde están enterrados? —preguntó finalmente con el sufrimiento pintado en la mirada vacía y sin esperanza.

—En la fosa para los no bautizados del cementerio, los dos juntos —afirmó doña Teresa.

Alfonso contrajo el rostro en una mueca de dolor.

—Me mentiste, ella no se ahogó en el mar. Murió sola pensando que la había abandonado… ¿Cómo has podido? ¿Cómo…? —dijo Alfonso, vencido y roto.

—Pensé que era lo mejor para ti, hijo. No queríamos causarte dolor —respondió Teresa.

—¿Sabe Julia algo de todo esto? ¿Participó ella en esta farsa? —preguntó Alfonso temiendo la respuesta

—¿Y eso qué importa? —respondió Teresa, altiva—. Era lo mejor para ti, para ahorrarte este sufrimiento.

—Creo que ya me has respondido, mamá. Descuida que ahora bajo a seguir interpretando mi papel en tu teatrillo —respondió en apariencia sereno.

—Sé que algún día conseguirás perdonarme, hijo —contestó ella—. Algún día te olvidarás de este desafortunado incidente y tendrás una bonita familia con Amalia.

Doña Teresa salió de la habitación e impostó una máscara de forzada alegría para que nadie percibiese la mugre acumulada bajo la alfombra de su familia.

Al cabo de un rato, Julia comenzó a preocuparse por la ausencia de su hermano que parecía haberse esfumado de su propia fiesta. La joven lanzaba miradas de soslayo a Amalia, con el rostro cada vez más pálido. Doña Teresa, nerviosa, acababa de revisar toda la casa junto al nuevo servicio y todos constataron que el joven no estaba en casa. Alfonso había desaparecido antes del brindis que ponía el broche de oro en la celebración de su compromiso con Amalia.

Fue una muchacha joven y temerosa, contratada como refuerzo para la ocasión, la que dio un paso al frente y les dijo que había visto a Alfonso caminando en dirección al acantilado del faro. El rostro de su madre perdió la compostura y su padre, pálido y tembloroso, suplicó al de Amalia que lo acompañase a buscarlo.

—Seguro que son los nervios típicos —fingió doña Teresa con una sonrisa forzada y antinatural—. Habrá ido a tomar el aire.

Cuando llegaron al acantilado Alfonso ya no estaba allí. No pudieron encontrarlo en toda la noche ni tampoco los días siguientes.

Su cuerpo apareció al cabo de una semana en la playa del faro. La playa de Mairi. El farero encontró su cuerpo y avisó a las autoridades. El rostro del joven que había sido arrastrado por las mareas estaba irreconocible.

En la prensa dijeron que había sido un accidente al acercarse demasiado al acantilado para fumar. Pero Julia sabía que aquello era una burda mentira inventada por doña Teresa para intentar camuflar la verdad. Desde entonces todo cuanto parecía bueno y luminoso en el mundo se apagó. Con Alfonso murió el último rayo que quedaba en aquella casa.

Su padre se marchó a Nueva York después del velatorio. «Por unas inversiones», dijo a su familia. «Por cobardía», pensó Julia.

Doña Teresa entró en un estado de declive galopante cuando se enteró de la marcha de su esposo.

—No puedes irte ahora —le espetó en un estado de evidente embriaguez que avergonzó a Julia.

—No puedo ni mirarte a la cara, Teresa. Esta desgracia la has causado tú —dijo con la voz quebrada—. Todo ha sido por tu culpa. Por tus intrigas y maquinaciones constantes. Maldigo el día en que me casé contigo —le echó en cara con dureza.

—¿Tú lo maldices? ¿Tú? —dijo con una risa histérica y estridente—. ¿Tú que me engañaste con falsas promesas de amor por el dinero de mi familia y me llevaste al otro lado del mundo sabiendo que siempre querrías a otra? ¿Me dijiste acaso que tu amante te esperaba en la hacienda? ¿Que nuestro matrimonio sería una tapadera? ¿Tú me hablas de maldiciones, Emilio? Yo tenía muchos pretendientes... —dijo con la cara desencajada recordando otros tiempos—. Ellos podrían haberme querido..., pero tú me engañaste por mi apellido y llenaste mi vida de dolor. —Su voz cada vez era más desgarrada—. Tuve que criar a tu bastarda. —Y miró a Julia con desprecio—. Ahora ya lo sabes —continuó doña Teresa mirando a la joven—. Te aborrezco desde que él te puso en mis brazos. —Las lágrimas brotaron de sus ojos claros—. Eres igual que ella. Tú eres mi maldición, Julia... ¿Quién podría odiar a un bebé inocente?... ¡Yo! —exclamó chillando súbitamente—. Me duele hasta mirarte. Tú y tu amante, Emilio, me convertisteis en el monstruo que soy ahora.

Señaló acusadoramente a su esposo y cayó al suelo, desamparada.

—¡Levántate, por Dios! —dijo don Emilio sin un ápice de compasión en la mirada, incorporándola del suelo con desprecio y dejándola caer sin afecto en el diván—. Compórtate, Teresa, por favor...

—¿Comportarme? —continuó con una risa cada vez más desquiciada—. A mí me exigías que me comportase, pero a esa fulana tuya no, ¿verdad? Pusiste la cara de tu amante muerta en el mural de la Virgen del Carmen de la entrada. ¿Qué clase de monstruo retorcido hace eso? —dijo con cansancio—. Ella me maldijo antes de morir durante el parto, ¿sabes? Mientras la aya Mami cogía a Julia en brazos me miró y me dijo: *Eu amaldiçoo você e sua linhagem. Assim como você tirou meu amor de mim, eu tirarei o seu de você. Eu te amaldiçoo para perder todos aqueles que você ama.** Y ahora Alfonso, mi niño, está muerto, la única persona a la que he amado... —Sollozó—. Todo es por tu culpa y la suya. ¿Y yo soy el monstruo, Emilio? Ella me maldijo, pero tú me obligaste a cuidar a su hija. A vivir con el recuerdo de mis sueños truncados, de mi desamor, de mi engaño...

—No lo soporto más —exclamó con cansancio don Emilio—. Yo hice caso a mi padre y eso me condujo a ti y a esta vida de infelicidad y mentiras. Perdí al amor de mi vida por su afán de prosperar, de figurar en sociedad... Tú has sido mi pecado y mi castigo, Teresa. Mi pecado fue engañarte a ti y a ella. Os hice infelices a las dos y lo lamento. Pero me lo has hecho pagar cada día de nuestro matri-

---

* «Te maldigo a ti y a tu linaje. Así como me arrebataste mi amor, yo te quitaré el tuyo. Te maldigo para que pierdas a todos tus seres queridos».

monio y lo he aguantado, porque sé que es el castigo que Dios me ha enviado por mi cobardía. Yo solo quería salvar a Alfonso de que cometiese el mismo error... Pero no ha servido de nada... ¿Cómo pudiste interponerte así? Mairi murió pensando que Alfonso no la amaba, que la había abandonado... Era nuestro nieto y tú ibas a permitir que lo entregasen a otra familia... Y ahora está enterrado como un animal, sin una mera lápida que recuerde su existencia... —sollozó con la voz desgarrada don Emilio—. No podía creerlo cuando encontré el sobre... Era mi nieto... No tienes corazón. Eres la mujer más desalmada y perversa que he conocido jamás, Teresa. No quiero volver a verte nunca.

Julia se quedó paralizada por la terrible escena. Ante la dureza de las acusaciones entre sus padres, Julia se dio cuenta de que el dolor silenciado terminaba infectándose y convirtiendo a las personas en seres terribles y mezquinos.

Sin embargo, ahora sabía que había tenido una madre y que ella sí que la amaba.

Y una grieta en su alma sanó a pesar de las heridas.

18

¿Quién es Hilda Silva?

2007

Doña Hilda supo que el momento estaba cerca nada más verla. La joven estaba parada frente al mosaico de la Virgen que llevaba el rostro de sus raíces. Un pajarillo yacía inerte en el suelo mientras ella trataba de reanimarlo con delicadeza, pero sin resultado. La tormenta se acercaba a gran velocidad y la lluvia fina había dado paso a un diluvio intenso que la había obligado a correr hacia la puerta buscando refugio. Por un instante se miraron con intensidad. Pensó que era ella. Tuvo la esperanza de que fuese ella. Doña Hilda no pudo evitar el profundo impacto que le causó su ayudante.

Clara era esbelta, de abundante melena rojiza y la contemplaba con curiosidad y algo de temor. Tenía los mismos rasgos de alguien a quien había conocido y amado desde hacía más de ochenta años. Su mente divagó entre el presente y el pasado. Pronunció aquel nombre, silenciado durante tanto tiempo, como si se tratase de un conjuro que conseguiría liberarla de su culpa.

La noche de su llegada, durante la tormenta, sufrió una de sus crisis, cada vez más frecuentes, que la hizo perder el equilibrio y caer al suelo. Sus huesos habían aguantado, pero cada día la fragilidad de su cuerpo era más notoria. Su corazón era tan fuerte que temía que aguantase más que su cordura. No quería verse reducida a un cuerpo cuya alma lo abandonase a su suerte. No quería acabar así. Pero ¿acaso merecía un final mejor? ¿No había sido la causante y posterior cómplice con su silencio de aquella desgracia?

Hablar con Clara, tras tantos años siguiendo el rumbo de sus descendientes en la sombra, había sido como recomponer pieza a pieza su pasado. Era una joven sensible e inteligente y sintió la conexión desde el primer instante en que habló con ella. Como si sus almas se reconociesen de otra vida. Pero había algo más que le llamó la atención, una fragilidad profunda y una sombra que la opacaba y no le permitía mostrar su brillo del todo. Quizá aquel dolor, aquella brecha traumática y desgarradora, se había transmitido desde entonces como una maldición.

Aquella tarde Clara había entrado en la casa con un brillo distinto en la mirada, más seria, más meditabunda. La anciana supo que ella sola había hallado todas las respuestas y que solo necesitaba el último aliento para poder comprenderlo todo. Doña Hilda rogó a su mente que le permitiese acometer con dignidad aquel último acto de expiación. Siempre supo que *El faro de la sirena* no sería escrito por ella. O quizá sí, pero de manera indirecta, a través de todos los diarios que había conservado a lo largo de los años. Pero no serían sus palabras, sino las de Clara las que tejerían esa novela. Porque la historia de la casa de los indianos estaba inexorablemente ligada a la leyenda del faro. Y la una no podía comprenderse sin la otra.

Desde que Josefina le había hablado de la joven que quería escribir una novela sobre la casa de los indianos, supo que su oportunidad había llegado de un modo inesperado. Doña Hilda había escrito una carta explicando su historia, la de todas ellas, muchos años antes. Su notario tenía orden de enviarla cuando llegase el momento de partir, pero aquel golpe de suerte lo había cambiado todo. Jamás soñó con la oportunidad de conocerla tras lo que había hecho. No se lo merecía. Pero había ocurrido.

Y ahora estaba allí.

—Doña Hilda, he estado investigando la historia de la familia y de esta casa —comenzó a explicar Clara con prudencia—. He encontrado algunas cosas que..., bueno, no sé si debería haber encontrado, pero que me han ayudado a hilar lo que sucedió y quiénes eran los Andrade —continuó Clara—. No querría alterarla ni disgustarla por nada del mundo..., pero me temo que algunos de los datos que he encontrado son bastante perturbadores.

—No te preocupes por mí, Clara. Llevo toda mi vida preparándome para este momento. Contar la verdad me ayudará a partir en paz. Puedes preguntarme lo que desees y te prometo que te responderé con honestidad.

—Muy bien, doña Hilda, se lo agradezco mucho —respondió la joven agarrando la mano frágil y venosa de la mujer—. Verá..., encontré un artículo que hablaba del fallecimiento accidental del hijo de la familia, Alfonso, la noche de su compromiso con Amalia Ribera... Y también una esquela por el fallecimiento del padre de la familia, don Emilio

Andrade, al poco de fallecer su hijo. Conseguí localizar a doña Amalia y estuve haciéndole algunas preguntas...

—Está viva —se sorprendió doña Hilda—. Me alegro tanto... A nuestras edades, todos están muertos... Era una buena chica, amable y bondadosa...

—¿Usted la conoció? —preguntó Clara extrañada.

Supo entonces cuál sería la siguiente pregunta.

—Sí que la conocí —afirmó la mujer mirándola con intensidad—. Pregúntame, Clara, adelante. Sé que le habrás dado muchas vueltas a este asunto...

La joven dudó, pero se atrevió a verbalizar la incógnita que no conseguía resolver.

—¿Quién es Hilda Silva? —preguntó Clara con delicadeza—. ¿Quién está detrás de ese pseudónimo?

—No es un pseudónimo, Clara, es un homenaje. Hilda Silva era mi madre —respondió con los ojos vidriosos—. Me puse su nombre para borrar mi identidad y mi vida anterior.

—¿Y la M de su nombre? Sus libros están firmados como M. Silva, no como H. Silva —preguntó Clara intrigada mientras una idea se formaba en su mente—. ¿Proviene la letra M de Mairi? —se atrevió a conjeturar—. ¿Es usted la hija de la sirena? ¿Cambió su identidad tras huir del Hospital de la Caridad? Disculpe la impaciencia, pero las preguntas se agolpan en mi mente intentando comprender...

—Lo sé, Clara, ha habido muchos silencios en esta casa, tantos secretos, tantas cosas que callar... —dijo la anciana con pesar—. La M es de Mairi, sí. Pero no es lo que crees —prosiguió—. Es mi homenaje a ella, porque yo le fallé...

—No pudo evitar que las lágrimas se le saltasen.

—¿Quién es usted, doña Hilda? —preguntó de nuevo Clara.

—Yo soy... Yo era... Julia Andrade —susurró—. La única superviviente de mi familia. Todo se desvaneció a mi alrededor... y mi identidad se desdibujó también. Julia Andrade murió junto a su familia y Hilda Silva nació.

—Pero no lo comprendo... ¿Su madre no se llamaba Teresa Puig? —preguntó la joven extrañada.

—Teresa nunca fue una figura materna ni me quiso como tal... Descubrí la identidad de mi verdadera madre tras la muerte de Alfonso. Yo era hija de mi padre y su amor de la infancia..., Hilda Silva, la hija de uno de los trabajadores de los cafetales. Ya te imaginarás que era un amor imposible... Mi padre se marchó a Barcelona y conoció a Teresa, que pertenecía a una de las mejores familias de la burguesía catalana —continuó tras tomar aliento, fatigada por el esfuerzo—. Mi abuelo le presionó para que contrajese matrimonio y forjasen alianzas empresariales. Ella se casó por amor..., pero mi padre jamás le dio una oportunidad. Y eso la convirtió en una persona amargada y llena de resentimiento. Casi no podía soportar mi presencia... Yo nací tres años después de que lo hiciese Alfonso. Teresa descubrió entonces el engaño y que durante todo este tiempo habían continuado viviendo su amor a escondidas... Mi verdadera madre falleció durante el parto y mi padre le exigió a Teresa que dijese a todo el mundo que yo era hija de ambos para que me criase junto a Alfonso. —La anciana narraba su historia con dolor—. En la hacienda nadie dijo nada, pero todos sabían la verdad... Y, cuando cumplimos ocho y once años, Teresa exigió a mi padre como pago por su engaño y la deshonra que le había causado regresar a España y comenzar de cero. Aquella situación era insostenible. Ambos acordaron intentar olvidar el pasado y enterrar el hacha de guerra... Las discusiones y los silencios eran la tónica constante de su relación. Por supuesto, no funcionó. Mi padre no quiso regresar a Barcelona y se empeñó en construir esta casa en un pueblecito costero de Galicia. Nunca quiso ahondar en los motivos... La estatua que contemplabas el día de tu llegada es ella. Es Hilda Silva. Él le puso su cara a la Virgen del Carmen y Teresa se dio cuenta nada más llegar. Aquello fue el agravio final. Mi madre hablaba a veces de la sombra que les había seguido desde los cafetales y que siempre había estado en su vida impidiéndole ser feliz. Esa sombra, como supe después, era mi madre.

—No sé qué decir, doña Hilda, o doña Julia, como usted prefiera que la llame... Siento muchísimo todo el dolor que han sufrido...

—Puedes seguir llamándome Hilda, es el nombre con el que he sido feliz —confesó la anciana—. Teresa fue una mujer atormentada, pero, pese a la indiferencia y falta de cariño que me mostró..., la compadezco. Tuvo que ser terrible para ella todo lo que mi padre la obligó a vivir por cobardía... Y digo esto con pesar porque yo adoraba a mi padre. Cuando era una niña no pude comprenderla, pero ahora sí lo hago. Ella se convirtió en alguien sin alma porque mi padre se la destrozó. Mi hermano era su única fuente de felicidad y él se enamoró de Mairi, aniquilando los sueños que ella había construido para él. Tras su muerte, Teresa perdió completamente la cabeza, la cuidamos en esta casa hasta que empeoró y tuvimos que ingresarla. Falleció en el hospital al poco tiempo, pero llevaba años completamente ausente. Cuando Teresa murió, contraté a Fina que era apenas una chiquilla de la inclusa como asistente, comencé a publicar mis novelas y las dos nos marchamos lejos. Ella es la única que conoce mi verdadera identidad y ha sido un gran apoyo para mí. Pero ni siquiera a Fina le he confesado la historia completa. Nos marchamos para empezar de cero. Ambas. Y no regresamos hasta hace cinco años.

—Doña Hilda, y ¿qué sucedió entre Mairi y Alfonso? ¿El cuarto cerrado con llave perteneció a Alfonso, verdad?

—Así es, Clara, yo adoraba a Alfonso y ver su cuarto me resultaba absolutamente insoportable... Mairi era mi mejor amiga y Alfonso mi hermano adorado, pero también alguien que disfrutaba de todo el afecto y la atención. Me avergüenza reconocer que, cuando me enteré de su romance, sentí unos celos y una traición indescriptibles. Los tres éramos inseparables y me dolió profundamente pensar que nuevamente me apartaban y me dejaban de lado. Mairi era mi alma gemela y teníamos grandes planes juntas. Queríamos estudiar para maestras y escribir nuestras historias juntas, pero cuando Alfonso entró en la ecuación aquello se hizo trizas... —suspiró—. Yo entonces hice algo terrible, Clara. —La voz le temblaba—. Yo los traicioné y le conté a Teresa que estaban enamorados. —Doña Hilda comenzó a llorar.

—No se preocupe, doña Hilda —dijo la joven ofreciéndole consuelo—. Usted era casi una niña y actuó de manera impulsiva, jamás deseó que nada malo les sucediera.

—No imaginaba lo que iba a suceder. No les deseaba ningún mal... Pero he de confesar que en el fondo de mi corazón sí deseaba separarlos..., que aquello quedase en el olvido y Mairi y yo pudiésemos continuar con nuestros planes —confesó con el gesto atormentado—. Pero todo se complicó terriblemente. —Se adentró de nuevo en sus recuerdos—. Hice las paces con Mairi después de nuestra discusión, pero Alfonso estudiaba por aquel entonces en Barcelona y no volví a escribirle. No me reuní con ellos durante las Navidades que todos pasaron en Francia. En el fondo, me alegré secretamente de que mi madre se las ingeniara para que Alfonso no viniese a esta casa y lo mantuviese alejado de Mairi. Pero, entonces, en el mes de febrero nos enteramos de que Mairi estaba embarazada de Alfonso... Aquello fue tan terrible... No sabíamos qué hacer... Y yo acudí a Teresa... No sé en qué estaba pensando... Fue un error gravísimo. Nos convenció para que Mairi ingresase en el Hospital de la Caridad. Nos explicó que Alfonso acudiría lo antes posible, que se casarían tras el parto allí mismo, discretamente, y regresarían juntos a Barcelona. Nada de eso era verdad, claro... Teresa había acordado que el bebé fuese entregado a una pareja acaudalada y que hiciesen creer a Mairi que había fallecido durante el parto... Pero ella era tan inteligente... Se dio cuenta de todo...

—Yo... —confesó Clara— encontré el diario de Mairi en la habitación de Alfonso. Me han estado sucediendo cosas extrañas en la casa... Esa puerta se abrió para mí... y he soñado con una joven... ¿Sabe qué fue de Mairi? ¿Consiguió escapar? ¿Sobrevivieron el bebé y ella? —preguntó anticipando por la mirada de desconsuelo de doña Hilda una respuesta dolorosa.

—Casi había llegado al pueblo cuando Teresa y yo la encontramos. Su cómplice en el hospital la avisó de que había huido durante la noche de San Juan. Mairi había perdido la consciencia por el dolor... Fue Teresa la que me convenció para que la llevásemos a nuestra casa ante la inminencia del parto... Yo estaba tan en shock que no sospeché nada. Todo empezó a parecerme inquietante cuando entramos con ella por la parte de la cocina y ordenó que la bajásemos al sótano en vez de acomodarla en el salón o en el despacho de papá. Pero yo no pensaba con claridad en ese momento... Cuando Mairi regresó en sí, Teresa ya había salido en busca de ayuda..., pero no regresó hasta que todo hubo terminado... Y Mairi murió durante el parto, desangrada y exhausta por el esfuerzo.

La anciana se encogió sobre sí misma mientras lloraba desconsolada la muerte de su amiga, con el mismo desgarro que si acabase de suceder nuevamente.

—Yo hice todo lo que pude..., pero no pude salvarla... Esa cadena con la *figa* que llevas, Clara... La reconocí nada más verla... Es la de ella, Mairi me la dio para el bebé antes de morir. Supo que no aguantaría. Yo se la di a Carmela y Juan cuando les entregué a la niña...

—¿Carmela y Juan? Doña Hilda... La niña es... La hija de Mairi y Alfonso es... ¿mi abuela? —preguntó Clara con estupor.

—Así es, Clara. Por eso te sientes tan conectada con ella, con Mairi...

—Pero ¿qué le sucedió? ¿Por qué no se la entregaste a Alfonso? —preguntó con más reproche en la voz de lo que pretendía.

—Yo no supe reaccionar, Clara. Teresa regresó sola. Yo estaba desconsolada con la niña llorando sin parar en mis brazos y Mairi muerta, a mi lado. Intentó convencerme para entregarla al torno del Hospital de la Caridad. Me confesó que Alfonso nunca había tenido noticia del embarazo y que, si descubría lo que había sucedido, no nos perdonaría a ninguna de los dos. Yo solo quería huir y salvarla. Solo deseaba darle una familia y recuperar a mi hermano. Fui egoísta de nuevo y temí perderlo. Salí corriendo con la niña, en mitad de la noche y la tormenta, y se la llevé a las únicas personas en las que confiaba y que sabía que deseaban más que nada en este mundo ser padres. Carmela y Juan tuvieron muchas dudas, aquello no estaba bien y lo sabían, pero su deseo fue más fuerte… Se marchaban a Suiza y aquella era la ocasión perfecta para no levantar sospechas.

—¿Y qué fue de Mairi? —preguntó Clara con lágrimas en los ojos.

—Nunca lo supe, cuando regresé, al cabo de dos días, tras la partida de Carmela y Juan, la casa seguía impertérrita como si nada hubiese sucedido en ella. Y Teresa me instó a no mencionar jamás aquella noche. Solo me dijo que Mairi descansaba en paz y que diríamos a Alfonso que había desaparecido en el mar. No tuve el valor de regresar a ese sótano jamás. Ni una sola vez desde entonces —continuó recordando la anciana, con la voz extenuada por el esfuerzo y el dolor—: Solo su padre, Pura y Cándida supieron que había muerto durante el parto, pero Teresa jamás les contó que había sido en nuestra casa. Ese secreto nos convirtió en cómplices a ambas. El resto del pueblo pensó que había desaparecido en el mar, como Mariña. Y eso acrecentó la leyenda de las sirenas del faro. Más tarde supe que, en Suiza, Carmela le confesó a Pura la verdad sobre el origen de tu abuela, y fue ella quien la convenció para regresar a Galicia y contar la verdad al farero, para aliviar su sufrimiento y permitir que conociese a su nieta.

—¿Y Alfonso? ¿Nunca lo supo? —preguntó Clara.

—Él se enteró la noche de su compromiso, un año más tarde. Fue mi padre, según confesó en su nota de suicidio, el que encontró y dejó las cartas que Teresa había escondido y el diario de Mairi. Había pedido a una enfermera bondadosa que lo hiciese llegar al farero, a Alfonso o a mí si le pasaba algo. Al no tener noticias, la enfermera buscó y encontró nuestra dirección e hizo llegar el diario a la mansión. Pero fue Teresa quien lo interceptó. Mi padre lo descubrió justo antes del compromiso y lo dejó en el cuarto de Alfonso para evitar que cometiese el mismo error que él —continuó recordando la anciana—. Teresa convenció a Alfonso para que se casase con Amalia. Ella era una joven bondadosa, ingenua y de una familia adinerada. Amalia apoyó mucho a Alfonso tras la desaparición de Mairi y él acabó aceptando... Había perdido su voluntad y su fuerza. No parecía la misma persona... Esa noche, tras enterarse de todo, Alfonso desapareció. Su cuerpo apareció días más tarde en la playa que hay junto al faro, en la playa de Mairi...

»Siempre he sabido que se suicidó por mi traición... La de Teresa podría haberla asumido, pero que yo no hubiese confesado lo que estaba sucediendo... Que le hubiese fallado hasta tal punto... Yo fui la causante de su muerte —sollozó la anciana—. Los sentencié a ambos con mi silencio... —afirmó devastada por el dolor—. Mi padre no pudo soportar la culpa, él quería impedir que Alfonso cometiese el mismo error que él, casándose por interés y resignación... Intentó que supiese la verdad, pero no imaginó las consecuencias fatales... Al poco tiempo, sus inversiones en Estados Unidos se desplomaron con el crac del 29 y perdimos la inmensa mayoría de la fortuna familiar... Esa fue la estocada final... Mi padre acabó con su vida. Nos dejó en una situación precaria, sumidas en el dolor y encerradas en ese caserón que se convirtió en un sepulcro. Yo lo quería. Era mi padre..., pero era un cobarde... Vivió toda su vida escapando, alejándose para no enfrentar las consecuencias de sus malas decisiones.

—¿Y el padre de Mairi, el farero, llegó a conocer a mi abuela, verdad? Mi madre me contó que lo quería como a un abuelo, ahora entiendo que en realidad lo era... ¿Le confesaron a él toda la verdad? —continuó preguntando Clara ansiosa por recomponer el origen de su familia.

—Sí que lo supo —explicó doña Hilda—. Cuando Carmela y Juan regresaron de Suiza, le contaron todo lo que había sucedido. Teresa le había enviado una carta explicando que Mairi había fallecido dando a luz en el hospital, pero no supo que su nieta había sobrevivido. Sé por Carmela que, con su bondad habitual, los perdonó y agradeció que hubiesen cuidado de ella. Desde entonces vivieron como una familia. Tu abuela fue su alegría hasta el final...

—Solo que Mairi no falleció en el hospital, doña Hilda..., y tampoco descansa en paz... Yo sé que nunca salió de ese sótano y, aunque no puedo explicarlo con argumentos racionales, por favor, créame —dijo con voz suplicante—. No estoy loca y debemos pedir que revisen ese sótano. No podemos arreglar el pasado, pero podemos hacerlo mejor esta vez… —expresó con la voz entrecortada por la emoción—. Mairi y el amor que usted sintió por ella se merecen otro final.

—Yo… —dijo doña Hilda con las lágrimas surcando su rostro— jamás imaginé que ella continuaba allí… Pensé que la habían enterrado en el cementerio del hospital… ¿Ella ha estado atrapada todo este tiempo? Jamás me lo perdonaré —sentenció con el gesto contrito por el dolor.

—Yo sí la perdono, Julia —dijo Clara refiriéndose a ella por el nombre de la niña que había sido—, y sé que Mairi también lo habría hecho. Usted solo era una niña solitaria y cometió un error. A veces las desgracias sobrevienen una tras otra desencadenadas por pequeños gestos de los que no somos conscientes hasta que es demasiado tarde. Usted también pagó un precio por ello. Se quedó sola cuidando de alguien que la detestaba; careció del cariño que toda persona debe recibir en la infancia por un hecho que no estaba en su mano cambiar, su propio origen… Usted salvó a mi abuela y la dejó al cuidado de dos buenas personas que la quisieron y le dieron la mejor vida posible, una marcada por el amor incondicional. Y el padre de Mairi supo que algo de su hija adorada permanecía vivo en este mundo. —Abrazó a la mujer menuda y atormentada—. Pondremos fin a esta historia permitiendo que Mairi descanse en ese mar que tanto quiso junto a sus padres. Las dos sirenas se reunirán por fin. Y después terminaremos la historia. Todo el mundo sabrá que existió, que amó y fue amada.

»Sé que la verdad romperá la maldición.

—Así lo haremos —respondió doña Hilda mirándola con intensidad—. ¿Sabes? Teresa hablaba de esa maldición, de esa sombra que mi madre lanzó a mi padre, cuyo amor flaqueó cuando más falta le hacía, y a su familia —expresó con cierto temor—. Desvariaba y repetía que antes de morir la condenó a ella y a los que la sucediesen a la eterna soledad. También decía que Alfonso había muerto por su culpa. En sus últimos días, gritaba que la veía acechando entre las sombras para llevársela al infierno...

—Pues lo cierto es que las mujeres de mi familia siempre hemos sido desafortunadas en el amor..., incluso hemos bromeado con una maldición... Pero quizá estemos a tiempo de cambiar eso. De empezar de cero y sanar las viejas heridas de este linaje —expresó Clara con las esperanza de un futuro más brillante y menos doloroso—. Eso me dijo Remedios. —Trató de sonreír entre las lágrimas que todavía surcaban su rostro.

—¡Ay, Clara, si supieses qué mujeres tan excepcionales fueron las que precedieron a Remedios! Puedo contarte tantas historias sobre ellas, sobre Mairi, sobre mi queridísimo Alfonso...

—Tenemos tiempo, doña Hilda, para que Julia regrese y me cuente todo aquello que vivió, lo bello y luminoso de esta historia. Todos los recuerdos felices que compartieron Mairi, Alfonso y usted. Que me deleite con las anécdotas que vivieron junto a Pura, Cándida y don Ignacio. E incluso que me narre lo que sabe del farero y su sirena. Mi abuela conservó durante toda su vida un cuadro que él le entregó, ¿sabe? Imagino que Alfonso lo pintó para Mairi. De algún modo, a mi abuela, sus verdaderos padres siempre la acompañaron —reflexionó Clara tomando la mano de la anciana—. Nosotras escribiremos un nuevo final.

19

La redención

2008

CLARA

Después de liberar a Mairi, a la que encontraron en el sótano con el que Clara había soñado, doña Hilda falleció en una paz absoluta.

Doña Hilda, Clara y Josefina esparcieron sus cenizas en la playa del faro, en la que todo había comenzado.

Aquel día el sol brillaba con regocijo y el mar permanecía en calma, como si quisiese recibir a la hija de la sirena con placidez. Abrazando su regreso a casa. Fue Clara quien entró en el agua mientras Josefina y doña Hilda la contemplaban desde la orilla con solemnidad. No sintió temor, duda ni vacilación. El agua fría tocó sus tobillos y lentamente la alcanzó hasta su cintura. Las heridas del *incidente* habían sanado. El linaje silenciado había sido restaurado. Mairi regresó al océano que tanto había amado y Clara la sintió junto a ella, libre e indómita, nadando hacia el horizonte. Mairi sería para siempre parte de Clara y, al mismo tiempo, reconocer su presencia la liberaba de aquella carga de dolor y angustia que durante tanto tiempo la habían acompañado.

Doña Hilda falleció con una paz absoluta en su rostro. Durante sus últimos días, la anciana se sentaba frente a la galería y afirmaba ver a Mairi saludándola desde el agua. Clara y ella hablaron de muchas cosas antes de que doña Hilda abandonara este mundo. Durante sus instantes de lucidez, sanaron viejas heridas que parecían irrecuperables. A veces, la confundía con Mairi y se reía recordando las aventuras de las hermanas Barton. M y J, Mairi y Julia. Unidas para siempre a través de las palabras.

De M. Silva, la escritora, Clara aprendió muchas cosas.

De Julia Andrade, la niña triste y talentosa, muchas más.

La casa de los indianos cambió su vida y la de su madre, porque descubrieron su origen y colocaron las piezas de un puzle que ignoraban estuviese incompleto.

Julia le dejó todo el material para escribir *El faro de la sirena*.

Una novela escrita a dos manos. Las palabras de Clara y los diarios y recuerdos de Julia.

Como esta última había soñado tantas veces hacer con su amiga del alma, Mairi, cuando solo eran unas niñas fantasiosas y llenas de esperanza.

Lo había deseado tanto que la obra de toda su vida había sido escrita con la inicial de Mairi junto al apellido de la madre que nunca llegó a conocer, Silva. Había borrado su existencia y su legado para que ellas pudiesen vivir y ser recordadas.

Si no hubiese sido por Clara, nadie habría sabido que Julia Andrade existió y fue una mujer extraordinaria. Con sus luces y sus sombras, pero digna de admiración y, sobre todo, de amor. *El faro de la sirena* estaría firmado por Julia Andrade y Clara Nogueira. Y todos conocerían su nombre, su historia y su rostro. La niña sombra saldría, por fin, a la luz que siempre debió iluminarla.

La casa de los indianos también dejó de ser un lugar maldito para convertirse en un lugar de retiro para escritores, pintores y artistas de toda clase y condición. También albergaba un pequeño museo en recuerdo de la escritora y su prolífica obra.

Josefina decidió que era hora de retirarse a un lugar más cálido. Eligió una casita en un rincón de postal de la Costa Brava. Begur la esperaba después de una vida de trabajo y dedicación junto a doña Hilda, la mujer solitaria, y también M. Silva, la escritora misteriosa. Se había ganado el derecho a disfrutar de su tiempo y descanso.

Nora estaba especialmente feliz de que existiesen ya dos motivos para que Clara se decidiese, de una vez por todas, a visitar aquel lugar idílico del Mediterráneo.

Julia había pensado en todos en su testamento. Los derechos de sus novelas habían sido íntegramente para Clara, que se encargó a partir de ese momento de gestionar la estancia de los artistas en la casa de los indianos y creó una fundación para impulsar la cultura en los colectivos vulnerables.

En sus últimas voluntades, Julia pidió que sus cenizas descansasen en Brasil, en un pequeño cementerio, próximo a los antiguos cafetales, junto a los restos de su madre biológica. Dejó una caja repleta de documentación sobre Hilda Silva, su historia y también la de las personas que la acompañaron durante su primera infancia. Había investigado en profundidad y descubierto dónde se hallaba enterrada. El sepulcro estaba a nombre de don Emilio y, durante toda su vida, se había encargado de que cada primavera su lápida estuviese cubierta de las flores de amarillas del Ipê, las mismas que adornaban los pies de la Virgen a la que puso el rostro de Hilda en el mosaico de la mansión.

Clara cumplió con su palabra y las Silva descansaban juntas, reunidas de nuevo tras toda una vida de ausencia.

Fue poco tiempo después de aquel viaje al lugar en el que todo comenzó y que realizó en compañía de su madre cuando Clara lo conoció.

Él también formaba parte de su destino. Sintió su mirada penetrante mientras esperaba para pagar su desayuno preferido: un cruasán mixto a la plancha y un café con leche… Con las inmejorables vistas del paseo marítimo y la playa de A Valexa. Se sostuvieron la mirada durante unos instantes. Unos cuantos más de lo apropiado. Era alto, moreno y de hombros anchos. Tenía los ojos oscuros y francos. Clara tuvo la certeza al mirarlo de que la maldición se había roto. Sintió que ya se había perdido en esa mirada antes, aunque fuese en otros ojos. En otro tiempo. Esta vez, ambos se habían encontrado en el momento oportuno. En el instante perfecto. Con las heridas sanadas y el corazón dispuesto. Cuando él se acercó a saludarla en la terraza, ella ya sabía quién era él. Martiño, el nuevo propietario de la casita del bosque, que había pertenecido a Pura y Cándida primero y a su abuela después.

También supo que Remedios no había fallado en su predicción.

Todo fue tan fácil con él que Clara comprendió al instante por qué no había podido funcionar con nadie más. Conocerse y enamorarse había sido como releer un libro querido y familiar, como regresar a casa y sentirse, por fin, a salvo y en paz.

La atracción y la complicidad entre ellos habían surgido con la misma naturalidad con la que tras un invierno árido renacen las flores. Sin esfuerzo ni incomodidad.

Sin dudas, sin pesar, sin dolor.

La primera vez que él la besó, bajo un paraguas, en mitad de una ciclogénesis explosiva, acarició su pelo y le dijo:

—Tengo ganas de besarte desde la primera vez que te vi, *ruivinha*.

—*Ruivinha?* —respondió ella sorprendida recordando ese apelativo cariñoso referido a otra persona en otro mundo, repetido en una infinidad de cartas que nunca llegaron a su destinataria.

—Significa pelirroja —dijo él ajeno a su verdadero significado—. Lo escuché una vez, en un viaje a Portugal, y me vino a la mente aquella mañana en el bar. He sentido la necesidad de llamarte así —respondió él rozando sus labios.

Clara pensó en Mairi y Alfonso.

—¿Martiño, tú crees en las vidas pasadas? —le preguntó Clara con una sonrisa enigmática.

En ese instante su reloj marcaba las 22:22.

Epílogo
La sirena del faro

1942

PAI

El hombre sabía que algo en su cuerpo ya no funcionaba como debía. Notaba cómo *la bicha* lo iba devorando por dentro, lenta pero inexorablemente. Hacía tiempo que Cándida ya no estaba para calmarlo con sus hierbas y remedios y cada día los dolores eran más difíciles de soportar. Supo que había llegado el momento, del mismo modo que supo, aquella noche antes de la tormenta, que su sirena vendría a buscarlo. Su vida había estado marcada por la pérdida de las mujeres a las que amaba y, sin embargo, se sentía afortunado por cada momento compartido junto a ellas.

Y por el regreso de su *anduriña*, que le había alegrado el corazón durante los últimos siete años. Ni tan siquiera una guerra civil, cruel y carente de sentido, había logrado hacerle perder la fe en la vida y en el futuro cuando miraba a su nieta. Escuchaba su vocecita gritando por el camino:

—*Avó! Avó!*

Mientras observaba su larga melena pelirroja al viento y esa sonrisa perenne, sentía que las recuperaba a las dos.

Que sus sirenas seguían vivas a través de ella.

Había dejado una carta para su nieta junto a la acuarela que Alfonso le había regalado a su *anduriña* por su cumpleaños. Esperaba que fuese feliz. Si existía un cielo, esperaba poder velar por ella desde allí.

Entonces la vio esperándolo sobre la roca de San Andrés. Le sonreía y agitaba la mano como solía hacer siempre. Caminó con pasos confiados y seguros, sabiendo que ella vendría a buscarlo. Mientras se hundía, la vio aparecer como aquella primera vez cuando él la salvó del naufragio. Nadando hacia él, mitad humana, mitad leyenda, sonriendo con dulzura. Acarició su rostro, que volvía a ser joven como entonces, con sus manos de agua.

Y lo besó con dulzura.

El farero y su sirena, reunidos para siempre.

Agradecimientos

Mientras escribía esta novela, me he imaginado en multitud de ocasiones como estoy ahora: sentada frente al ordenador tratando de poner orden a la inmensa gratitud que siento por todas las oportunidades y las personas maravillosas que se han cruzado en mi camino y me han acompañado, guiado y alentado hasta llegar a este momento.

En este calurosísimo verano del año 2024, se cumple el sueño de una niña pequeña que quería parecerse a Jo March. Y que fantaseaba con escribir sus historias sin atreverse siquiera a contemplar que algún día tendría la oportunidad real de hacerlo.

Este sueño, jamás se habría materializado sin la confianza de Gonzalo Albert, gran editor y, sobre todo, un ser humano excepcional. Por muchos años que pasen, nunca olvidaré aquella llamada suya que me cambió la vida. Casi sin conocerme, me abrió las puertas del mundo editorial e incluso de su familia —Marta, Jimena y Nico, la familia más *riquiña* de todo Madrid—, apostó por esta historia, me alentó en los momentos de flaqueza y mantuvo una fe inquebrantable en que sería capaz de lograrlo. Sin él, esta novela no existiría. Sin su bondad y generosidad no me habría atrevido a mostrar un trozo de mi alma. A plasmar en esta historia y en sus personajes todo lo que amo, pienso y siento. Mi tierra, mi familia, mis raíces.

Quiero agradecer también la ayuda inmensa, valiosísima e inestimable de Ana Lozano, que me ha acompañado y guiado a lo largo del proceso con su buen criterio y excelente ojo crítico, pero también con paciencia, empatía y comprensión. Sin su empuje y organización mi historia no habría llegado a término. Es y siempre será mi «preparadora» favorita y esta novela el esfuerzo más bonito y gratificante de mi vida.

No quiero olvidarme del trabajo impecable de Silvia García, su amabilidad y cercanía, así como del de Irene Giménez y su buen hacer para que esta historia llegue a vuestras manos.

Gracias, en definitiva, a todo el equipo de Penguin Random House que contribuye, de un modo u otro, a que los sueños de tantas personas se hagan realidad.

Ninguna victoria, ningún avance, por pequeño que sea, es puramente individual. Siempre se alcanza gracias a los que nos rodean; a las personas que nos profesan un amor incondicional, una amistad genuina; e incluso a los actos de bondad desinteresada de aquellos con los que coincidimos a lo largo de nuestro camino. Cada avance encuentra su fortaleza en la red que nos sostiene y nos anima a no rendirnos. A mantener la fe. A levantarnos e intentarlo una vez más.

Mi red está formada por muchas personas. Algunas me acompañan desde niña, otras han llegado a mi vida en los últimos años y espero que se queden para siempre.

En primer lugar, a mi marido, Óscar, mi amor, mi compañero y mi mejor amigo. Lo supe desde la primera vez que lo miré a los ojos. Él es mi calma en la tempestad. Mi lugar seguro. Gracias por no flaquear jamás durante estos casi quince años juntos. Por confiar en mis sueños y acompañarme en mis sacrificios. Cualquier ciudad se transforma en hogar si estamos juntos.

A mi madre, por enseñarme a amar la lectura y ser la guardiana de todas las historias de la familia. La primera —y más entregada— lectora de esta novela, gracias por la alegría, la energía arrolladora y la belleza con la que ilumina nuestras vidas.

A mi padre, por ser nuestro faro. Nuestra roca. El hombre que cuida en silencio con pequeños gestos. El que me prepara consomé cuando estoy cansada o triste. Y el mejor embajador de cualquier proyecto en el que me embarco. No existe el miedo cuando tú estás cerca.

A toda mi familia, sin excepción, por ese amor incondicional con el que hemos crecido y que nos ha forjado y dado fe en las personas y en la vida que está por venir. Expandiéndose y multiplicándose como las raíces de un árbol. Fortaleciéndose de generación en generación y creando un tronco irrompible.

En especial, a Celia, Nieves y Maruja Marzoa Gómez. Las fabulosas hermanas Marzoa que, junto con mi abuela Carmiña, han sido un ejemplo de dignidad, fortaleza y generosidad para todos nosotros.

A los que se han ido pero permanecen en nuestro recuerdo y nos acompañan para siempre grabados en el alma. Repito siempre sus nombres, como un mantra, cuando tengo miedo o veo algo hermoso que me gustaría compartir con ellos: un atardecer, un pájaro que canta, un árbol florecido. Repito sus nombres para que no desaparezcan. Para que sean eternos: abuela Carmiña y abuelo José, abuelos Concha y Juan, Carmen y Chente, tío Ramón.

A Rafa, Loli, Ana y Martín, mi segunda familia. Gracias por apoyarme cuando más lo necesitaba y por alegraros de cada pequeño paso en mi camino. Guardo los recuerdos más felices de la infancia que creasteis para nosotras.

A mis profes del Colegio Internacional Eirís y, en especial, a Celsa Seoane, por creer que aquella niña tímida podía representar al colegio en aquel concurso literario que sembró en mi alma el anhelo de contar historias.

A todas mis amigas: las del colegio, las de la universidad, las de ballet, las de la oposición... El personaje de Nora no es ninguna y es todas vosotras al mismo tiempo. Gracias por la complicidad, las risas, el apoyo en los momentos complicados y vuestra amistad indestructible a lo largo de tantos años. Sois mi mayor tesoro... Aunque sea un desastre con el móvil y a veces no dé señales de vida. Es un orgullo crecer a vuestro lado. Os admiro a todas.

Gracias en especial a María y a Claudia, dos de las primeras personas que supieron de la existencia de este proyecto.

A Patri, Inés y Marina, en la biblioteca Miguel González Garcés se quedará para siempre una parte de nosotras y el recuerdo de aquella etapa tan dura, que vuestra amistad pintó de colores brillantes y carcajadas de las que te hacen doler la barriga. Nos recuerdo riendo y llorando, repitiendo que «también esto pasará» e imaginando la vida que llevaríamos cuando aprobásemos. Hoy estamos viviendo esa vida que antes imaginábamos. Y me llena de alegría pensar que lo hemos logrado juntas. Como dice Harper Lee: «Uno es valiente cuando, sabiendo que ha perdido ya antes de empezar, empieza a pesar de todo y sigue hasta el final pase lo que pase. Uno vence raras veces, pero alguna vez vence». Y nosotras, por una vez, vencimos.

Gracias a todas las personas que me arroparon en mi estancia en Barcelona, y en especial a las que se convirtieron en mi familia, Ángela, Tere y Mage. Sois lo más preciado que me llevo de la Ciudad Condal. Mis amigas y mi mayor respaldo. Gracias por cuidarme y apoyarme mientras esta novela comenzaba a gestarse. Y por hacer de mis recuerdos en Barna algo inolvidable.

Gracias también a la ciudad de Madrid, por acogerme con los brazos abiertos. Por convertirse en nuestro hogar y traer a nuestras vidas tantas cosas buenas. A mi amigo Cachafeiro, por todos los planes a los que tuve que renunciar para escribir, y por todas las veces que él me animó a no rendirme y continuar con ello. Esta novela tampoco habría podido ver la luz sin el apoyo incondicional de mis compañeras de la Consejería Jurídica del mejor organismo de la Administración General del Estado: Marian Torres, Paula Rodríguez, María Luisa Ventura y Ana Arévalo. Desde el primer día me recibieron con los brazos abiertos, me hicieron sentir parte del equipo y me brindaron su amistad sincera. Sin ellas, su fortaleza y las facilidades que me han brindado no habría conseguido terminarla a tiempo. Sois mi lotería de Navidad. Os admiro muchísimo y trabajar a vuestro lado me hace inmensamente feliz.

Gracias a Nuria Quintana, una escritora talentosísima de cuya obra soy una ferviente admiradora, por sus valiosos consejos, por su bondad genuina y por esos cafés que son siempre inspiración, alivio para el alma y luz.

Esta novela no se habría gestado sin los veranos inolvidables que hemos pasado en la playa de Cirro; gracias a todos por vuestro cariño y por haberos convertido en nuestra familia. En especial, a Pura, cuyo nombre y esencia tomé prestados para el personaje, por ser lo más parecido a una *curandeira* que he conocido. Una persona llena de dulzura, magia y energía positiva.

Por último, quiero dedicar este libro a mi ciudad, A Coruña, en la que siempre vivirá mi corazón.

Esta historia se sitúa en un pueblo inventado que, no obstante, toma su inspiración de Mera, la costa de Dexo y Lorbé. En concreto, el faro y la casa de los indianos que me han servido de inspiración están situados en Mera, aunque algunos elementos que describo pertenecen a San Andrés de Teixido, un enclave mágico que también me ha servido para la ambientación de esta novela.

También quiero darte las gracias a ti, que me lees, por haberle dado una oportunidad a mi historia. Yo he sido tú. Todavía lo soy y, como lectora, recorro los pasillos de las bibliotecas y librerías buscando un título, una sinopsis o una cubierta que capten mi atención. Que hagan saltar la chispa y, como un flechazo, me hechicen para llevarlos a casa conmigo.

Nada me haría más feliz que imaginar que tú has sentido ese flechazo por esta historia y que con ella entre tus manos has logrado desconectar y olvidar, por un ratito, tus obligaciones y pesares, como tantas veces me ha sucedido a mí. Los libros sanan, calman y curan como la mejor de las medicinas. Nos ayudan a sobrellevar la soledad y las épocas difíciles. Pueden ser nuestros amigos, nuestro billete a destinos exóticos, nuestra terapia y nuestro consuelo. Solo deseo que esta novela llegue a todos aquellos que la necesiten y que, a través de ella, os podáis transportar a la Galicia mágica y misteriosa a la que tanto quiero.

«Para viajar lejos no hay mejor nave que un libro».
EMILY DICKINSON

Gracias por tu lectura de este libro.

En **penguinlibros.club** encontrarás las mejores
recomendaciones de lectura.

Únete a nuestra comunidad y viaja con nosotros.

penguinlibros.club